MIRA®

Der Preis dieses Bandes versteht sich einschließlich
der gesetzlichen Mehrwertsteuer.

Umwelthinweis:
Dieses Buch wurde auf chlor- und säurefreiem Papier gedruckt.

Connie Brockway

Der Kuss des Spions

Roman

Aus dem Amerikanischen von
Ralph Sander

MIRA®

MIRA® TASCHENBUCH
Band 25517
1. Auflage: April 2011

MIRA® TASCHENBÜCHER
erscheinen in der Cora Verlag GmbH & Co. KG,
Valentinskamp 24, 20350 Hamburg
Geschäftsführer: Thomas Beckmann

Deutsche Taschenbucherstausgabe

Titel der nordamerikanischen Originalausgabe:
My Seduction

erschienen bei: Pocket Books, New York

Konzeption/Reihengestaltung: fredebold&partner gmbh, Köln
Umschlaggestaltung: pecher und soiron, Köln
Redaktion: Bettina Steinhage
Titelabbildung: Harlequin Enterprises S.A., Schweiz
Autorenfoto: © by Connie Brockway
Satz: Buch-Werkstatt GmbH, Bad Aibling
Druck und Bindearbeiten: CPI – Ebner & Spiegel, Ulm
Printed in Germany
Dieses Buch wurde auf FSC®-zertifiziertem Papier gedruckt.
ISBN 978-3-89941-840-8

www.mira-taschenbuch.de

Werden Sie Fan von MIRA Taschenbuch auf Facebook!

PROLOG

York, 1801

Charlotte Elizabeth Nash saß auf dem Fensterbrett des Erkerfensters und las ein Buch, als sie plötzlich hörte, wie Leute den gewölbeartigen, nur noch spärlich eingerichteten Salon betraten. Sie drückte sich gegen die Wand in ihrem Rücken. Ihr war nicht nach Gesellschaft zumute. Sie hatte genug von diesen Leuten, diesen Verleumdern und Heuchlern, die Mitgefühl vortäuschten, während ihre Blicke immer wieder wie magisch angezogen wurden von jenen kahlen Stellen an den Wänden, die früher von Gemälden geschmückt worden waren.

Sie ließ das Buch auf ihren Schoß sinken und zog den Vorhang ein Stück weit zu, damit die Nische, in der sie saß, nicht so leicht eingesehen werden konnte. Doch Männerstimmen, die in diesem reinen Frauenhaushalt zur Seltenheit geworden waren, seit Kate den Butler hatte „gehen lassen", weckten prompt ihre Neugier.

Mit ihren sechzehn Jahren und angesichts der Tatsache, dass sie noch nicht in die Gesellschaft eingeführt war, wusste sie, sie würde sofort aus dem Zimmer geschickt werden, sollte sie sich bemerkbar machen. Aber Charlotte wollte nicht nach draußen gehen. Der Tod ihres Vaters stimmte sie ebenso traurig wie die Auswirkungen seines Ablebens, doch sie besaß auch den wachen, neugierigen Geist, der mit der Jugend einherging. So kam es, dass sie nach vielen Monaten der Trauer wahrhaftig begonnen hatte, sich ein wenig zu langweilen. Hinzu kam, dass Besucher Kate vielleicht dazu bringen konnten, sie von ihrem endlosen Wehklagen über die Wirtschaft abzulenken, während Helena womöglich von ihrem aufgesetzten Optimismus abließ, den sie wie eine Maske zur Schau trug. Und mit ein wenig Glück würden sogar die fahlen Wangen ihrer Mutter wieder etwas Farbe bekommen, wenn ein Mann ihr seine Aufmerksamkeit widmete.

Mit einem Finger schob sie vorsichtig den Vorhang zur Seite, um durch die Lücke zu spähen. Ihre Mutter hatte auf dem einzigen Sofa Platz genommen, Charlottes ältere Schwestern saßen links und rechts von ihr: Helena so blass wie die Wintersonne, Katherine erregt und freudlos wie eine Neumondnacht im Sommer. Die Frauen saßen da, die Schultern gestrafft, die Hände auf dem Schoß verschränkt, den Blick auf drei junge Männer gerichtet, die vor ihnen standen.

Die Besucher konnte Charlotte nicht genau erkennen, doch sie wagte es nicht, den Vorhang weiter zur Seite zu schieben. Stattdessen glitt sie lautlos von der Fensterbank, kauerte sich auf den Boden und hob den Saum des Vorhangs hoch. Ja, das war schon besser.

Von ihrer Position aus betrachtete sie die jungen Männer, die sich soeben vorstellten. Eines war sicher: Keiner von ihnen gehörte zur Schicht, der die Familie Nash entstammte. Welcher Schicht sie stattdessen zuzuordnen sein würden, blieb abzuwarten.

Warum Charlotte zu diesem Schluss gekommen war, wusste sie nicht so recht. Die Kleidung der Männer war makellos sauber, aber schäbig. Die Ärmel waren ausgefranst, und der Stoff spannte über Schultern und Rücken, doch seit man im Krieg mit Frankreich war, hatten sich viele Menschen gezwungen gesehen, nicht mehr mit der Mode zu gehen, da das Geld knapper wurde. Auch ihr Auftreten war das von wahren Gentlemen, wenngleich ihre finanziellen Verhältnisse keineswegs ideal zu sein schienen. Genau genommen zeigten die drei ein untadeliges und umsichtiges Verhalten.

Nein, es lag an etwas schwer Greifbarem. Ihr kam es so vor, als sei etwas Wildes, Gefährliches ins Haus gekommen und habe die Ruhe gestört.

Charlotte rutschte ein Stück weiter nach vorn, als sich der

erste Mann als Andrew Ross vorstellte. Seine tiefe Stimme hatte einen markanten Highland-Tonfall. Er war von mittlerer Größe und hagerer Statur, sein Gesicht war wettergegerbt, und er hatte braunes Haar. Der Mann lächelte häufig und sah freundlich aus. Doch ... bei näherem Hinsehen fiel eine hässliche Narbe auf, die sich über seine schmale Wange zog, sowie ein harter Ausdruck, der das warme Braun seiner Augen Lügen strafte.

Neben ihm stand der wohl bestaussehende Mann, den Charlotte jemals zu Gesicht bekommen hatte. „Ramsey Munro", stellte er sich vor. Groß, schlank und blass, schwarze, glänzende Locken, die ihm in die Stirn fielen, tiefblaue Augen, die unter den dichten Brauen funkelten. Seine Gesichtszüge hatten etwas Spöttisches und Aristokratisches zugleich. *Ihn* konnte Charlotte sich stilvoll gekleidet vorstellen, seine Eleganz würde dabei diese unterschwellige, aber unbestreitbar vorhandene räuberische Seite überdecken – so wie bei dem Panther, den sie letzten Sommer bei der Tierschau gesehen hatte.

Der Letzte der Gäste – Christian MacNeill – hielt sich ein wenig im Hintergrund, die Körperhaltung verriet seine Anspannung. Er war breitschultrig, sein rotblondes Haar, das deutlich zu lang war, umrahmte ein schmales Gesicht, das von blassgrünen, höchst wachsamen Augen geprägt wurde. Von den dreien machte er den ungeschliffensten Eindruck, mit tief liegenden Augen, einem sinnlichen Mund und einem ausgeprägt kantigen Kiefer.

Charlotte legte den Kopf schräg, da der Mann sie an jemanden erinnerte ... ja, genau, jetzt wusste sie es wieder.

Eines Nachts vor ein paar Jahren hatte sie sich in der Küche aufgehalten, um mit einem Glas Milch, die mit Weinbrand versetzt war, ihren schmerzenden Magen zu besänftigen, als draußen jemand pfiff. Das Dienstmädchen Annie stürmte herein und riss die Hintertür auf, woraufhin ein Mann aus der

Dunkelheit trat. Er war beängstigend und aufregend zugleich, und er nahm Annie ausgelassen in die Arme, um sich mit ihr im Kreis zu drehen, bis er Charlotte bemerkte. Mitten in der Bewegung hielt er inne, setzte Annie aber nicht ab. In jener Nacht war Annie mit ihm zusammen fortgegangen, einen ängstlichen und zugleich lustvollen Ausdruck in den Augen. Sie war niemals zurückgekehrt.

Dieser Christian MacNeill erinnerte sie an jenen Mann, diesen „zum Aufknüpfen geborenen Lump", der Annie mitgenommen hatte.

Allerdings, so hielt sich Charlotte vor Augen, wäre Annie jetzt wahrscheinlich nicht mehr hier, selbst wenn sie den Fremden damals nicht begleitet hätte. Bis auf die Köchin und zwei über die Maßen beanspruchte Dienstmädchen waren alle anderen Bediensteten des Hauses entlassen worden.

„Ich weiß nicht, was Sie wollen", murmelte ihre Mutter auf einmal in jenem bestürzten Tonfall, den sie sich an dem Tag angewöhnt hatte, als sie erfuhr, dass sie Witwe geworden war. Sie sah Helena von der Seite an, die ihr tröstend eine Hand auf die Schulter legte. Wortlos nahm Kate einen Brief entgegen, den ihre Mutter ihr hinhielt, und begann zu lesen.

„Wir *wollen* gar nichts, Mrs. Nash", erwiderte Mr. Ross. „Wir sind gekommen, um Ihre Familie von einem Schwur in Kenntnis zu setzen. Ob Sie willens sind, sich das zunutze zu machen, liegt ganz allein bei Ihnen. Doch ganz gleich, wie Ihre Entscheidung ausfallen wird, wir werden unser Leben lang zu unserem Wort stehen."

Fasziniert riss Charlotte die Augen auf. *Ein Schwur?* Die Männer hatten auf irgendeine Weise mit ihrem Vater zu tun gehabt, und Charlotte vermutete, es handelte sich um Mitglieder seines Stabs, die gekommen waren, um ihr Beileid auszusprechen.

„Was für ein Schwur?", wollte Helena wissen.

„Ein Versprechen, uns zu Diensten zu sein", antwortete

Kate, die immer noch den Brief las.

Mit widerstrebender Bewunderung betrachtete Charlotte ihre ältere Schwester. In diesem letzten Jahr hatte sich nicht Helena, sondern Kate als Fels in der Brandung erwiesen, der ihrer Familie Halt gab, auch wenn sie mehr als jede andere von ihnen Grund gehabt hätte, am Boden zerstört zu sein.

Mit neunzehn hatte Kate den schneidigen Lieutenant Michael Blackburn geheiratet, doch kaum war sie in ihr neues Zuhause in Plymouth eingezogen, da starb ihr Ehemann auf dem Weg nach Indien. Nicht einmal ein Jahr nach ihrer Hochzeit kehrte sie als Witwe nach York zurück. Sechs Monate darauf kam aus Frankreich die Nachricht vom Tod ihres Vaters, der sich dort heimlich mit den gestürzten führenden Mitgliedern der Regierung von Louis XVI. getroffen hatte.

Die Familie stand noch unter dem Schock dieser Nachricht, als die Anwälte sie davon in Kenntnis setzten, mit dem Tod von Lord Nash sei auch ihre jährliche Pension erloschen. Unmittelbar darauf kamen die Krämer und meldeten ihre Ansprüche aus offenen Rechnungen an, die Bediensteten sahen sich nach einer neuen Anstellung um, die ihnen mehr Sicherheit bot, und die neuen Eigentümer des Stadthauses schickten einen Brief nach dem anderen. Ihre Mutter öffnete keinen dieser Briefe.

Ganz anders dagegen Kate. Sie stellte sich der unerträglichen Aufgabe, ihre persönlichen Habseligkeiten zu verkaufen, den Dienern Empfehlungsschreiben auszustellen und offene Rechnungen zu begleichen. Ausgerechnet Kate, die lieber tanzen ging, anstatt ein Buch zu lesen. Jene Kate, die Rechenaufgaben hasste und Klatsch liebte, die von den Damen als „kapriziös“ betitelt worden war. Selbst jetzt noch musste sich Charlotte über ihre Schwester wundern. Wenn sie die junge Frau betrachtete, von der sie wusste, dass sie ein sorgloses Leben und ausgelassene Feste geliebt hatte, und die nun ruhig und gefasst den Brief zusammenfaltete, dann erkannte sie ihre Schwester kaum noch wieder.

„Gentlemen, wir danken Ihnen für Ihr Angebot", sagte Kate schließlich. „Aber wir benötigen Ihre Hilfe nicht, und wir würden sie auch nicht von Ihnen erwarten."

Ungläubig machte Charlotte den Mund auf. *Selbstverständlich* benötigten sie Hilfe! Dringlichst sogar! Jegliche Hilfe hätte allerdings in Geld bestehen müssen, um etwas zu bewirken, und der Anblick der drei Männer ließ keinen Zweifel daran, wie es um deren Finanzen bestellt war. Womöglich erging es den dreien noch schlechter als ihrer eigenen Familie, auch wenn Charlotte sich das kaum vorstellen konnte.

Eigentlich sollte sie nicht wissen, wie schlecht es finanziell um sie bestellt war. Ihre Schwestern gaben sich nach außen hin stets gelassen und selbstbewusst, doch so leichtfüßig, wie sich Charlotte durchs Haus bewegte, hatte sie an den Abenden durch geschlossene Türen genügend Gespräche belauschen können, um zu wissen, dass die Lage verzweifelt war.

„Ich verstehe." Mr. Ross sah weiterhin höflich die drei Frauen an, Ramsey Munro regte sich nicht, während Christian MacNeill seinen eisigen Blick durch das Zimmer wandern ließ. Ihm entgingen weder die rechteckigen Flächen an den Wänden, die die gestreiften seidenen Tapeten in ihren ursprünglich kraftvollen Farben zeigten, noch die Stellen im Perserteppich, die über Jahre hinweg von jenen schweren Möbeln niedergedrückt worden waren, von denen nun nichts mehr zu sehen war. Genauso war es nicht zu übersehen, dass es auf der einzigen Anrichte im Raum an Dekorationen jedweder Art fehlte.

Er weiß, dass es nicht stimmt, dachte Charlotte. Nur was soll er machen, wenn Kate sein Angebot ausschlägt?

„Es ist nicht unsere Absicht, Ihnen weiter zur Last zu fallen, Mrs. Blackburn, doch bevor wir gehen", erklärte Mr. Ross und deutete mit einer flüchtigen Bewegung auf seine Begleiter, „würden Sie so freundlich sein und etwas von uns annehmen?"

Er hielt einen Stoffbeutel hoch, der Charlotte bisher nicht aufgefallen war. Ein kurzes Stück Holz ragte aus dem mit einem Faden verschnürten Beutel.

„Was ist das?", fragte Helena.

„Ein Rosenstock, Miss Nash", erklärte Mr. Ross. „Sollten Sie jemals Hilfe benötigen, die wir Ihnen womöglich gewähren können, müssen Sie nur eine dieser Blüten an den Abt von St. Bride's in Schottland senden. Er weiß, wie er mit uns Verbindung aufnehmen kann, und so schnell, wie es menschenmöglich ist, werden wir zu Ihnen kommen."

Ein unsicheres Lächeln umspielte Helenas Mund. „Wieso eine ..."

„Eine Rose?", war in diesem Moment eine ungläubige Frauenstimme von der Tür her zu hören. Ihre Cousine Grace mit dem goldblonden Lockenkopf kam in den kühlen Salon gerauscht, während sie einen samtenen Umhang von ihren Schultern nahm.

„Hallo, meine Lieben!" Sie beugte sich vor, um ihrer Tante einen flüchtigen Kuss auf die Wange zu geben, dann richtete sie sich wieder auf und betrachtete die Besucher mit einem Anflug von erstaunter Überheblichkeit.

„Grace, dies sind die jungen Männer, die dein Onkel ...", stotterte Charlottes Mutter, die nicht wusste, wie sie es in Worte fassen sollte.

Zum Glück sprang Helena ein. „Dies sind die jungen Männer, die Vater retten konnte, bevor er ums Leben kam: Mr. Ross, Mr. Munro und Mr. MacNeill. Gentlemen, unsere Cousine, Grace Deals-Cotton."

Retten konnte? *Sie* waren die jungen Männer, bei deren Rettung ihr Vater gestorben war? Fasziniert hob Charlotte den Vorhang noch ein Stück höher.

Die drei verbeugten sich und begrüßten Grace, die ihr katzenhaftes Lächeln aufsetzte und ihre großen Augen zu Schlitzen verengte, um die Besucher abschätzig zu betrachten.

„Ich verstehe", sagte sie. „Und Sie bringen uns einen ... Rosenstock? Wie sentimental." Sie wandte sich ihrer Tante zu. „Mochte Onkel Roderick Rosen? Das war mir nie bekannt, aber andererseits bin ich ja auch erst seit einem Jahr hier." Wieder ein Lächeln. „Für dieses Mal zumindest."

„Ich bin mir sicher, Lord Nash hätte die Rosen zu schätzen gewusst", entgegnete Charlottes Mutter aus reiner Höflichkeit. „So wie wir auch, wenn wir sie einpflanzen werden ... im Lauf des Jahres."

Ihr Zögern verriet ihren unausgesprochenen Gedanken, den sie alle teilten: Sie würden nicht lange genug hier wohnen, um die Rosen erblühen zu sehen. Selbstverständlich wurde das gegenüber ihren Gästen nicht erwähnt, denn dafür war die Familie viel zu stolz.

„Aber ihr werdet doch nicht versuchen, so lange zu bleiben, bis ... Oh, natürlich! Ihr nehmt einen Ableger mit, wenn ihr umzieht", plapperte Grace weiter, setzte sich dann ans andere Ende des Sofas und nahm sich den Stickrahmen, den sie am Abend zuvor dort hatte liegen lassen.

„Sie ziehen in ein anderes Haus?", wollte Ramsey Munro in schneidendem Tonfall wissen.

„Ja." Helena sah Kate voller Unbehagen an. „Es muss sein. All die Erinnerungen ..." Sie ließ den Satz unvollendet und machte eine fahrige Geste.

Kate warf Grace einen stechenden Blick zu, die darauf verletzt und verwirrt reagierte. Ein wenig wütend auf ihre Schwester ließ Charlotte den Vorhang ein Stückchen weit sinken. Es war sicher nicht absichtlich geschehen, dass Grace den Umzug aus dem Stadthaus ausgeplaudert hatte, doch das würde Kate niemals glauben. Die Feindseligkeit zwischen den beiden existierte seit Jahren, vielleicht weil sie beide sich so ähnlich waren – oder es zumindest einmal gewesen waren. Früher hatte Kate die gleiche arglose, träumerische Art an sich gehabt wie Grace, und sie hätte besser daran getan, sich dessen zu erinnern, anstatt bei ihrer lebenslustigen Cousine nach Fehlern und Schwächen zu suchen.

„So wie du, Grace“, sagte Helena und lenkte die Aufmerksamkeit der Anwesenden auf sich. „Ich meine damit, dass du auch umziehen wirst.“

„Oh, ja!“ Grace senkte sittsam ihren Blick, während sie weiterstickte. „Nur werde ich armes Geschöpf in die Wildnis hinausgejagt, während ihr wenigstens in der Lage sein werdet, weiterhin die Freuden des gesellschaftlichen Lebens zu genießen.“ Sie lächelte Mr. Ross an. „In fünf Monaten werde ich Charles Murdoch heiraten. Er ist der Bruder des Marquis of Parnell. Ich wage zu behaupten, Sie sind ihm kein Begr…“ Sie besann sich, ehe der Satz vollständig über ihre Lippen gekommen war. „Sie werden ihn vermutlich nicht kennen. Sein Schloss …“ Sie machte keinen Hehl aus der Befriedigung, die sie fühlte, wenn sie das Wort aussprach. Warum sollte sie auch nicht so empfinden? Immerhin war ein Schloss ein Schloss. „… Sein Schloss ist an der schottischen Nordküste gelegen. Dort werden wir leben, wenn wir nicht in London sind.“

„London? Nicht Edinburgh?“, wollte Ramsey Munro wissen. „Ich gestehe, ich bin erstaunt. Die Schotten sind doch über alle Maßen stolz auf Edinburgh.“

Etwas an der Art, wie er mit Grace sprach, gab Charlotte das Gefühl, dass er nicht von den Reizen ihrer Cousine überwältigt war, was ihn zu einem außergewöhnlichen jungen Mann machte. Allerdings musste sie einräumen, auch nur über wenig Erfahrung mit jungen Männern und deren Reaktionen auf Grace zu verfügen.

„Edinburgh?“, wiederholte Grace nachdenklich. „Mag wohl sein, doch ich muss gestehen, ich habe mir darüber noch nicht viele Gedanken gemacht. Die Hochzeit erfordert schließlich auch meine ganze Aufmerksamkeit.“

„Meinen Glückwunsch zur anstehenden Vermählung“, erwiderte Mr. Ross und wandte sich den anderen Frauen zu. „Darf ich Sie um einen letzten Gefallen bitten?“

„Aber sicher“, antwortete Helena, ehe Kate etwas einwenden konnte.

„Dürfen wir zusehen, wie der Rosenstock eingepflanzt wird?“

„Oh“, entfuhr es Helena überrascht. „Ja, selbstverständlich. Kate, was meinst du, wo wir ihn einpflanzen sollen?“

„Aber nein, Liebes, das musst du bestimmen. Zusammen mit Mutter. Ihr beide seid die Gärtnerinnen in der Familie.“

Ihre Mutter schien aus dem Tagtraum zu erwachen, in dem sie sich verloren hatte. Über ihr Gesicht huschte ein Lächeln, das für Sekunden dafür sorgte, dass sie wieder so fröhlich wirkte, wie man es früher von ihr gewohnt gewesen war.

„In den Garten? Ja, natürlich.“ Ein wenig schwankend erhob sie sich, sodass Helena ihren Arm fasste, um sie zu stützen. „Das sollten wir sofort machen. Du musst auch mitkommen, Grace, du hast das Auge einer Künstlerin.“

„Ich freue mich, dir zu Diensten zu sein, Tante Elizabeth“, meinte Grace und legte den Stickrahmen zur Seite.

Weiter auf Helena gestützt, ging ihre Mutter voraus und trat hinaus in den sanften Schein der Morgensonne. Charlotte, die nahezu im Begriff war, unter dem Vorhang hervorzukriechen und die Flucht aus dem Raum anzutreten, erstarrte mitten in der Bewegung, da ihr bewusst wurde, dass Kate nicht mit den anderen das Zimmer verlassen hatte. Zudem war der Mann mit den grünen Augen, Christian MacNeill, an der Türschwelle stehen geblieben.

„Nach Ihnen, Madam.“ Seine tiefe Stimme hatte einen sanften und höflichen Klang.

„Nein, vielen Dank, Sir. Ich bin davon überzeugt, dass meine Meinung nicht zu einem idealeren Standort für Ihren Rosenstock führen wird. Bitte, gehen Sie nur.“

„Ich bin gleichermaßen der Meinung, dass wir nicht alle drei zugegen sein müssen, um die Wurzel in die Erde zu setzen“, entgegnete Mr. MacNeill mit einem ironischen Unterton. „Würde es Ihnen etwas ausmachen, wenn ich hier warte?“

„Keineswegs.“ Ihr Einverständnis klang eher zweifelnd. „Kann ich Ihnen ein Glas Punsch anbieten?“

Fast hätte Charlotte gelacht, als sie sich vorstellte, wie Christian MacNeill aus einem zierlichen Gefäß Punsch trank. Das Kristallglas würde einfach in seinen großen Händen verschwinden, davon war sie überzeugt. Doch dann erinnerte sie sich daran, dass sie nicht länger eine Punschbowle besaßen. Sie hatten sie in der letzten Woche verkauft, was Kate entfallen sein musste. Oh weh, sie würde sich gedemütigt vorkommen, wenn sie den Punsch in einer Teetasse würde servieren müssen …

„Nein, danke.“

Erleichtert seufzte Charlotte auf. Wenigstens war Kate vor *dieser* peinlichen Situation bewahrt worden.

Christian MacNeill wartete, während Kate so auf die Sofakante rutschte, als wollte sie jeden Augenblick aufspringen. Was war bloß in ihre Schwester gefahren? Sie kannte sie nur als gelassen, doch jetzt … jetzt war sie nervös, wie Charlotte erstaunt erkannte. Dass irgendjemand es jemals geschafft hatte, Kate in Verwirrung zu stürzen, daran konnte sie sich nicht erinnern. Bevor Michael um sie zu werben begonnen hatte, war Kate diejenige gewesen, die ein ganzes Dutzend Männer in Unruhe versetzen konnte. Niemand hatte sie aus ihrer amüsierten Gelassenheit holen können, ganz gleich, wie gebildet oder weltgewandt er auch war.

Charlotte beugte sich ein Stück nach vorn und beobachtete aufmerksam den rauen Highlander mit dem rötlich-goldenen Haar. Er war ins Zimmer zurückgekommen und stand nun vor Kate, die er eindringlich ansah.

„Ich hoffe, ich bereite Ihnen kein Unbehagen, Mrs. Blackburn“, sagte er mit leiser, verhaltener Stimme, die an das Geräusch eines plätschernden Bachs erinnerte.

„Keineswegs.“

Lügnerin, dachte Charlotte.

„Ich fürchte, ich bin in Gedanken mit anderen Dingen beschäftigt, verzeihen Sie bitte.“ Kate legte ihre Hände so auf den Schoß wie damals, als sie mit der Gouvernante Konversation geübt hatte. Sie räusperte sich. Die Minuten verstrichen, doch der hochgewachsene Schotte stand so unnatürlich reglos vor ihr, dass sich nicht mal auf seinem Gesicht eine Spur von Unbehagen bemerkbar machte. Kate dagegen wirkte, als habe sie allergrößte Mühe, jene Selbstkontrolle zu wahren, die sie starr wie eine Statue dasitzen ließ. Dann war der Punkt erreicht, an dem sie sich nicht länger zusammennehmen konnte.

„Wenn ich Ihre Situation richtig verstanden habe, waren Sie im Gefängnis. Es tut mir leid, was Sie durchgemacht haben.“

Ihre Worte waren höflich und schicklich, das Gleiche galt für sein Nicken, mit dem er ihr Mitgefühl zur Kenntnis nahm.

„Darf ich fragen, im Verlauf welcher Schlacht Sie in Gefangenschaft geraten sind?“, fuhr sie ernst fort.

„Ich befand mich nicht in einer Schlacht“, kam seine ruhige Antwort.

„Oh.“ Sie runzelte die Stirn. „Ich nahm an … aber wieso haben Sie und Ihre Freunde sich dann zu Kriegszeiten in Frankreich aufgehalten, Mr. MacNeill?“ Kates höflicher Tonfall war echtem Interesse gewichen.

„Das habe ich mich öfter gefragt, als Sie es sich vorstellen können“, entgegnete er. „Ich nehme an, es hatte mit den Rosen zu tun.“

Wieder legte sie die Stirn in Falten, während sie nervös mit ihren Fingern spielte. Charlotte fand, dass Kate mit einem Mal sehr jung aussah. Ihre blasse Haut bildete einen krassen Gegensatz zu ihrem dunklen Haar, ihr nach vorn geneigter Hals wirkte zierlich und verwundbar. Obwohl sie wusste, dass ihre ältere Schwester für die Familie der Fels in der Brandung war, machte sie in diesem Augenblick einen sehr – schwachen und zerbrechlichen Eindruck.

Charlotte begann sich zu fragen, ob alles, was Kate widerfahren war, wirklich so ... so schön gewesen war, wie sie, Helena und sogar ihre Mutter es sich vielleicht einfach nur vorstellten.

„Wie konnten Rosen zu Ihrer Gefangennahme führen?“, fragte Kate und blickte Christian MacNeill in die Augen.

Der verschränkte die Hände hinter dem Rücken und sah Kate mit undurchschaubarer Miene an. Charlotte spürte, wie sie schauderte. Der junge Mann war viel größer, als es ihr bewusst gewesen war. Seine hagere Statur hatte ihn als vermeintlich leichten Gegner erscheinen lassen, was sich nun als Irrtum erwies, während er so dicht vor Kate stand. In Wahrheit war er ein entsetzlich Respekt einflößender Mann.

„Es ist eine unangenehme Geschichte, Mrs. Blackburn.“

„Erzählen Sie sie mir.“

Charlotte erschrak über die Worte ihrer Schwester. Einen derartigen Tonfall hätte die Gouvernante niemals gutgeheißen. Man stellte an einen Bekannten keine so persönlichen Forderungen und an einen Fremden erst recht nicht. Doch ihn schien das nicht zu stören. Vielmehr wirkte seine Miene sogar entspannter als zuvor.

„Wir alle besaßen Kenntnisse in der Gartenarbeit“, sagte er. „Eine unserer Aufgaben an dem Ort, an dem wir aufwuchsen, bestand darin, uns um die Rosen zu kümmern.“

„Das tut mir leid“, erwiderte Kate mitfühlend.

MacNeill lachte kurz auf. „Vergeuden Sie nicht Ihr Mitleid. Es war kein Armenhaus. Meines Wissens gibt es in Armenhäusern keine Rosengärten. Nein, ich würde sagen, es war vielmehr eine Art Waisenhaus. Aber das ist auch nicht weiter wichtig."

Kate wartete schweigend.

„Wegen unseres Geschicks mit den Rosen und wegen einiger anderer Fertigkeiten, die meine Gefährten und ich uns angeeignet hatten, sprach uns ein Gentleman an. Er bat uns, nach Frankreich zu reisen und unter anderem einer Dame eine höchst seltene gelbe Rose zu überbringen. Unsere Hoffnung war, auf diesem Weg in die Welt dieser Dame eingelassen zu werden und so – die Welt zu verändern."

„Eine Dame, die die Welt verändern könnte?", gab Kate ungläubig zurück. Wieder fühlte sich Charlotte peinlich berührt, denn ganz gleich, was ein Besucher berichtete – man zweifelte niemals offen den Wahrheitsgehalt seiner Worte an.

„Ihr Name war Marie-Rose, doch ihr Gatte nannte sie Josephine."

Charlotte musste sich den Mund zuhalten, um nicht überrascht nach Luft zu schnappen. Dieser Mann kannte die Frau von Napoleon Bonaparte?

Auch Kate konnte keinen Hehl aus ihrer Überraschung machen. „Sie sind Josephine begegnet?"

Christian MacNeill reagierte mit einem gequälten Lächeln. „Einmal und das auch nur kurz, Madam. Kurz nach unserer Ankunft wurde unser Plan aufgedeckt. Nein ..." Seine Miene nahm einen so zornigen Ausdruck an, dass Charlotte vor Schreck zurückwich. „Unser Plan wurde nicht aufgedeckt, sondern von einem Verräter enthüllt. Es war jemand, der von unserer Mission wusste. Wir wurden gefangen genommen, und wir wären hingerichtet worden, hätte Ihr Vater nicht eingegriffen. Einer aus unseren Reihen wurde allerdings gehenkt."

„Wie schrecklich", entgegnete Kate. „Es tut mir leid, dass das Opfer, das mein Vater brachte, nicht zeitig genug kam, um Ihrem Freund das Leben zu retten." Sie sah auf. „Ich will sagen, wenn jemand schon darauf besteht, ein Märtyrer zu sein, dann sollte auch wenigstens etwas Gutes dabei herauskommen … oh mein Gott, das tut mir so leid! Ich weiß nicht, warum ich das gesagt habe! Bitte, ich … verzeihen Sie mir. Ich wollte Ihnen keinesfalls zu nahe treten. Es ist nur so …“ Sie senkte ihre Stimme zu einem rauen Flüstern. „Der Tod meines Vaters kommt mir oft wie ein Verrat vor.“

Verblüfft über das Geständnis ihrer Schwester rutschte Charlotte zurück in den Erker. Ihr war nicht bewusst gewesen, dass Kate solche Gedanken hegte. Erneut spähte sie in den Raum und erkannte, dass die Leidenschaft, die sich wie ein Schatten über Mr. MacNeills Gesicht gelegt hatte, sofort verschwand, als er Kate ansah, die mit gesenktem Kopf vor ihm saß.

Plötzlich kniete er vor ihr nieder, um auf Augenhöhe zu ihr zu sein. „Ich schwöre, Madam, hätte es in unserer Macht gestanden, Ihren Vater vor einem solchen Opfer zu bewahren, dann wäre es auch so geschehen“, sprach er leise. „Wir kannten die Risiken unseres Unterfangens, und wir hätten uns niemals freiwillig dazu bereit erklärt, einen anderen die Strafe für unser Handeln auf sich nehmen zu lassen. Doch uns blieb keine andere Wahl, niemand fragte uns.“

Wieder wich Charlotte zurück und machte eine finstere Miene. Das war nicht die Art von Konversation, wie sie zwei Menschen führen sollten, die sich kaum kannten! Man stellte einem anderen keine gezielten Fragen. Man verriet nicht einem anderen intime Einzelheiten aus dem eigenen Leben, den man erst seit einer halben Stunde kannte. Man unterhielt sich mit Fremden nicht *leidenschaftlich!* Man unterhielt sich ja nicht mal leidenschaftlich mit den Menschen, die man gut kannte! Es gehörte sich nicht.

Charlotte war schockiert, sie fühlte sich ein wenig verletzt, und vor allem war sie beunruhigt. Es war zutreffend gewesen, diese jungen Männer als wild und gefährlich einzuschätzen. Sie waren in ihr Haus gekommen und hatten sich über die Regeln hinweggesetzt, die für Charlotte und ihre Familie galten.

Kates nächste Worte waren eine deutliche Bestätigung für Charlottes Vermutung.

„Aber *wie* ist mein Vater gestorben, Mr. MacNeill? *Was ist geschehen?* Niemand will es uns sagen." Kates geflüsterte Worte schienen aus ihrem tiefsten Inneren zu kommen, sie klangen verzweifelt und schmerzvoll.

Christian MacNeills Kiefermuskeln zuckten angespannt, als er sie reden hörte. Seine Haut war von der Sonne gebräunt, sie wies nicht die gepflegte Blässe eines Gentlemans auf. Kleine Falten verliefen von den Augenwinkeln aus über die Haut, was ihm etwas Verruchtes verlieh. Sollte Charlotte in irgendeiner Form eingreifen?

Mit raubtierhafter Eleganz richtete er sich wieder auf und legte die Hände auf den Rücken. Rastlos ging er im Zimmer auf und ab, bis er schließlich stehen blieb, eine halbe Drehung vollführte und den Blick auf die kahle Wand richtete, vor der er stand.

„Lord Nash hätte nicht dort sein sollen, es war ein Fehler. Ein volltrunkener Offizier, der gar nichts von unserer Existenz hätte wissen dürfen, erwähnte beiläufig unsere Namen. Nachdem Ihr Vater wusste, dass wir festgehalten wurden und wie lange unsere Gefangenschaft andauerte, beharrte er darauf, gegen uns ausgetauscht zu werden, damit wir wieder in Freiheit kamen."

„Man sagte uns, mein Vater sei bei einem Rettungsversuch umgekommen", erklärte Kate.

„Niemand *rettet* einen anderen aus einem französischen Kerker, Mrs. Blackburn. Man trifft Abmachungen, man verspricht Geld, oder wenn man kein Geld zur Hand hat, schlägt man einen Tauschhandel vor. Ihr Vater bot sich an, unseren Platz einzunehmen. Da er viel wertvoller war als drei verdreckte junge Kerle, nahm der französische Colonel, der uns festhielt, die Gelegenheit wahr. Zweifellos glaubte er, sich auf diese Weise einen Namen machen zu können. Während der Verhandlungen schlug er vor, Ihr Vater solle die Festung dort betreten, wo wir festgehalten wurden."

Nach einer kurzen Pause fuhr er fort: „Lord Nash war einverstanden, jedoch unter der Bedingung, dass wir zunächst freigelassen wurden. Der Colonel war außer sich angesichts dieser Forderung, doch Ihr Vater ließ sich nicht umstimmen. Lord Nash wartete an der Zugbrücke, bis wir … herauskamen. Dann erst ging er hinüber."

Sein Zögern ließ keinen Zweifel an einer Tatsache: Ganz gleich, wie die Gefangenen auf freien Fuß kamen, sie waren eindeutig nicht einfach „herausgekommen". Er sah Kate an, die den Kopf gehoben hatte. „Nach wenigen Tagen, höchstens nach einer Woche, sollte er wieder entlassen werden, sobald ein Lösegeld bereitgestellt worden war. Er sollte die Immunität eines Diplomaten genießen. Doch nur wenige Stunden später wurden die Tore abermals geöffnet, ein reiterloses Pferd kam heraus, an dessen Sattel eine Nachricht festgemacht war." Für ein paar Sekunden kniff er die Augen zu, als versuche er, das Bild aus seiner Erinnerung zu löschen. „Die Nachricht besagte, Ihr Vater sei tot, und man werde fortan mit allen britischen Spionen in gleicher Weise verfahren. Er starb an unserer Stelle, doch Ihr Vater war kein Spion, Mrs. Blackburn."

„Aber Sie waren Spione. Sie und die anderen."

„Wir kannten das Risiko", kam seine Antwort in einem leicht vorwurfsvollen Ton. „Wir waren bereit, den Preis für unser Handeln zu bezahlen. Ich konnte nicht ahnen, dass ein anderer das an meiner Stelle tun sollte. Damit muss ich nun leben, und aus diesem Grund sind wir hier."

„Ich verstehe." Ihr Blick war auf einen Punkt gerichtet, der weit außerhalb des Zimmers zu liegen schien. „Und sind Sie … sind Sie immer noch Spion?"

„Ich bin nur das, was Sie sehen können. Ein Mann ohne Anstellung, ohne Zuhause, ohne Familie."

„Also kaum in einer Position, um anderen Hilfe anzubieten", gab Kate sanft zurück.

Ein flüchtiges Lächeln umspielte seine Mundwinkel. „Ich besitze gewiss nicht viel, aber immer noch einige Begabungen. Und Entschlossenheit." Er wurde wieder ernst. „Die besitze ich im Überfluss, Madam."

„Ich verstehe", sagte sie wieder.

„Tatsächlich?", fragte er mit Nachdruck. „*Können* Sie es überhaupt verstehen?"

„Selbstverständlich ja", antwortete Kate, doch ihre Gedanken schienen um etwas anderes zu kreisen. „Sie wollten Helden sein. Junge Männer streben nach Heldentum, nicht wahr? Es ist durchaus nachvollziehbar. Nur ist mein Vater Ihnen zuvorgekommen, nicht wahr? Er hatte kein Recht dazu." Ihre Stimme wurde leiser und rauer, als ihre Gefühle sie überkamen. „Er hatte niemals das Recht gehabt, sich in solche Gefahr zu bringen. Stets muss er gewusst haben, dass sein Tod uns ..."

In Armut stürzen würde, führte Charlotte stumm den Satz zu Ende, den Kate nicht ausgesprochen hatte, und der doch so deutlich im Raum hing, als hätte sie ihn hinausgeschrien. Doch Kate schrie schon lange nicht mehr. Überhaupt tat sie nichts Unschickliches, nichts Unangemessenes, nichts Überhastetes und erst recht nichts Leidenschaftliches. Dennoch hatte dieser junge Mann sie dazu gebracht, alle gesellschaftlichen Hürden zu überwinden und Kates Schmerz, Zweifel und Wut vor ihrer Schwester auszubreiten.

Charlotte hasste das, und es machte ihr Angst. Die Welt war auch so bereits ein erschreckender Ort, zu viel hatte sich verändert, da konnte Charlotte nicht auch noch das Bild aufgeben, das sie sich schon vor so langer Zeit von ihrer Schwester geschaffen hatte.

„Ich kann Ihnen nicht versprechen, von Ihrem Angebot Gebrauch zu machen, Mr. MacNeill, so ehrbar es auch von Ihnen gemeint ist." Kate atmete tief durch. „Ich hatte in meinem Leben genügend Helden", flüsterte sie. „Ich brauche nicht noch mehr von deren Art. Sie müssen jemand anders suchen, dem Ihre Geste Nutzen bringen kann."

„Sie missverstehen uns, wenn Sie glauben, unser Angebot sei edelmütig."

„Ich missverstehe es keineswegs. Ich verstehe sogar sehr gut, dass Sie das Bedürfnis nach Wiedergutmachung verspüren. Doch das müssen Sie nicht. Ihre Schuld besteht meinem Vater gegenüber."

Er schüttelte den Kopf, wodurch sich der Sonnenschein in seinem glänzenden Haar fing und tiefe Schatten auf die scharfen Konturen seines Gesichts warf. „Sie verlangen von mir, eine unglaubliche Schuld zu tragen, Mrs. Blackburn, die keiner von uns ablegen kann, wenn wir nicht etwas unternehmen. Wenn *ich* nicht etwas unternehme. Ich *muss* daran glauben, dass ich eines Tages wenigstens einen Teil meiner Schuld gegenüber Ihrer Familie begleichen kann. So wie ich glauben muss, eines Tages herauszufinden, wer uns verriet. Wie Sie selbst sehen können, ist mir auf dieser Welt nicht mehr viel geblieben – bis auf meine Ehre. Ich muss meine Schuld begleichen, und ich muss die Verluste rächen. Ich werde warten, bis es so weit ist. Ganz gleich, wie lange das auch dauern mag."

Ohne ein weiteres Wort verließ er das Zimmer.

1. KAPITEL

Am südlichen Rand der schottischen Highlands, 1803

Mrs. Blackburn,
diese Reise ist völlich wahnsinnich und ich will keinem schmuzzigen Wegelagerer die Schanse geben mich umzubringen. Auch nich wenn sie mir doppelt so viel Lohn geben würden. Aber das das passieren wird glaube ich sowieso nich. Ich weis sie werden mir jetz auch kein Emfehlungsschreiben geben. Aber das ist egal. Was habe ich von einem Emfehlungsschreiben wenn ich tot bin? Ich wünsche ihnen viel Glück. Sie sind eine gute Herrin gewesn und ich werd für ihre Sehle beeten.
Sue McCray

Da denkt man, das Leben hält keine Überraschungen mehr für einen bereit", murmelte Kate leise. „Und dann beweist Sue McCray, dass sie schreiben kann." *Wie* sie schrieb, das war ein ganz anderes Thema, und ein Blick auf das Wort *Schanse* genügte, um Kate ungewollt auflachen zu lassen.

Auf ihren kurzen Lacher hin verstummte das beständige Reden im Raum nebenan, und die Männer, die den Lärm verursacht hatten, sahen zu der halbhohen Mauer, die den öffentlichen Bereich des White Rose von jenem „privaten Raum" trennte, in dem Kate saß. Sie rutschte näher an das nur schwach lodernde Kaminfeuer, das der Gastwirt erst auf ihr Drängen hin entfacht hatte.

Die Notiz knüllte sie zusammen und warf sie in die Glut, während sie sich darüber wunderte, wieso die Fahnenflucht ihres Dienstmädchens sie so überrascht hatte. Ihre Situation gestaltete sich nun schon seit langer Zeit derart absurd, dass man meinen sollte, sie müsste derartige Vorfälle gewöhnt sein.

Zunächst war da der Taschendieb in Edinburgh, der sie um ihre Geldbörse erleichtert hatte. Dann – keine dreißig Meilen von der Stadt entfernt – war ihre Kutsche wegen eines Defekts ausgefallen, und sie und Sue McCray hatten die kalte Nacht unter zu wenigen wärmenden Decken verbringen müssen, während sich Dougal, der Kutscher, um die Reparatur kümmerte. Anschließend wollte Dougal zusätzlich zu dem Betrag entlohnt werden, den der Marquis of Parnell dem Unternehmen schuldete, in dessen Diensten der Mann stand. Übertroffen wurde das wenig später von einem Schneesturm von solcher Heftigkeit, dass man Grund zu der Annahme bekommen konnte, die Elemente hätten sich mit dem Gesindel gegen Kate verschworen.

Als sei das noch nicht genug gewesen, führte das Schicksal sie schließlich in das Wirtshaus, das den trügerisch idyllischen Namen White Rose trug, sich aber als Zufluchtsstätte für eine Schar übellauniger und noch übler riechenden Spießgesellen entpuppte, die vor dem Unwetter Schutz suchten und die die beengten Zimmer belegten. Die Krönung des Ganzen war nun, dass ihr Dienstmädchen – eine Frau, die nicht nur für wenig Geld, sondern auch recht gut arbeitete, wenn man berücksichtigte, dass sie die meiste Zeit über angetrunken war – sich aus dem Staub gemacht hatte. War es überhaupt möglich, das noch zu überbieten?

Kate sah hinüber in den anderen Raum und nahm die trägen Blicke der Männer wahr, die dem Alkohol zu großzügig zugesprochen hatten.

Oh ja. Es war noch zu überbieten.

Sie zog den Mantel enger um sich und überlegte, was sie tun sollte. Inzwischen hatte ihr geschwätziger *Gastgeber* sicher schon herumerzählt, dass ihr Dienstmädchen abgereist war. Damit war sie auf sich gestellt, wenn man von dem Schutz absah, den Dougal ihr womöglich bot – was sie aber eher bezweifelte. Vermutlich wäre es besser gewesen, nicht noch länger hier unten zu bleiben, doch wenn einer der „Gentlemen“ nebenan mitbekam, wie sie auf ihr Zimmer ging, würde er es unter Umständen als Einladung auffassen, ihr zu folgen. Wie sie in der letzten Zeit hatte erfahren müssen, fühlten sich Männer immer eingeladen, auch wenn sie überhaupt nicht gemeint waren – vor allem wenn sie glaubten, die Einladung komme von einer verarmten Witwe. Andererseits konnte es sogar noch mehr einer Aufforderung gleichkommen, wenn sie sitzen blieb und sich praktisch zur Schau stellte. Allerdings hatte sie nichts mehr gegessen seit ... seit dem frühen Morgen.

Im Geiste warf sie eine Münze und entschied, auf ihrem Platz zu bleiben, auch wenn die Angst ihr fast die Kehle zuschnürte. Hier unten war jeder der Männer wenigstens gezwungen, sich wegen der Anwesenheit der anderen zurückzuhalten. Trotz der Zurschaustellung männlicher Gutmütigkeit waren diese Leute nicht untereinander befreundet. Das Wetter hatte sie hier zusammengeführt, nicht ihr freier Wille.

Lediglich vier Männer, die an einem flachen Tisch saßen, wirkten auf sie wie eine Gruppe, die zusammengehörte. Durch die Rauchschwaden, die sich vom Kamin ausgehend im Raum verteilten, konnte sie die Gruppe nicht deutlich erkennen. Allem Anschein nach handelte es sich aber um große, raue Gesellen mit breiten Schultern und Stiernacken, mit fleischigen Händen, in denen die Zinnkrüge fast verschwanden, die der Gastwirt immer wieder mit starkem Ale füllte. Die übrigen Reisenden waren allein oder paarweise hereingekommen, um Schutz zu suchen, da sich zum eisigen Sturm, der an den Fenstern rüttelte und sich heulend seinen Weg unter der Tür hindurch bahnte, nun auch die Dunkelheit gesellt hatte.

Aus dem Augenwinkel heraus sah sie zu dem Tisch, an dem sich der zuletzt eingetroffene Reisende niedergelassen hatte. Anders als die meisten anderen hier war er kein Tieflandschotte, sondern ein Highlander.

Als er hereinkam, umwehte ein weiter, abgenutzter Tartan wie die Schwingen eines riesigen Raubvogels seine Schultern, während sein Gesicht von einem breitkrempigen, ramponierten Hut verdeckt wurde. Wortlos hatte er sich in eine düstere Ecke zurückgezogen und dort Platz genommen. Nachdem er den Tartan zurückgeschlagen hatte, drückte er die Stuhllehne gegen die Mauer in seinem Rücken und streckte seine langen Beine aus, die bis zu den Waden in abgetragenen Lederstiefeln steckten. Unter seinem Tartan trug er eine dunkelgrüne Jacke, die mit schwarzer Borte und silbernen Knöpfen verziert war.

Er legte seine abgewetzten Handschuhe ab, dann holte er aus einer Tasche eine Tonpfeife und einen Tabaksbeutel hervor. Seit er seine Pfeife angezündet hatte, saß er nur da und machte keine Anstalten, sich der wachsenden Kameradschaft zwischen den anderen Gästen anzuschließen. Genauso machte er auch keinen Hehl daraus, auf wen sein Blick gerichtet war.

Auf Kate.

Ihr gefiel es nicht, so unverhohlen beobachtet zu werden. Es war vor allem dieser starre Blick, der sie davon abhielt, sich auf ihr Zimmer zurückzuziehen, obwohl sie müde war und ihr von einem langen Tag in einer schlecht gefederten Kutsche jeder Knochen schmerzte. Doch dieser Blick beunruhigte sie aufs Äußerste.

Wieder sah sie zu ihm, bemerkte, wie der Rauch aus seiner Pfeife von der Dunkelheit unter der Hutkrempe geschluckt wurde. Rasch wandte sie den Blick von diesem unheimlichen Mann ab, als ihr einmal mehr bewusst wurde, wie weit sie von dem behüteten Leben entfernt war, das sie früher einmal geführt hatte. Damals wäre ihr der Gedanke, ihr Weg könnte sich mit dem dieses Mannes kreuzen, lächerlich erschienen. Doch in den letzten drei Jahren hatte sie lernen müssen, dass sie als vornehme, aber verarmte Frau permanent keineswegs begehrenswerte Typen anzog.

Was sie daran erstaunte, war die Tatsache, dass es nicht immer zu ihrem Nachteil geschah. So hatte sie zum Beispiel herausgefunden, dass ein Dienstmädchen mit einer Vorliebe für Alkohol und ohne jegliche Referenzen durchaus in der Lage war, für eine passable Frisur zu sorgen. Und ein angenehmer Tagesablauf ließ eine solche Bedienstete auch schon mal über eine unregelmäßige Entlohnung hinwegsehen. Die Reise in „heidnische Regionen" jedoch – das musste Kate mit einem flüchtigen Lächeln auf den Lippen nun einsehen – konnte zu einer unüberwindlichen Kluft zwischen Dienstherrin und Bediensteter führen.

Diesen Punkt musste sie sich merken: Zwinge nie ein Dienstmädchen, das keinen Lohn erhalten hat, zu einer gefährlichen Reise.

Vielleicht sollte sie ein Handbuch schreiben, ein Pamphlet. Etwas mit einem Titel wie: *Ein unverzichtbarer Ratgeber für die wohlerzogene Dame aus gutem Hause, die ein Leben mit Einschränkungen zu erwarten hat.* Die Schicht der Kaufleute verschlang Handbücher darüber, wie man das Verhalten der Aristokratie nachahmte. Warum sollte es nicht ein Buch geben, das sich einem würdevollen Leben in Armut widmete? Na, wenn das kein Widerspruch in sich selbst ist, dachte Kate.

Sie verzog den Mund flüchtig zu einem amüsierten Lächeln und erinnerte sich daran, wie ihr einmal der Gedanke gekommen war, niemals wieder lächeln zu können. Zum Glück hatte sie sich geirrt. Dennoch hielt sie sich rasch vor Augen, dass dies nicht der richtige Zeitpunkt für Übermut war. Ihr Sinn für Humor mochte sie vor der Verzweiflung bewahrt haben, die ihrer Mutter das Leben gekostet hatte, doch dieser Humor konnte auch Probleme mit sich bringen. So zum Beispiel, als sie den Schlachter davon überzeugt hatte, der Hausgast der Jaspers lebe strikt vegetarisch, weshalb der vorbereitete Sonntagsbraten nicht benötigt werde. Sie bot sich an, ihm den Braten abzukaufen – natürlich zu einem geringeren Preis, da er ansonsten ohnehin keine Verwendung dafür gefunden hätte. Mrs. Jasper hatte seitdem kein Wort mehr mit ihr gesprochen.

Der laute Knall der auffliegenden Tür kündigte einen weiteren, vor dem Unwetter Zuflucht suchenden Neuankömmling an. Es war ein Junge mit rotem Gesicht, der von einem Graupelschauer in das Wirtshaus getrieben wurde. Die Hände hatte er unter die Achseln geschoben.

„Mach die Tür zu, du Narr!“, rief ihm einer der Männer zu und erhob sich.

Der Junge schien ihn nicht gehört zu haben, sondern sackte zu Boden, kaum, dass er die Türschwelle überschritten hatte. Er blies in seine Hände, die er sich dicht vor den Mund hielt. Seine Fingerspitzen waren von der Kälte so sehr verfärbt, dass durchaus die Gefahr bestand, einen oder mehrere Finger zu verlieren.

„Ich sagte, du sollst die verdammte Tür zumachen! Niemand hier will dein Gejammer hören.“ Während der Mann den Jungen am Kragen packte, um ihn nach draußen zu schaffen, erkannte Kate, dass es Dougal war, ihr Kutscher, der etwas so Herzloses tun wollte.

Mit einem Mal wurde es ruhig. Einige der Männer hatten eine verächtliche Miene aufgesetzt, einer von Dougals Tischgesellen machte keinen Hehl daraus, wie sehr ihn das Schauspiel amüsierte. Die meisten jedoch blickten verständnislos drein.

Kate wurde übel, als sie endlich begriff, dass sie aufgestanden war. Sie zitterte so heftig wie der Junge, doch es gab für sie kein Zurück mehr. Denn neben dem völlig trügerischen Selbstwertgefühl, das sie einst besessen hatte, verfügte sie auch noch über ein gleichermaßen überzogenes Verantwortungsgefühl. Genau diese Eigenschaft war es, die sie nie gefügig hatte machen können. Sie *wollte* gar nichts sagen, sie wollte die Augen schließen und sich so wie die anderen abwenden. Doch Dougal arbeitete für sie, und damit war sie für ihn verantwortlich.

Ihr Herz raste, und sie hatte Angst. Zudem war sie fast wie gelähmt aus Furcht davor, was geschehen würde, wenn sie sich einmischte – aber eben nur *fast.* Denn ihre Füße trugen sie langsam, aber unbeirrbar über die Schwelle in den Schankraum. Dougal schüttelte den heulenden Jungen wieder durch. „Vielleicht lasse ich dich herein, wenn du dich daran erinnern kannst, wie man eine Tü…"

„Lassen Sie ihn los", hörte Kate eine ruhige Stimme sagen. Gott sei Dank, es war nicht ihre Stimme.

Dougal sah auf, um festzustellen, wer es da gewagt hatte, sich einzumischen. Es war der große Mann in dem alten Tartan gewesen.

„Und", fügte der Highlander genauso ruhig an, „machen Sie endlich die verdammte Tür zu."

„Wer zum Teufel sind Sie, dass Sie mir Befehle erteilen?", wollte Dougal wissen, der den Jungen noch immer mit einer Hand hochhielt.

Die vorderen Beine des gekippten Stuhls berührten wieder sanft den Boden, dann erhob sich die schroffe Gestalt mit einer unheimlich wirkenden Eleganz. Sein Gesicht war noch immer unter dem Hut verborgen. „Ein Mann, dem es kalt wird", sagte er und machte dann Dougal auf etwas aufmerksam. „Sie haben den Jungen noch immer nicht losgelassen, und die Tür steht nach wie vor weit offen." Sein ruhiger Tonfall hatte auf einmal etwas Bedrohliches angenommen.

„Zum Teufel mit Ihnen", fauchte Dougal. „Die Tür schließe ich, nachdem ich diesen Bengel …"

Weiter kam er nicht, da der Highlander ihm den Jungen sogleich abnahm, als würde er eine reife Birne von einem Ast pflücken, und ihm dann einen Schubs gab, der ihn in die Richtung von zwei Männern beförderte, die das Treiben sichtlich besorgt verfolgt hatten.

Dann griff der Highlander hinter Dougal und warf die Tür ins Schloss.

„Fertig. Je eher begonnen, umso eher erledigt, wie meine alte Mutter gesagt hätte.“ Der Mann legte den Kopf schräg und fügte wehmütig an: „Nun, hätte ich eine Mutter gehabt, dann wäre das bestimmt ihr Wahlspruch gewesen.“

Einige Gäste kicherten nervös, doch Dougal wollte sich nicht gut zureden lassen. Sein Gesicht war puterrot angelaufen.

„Ich mag es nicht, wenn man sich in meine Angelegenheiten einmischt, Mister. Genau das haben Sie aber getan. Stimmt's?“, fragte Dougal an die Männer gewandt, an deren Tisch er gesessen hatte. Sie nickten finster. Dass Dougal seiner Beute beraubt worden war, störte sie dabei weniger. Vielmehr hatte der Highlander sie um ein vergnügliches Schauspiel gebracht.

Dem schien der Unmut der Männer keine Sorge zu bereiten, ganz im Gegensatz zu Kate. Die Angst, die sie für einen Augenblick aus ihren Klauen gelassen hatte, drückte ihr jetzt wieder auf die Brust und nahm ihr den Atem.

„Vermutlich haben Sie recht“, gab der große Mann zurück. „Das ist eine Schwäche, die man mir schon oft auszutreiben versucht hat. Leider erfolglos.“

„Tatsächlich? Dann wollen wir doch mal sehen, ob wir nicht erfolgreicher sein können. Was meint ihr, Männer?“

Die Angesprochenen gaben zustimmende Laute von sich, während die beiden jüngeren Männer, in deren Richtung Dougals ursprüngliches Opfer gestoßen worden war, einige Schritte nach vorn machten.

„Uns gefällt nicht“, meinte der Stämmigere von ihnen, „welches Risiko Sie hier eingehen, darum …“

„Halt ein, Freund“, unterbrach der Highlander ihn. „Ich weiß deine Geste zu schätzen, doch da vier derart tapfere Krieger meine Niederlage planen, bleibt mir keine Zeit, um mir Gedanken zu machen um dein Wohlergehen.“

Die beiden jungen Crofter sahen sich verwirrt an.

„Setzt euch hin, Jungs, dann gebe ich euch ein Pint aus.“ Der Highlander wandte sich dem Gastwirt zu, zog seine ausgeblichene, grüne Jacke aus, als auf einmal Dougal vorstürmte wie ein Schakal beim Anblick von rohem Fleisch.

„Vorsicht!“, rief Kate, doch der große Mann war bereits Dougals Fausthieben ausgewichen und rammte seinerseits eine Faust in den Bauch des dickleibigen Kutschers. Die Luft wurde aus seinen Lungen gepresst, während er der Länge nach zu Boden ging.

Dougals Freunde rückten nun vor, gleichzeitig standen die anderen Gäste in der Schenke auf, um besser das sich anbahnende Geschehen beobachten zu können. Einer von Dougals Gesellen griff nach einer schweren Metallplatte und holte damit aus, als halte er eine Axt in den Händen. Der Schotte wich nach hinten aus, wobei er seine Kopfbedeckung verlor.

Kate sah, wie ein Gewirr aus rotblonden Haaren zum Vorschein kam, und nun konnte sie auch ein wenig vom Gesicht des Fremden erkennen. Es war kantig und hager und mit dem Schmutz überzogen, den lange Reisen mit sich brachten.

Der Mann wich zurück, Dougals bulligster Gefährte folgte ihm auf dem Fuß, während die beiden anderen sich ihm von den Seiten her näherten, um ihn an die Wand zu drängen und … in diesem Moment schloss sich vor den Kämpfenden der Kreis der Schaulustigen und nahm Kate die Sicht. Dougal kauerte noch immer am Boden und schnappte nach Luft.

Die Menge begann zu johlen, dann stießen einige der Männer Laute aus, als hätte man auf sie eingeschlagen, während andere umso lauter jubelten. Sehen konnte Kate nur ein Wirrwarr aus Fäusten, ein paar rotblonde Haare, schweißnasse Gesichtspartien. Es wurde geflucht und angefeuert, sobald wieder eine Faust ihr Ziel traf.

Jemand rief eine Warnung, und prompt teilte sich der

Kreis unmittelbar vor Kate. Sie sah zwei von Dougals Saufkumpanen, einen am Boden ausgestreckt, der andere bemüht, sich wenigstens hinzuknien. Und dann auf einmal war er da, direkt vor ihr.

Sein Leinenhemd war aus dem Hosenbund gezerrt worden, ein Ärmel war an der Schulter aufgerissen und gab den Blick frei auf die Muskeln darunter. Sein Haar klebte in Strähnen an seinem schweißnassen Hals, während er sich dem Gegner widmete, der von den dreien den furchterregendsten Eindruck machte. Dass er siegen würde, war klar, denn die Fausthiebe des anderen Mannes wehrte er so lässig ab, als würde er nach einem Insekt schlagen.

Sein Kampfstil hatte etwas Diabolisches. Er war methodisch, auf jede Bewegung konzentriert, und jeder Hieb war eine Mischung aus geballter Kraft und durchdachtem Raffinement. Jedem Angriff wich er geschickt aus, während er im Gegenzug jede kleinste Unachtsamkeit sofort ausnutzte. Dann schließlich landete er mit einem Aufwärtshaken einen Treffer, der seinen Gegner ein Stück weit in die Luft hob, ehe er auf den Boden zurückkehrte und vor Kates Füßen liegen blieb.

Als der Highlander ihm entschlossen folgte, versuchte der Mann am Boden, sich auf allen Vieren in Sicherheit zu bringen, doch der Schotte beugte sich vor, packte den Mann am Kragen und grinste ihn dann strahlend an. „Sie wollen doch nicht schon gehen, mein Freund, und mich ganz allein zurücklassen?“, fragte er mit gespielter Sorge, während er den Kerl hochzog, bis der wieder aufrecht vor ihm stand. „Aber wenn sich unsere Wege doch trennen sollen, dann muss es wohl so sein. Zuvor werde ich jedoch wieder den Dolch an mich nehmen, den Sie mir entwendet haben. Mir ist nämlich nicht danach, ihn in meinem Rücken wiederzufinden.“

Dass Dougal noch da war, hatte er offenbar vergessen.

Kate war es nicht anders ergangen.

Der erhob sich auf einmal und marschierte auf den Highlander zu, ohne sich darum zu scheren, dass Kate zwischen ihnen beiden stand. Der Schotte ließ den anderen Mann los und zog ihm mit einer raschen Bewegung die Beine weg, woraufhin der wie eine gefällte Eiche zu Boden ging.

Blitzschnell ging der Highlander dann auf die Knie, bekam Kate am Handgelenk zu fassen und zog sie so kraftvoll aus Dougals Pfad, dass sie mitten in der Menge landete. Die jungen Crofter konnten sie gerade noch auffangen, ehe sie hinfiel.

Sie hatte sich eben wieder aufgerichtet, da sah sie, wie Dougal seinen Dolch hob und damit ausholte. Der Highlander, der immer noch kniete, packte das Handgelenk seines Angreifers und wehrte die Attacke ab. Seine Schultern spannten sich, und die Halsschlagadern schwollen an, so viel Kraft kostete es ihn, zu verhindern, dass ihn die Klinge tödlich traf.

Dougal biss die Zähne zusammen, Speichel lief ihm aus dem Mundwinkel, während er weiter versuchte, seinen Hieb zu Ende zu führen. Gleichzeitig stand der Highlander langsam auf, mit einer Hand noch immer den Arm seines Gegners umklammernd.

„Halten Sie jetzt ein, wenn Sie sich einigen Schmerz ersparen wollen", riet der Highlander ihm mit finsterer Miene.

„Fahr zur Hölle, Bastard!"

„Ah, wunderbar. Ich gebe zu, ich wäre enttäuscht gewesen, hätten Sie irgendetwas anderes gesagt."

Mit einem kraftvollen Ruck zog er Dougals Arm zunächst ein Stück weit nach vorn, gleichzeitig brachte er seine Schulter darunter in Position, und als er dann den Arm nach unten riss, konnte jeder im Raum hören, wie Knochen brachen.

Kates Magen drehte sich bei diesem Geräusch um. Dougal wurde blass, seine Finger ließen die Klinge los, die klirrend zu Boden fiel, dann heulte er vor Schmerz laut auf.

Verächtlich dreinblickend schubste der Highlander Dougal in Richtung seiner Freunde. „Sie sollten besser seinen Arm schienen", rief er dem Gastwirt zu. „Sonst wird er nie wieder eine Kutsche lenken können."

Seine Worte drangen auch bis zu Kate durch. Die nahm den Schotten nicht länger wahr, sondern musste an das denken, was er gesagt hatte: Nun hatte sie auch keinen Kutscher mehr!

Wie betäubt ging sie zum Gastwirt, suchte in ihrer Tasche und holte schließlich eine wertvolle Münze hervor, die zuvor im Saum ihrer Mantels eingenäht gewesen war. „Holen Sie jemanden, der seinen Arm richtet", sagte sie tonlos und wandte sich ab, obwohl sie nicht wusste, wohin sie gehen sollte.

Wenn sie keinen anderen Kutscher fand, würde sie mit der Postkutsche nach York zurückkehren müssen. Angesichts der steigenden Zahl an Wegelagerern, Dieben und Banditen, die im Land ihr Unwesen trieben, sowie der ersten Vorboten eines vermutlich strengen Winters, würden nur wenige private Agenturen ihr Vieh – oder ihre Leute – in den Norden von Schottland schicken. Es käme einem Wunder gleich, wenn es dem Marquis gelungen sein sollte, eine Gesellschaft zu finden, die zu dieser Jahreszeit noch dazu bereit sein sollte. Wenn sie aber nach York zurückkehrte, vergab sie damit ihre letzte Chance, es noch in diesem Winter nach Clyth zu schaffen.

Sie *musste* Clyth erreichen, um jeden Preis. Es erschien ihr als die einzige Chance, das zurückzuerlangen, was sie verloren hatte. Und nun sollte ihr auch diese Gelegenheit genommen werden!

Um sie herum begann sich alles zu drehen, und zum ersten Mal in ihrem Leben fühlte sie eine Ohnmacht nahen. Zu wenig zu essen, keine Hoffnung auf einen erfolgreichen Abschluss ihrer Mission. Sie schwankte leicht, schloss die Augen und versuchte, irgendetwas zu fassen zu bekommen, um sich abzustützen. Doch da war nichts.

Andererseits würde es vielleicht eine Erleichterung sein,

sich einfach hinzugeben und nicht länger zu versuchen …

Kraftvolle Hände legten sich plötzlich um ihre Ellbogen, um ihr Halt zu geben. Sie roch Leder, Schweiß und ein sonderbar metallisches Aroma. Dann öffnete sie die Augen.

Der Highlander stand mit dem Rücken zum Kamin, dessen Feuerschein das Haar des Mannes rötlich-golden leuchten ließ. Von seinen Gesichtszügen konnte sie kaum etwas erkennen.

„Wer sind Sie?", fragte sie.

„Ich?", erwiderte er mit tiefer Stimme. „Ich bin Ihr Schutzengel, meine Liebe."

Kate bekam das Gefühl, dass sich jeden Moment etwas Bewegendes ereignen würde. Unwillkürlich stolperte sie ein Stück nach hinten, doch damit sie nicht hinfiel, zog der Highlander sie rasch an sich. Da er sich gleichzeitig etwas um seine Achse drehte, fiel der Lichtschein des Kaminfeuers auf sein Gesicht. Zum ersten Mal an diesem Abend bekam Kate den Mann klar und deutlich zu sehen: unbarmherzige, eisig grüne Augen, den Mund eines Wüstlings, den kantigen Kiefer eines keltischen Kriegers.

Dann verlor sie in den Armen von Christian MacNeill das Bewusstsein.

2. KAPITEL

Kate befand sich zwischen Wachen und Träumen. Ein warmer, männlicher Duft stieg von der Oberfläche auf, auf der sie lag, und durchdrang die Dunkelheit. Sie fühlte sich sicher, völlig entspannt und … ein wenig … rotwangig. *Rotwangig?*

Sie erwachte halb aus ihrem Schlaf und öffnete die Augen einen Spaltbreit, bis sie einen kantigen Kiefer und einen starken, männlichen Hals vor sich erblickte. Sie sah nach oben und erkannte den rotblonden Highlander, der sie aufmerksam betrachtete. Seine Augen waren wie Sardonyx: blassgrün, silberhell und undurchdringlich.

„Erinnern Sie sich an mich, Mrs. Blackburn?", fragte er. „Kit MacNeill?"

„Christian?"

Er lächelte flüchtig. „Mehr Kit als Christian, würde ich sagen. Dann erinnern Sie sich also."

Oh ja! Sie erinnerte sich allzu deutlich daran, wie sie in einem nur noch karg eingerichteten Zimmer saß und in diese verletzt dreinblickenden, eindringlichen graugrünen Augen eines jungen Mannes blickte, der sich wie ein eingesperrtes wildes Tier bewegte. Eines Mannes, der sich in einer so völlig anderen Welt bewegte als sie, dass sie sich in der Lage fühlte, ihm Dinge anzuvertrauen, die sie nicht einmal gegenüber ihrer eigenen Familie hatte enthüllen können. Dinge, die von solcher Verbitterung und Wut geprägt waren, dass sie sie nur ihm sagen konnte, weil sie davon überzeugt gewesen war, ihre Wege würden sich niemals wieder kreuzen. Doch sie hätte wissen sollen, dass dies ein Fehler gewesen war.

„Ja, ich erinnere mich." Ihre Wangen und ihr Hals wurden mit einem Mal heiß. „Wie … warum sind Sie hier?"

Er zog spöttisch eine Braue hoch, die von einer tiefen Narbe gespalten wurde. „Glauben Sie nicht an Schutzengel?"

„Nein." Würde es sie wirklich geben, dann hätte man ihren schon vor Jahren suspendiert, da er seiner Aufgabe zu keiner Zeit nachgekommen war. Kate veränderte ein wenig ihre Position, woraufhin er sie in seinen Armen zurechtschob, bis er sie besser festhalten konnte. Seine Bewegung machte ihr bewusst, dass sie von einem Mann getragen wurde, der im Grunde ein Fremder für sie war. „Oh bitte. Ich kann auf meinen eigenen Beinen stehen."

Kommentarlos setzte er sie ab. Als sie leicht schwankte, streckte er eine Hand nach ihr aus, doch Kate wich zurück. „Es geht mir gut."

Der Highlander verzog den wohlgeformten Mund zu einem rätselhaften Lächeln. Jener junge Mann, der ihrer Familie damals die wundervollen goldenen Rosen brachte, war zwar stürmisch gewesen, doch bei ihm hatte sie etwas Vertrautes verspürt. Auf eine unerklärliche Weise war es ihr so vorgekommen, als sei ihr dieser Christian MacNeill bekannt. Der raue, hagere „Kit" MacNeill weckte bei ihr nicht diese Gefühle. Warum nur war er hier?

„Welches ist Ihr Zimmer?"

Sie deutete auf die erste Tür im Gang, woraufhin er sie öffnete und dann Platz machte, damit Kate eintreten konnte. Im Zimmer drehte sie sich zu ihm um und sah, was die Düsternis im Korridor verborgen hatte: Blut, das sein Haar an der Schläfe verklebte. Außerdem waren die Knöchel von den Fausthieben aufgeschlagen und blutig. Ihr schauderte bei diesem Beweis dafür, welch brutale Gewalt im Spiel gewesen war.

„Sie sind verletzt."

„Zweifellos sieht es schlimmer aus, als es ist. Das ist bei Verletzungen am Kopf oftmals der Fall."

Kate zögerte. Vielleicht lag es an seiner Vertrautheit mit dieser Art von Blessuren, vielleicht regte sich auch nur wieder ihr Pflichtgefühl, auf jeden Fall hielt sie ihm die Tür auf. „Waschen Sie wenigstens das Blut ab. Die Schüssel hier ist besser, als wenn Sie den Trog für die Pferde nehmen."

„Ist das die einzige Wahl, die ich habe?", fragte er ironisch lächelnd.

„Ich habe das letzte freie Zimmer bekommen, und wenn inzwischen kein Gast wieder abgereist ist, dann ist das die einzige Wahl", erwiderte sie kühl, entschlossen, nicht auf seine Anspielung einzugehen. Sie deutete auf die abgestoßene Porzellanschüssel. „Bitte."

Er schnaubte kurz, dann trat er mit dem Gesichtsausdruck eines Mannes ein, der der unverständlichen Laune eines anderen Menschen folgte, und schloss die Tür hinter sich. Nachdem er vor die Waschschüssel getreten war und sich etwas Wasser ins Gesicht gespritzt hatte, ergab sich für Kate die Gelegenheit, ihn genauer zu betrachten.

Kein Wunder, dass sie ihn zunächst nicht erkannt hatte, denn die hageren Gesichtszüge waren noch ausgeprägter als damals und bildeten nun harte, kantige Konturen. Sie entdeckte mehr Narben als nur die, die sich durch seine Augenbraue zog, und dabei waren es vor drei Jahren schon zu viele gewesen.

Sie hatte ihn auch nicht so groß und breitschultrig in Erinnerung. Als er sich das Gesicht abrieb, fiel ihr das Spiel seiner Rückenmuskeln auf, die das stellenweise zerfetzte Leinenhemd bis zum Zerreißen spannten. Alles an ihm war so männlich, so viel zu männlich!

Warum hatte er die Tür hinter sich geschlossen? Er hätte sie offen stehen lassen sollen, ganz zu schweigen davon, dass ein Gentleman erst einmal eine andere Frau geholt hätte, die als Anstandsdame dienen konnte … Oh Gott! Was ging ihr denn da nur durch den Kopf? Ein Schankmädchen war nun wirklich nicht geeignet für diese Funktion, und er war kein Gentleman, auch wenn er sich gebildet auszudrücken verstand. Erst jetzt fiel ihr auf, dass er im Schankraum gar nicht so gebildet gesprochen hatte. Was war nur los?

Sie hätte ihn besser nicht aufgefordert, in ihr Zimmer zu kommen. Vielleicht glaubte er, sie habe nicht aus reiner Freundlichkeit so gehandelt, sondern aus einem ganz anderen Grund. Ihr war nicht bekannt, was für ein Mann er überhaupt war, was er tat und was er getan hatte.

Der Lärm aus dem Schankraum ließ die dünnen Bodenbretter ihres Zimmers zittern, was ihr umso deutlicher machte, in welcher Gefahr sie unter Umständen schwebte. Sollte sie um Hilfe rufen müssen, würde niemand sie dort unten hören. Stück für Stück bewegte sie sich auf die Tür zu, um eine bessere Chance zu haben, falls sie die Flucht vor ihm ergreifen musste.

„Haben Sie ein Handtuch?" Er richtete sich auf, und obwohl Kate darüber erschrak, gab sie ihm hastig ein Tuch, wich dann aber sofort wieder zurück. Einen Moment lang sah er sie einfach nur an, dann drehte er ihr erneut den Rücken zu. „Ich nehme an", fuhr er fort und trocknete sich das Gesicht ab, „Sie benehmen sich wie ein verängstigtes Kaninchen, weil Sie Angst vor mir haben. Ich werde nicht über Sie herfallen, Mrs. Blackburn." Er klang so gelangweilt, als würde ihm tagtäglich unterstellt, Frauen zu vergewaltigen.

Ihre Wangen brannten, da sie rot angelaufen waren, und Kate kam sich albern vor.

MacNeill sah in den Spiegel über der Waschschüssel und betrachtete die Schnittwunde an der Schläfe. Da er Kate ignorierte und vor allem damit beschäftigt war, das Blut von seinen Händen zu wischen, wurde sie ein wenig ruhiger.

Sie erkannte, dass sich sogar seine Augen verändert hatten. Damals waren sie wie der Eingang zu einer wilden Seele gewesen, heute dagegen verrieten sie rein gar nichts mehr über das, was in ihm vor sich ging. Vertraut war nur, wie schön seine Augen noch immer aussahen. Länglich, von einem bemerkenswerten Graugrün, volle Wimpern.

Während er das benutzte Handtuch zur Seite warf, trat weiterhin Blut aus der Schnittwunde an der Schläfe aus.

„Sie bluten immer noch“, bemerkte sie.

Verärgert betrachtete MacNeill die Fingerspitze, mit der er die Schläfe berührt hatte, und stand unentschlossen da. Ein weiteres Handtuch gab es in ihrem Zimmer nicht, und Kate zögerte kurz, ehe sie spontan unter das Bett griff und das Gepäck ihrer verstorbenen Cousine hervorzog – eine reich verzierte und kunstfertig gearbeitete Ledertruhe mit Messingbeschlägen.

Außer Grace Murdochs Habseligkeiten befand sich darin auch Kates komplette Garderobe: drei der besten Kleider ihrer Mutter, die sie hatte ändern lassen, damit sie nicht nach der Bettlerin aussah, die sie eigentlich war, wenn sie auf Castle Parnell ankam. Behutsam legte sie die in dünnen Stoff eingeschlagenen Kleider auf ihr Bett, damit sie an die sorgfältig zusammengefaltete Leibwäsche gelangen konnte.

Früher einmal hatte es sich dabei um eine neue Aussteuer gehandelt, hergestellt aus dünnstem Batist, mit Seide bestickt und in Brüsseler Spitze gefasst. Das beste Stück war längst verschlissen, die Spitze hatte man abgetrennt, um mit ihr Charlottes Schulkleider zu verschönern. Was noch verblieb, war vom häufigen Waschen durchscheinend geworden, und es war öfter geflickt worden, als Kate zu sagen vermochte. Ein Verband in einem Hospital war nicht annähernd so fadenscheinig wie dieser Stoff.

„Was machen Sie da?“, fragte MacNeill.

„Sie bluten, und ich kann Sie so nicht gehen lassen.“ Sie trennte das alte Hemd am Saum auf. „Setzen Sie sich.“

Er legte den Kopf schräg und betrachtete sie überrascht, doch dann kam er zu ihr und nahm auf dem einzigen Stuhl im Raum Platz. Kate stellte sich hinter ihn, während sie das Hemd in schmale Streifen riss, die sie dann so übereinander legte, dass sie einen gepolsterten Verband bildeten. Den drückte sie auf die verletzte Schläfe und sagte: „Halten Sie das fest."

Seine Hand berührte ihre. Sie wirkte so rau und vernarbt wie alles an diesem Mann, doch sie vermittelte auch ein Gefühl von Eleganz. Die Finger waren schlank, fast schon ausgezehrt, und das Gleiche galt auch für sein breites Handgelenk. Hastig zog sie ihre Hand zurück und begann, eine Bandage um seinen Kopf zu wickeln.

Als dabei sein Atem stockte, fragte Kate: „Tue ich Ihnen weh?"

„Nein." Unter dem zerzausten, dichten rotblonden Haar waren vermutlich noch mehr Wunden verborgen. Kate beugte sich weiter vor und untersuchte seine Kopfhaut genauer, während er reglos dasaß, die Hände auf die Knie gelegt, den Blick starr geradeaus gerichtet.

Von ihrer Position aus konnte sie einen Blick in den Hemdkragen werfen und sah die breite Brust, die voller dunkler Haare war. Der Körper eines richtigen Mannes. Sie hatte schon vergessen, wie ein Mann …

„Tief sind Sie gefallen, Liebste", sagte MacNeill auf einmal.

Schuldbewusst zuckte sie zusammen, doch er fügte nur an: „Ich bezweifele, dass Sie mir vor drei Jahren den Kopf verbunden hätten."

„So?"

„Sie waren eine vornehme, junge Dame. Sie waren vollkommen … rein." Er senkte seine Stimme, bis nur noch ein nachdenkliches Flüstern zu hören war. „Das Reinste, das ich je gesehen hatte."

Sie straffte ihre Schultern. Die schmerzende Bedeutung hinter seinen Worten war ihr nur zu deutlich bewusst. „Wenn ich Ihnen heute nicht so makellos erscheine, dann liegt es daran, dass ich auf Reisen bin", erwiderte sie.

MacNeill lachte amüsiert, was sie zutiefst verwirrte. Sie

ließ sich seine Bemerkung durch den Kopf gehen und suchte nach einer doppelten Bedeutung. Wollte er feststellen, ob ihre schlechteren Umstände auch zu einer Verschlechterung ihrer Moral geführt hatten? Er wäre nicht der erste Mann, der diesem Irrglauben aufsaß. Andere vor ihm hatten schon eine Antwort über sich ergehen lassen müssen, dass ihnen Hören und Sehen vergangen war. Auch wenn sie noch so elende Kreaturen waren, hatten sie sich dennoch nach gewissen gesellschaftlichen Belangen gerichtet. Kit MacNeill dagegen wirkte so, als würde er sich nach nichts und niemandem richten. Und er machte auch nicht den Eindruck, als könnte es ihn berühren, wenn sie ihm die Meinung sagte.

Kate räusperte sich. „Sie haben durchaus recht. Vor drei Jahren hätte ich Sie in die Küche geschickt, damit sich die Haushälterin Ihrer annimmt. Heute habe ich zwar weder eine Haushälterin noch eine Küche, doch ich bin nicht so tief gefallen, wie Sie glauben. Ich weiß immer noch, was Dinge wie Verpflichtung und Dankbarkeit bedeuten, insbesondere mit Blick auf jemanden, dem es schlechter ergeht als mir. Ich hoffe, daran wird sich auch niemals etwas ändern."

Wieder huschte ein amüsierter Ausdruck über MacNeills Gesicht. „Dann gebe ich zu, im Unrecht zu sein. Sie hätten sich natürlich anständig verhalten. Ich kann mich glücklich schätzen, dass Sie Ihre Manieren nicht verlernt haben."

„Sie sagen das, als sei anständiges Verhalten etwas höchst Verdächtiges, Mr. MacNeill", erwiderte sie herablassend und trennte mit den Zähnen einen weiteren Streifen vom Batist ab. „Nach allem zu urteilen, was ich von der Welt gesehen habe, ist es deutlich angenehmer, wenn man sich entsprechend den Vorgaben einer höflichen Gesellschaft verhält, anstatt impulsiv zu reagieren und zur Gewaltanwendung zu neigen."

Während sie sprach, sah sie ihn nicht an. Es war auch nicht nötig, da es überhaupt keinen Zweifel daran gab, was sie damit sagen wollte.

Ihre plötzliche Kühnheit erstaunte sie, doch sie hätte sich besser weiter von ihrer Angst leiten lassen. Ihr fester Glaube an ihre eigene Unverwundbarkeit war ein weiteres Überbleibsel aus jenem Leben, das längst hinter ihr lag – und ein weiterer Beitrag für ihr Buch: *Eine Dame, die zu den vornehmen Armen zählt, sollte sich stets vor Augen halten, dass sie nicht länger Teil jener Gesellschaft ist, die ihr Sicherheit und Wohlergehen garantiert.*

„Ich will nicht undankbar klingen", fügte sie nervös an.

„Keineswegs", entgegnete er. „Für Ihren Schutz stehe ich vielmehr in Ihrer Schuld."

Sie wollte seine Dankbarkeit nicht. Sie wollte, dass er ging. Er beunruhigte sie, er machte ihr Angst. Doch aus ihrem Reitunterricht wusste sie, dass man einem gefährlichen Tier niemals Gelegenheit geben durfte, die eigene Angst zu wittern.

„Die Blutung sollte jetzt aufhören", sagte sie. „Danke für das, was Sie für den Jungen getan haben." Kate trat einen Schritt zur Seite, um ihm zu bedeuten, er solle nun gehen. MacNeill rührte sich nicht. „Nun erlauben Sie mir, dass ich mich von Ihnen verabschiede."

Noch immer saß er da. „Ich fürchte, mein Handeln hat dazu geführt, dass Sie nun hier festsitzen."

„Sie waren äußerst mutig." Sie sammelte die Stoffreste auf und warf MacNeill ein Lächeln zu, von dem sie hoffte, dass er es als Aufforderung zum Gehen verstand. „Die gute Tat wiegt schwerer als eine Unannehmlichkeit, die daraus entsteht."

„Ich habe nicht viel riskiert."

„Das sehe ich anders. Dougal hatte ein Messer, ich habe es gesehen. Sie waren sehr heldenhaft." Mit diesen Worten machte sie einen Schritt in Richtung Tür und legte eine Hand auf die Türklinke, um sie gleich zu öffnen.

„Wenn ich mich nicht irre, haben Sie von Helden genug", gab er leise zurück.

Da sie schwieg, zuckte er mit den Schultern, um die Gefahr, die von Dougals Messer ausgegangen war, als bedeutungslos abzutun. Warum saß er bloß immer noch da?

„Zumindest schulde ich Ihnen eine Kutschfahrt nach …", er hob fragend eine Augenbraue, „… nach York?"

„Nein."

„Ihr ‚anständiges Verhalten' wird Sie doch sicher nicht davon abhalten, von mir Geld anzunehmen."

„Ich bin nicht auf dem Weg nach York, sondern in die entgegengesetzte Richtung."

Es stimmte, was sie sagte. Sie hatte zwar kein Geld bei sich, doch der Marquis, der Schwager von Grace, würde jeden Preis bezahlen, den ein Kutscher für die Strecke verlangte. Immerhin hatte er schon einmal eine Kutsche zu ihr entsandt. Außerdem unternahm sie die Reise seinetwegen. Jedenfalls zum Teil. *Vorgeblich* seinetwegen …

MacNeill betrachtete sie von Kopf bis Fuß, wobei ihm nichts entging – weder der verräterische Schmutz am dreifach umgenähten Saum ihres Kleids noch das abgewetzte Leder ihrer oftmals neu besohlten Stiefel. „Und Sie glauben, sich ohne Kutscher anders arrangieren zu können?"

„Ja, dessen bin ich mir gewiss."

„Ich fürchte, Sie erwartet eine Enttäuschung", fuhr er fort. „Dies ist kein Haltepunkt für Kutschen, Mrs. Blackburn, sondern eine Zuflucht für Diebe und Wegelagerer."

„Sie klingen so, als wüssten Sie über dieses Haus genau Bescheid", konterte sie.

„Über dieses genauso wie über hundert andere der gleichen Art."

Es kümmerte sie nicht, in wie viele Lasterhöhlen er schon eingekehrt war. Er wusste nichts über ihre Situation. Er wusste nicht, was für sie auf dem Spiel stand. Ihm war nicht klar, dass sie ihr altes Leben – und das ihrer Schwestern – zurückgewinnen konnte, wenn alles perfekt lief.

„Ihr Wohlergehen steht auf dem Spiel", erklärte er. „Ich

kann Sie nicht guten Gewissens sich selbst überlassen, zumal Sie durch mein Handeln nun hier gestrandet sind."

„Das ist nicht Ihre Sorge." Sorgfältig sprach sie jede Silbe mit allem Hochmut, den sie aufbringen konnte.

Mit einem Ausdruck der Befriedigung lächelte er sie an. „Aber meine liebe Mrs. Blackburn. Vor wenigen Augenblicken haben Sie mich noch zurechtgewiesen, wie wichtig anständiges Verhalten ist, trennt es doch den zivilisierten Menschen vom ... sagen wir, vom heidnischen Schotten. Sie können nicht für sich dieses Verhalten beanspruchen, mir das Gleiche aber verwehren."

Sie wurde rot. Er hatte sie äußerst geschickt manipuliert. „Sie vergeuden Ihre Zeit, wenn Sie mich zum Umkehren überreden wollen. Ich reise in Richtung Norden, nach Clyth, von dort dann weiter nach Castle Parnell. Es sei denn, Sie beabsichtigen, mich über die Schulter zu legen und nach York zu tragen, Mr. MacNeill."

Sein Lächeln nahm einen sanften Zug an, als hätte sie etwas äußerst Amüsantes gesagt. „Meine liebe Frau, sehen Sie mich an."

Mit gefährlicher Eleganz stand er vom Stuhl auf und breitete seine langen Arme aus. Unter dem blutbefleckten Stoff sah sie das Spiel seiner Muskeln, und er war verschwitzt. Alles an ihm wirkte unzivilisiert und vor allem gefährlich. „Glauben Sie wirklich, ich wäre dazu nicht in der Lage?"

„Ich glaube", antwortete sie mit leiser Stimme, „dass Sie wegen Ihrer selbstauferlegten Schuld meiner Familie keinen Kummer verursachen werden."

Er versteifte sich, als hätte sie ihn geschlagen, dann lächelte er breit. „Dieser Treffer saß, Madam. Ich muss Sie dafür loben. Aber nun haben Sie mich in eine unangenehme Situation gebracht, da ich Sie entweder bedrängen oder zulassen muss, dass Sie sich in Gefahr bringen."

„Dies hat nichts mit Ihnen zu tun. Vergessen Sie einfach

unsere Begegnung, wenn das Ihr Gewissen erleichtert."

„Auf mir lastet der Fluch, ein exzellentes Gedächtnis zu besitzen. Ich sagte Ihnen bereits, wie sehr es mich belastet, in jemandes Schuld zu stehen. Ich begleiche meine Schuld, Madam, damit ich niemandem verpflichtet bin", erklärte er. „Und nun, meine finstere kleine Lehrerin, sagen Sie mir, welches Verhalten die höfliche Gesellschaft von mir verlangt."

Sie öffnete die Tür. „Es ist völlig richtig, dass Sie eine Dame nicht bedrängen sollen, ganz gleich, wie sehr Ihr Gewissen Sie quält. Und nun möchte ich mich gerne zur Ruhe begeben. Nochmals danke, dass Sie sich für den Jungen eingesetzt haben. Leben Sie wohl."

MacNeill folgte ihr auffallend gehorsam. Als er sich neben Kate befand, griff er um sie herum, schloss die Tür und hielt sie mit einer Hand zu. Die Muskeln seines unbedeckten Bizeps spannten sich an, doch Kate ließ sich davon nicht beeindrucken. „Wo wollen Sie einen anderen Kutscher finden?"

„Ich werde den Gastwirt fragen", erwiderte sie aufgebracht. „Er wird wissen, ob mich jemand fahren kann."

„Sie müssten schon eine Hand voll Gold bieten, damit sich jemand zu dieser Jahreszeit in Richtung Norden begibt." Aufmerksam betrachtete er sie. „Ich nehme nicht an, dass Sie über diese Hand voll Gold verfügen."

„Nein." Es zu leugnen, hätte zu nichts geführt.

„So, so. Und dieser Kutscher, den Sie noch nicht gefunden haben, soll Sie aus welchem Grund in den Norden von Schottland bringen? Nur weil er Ihr hübsches Gesicht zu sehen bekommt?"

„Sie müssen nicht spotten", sagte sie. „Ich werde diesem Kutscher versichern, dass der Marquis of Parnell ihn bei unserer Ankunft entlohnen wird."

„Und Sie glauben, damit diesen unbekannten Galan überreden zu können?"

„Ich wüsste nicht, was dagegenspricht."

„Es wird Ihnen nicht gelingen, weil man diesen Leuten ein Leben lang alles Mögliche versprochen hat, Mrs. Blackburn. Niedrigere Mieten, Gesetze, die das Wenige beschützen, das sie ihr Eigen nennen, höhere Löhne, Gerechtigkeit. Nichts davon wurde ihnen gegeben. Wir Schotten sind misstrauisch, wenn man uns Versprechungen macht, Mrs. Blackburn, auch wenn sie von einem anmutigen Mädchen wie Ihnen kommen. Oder vielleicht dann erst recht."

„Aber ich lüge nicht."

„Das ist unwichtig. Niemand hier kennt Sie, nur ich."

Aus einem unerklärlichen Grund raubten ihr seine Behauptungen den Atem. „Sie kennen mich auch nicht. Sie wissen doch gar nichts über mich." Sie wollte unter seinem Arm wegtauchen, doch er bekam ihr Handgelenk zu fassen und drehte sie zu sich herum.

Dann zog er sie näher an sich, während Kate versuchte, Abstand zu ihm zu wahren. Noch nie hatte jemand sie auf diese Weise angefasst, die beherrschte Gewalt erkennen ließ und zugleich eine mühelose, völlige körperliche Kontrolle demonstrierte. Ihre plötzliche Hilflosigkeit machte ihr Angst, schnürte ihr die Kehle zu und ließ das Blut in ihren Schläfen pochen.

„Hören Sie mir zu", sagte er, ohne von ihrer Pein Notiz zu nehmen. „Selbst wenn Sie einen Mann finden würden, der auf Ihre Bedingungen einginge … haben Sie sich mal Gedanken darüber gemacht, von welchem Schlag er wäre? Was würde in zwei Tagen geschehen, irgendwo auf freier Strecke? Für Ihren letzten Kutscher hat eine Agentur gebürgt, und sehen Sie sich nur an, was für ein Charakter er war. Der Mann, der bereit ist, Sie zu fahren, wird dagegen nicht mal ein Empfehlungsschreiben vorlegen können."

Schließlich riss sie sich los oder besser gesagt: Er ließ sie so plötzlich los, dass sie mit den Schultern gegen die Wand hinter ihr stieß. Sofort war er wieder dicht bei ihr und verhinderte ein Entkommen.

„Angenommen, Sie verschwinden einfach.“ Seine wunderschönen Augen wirkten wie die eines Jägers, der gesättigt, aber dennoch in der Lage war, sich für eine Jagd allein zum Spaß wieder zu erheben. Ihr Herz machte einen Satz. „Wer würde Sie finden? Wer würde überhaupt nach Ihnen suchen?“

Er beugte sich vor und stützte sich über ihrem Kopf mit seinem muskulösen Unterarm an der Wand ab, sodass sie vollkommen in der Falle saß. Kate wand sich, drückte ihre Wange gegen das Mauerwerk. Seine Fingerspitzen befanden sich dicht neben ihrer Schläfe. Sobald sie sich bewegte, würde er sie zwangsläufig berühren. Panik kam in ihr auf und ließ ihr Blut wie durch eine starke Droge in Wallung geraten. Sein Blick wanderte langsam über ihr Gesicht und blieb an ihren Lippen hängen. Zitternd schloss sie die Augen. „Wie könnte irgendjemand wissen, wo er überhaupt nach Ihnen fragen sollte? Und *wen* er fragen sollte?“

In diesem Moment hätte er mit ihr machen können, was ihm gefiel, und niemand wäre da gewesen, um einzuschreiten. Aber genau das wollte er ihr zu verstehen geben: Wenn sie hier bereits so schutzlos war, was sollte dann erst unterwegs sein? Sie verstand, was er meinte. Sie konnte ihm auch nur beipflichten, doch es würde nichts ändern.

Jahrelang hatte sie nach einem Ausweg aus ihrer gegenwärtigen Situation gesucht. Nun war ein Hoffnungsschimmer aufgetaucht, und sie würde sich weder von ihrer Angst noch von dem Risiko zur Umkehr bewegen lassen. Nicht jetzt und nicht hier.

Sie schlug die Augen auf. „Ich *muss* weiterreisen.“

„Wieso?“

Kate hatte gehofft, er würde nun endlich aufhören, doch wie es schien, war die Lektion noch nicht abgeschlossen. Er betrachtete weiter ihren Mund, als fasziniere es ihn, wie ihre Lippen Worte bildeten.

„Erinnern Sie sich an meine Cousine Grace?"

„Ja."

„Sie heiratete Charles, den jüngeren Bruder des Marquis of Parnell, und lebte mit ihm auf der Burg der Familie nahe Clyth." Die Worte sprudelten förmlich aus ihr heraus. „Vor ein paar Monaten schrieb Grace, sie und Charles würden nach London umziehen." Sie wagte einen kurzen Blick auf MacNeills Gesicht.

„Sie schickte eine Truhe mit persönlichen Habseligkeiten voraus, Dinge von geringem Wert zwar, die ich aber bis zu ihrer Ankunft aufbewahren sollte." Mit einer Hand deutete sie auf die offene Truhe. Obenauf lagen ein Messingteleskop, einige Bücher und eine flache Reiseschreibmappe. „Kurz darauf erhielten wir die Nachricht, dass Grace und Charles bei einem Bootsunfall umgekommen waren. Der Marquis ist zutiefst bestürzt, und er hat aus sentimentalen Gründen darum gebeten, ihre Habseligkeiten zurückzusenden. Ich versprach ihm, das persönlich zu übernehmen."

„Sieh einer an, Mrs. Blackburn. Sie sind ein wahrer Quell zärtlicher Gefühle", gab MacNeill ironisch zurück und strich ihr eine Strähne aus dem Gesicht, die sich in ihrem Mundwinkel verfangen hatte. „Aber ich bin mir sicher, dass seine Lordschaft auch einen Winter ohne den Nippes seines Bruders überstehen würde."

Er zwang sie zu einem Geständnis, das sie lieber nicht ablegen wollte. Kate wich seinem Blick aus. „Der Marquis und ich … wir sind uns vor einigen Jahren begegnet. Ich glaube, er hat mich in guter Erinnerung", sagte sie und schluckte ihren Stolz hinter. „Ich hoffe, dass ich ihn in seiner Trauer und mit Blick auf seine einstigen … Gefühle für mich dazu bringen kann, Gönner meiner Familie zu werden. Wir sind die einzigen lebenden Verwandten von Grace."

„Sie meinen ‚die armen Verwandten'?", meinte MacNeill lachend. „Das steht Ihnen nicht, Mrs. Blackburn."

„Der Hungertod steht mir noch viel weniger!“ Sie drehte sich abrupt zu ihm um. Wie konnte er es wagen, über sie zu urteilen? Viele führten ein glücklicheres Leben, wenn sie von Familienangehörigen geduldet wurden. Sie und ihre Schwestern würden nicht die Ersten sein.

„Im Frühling können Sie diese Mission ebenso gut erledigen“, hielt er dagegen.

„Im nächsten Frühling werde ich nicht die Geldmittel haben, um diese Reise zu unternehmen.“

„Ich habe Bargeld.“ Plötzlich stieß er sich von der Wand ab und ließ die Arme sinken, da er nicht länger interessiert zu sein schien, mit ihr zu spielen. Die Lektion war beendet. Für ihn war die Angelegenheit geregelt. Er würde sie zurück nach York schicken und ihr genug Geld geben, damit sie im Frühjahr erneut eine Kutsche mieten konnte. Dann würde er davonreiten, da er endlich seine Schuld gegenüber ihrer Familie eingelöst hatte. Doch im Frühjahr würde es zu spät sein. Der Marquis musste ihr *jetzt* helfen.

„Und Sie verfügen über genug Geldmittel, um uns durch den Winter zu bringen? Um für Charlottes Schulbesuch zu bezahlen? Um ihr Kleider zu kaufen?“ Ihr Stolz verhinderte es, ihm zu sagen, dass die Kleider noch das kleinste Problem waren. Langsam ließ sie ihren Blick über sein zerzaustes Haar, sein zerrissenes Hemd und die abgewetzten Stiefel wandern.

„Hätte ich geahnt, dass die Situation so ernst ist …“

„Mr. MacNeill“, erwiderte sie. „Ich wäre nicht heute Abend an diesem Ort, wenn ich meine Situation nicht für ‚ernst‘ halten würde. In den letzten Jahren haben sich nur wenige Gelegenheiten ergeben. Ich kann es mir nicht leisten, dann zu zögern, wenn sich eine solche Chance abzeichnet. Im Frühjahr wird der Marquis seine Trauer überwunden haben, er wird wieder ein praktisch denkender Mensch sein, und dann wird es ihn nicht annähernd so sehr beeindrucken, wenn ich ihm die Habseligkeiten seines Bruders und dessen

Frau zurückbringe. Und das wird bedeuten, dass die Aussichten auf eine Belohnung für mein Handeln gesunken sind."

„Sie sind ein berechnendes Geschöpf. Sagen Sie, ist das auch eine Eigenschaft der ... der *besseren* Schichten?"

„Ich bin das, was die Umstände von mir erfordern", antwortete Kate. Wie sollte er sie verstehen können? Er war gesund und kräftig, er hatte keine Verpflichtungen, wenn man von dieser Schuld absah, die er unbedingt begleichen wollte. „Im Moment erfordern die Umstände von mir, dass ich handele. Ich muss auf den Gastwirt vertrauen und einen Kutscher finden. Mir bleibt keine andere Wahl."

„Doch", widersprach MacNeill. „Ich bringe Sie hin."

„Nein!", rief sie aus.

Er verzog spöttisch den Mund. „Was ist los, Mrs. Blackburn? Vertrauen Sie mir nicht?"

„Nein."

Sein Lachen hatte nichts Verbittertes. „Weise, aber unnötig. Ich werde Ihnen nichts tun. Ich habe nur wenig, aber ich weiß das Wenige zu schätzen: mein Wort, meine Ehre, meine Unabhängigkeit. Ersteres kann ich halten, weil ich die Fähigkeiten und die körperliche Kraft dafür besitze. Das Zweite, weil es mein Wille ist. Letzteres, weil ich keinem Mann und keiner Frau verbunden bin mit Ausnahme derjenigen, in deren Schuld ich stehe. Und unter diesen ganz wenigen Ausnahmen steht Ihre Familie an erster Stelle."

Sie studierte seine harsche Miene, ihre Gedanken überschlugen sich. Sie war nicht dumm, und sie wusste, er war womöglich ihre einzige wirkliche Hoffnung, Castle Parnell zu erreichen. Ihr war nicht danach, den Weg mit irgendeinem Fremden zurückzulegen, vor allem unter den Bedingungen, die MacNeill ihr so deutlich vor Augen geführt hatte. Doch er machte ihr Angst. Ihr Instinkt sagte, dass er ihr großen Schaden zufügen konnte, und sie vertraute auf diesen Instinkt. „Neinn einfach nur nein."

Er ballte die Hand zur Faust, woraufhin sie unwillkürlich zurückwich, da sie noch zu gut vor Augen hatte, was es bedeutete, wenn er seinen Zorn entlud. Leise fluchend tat er einen Schritt nach hinten.

„Vielleicht haben Sie recht", meinte er schroff. „Bei Gott, vielleicht haben Sie recht."

Dann sah sie verblüfft mit an, wie er sich vor ihr hinkniete und den Kopf senkte, den Arm auf seine Brust legte und die Hand über seinem Herzen zur Faust ballte. Das zuckende Kerzenlicht fing sich in seinem Haar.

„Katherine Blackburn, ich schwöre, Ihnen zu dienen. Ich schwöre, meinen Arm und mein Schwert, meinen Atem und mein Blut in Ihren Dienst zu stellen." Seine Stimme bebte, so eindringlich sprach er diese Worte. „Was immer Sie von mir verlangen, ich werde es tun. Was immer Sie benötigen, ich werde es Ihnen geben. Beim Willen Gottes allein schwöre ich Ihnen dies."

Er hob den Kopf und sah sie an. „Wohlklingende Worte, nicht wahr? Worte, für die ich eher sterben werde, bevor ich sie brechen kann."

Die letzten Sätze kamen so leise über seine Lippen, dass Kate sich nicht sicher war, ob sie richtig verstanden hatte. „Dies ist mein Land", fuhr er fort, während seine blassen Augen funkelten. „Ich kenne die Berge und die Flüsse. Ich weiß, wo man Zuflucht suchen kann und wo nicht. Ich kann die Launenhaftigkeit des Windes daran erkennen, wie heftig er weht, und ich kenne Wege, die uns an Ihr Ziel führen werden, ohne uns in Gefahr zu bringen. Ich sagte Ihnen bereits, ich würde so lange wie nötig warten, um meinen Schwur zu erfüllen. Ich habe lange gewartet, und nun können Sie mir eine Last von meinen Schultern nehmen und zugleich sicher nach Clyth gelangen, wenn Sie mich gewähren lassen."

Der Eifer in seinen Worten ließ sie erröten. Vor drei Jahren hatte er sie überraschend dazu gebracht, offen und ehrlich zu ihm zu sein. Nun fand sie diese Offenheit und Ehrlichkeit in seinem Tonfall wieder. Es war verrückt, doch die einzige andere Möglichkeit – ihr Leben einem wildfremden Menschen anzuvertrauen – war noch viel verrückter.

„Ja."

„Ich hole meine Sachen." In einer fließenden Bewegung war er aufgestanden, und er wirkte so kühl, als hätte er den leidenschaftlichen Schwur nie gesprochen. „Wir machen uns bei Tagesanbruch auf den Weg."

3. KAPITEL

Sie hatte Angst vor ihm. All ihrem Mut zum Trotz war es ihr nicht gelungen, das erschrockene Zusammenzucken zu verbergen, als er sich bewegte.

Kit MacNeill überquerte mit weiten Schritten den dunklen Hof, ohne vom Eisregen oder vom beißenden Wind Notiz zu nehmen, der sein Haar zerzauste. Er hatte getan, was von ihm erbeten worden war. Nach fast zweijährigem Aufenthalt in Indien war er vor drei Wochen in Bristol an Land gegangen und hatte unverzüglich Kontakt mit dem Anwalt in London aufgenommen, an den der Abt jede Nachricht weiterleiten sollte. Mit irgendwelchen Neuigkeiten hatte er nicht gerechnet, umso erstaunter reagierte er, als die Rose – verwelkt und klein, aber noch immer von goldener Färbung – in seinem Gasthaus eingetroffen war.

Die Mitteilung, die diese Rose begleitete, besagte, er möge dafür sorgen, dass Kate Blackburn unversehrt in den Norden Schottlands gelangte. Er wurde über die Strecke informiert, die sie nehmen würde, und es gab eine Warnung, sie werde sich hartnäckig gegen jede Einmischung sträuben. Ihr Widerstand würde sogar so groß sein, dass der Absender – vielleicht war es Charlotte, doch die Unterschrift war verwischt – ihn anflehte, Kate unbedingt glauben zu lassen, der Zufall habe ihre Wege kreuzen lassen. Natürlich war er genau nach diesen Anweisungen vorgegangen. Ihm blieb auch keine Wahl, da er einen Schwur abgelegt hatte.

Es änderte jedoch nichts daran, dass ihm weder dieser Eingriff in sein Leben gefiel noch die Tatsache, Zeit damit zu vergeuden, eine junge Schönheit zu ihrem möglicherweise zukünftigen Ehemann zu eskortieren. Es gab ein Anliegen, weshalb er nach so langer Zeit nach England zurückgekehrt war, und nun musste eben dieses Anliegen warten.

Drei Jahre lang versuchte er zu vergessen, dass er einmal

„Brüder“ hatte, eine Ersatzfamilie, die er geliebt und der er vertraut hatte und der gegenüber er bis auf das Äußerste loyal gewesen war. Drei Jahre lang hatte er versucht, die Vergangenheit zu vergessen, doch er konnte es nicht. Es gab nur einen Weg, diese Zeit endlich hinter sich zu lassen: Er musste den Mann finden – möglicherweise einer dieser Brüder –, dessen Verrat ihm in jenem französischen Kerker fast das Leben gekostet hätte. Doch nun … sein Blick wanderte zurück zu dem im Dunkeln daliegenden Wirtshaus … nun musste er sich zunächst um Kate Blackburn kümmern.

Sie hatte also Angst vor ihm. Das war gut. Eine ängstliche Frau würde eher befolgen, was er sagte. Und das würde dieses kleine Abenteuer schneller voranbringen. Er tat stets das, was für ihn am besten war.

Doch warum sah er dann immer wieder im Geiste, wie blass und entsetzt sie war, als sie die Schlägerei beobachtete? Aber was sollte es schon? Sie war mit einer Welt in Berührung gekommen, in der ein Mensch blutete, wenn er geschlagen wurde. Das war seine Welt. Wie entsetzt würde sie erst sein, hätte sie gewusst, was er in den letzten drei Jahren gesagt und auch getan hatte. Das Leben eines Soldaten war nun einmal nichts Schönes.

Er musste zugeben, dass Entsetzen und Angst nicht das Einzige waren, was sie ausstrahlte. Sie besaß auch Mut. Sein Mund verzog sich unwillkürlich zu einem Lächeln, als er daran dachte, wie sie versucht hatte, ihn einzuschüchtern. Sie hatte ihn so herablassend angesehen wie eine Göttin im Körper einer Sterblichen. Es steckte noch immer viel von dem Leben in ihr, das sie im elegantesten und edelsten Viertel von York geführt hatte, als sie noch mit einem vernichtenden Blick jeden auf Trab bringen konnte, der nicht auf einer Stufe mit ihr stand.

In York mochte das noch funktioniert haben, hier jedoch tat es das nicht mehr.

Allerdings befand er sich deshalb nicht zwangsläufig auch auf einer Stufe mit ihr. Sie gehörte zwar nicht mehr der feinen Gesellschaft an, doch ihr Selbstbewusstsein hatte darunter nicht nennenswert gelitten. Sie tat noch immer so, als sei sie von Geburt an ein besserer Mensch als alle anderen und als ob nichts auf der Welt daran etwas ändern könne. Ein Blick genügte, um zu glauben, diese Haltung, die Arroganz in ihren Augen und selbst das erhobene Kinn seien Dinge, die einem in die Wiege gelegt worden sein müssten. Ihre Überlegenheit war so sehr ein Teil von ihr, wie er den Teufel nicht hätte verleugnen können, der ihm eigen war. Zumindest hatten das die Mönche behauptet, was für ihn bedeutete, dass kein Mensch ihm ferner war als ausgerechnet Kate Blackburn.

Dieses Wissen änderte jedoch nichts daran, mit welchem Verlangen sein Körper auf sie reagierte.

Er verschwand in die dunklen Stallungen und fand den Stand, in dem sein Wallach Doran untergebracht war. Nachdem er sein zerfetztes Hemd ausgezogen hatte, nahm er das zusammengefaltete Stück Stoff ab, das er auf jenen Schnitt gedrückt hatte, der Dougals Gefährten zu verdanken war. Zum Glück war ihr diese Verletzung nicht aufgefallen, sonst würde er jetzt immer noch in ihrer Kammer sitzen und müsste ihre intimen Berührungen aushalten.

Aus seinem Lederbeutel zog er eines der noch verbliebenen zwei Hemden hervor, streifte es über und legte sich so mit dem Rücken zur Tür des Standes ins Stroh, dass er das schwach erleuchtete Fenster von Kates Zimmer sehen konnte. Schlafen würde er nicht, da er geschworen hatte, sie zu beschützen. Nichts konnte ihn von diesem Schwur abhalten.

Ein Schatten bewegte sich durch das Zimmer. Kate.

Ihm missfiel, dass sein Puls schneller wurde, doch er leugnete es nicht. Vielmehr ließ er sogar zu, dass ihr Bild vor seinem geistigen Auge entstand, damit er im Traum betrachten konnte, was er sich in der Wirklichkeit nicht gestattet hatte.

Der Tau der Jugend war ihr durch die Zeit genommen worden, und inzwischen verliehen die markanten, aber feinen Knochen ihrem schmalen Gesicht etwas eher Kantiges. Sie hatte bläulich-violette Schatten unter den Augen, die so edel und dunkel wie Onyx waren. Nur ihr Mund, voll, verwundbar und blühend, hatte nach wie vor etwas zutiefst Vertrautes. Das war jedoch auch kein Wunder, hatte er doch in vielen Nächten, die er an schrecklichen Orten verbrachte, immer wieder an diese sanften Lippen gedacht.

Lautlos ging er zur Stalltür und hielt den Kopf so, dass ihm der Eisregen ins Gesicht prasselte und seine erhitzten Gedanken abkühlte.

„Ich sah noch nie einen Mann wie Sie", schnurrte auf einmal eine Frauenstimme.

Kit schaute über die Schulter, wo eine junge Frau in der Türöffnung an der gegenüberliegenden Seite des Stalls stand. Seine Nase nahm sie eher wahr, als dass er sie sah. Es war eine Mischung aus Erde, Moschus und Verlangen.

„Sie alle reden drüber. Wie Sie die Dame aufgefangen und nach oben in ihr Zimmer gebracht haben. Alle dachten, Sie und die Dame ...", sie hielt kurz inne und grinste wollüstig, „... Sie würden die Nacht zum Tag machen."

„Sie alle haben sich geirrt."

„Ich weiß." Die junge Frau kam näher und fuhr mit der Zunge über ihre Lippen. „Ich hab Ihren Tartan noch nie gesehen. Woher kommt er?"

„Von nirgendwoher."

Sie lächelte keck. „Woher sind Sie dann? Von weit weg, möcht ich wetten."

„Was willst du, Mädchen?" Die Antwort kannte er bereits: ein paar Stunden, um zu vergessen, oder eine Münze für Branntwein oder einfach nur eine aufregende Nacht mit einem wüst aussehenden Schotten, um die Langeweile zu bekämpfen. Die Zivilpersonen, die den Truppen nachzogen, und sogar einige Frauen der Offiziere hatten genau das gewollt. In der Nacht verwischten die Grenzen zwischen Gentleman und Bürgerlichem, zwischen Adligem und Bettler. Verlangen machte sie alle zu Gleichen.

Die junge Frau lachte über seine Frage, ohne sie zu beantworten. „Ich habe Ihresgleichen schon mal gesehen. Sie kommen von den Bergen, sie sind halb gezähmt, halb wild. So wie Sie." Sie ließ ihren Blick abschätzend über seinen Körper wandern. „Die meisten von ihnen begeben sich nach Süden, wo sie ihr Ende erwartet. Manchmal kehren ein paar von ihnen zurück in die Berge, nachdem die Welt ihnen etwas Lust und etwas Schmerz beschert hat. Ich frage mich, was dann mit ihnen geschieht. Für diese Welt sind sie nicht geeignet, aber auch nicht mehr für die Welt, vor der sie davongelaufen sind."

„Tatsächlich?", murmelte er.

„Sie sprechen ein deutliches Stück besser als jeder, den ich jemals gehört habe, das kann ich Ihnen sagen. Aber auch wenn Sie gebildet klingen, können Sie nicht leugnen, was Sie sind."

„Und das wäre?"

„Ein Highlander." Ihre Antwort klang so, als habe seine Frage sie überrascht. „Ein unzivilisierter ...", sie tänzelte näher, „... und heimatloser ...", wieder benetzte sie ihre Lippen, „... und sehr männlicher Lump."

Sie stellte sich auf die Zehenspitzen und fuhr mit der Zunge über den Hals bis zum Spalt in seinem Kinn. „Und das ist genau der Schlag Mann, den ich will."

Als er nicht reagierte, lächelte sie flüchtig. „Sie wollen doch nicht etwa *sie,* oder?" Ungläubig deutete sie mit einer Kopfbewegung auf die Schenke. „Dann vergeuden Sie Ihre Zeit. Sie steht über Ihnen, Sie heulen den Mond an. Ich dagegen bin von Ihrem Schlag. Ich weiß, wie man einen Mann wie Sie verwöhnt – auf eine Art, von der eine Dame wie die da nicht mal träumen würde."

Sein Blick war weiter auf Kates Fenster gerichtet, die Worte der Frau nahm er kaum wahr. „So?“

Sie legte die Arme um seinen Hals und biss ihn sanft in die Schulter. Als er daraufhin die Augen schloss, sah er glänzend schwarzes Haar, Augen so schwarz wie ein Bergsee um Mitternacht, einen zarten, vollen Mund. Hatte er den Verstand verloren?

„Geh zurück in die Schenke.“ Er löste sich aus der Umarmung der jungen Frau, die ihn zornig ansah.

„Sie sind ein Narr, wenn Sie ablehnen, was Ihnen ohne Gegenleistung geboten wird. Wieso?“, wollte sie wissen.

Er verzog den Mund zu einem schiefen Lächeln. „Wie es scheint, habe ich noch nicht genug geheult.“

Abtei St. Bride's

Schottische Highlands, 1789

„Er ist kein Teufel.“ Der Knabe mit dem klugen Gesicht und den blauen Augen sprach kichernd zu den Jungs, die Kit umringten. Der, der Kits Zwieback hatte stehlen wollen, lag wimmernd und zusammengerollt vor ihm.

„Dann ist er die Brut des Teufels, Dougie“, meinte einer der anderen Jungs. Kit war noch nicht lange genug hier, um sich einen der Namen merken zu können. „Oder ein Wolfsjunges. Ich habe die Brüder über ihn reden gehört. Sie sagten, er sei schon schlecht zur Welt gekommen.“

Kits ungefragter und noch nicht gewürdigter Fürsprecher gab einen verächtlichen Laut von sich. „Die sehen überall nur Böses. Sie sind ja schließlich auch Priester“, konterte er mit unwiderlegbarer Logik.

„Ich finde, mit seinen grünen Augen sieht er verrucht aus“, kam eine andere Stimme aus der Menge. „Unnatürlich.“

Wie oft hatte Kit das in den zehn Jahren seines jungen Le-

bens schon hören müssen? Er ballte die Fäuste und wartete auf die Schläge, die diesen Worten stets gefolgt waren.

„Und du siehst dumm aus, Angus." Ein großer schwarzhaariger Junge, der vielleicht ein Jahr älter war als Kit, schob sich durch die Gruppe nach vorn. Kit hatte noch nie einen so hübschen Jungen gesehen, der dennoch nichts Mädchenhaftes ausstrahlte. „Aber das ist auch nicht unnatürlich, immerhin bist du ja auch dumm."

Douglas lächelte den Sprecher sichtlich erleichtert an. „Du kannst gut mit Worten umgehen, Ramsey Munro."

Kit stand da und wartete ab, so wie er es schon immer gemacht hatte – wenn seine Mutter in einer Stadt nach der anderen oft tagelang einfach verschwand; wenn die Mädchen in den Schenken mit ihm spielten, als sei er ein Schoßhund; wenn die Männer, mit denen seine Mutter irgendwohin ging, ihn ohrfeigten und ihm sagten, er solle in der Gasse oder im Stall oder woanders warten, wo sie ihn nicht sehen müssten.

„Was ist hier los?", wollte der Schwarzhaarige wissen. Er sprach zwar eindeutig Schottisch, doch der Akzent klang sanft und fremdartig.

„John fand, der Neue hier hat genug gegessen, darum nahm er ihm den Zwieback weg", erklärte Douglas. „Aber der Neue war damit nicht einverstanden. Einige von den anderen glauben jetzt, es sei Teufelswerk, weil jemand John so leicht besiegt, obwohl er gerade mal halb so groß und halb so schwer ist wie John."

„Du bist ein Schwein, John", sagte Ramsey Munro liebenswürdig und stieß den am Boden Liegenden mit der abgewetzten Schuhspitze an. John setzte sich auf und wischte sich den Rotz ab. „Und ein Vielfraß. Hast du nicht gehört, was der Abt über die sieben Todsünden gesagt hat?"

„So wie für den Burschen, der John verprügelt hat", fuhr Ramsey fort, „war es nur eine Frage der Zeit, bis jemand herausfindet, dass John nur eine halb so große Bedrohung ist und *dass die andere Hälfte Großtuerei ist."*

„Er ist so verdammt ruhig, bis auf seine Augen! Die glühen wie ein Höllenfeuer, und sie sind so kalt wie das Eis in der Nordsee. So wie er einen ansieht, ist das nicht natürlich", meldete sich eine neue Stimme zu Wort.

Meistens mochte seine Mum ihn auch nicht ansehen, doch manchmal legte sie ihre langen Finger um sein Gesicht und starrte ihn so lange an, bis ihm die Tränen kamen. Dann schubste sie ihn von sich und ging fort. Als sie es das letzte Mal gemacht hatte, war sie nicht wiedergekommen.

Stattdessen war ein großer, dickbäuchiger Mönch namens Fidelis eines Morgens bei ihm zu Hause aufgetaucht, gab dem alten Weib eine Münze, die seiner Mutter ein Bett vermietet hatte. Er setzte Kit in einen Karren und fuhr mit ihm davon. Eine Woche später war er hier in den schottischen Highlands angekommen, an einem Ort namens St. Bride's, an dem sich auch gut ein Dutzend anderer Jungs befanden. Die meisten von ihnen waren Gott kein Stück näher als Kit selbst, aber zumindest sahen sie so aus.

Er wäre am liebsten weggelaufen, doch St. Bride's befand sich sozusagen mitten im Nichts. Außerdem mochte er die Berge, den Duft der Kiefern, die klare Luft, die Farben des Himmels. Vor allem aber mochte er das frische Brot, das er jeden Morgen bekam, sowie am Nachmittag den Zwieback und den Käse.

Kit sah auf John herab und wusste, er hatte ihm nicht annähernd so weh getan, wie die Rache von Johns Freunden an ihm ausfallen würde. So lief es nun einmal ab, doch in diesem Moment sah es so aus, als würde es gar nicht erst zu einer Prügelei kommen, weil dieser Douglas – dessen autoritäre Aura, die Führer ausmachte, sogar von Kit wahrgenommen wurde – und der schwarzhaarige Ramsey Munro sich eingemischt hatten.

Aber wieso?

„Steh auf, John. Verletzt ist doch vor allem dein Stolz, sonst nichts." Douglas hielt ihm die Hand hin, und nach einem bösen Blick in Kits Richtung ließ John sich aufhelfen.

„Und sieh unseren Jungen nicht so an." Douglas drehte sich zu Kit um. „Wie heißt du, Bursche?"

„Christian ... MacNeill."

„MacNeill? Wirklich? Habt ihr das gehört? Und er trägt auch noch einen Tartan", rief Douglas und sah Kit von oben bis unten an. „Das ist doch ein Tartan, oder? Schwer zu sagen, weil er so verdreckt ist."

„Es ist ein Tartan", antwortete Kit schroff. Seine Mutter hatte ihm vor ein paar Jahren den Tartan gegeben, der von einem Priester in Glasgow stammte. Sie erklärte ihm lediglich, der gehöre nun ihm ganz allein, und er sei besser als nichts, um ihn vor der Kälte zu schützen.

„Aha! Er ist also nicht einfach irgendein Highland-Knabe, Jungs", erklärte Douglas voller Begeisterung der Gruppe. „Ich erinnere mich, den Tartan schon mal gesehen zu haben. Er gehört zu einem alten, geheimen Clan. Christian MacNeill könnte einer ihrer Prinzen sein."

Ramsey beugte sich zu Kit und sprach mit leiser Stimme zu ihm, während Douglas dafür sorgte, dass die anderen ihre düstere Stimmung vergaßen. „Ab sofort solltest du John besser aus dem Weg gehen, Christian ..." Er hielt inne. „Du hättest dir auch keinen unpassenderen Namen aussuchen können. Du solltest dir einen anderen zulegen."

„Man nennt mich Kit."

„Und du bist tatsächlich vom Teufel besessen, wie ich höre?" Ramsey zog fragend eine Augenbraue hoch, jedoch so voller Ironie, dass Kit nicht anders konnte, als ihn anzugrinsen.

„Manchmal ja", gab er zu.

„Du da! Der Neue!" Eine tiefe Baritonstimme schallte vom Torbogen bis zum Kreuzgang. Bruder Fidelis, ein hun-

dertachtzig Pfund schwerer, gütiger Kindesentführer, kam über den Kiesweg gestürmt, das braune Gewand flatterte um seine kräftigen Knöchel. Die Jungs, die sich um Kit und die anderen geschart hatten, liefen in alle Richtungen davon, doch Bruder Fidelis nahm keine Notiz von ihnen.

„Ich habe das genau gesehen! Ich sah, wie du einen der anderen Jungs geschlagen hast. Das ist bösartig! Ich werde hier solche Niedertracht nicht dulden! Hast du verstanden?" Er zeigte mit einem schmutzigen Finger auf Kit.

„Er isses nicht schuld gewesen", warf Douglas ein.

„‚Ist es‚‚ nicht ‚isses'", korrigierte Bruder Fidelis ihn.

„John wollte ihm den Zwieback abnehmen", meldete sich Ramsey zu Wort.

Fidelis rümpfte argwöhnisch die Nase und betrachtete Kit genau. „Seinen Bruder zu schlagen, ist eine Sünde."

„Er ist nicht mein Bruder", gab Kit zurück. Er hatte keine Familie, und seit seine Mum weggegangen war, gab es überhaupt niemanden mehr. Es war so auch am besten.

„Wir sind hier alle Brüder. Jeder von uns. So überleben wir. Ohne einen Bruder ist man ganz allein. Möchtest du für immer allein sein?"

Kit zuckte mit den Schultern, während Douglas nachdrücklich den Kopf schüttelte und Ramsey die Augen ein wenig zusammenkniff. Seufzend sprach Fidelis weiter: „Natürlich willst du das nicht. Aber du wirst es schon noch lernen. Wenn du allerdings tatsächlich bösartig bist, dann kann ich nichts für dich tun. Niedertracht ist eine Sache, der sich der Herr annimmt. Doch wenn ein Junge zu viel Zeit hat, mit der er nichts Sinnvolles anfangen kann, dann habe ich für ihn etwas zu tun. Komm mit." Er setzte sich in Bewegung, überzeugt davon, dass seine Anweisung auf der Stelle befolgt wurde.

Er mochte bösartig sein, doch Kit war kein Feigling, und so folgte er dem Mönch. Ein paar Sekunden später bemerkte er, dass Ramsey Munro und Douglas Stewart ihn begleiteten.

„Was macht ihr?“, flüsterte er.

„Wir gehen mit dir mit“, antwortete Douglas ruhig.

„Ich habe noch nie gesehen, wie Bruder Fidelis jemanden bestraft. Ich bin neugierig“, fügte Ramsey an.

Der Mönch führte sie auf umständlichem Weg durch die baufällige Abtei. Einige der alten Gebäude waren über die Jahre hinweg so vernachlässigt worden, dass die Mauern unter ihrem eigenen Gewicht zusammengebrochen waren. Geduckt umrundete er die Priorei und ging zielstrebig auf eine hohe Mauer zu, die mit Ranken überwuchert war, blieb vor einer Holztür stehen und zog aus einer Innentasche seiner Kutte einen schweren Schlüssel hervor. Nachdem er aufgeschlossen und die Tür geöffnet hatte, wandte er sich dem Trio zu. Falls es ihn überraschte, dass Kit von Ramsey und Douglas begleitet wurde, ließ er sich das zumindest nicht anmerken. Langsam hob er den Blick und erfasste etwas mit seinen winzigen, dunklen Augen, dann schürzte er die Lippen.

„Eine weitere Seele ist reif, um vom Stamm zu fallen“, murmelte er und zeigte auf einen alten Apfelbaum. „Du! Andrew Ross, du kannst auch mitkommen!“

„Wie?“ Irgendwo von oberhalb ertönte eine junge männliche Stimme.

Kit sah auf, konnte zunächst niemanden erkennen, doch ein leises Rascheln ließ ihn weiter nach oben schauen in die höchsten Äste des Baums. Dort baumelte ein Paar Beine zwischen den Blättern.

„Komm herunter, Dand!“, rief Bruder Fidelis laut, aber nicht verärgert. Im nächsten Moment sprang ein drahtiger Junge mit sandfarbenem Haar aus dem Baum. Seine unschuldigen braunen Augen waren weit aufgerissen.

„Komm her!“

Der Junge zuckte zusammen und näherte sich langsam der kleinen Gruppe.

„Andrew Ross", flüsterte Ramsey Kit zu. „Er wird froh sein, dass du hier bist."

„Wieso das?"

„Weil jeder sagt, er sei vom Teufel besessen." Ramsey lächelte wissend. „Bis jetzt."

„Ich habe nichts getan", rief der sonnengebräunte Junge und streckte die Arme aus, um seine Worte zu unterstreichen.

„Das wirst du schon noch, und jetzt komm mit", schnaubte Bruder Fidelis. „Und nun bleibt ihr auf dem Pfad und fasst nichts an." Er winkte die vier durch die Tür und zog sie hinter ihnen zu.

Sobald sie hindurchgegangen waren, schlug Kit ein schweres, exotisches Parfüm entgegen, von dem ihm schwindlig wurde. Er sah sich um, war aber von dem Aroma wie benommen, das teils Nelke, teils ambrosische Süße war, so schwer wie Rahm und zugleich so leicht wie ein Nebel. Langsam drehte er sich um, dann entdeckte er die Quelle.

Rosen! Überall waren Rosen, die sich an zerfallenen Ziegeln und mit Moos überwachsenen Steinen in die Höhe rankten. Sie hingen von teilweise eingebrochenen Torbögen herab, sie zogen sich in dichtem Flechtwerk über kaum noch erkennbare Wege. Sie bildeten Fontänen aus leuchtenden Farben, sie scharten sich zu kleinen, verstohlenen Gruppen zusammen. Sie loderten und flackerten, waren zart und beherzt, ungestüm und zerbrechlich.

Scharlach und Karmesin, Blassrot und Kirsch. Rosen von reinem Weiß und Muschelrosa, Elfenbein und frischem Rahm. Doch am auffälligsten und atemberaubendsten war eine Rose, die mitten in einem Überfluss aus minzgrünen Blättern mit fein gezackten Rändern stand – und die im reinsten Gelbton erblühte, den man sich vorstellen konnte. Im hellen Tageslicht strahlte sie kraftvoll und schien selbst etwas vom Glanz der Sonne zu besitzen.

„Sie ist wundervoll", murmelte Kit und beugte sich vor,

um die safranfarbene Blüte genauer zu studieren. „So gelb wie ein Eidotter. Solch eine Farbe habe ich noch nie gesehen."

„Das hat noch niemand."

Kit sah auf und bemerkte, dass Fidelis ihn mit einem Anflug von Anerkennung betrachtete.

„Nun, jedenfalls so gut wie niemand", stellte der Mönch klar. „Allenfalls eine Hand voll Männer in England und Schottland zusammengenommen. Die meisten Rosenliebhaber würden schwören, dass es keine gelben Rosen gibt."

„Woher kommt sie?", fragte Ramsey, der seinen Blick nicht von der Blüte abwenden konnte.

„Es heißt, ein Kreuzritter habe sie aus dem Heiligen Land mitgebracht und der Abtei geschenkt, da man sich hier während der Pest um seine Familie gekümmert hatte. Im Gegenzug ..." Er brach mitten im Satz ab. „Jedenfalls ist sie seit damals bei uns."

„Und die anderen Rosen?", wollte Douglas wissen.

„Im Lauf der Jahre aus allen Winkeln der Welt zusammengetragen. Früher war St. Bride's für seine Rosen bekannt", erklärte er voller Stolz. „Doch nachdem der König '45 die katholische Kirche in Schottland verbot, waren die Rosen mit einem Mal nicht mehr so wichtig. Wir verließen St. Bride's nicht, weil wir so weit von allen anderen entfernt gelegen sind. Niemand nahm hier von uns Notiz." Er machte eine ausholende Geste. „Dieser Ort wurde sozusagen ignoriert."

„Schön", meinte Andrew und beugte sich über eine Rose. „Aber der Duft ist so intensiv, davon bekomme ich Kopfschmerzen."

Bruder Fidelis' versöhnliche Stimmung war schlagartig verschwunden, und er sah den Jungen kühl an. „Ich vergaß, was für ein heidnischer vorlauter Kerl du bist, Andrew Ross. Aber danke für deine Erinnerung, dass du nicht hier bist, um die Geschichte des Gartens zu erfahren. Du bist natürlich hier, um zu arbeiten."

„Wir auch?", fragte Ramsey beunruhigt.

„Oh ja. Du, Ramsey Munro, hast so sehr den Teufel in dir wie Christian. Du verbirgst ihn nur unter deiner Kleidung."

Kit hatte keine Ahnung, was das bedeuten sollte, doch ihm gefiel der Gedanke, dass wenigstens einmal jemand anderes bösartig war.

„Und ich?", fragte Douglas sichtlich gekränkt.

„Du übernimmst immer die Rolle des Anführers. Ich sehe keinen Grund, warum du sie jetzt abtreten solltest." Er wandte sich Andrew Ross zu. „Und du ..." Er schüttelte den Kopf, sprach aber nicht zu Ende.

Was das Ganze sollte, verstand Kit nicht. Er hatte schon mal acht Stunden lang Werg gerupft, Ställe ausgekehrt und Wassereimer geschleppt. Wie schwer sollte im Vergleich dazu die Arbeit in diesem Garten sein?

„Wie lange?", fragte Ramsey.

„Bis das Unkraut gerupft ist", antwortete Bruder Fidelis. „Und vielleicht auch einige Wände ausgebessert sind."

Kits Grinsen wurde breiter. Unkraut zupfen? Halme und Stiele aus der Erde ziehen? Ein paar Steine verrücken? Fast hätte er laut aufgelacht.

Sechs Stunden später schmerzte Kits Rücken, seine Oberschenkel zitterten vom ständigen Knien. Die Arme waren mit Kratzern überzogen, die er den unzähligen Dornen der Rosenstöcke zu verdanken hatte. Seine Hände juckten vom Kontakt mit den Brennnesseln, die er aus dem Boden ziehen musste. Sein Gesicht brannte, und die Knie hatte er sich längst aufgescheuert. Doch weder beklagte er sich, noch hörte er mit seiner Arbeit auf. Die anderen verhielten sich ganz genau wie er.

Weitere zwei Stunden später waren sie endlich fertig. Stöhnend und fluchend zogen sie sich in den Schatten eines Torbogens zurück, wo sie erschöpft zu Boden sanken.

„Die anderen hätten dich besser gründlich verprügelt",

murmelte Douglas, klang aber nicht wirklich verärgert.

„Ich hätte einfach weitergehen sollen", stimmte Ramsey ihm zu.

„Aber ihr habt es nicht gemacht", gab Kit zurück. „Verdammte Narren."

„Und was ist mit mir?", warf Andrew Ross beleidigt ein. „Ich habe mich nur um meine eigenen Angelegenheiten gekümmert."

„Indem du Äpfel gestohlen hast."

Andrew zuckte beiläufig mit den Schultern. „Sündige Angelegenheiten, das kannst du mir glauben", räumte er verstockt ein. „Aber auch ganz allein meine Angelegenheiten."

Sie grinsten sich gegenseitig an, und sie waren noch immer guter Laune, als Bruder Fidelis wenige Minuten später zu ihnen kam.

„Ihr seid also fertig?", fragte er.

„Aye, Bruder Fidelis. Kein Unkraut mehr, nur noch Rosen." Douglas stand auf.

„Für den Moment."

„Wie?"

„Für den Moment, Douglas. Jetzt ist kein Unkraut mehr da, aber ein Rosengarten muss so wie eine Seele eifrig und unablässig gepflegt werden. Unkraut kommt so wie eine Sünde über Nacht. Kommt morgen wieder her. Jeder von euch."

„Aber wenn es morgen kein Unkraut zu entfernen gibt?", platzte es aus Ramsey heraus, der für einen Moment die Sorglosigkeit verlor, die ihn eigentlich charakterisierte.

„Dann gibt es Wege zu ebnen, Wände müssen wiederaufgebaut werden, ein Brunnen ist auszuheben, Torbögen sind zu reparieren. Wir werden schon etwas finden", versicherte Bruder Fidelis ihnen. „Und nun dürft ihr gehen."

Während er die Tür aufhielt, warf Andrew Kit einen Blick zu, der erkennen ließ, dass er bereit war, dieses Schicksal zu akzeptieren. Doch Kit wollte das nicht, zumal er sich nicht sicher war, was das für ein Schicksal war, das ihn hier erwartete.

„Warum sind wir hier?", flüsterte er Douglas zu.

„Weißt du das nicht? Der Grund liegt in dem, was der Ritter der Gelben Rose im Gegenzug für seine Gönnerschaft verlangte", wisperte der und ging weiter. „Wir sollen Ritter werden."

4. KAPITEL

Begleitet vom Lärm aus der Schenke und dem Heulen des Sturms schlief Kate nur schlecht. Sie träumte von ihrem Ehemann Michael, doch seine Augen nahmen immer wieder einen grünen Farbton an, und wenn er sprach, war stets ein schottischer Akzent zu hören. Erschrocken und von Schuldgefühlen geplagt, wachte sie noch vor Tagesanbruch auf.

Innerhalb von zwei Jahren hatte sie – auf Betreiben ihres Vaters – Lieutenant Michael Blackburn kennengelernt, ihn geheiratet und ihn verloren. Rückblickend war es gar nicht so verwunderlich, dass ihr Vater sich so für Michael eingesetzt hatte. So wie er selbst war auch der junge Mann schneidig und mutig, und auch er setzte sich völlig für eine Sache ein. Und er war ebenfalls der Sohn einer verarmten, wenngleich vornehmen Familie.

Sie bedauerte ihre Ehe nicht. Jedoch bedauerte sie, einen Helden geheiratet zu haben, einen Mann, der bei seinem Handeln keine Rücksicht nahm auf das Schicksal derer, die er hinterließ.

Wie sehr sie doch Helden verabscheute.

Schlaftrunken stand sie auf, geplagt von ihrem treulosen Gedanken, den ihr das Unterbewusstsein eingegeben hatte, und begann, jenes Baumwollkleid anzuziehen, mit dem sie auch schon die letzten drei Tage gereist war. Sie packte ihre wenigen Habseligkeiten in Grace' Truhe, atmete tief durch und ging nach unten.

Dort lagen die Männer auf dem Boden und an den Wänden entlang verteilt, als handele es sich um ein Schlachtfeld. Einige von ihnen saßen aufrecht und stützten sich im Schlaf gegenseitig, andere, die glücklicher dran waren, hatten Bänke zu Pritschen umfunktioniert. Der Gestank von abgestandenem Bier und feuchtem Brennholz stieg ihr in die Nase, und das Schnarchen wurde immer wieder von anderen, weit weniger angenehmen Geräuschen überlagert. Ein Schankmädchen kam durch eine Seitentür hereingeeilt, die Bluse schief geknöpft, die Arme voller Feuerholz.

„Mrs. Blackburn", ertönte eine tiefe Stimme.

Kate sah sich um und entdeckte Kit MacNeill, der fast die Türöffnung ausfüllte. Hinter ihm verdunkelten düstere Wolken den Himmel. Der Wind spielte mit seinem Tartan. Das fahle Licht betonte die Narben auf seinem Gesicht. Wie viele Männer hatten durch seine Hand Narben davongetragen? Wie viele von ihnen hatten nicht lange genug gelebt, um diese Narben zu sehen? Sie schauderte. Es war ein Fehler gewesen, sie konnte nicht mit diesem Mann reisen. Er war …

„Sind Ihre Sachen gepackt?"

„Ich habe noch einmal über meine Vorgehensweise nachgedacht", erklärte sie stotternd.

Er wartete nur stumm ab.

„Ich werde hierbleiben", fuhr sie fort. „Die Agentur, der die Kutsche gehört, wird einen anderen Kutscher schicken, um Dougal zu ersetzen oder zumindest die Kutsche abzuholen. Ich werde den Ersatzmann dazu überreden, mich nach Clyth zu bringen, ehe er nach York zurückkehrt."

„Dougal und die Kutsche sind fort", gab Kit zurück. „Er und einer seiner Freunde sind in der Nacht mit ihr weggefahren."

„Tatsächlich?" Sie verspürte große Erleichterung, da das Schicksal sie nun vor Kit MacNeill bewahrte. „Dann *muss* ich sogar auf eine andere Kutsche warten."

„Ich habe eine andere Kutsche", erwiderte Kit. „Der Gastwirt hat in seinem Stall einen alten Phaeton stehen."

Und damit hatte das Schicksal sie wieder zu Kit MacNeill zurückgebracht.

„So?" Einen Phaeton? Diese kleine Kutsche für zwei Personen besaß kein gesondertes Abteil für die Reisenden, sondern nur eine Bank, die ein Mitreisender sich mit dem Kutscher teilen musste. Außerdem war sie nicht geschlossen, stattdessen besaß sie nur ein teilweise einklappbares Verdeck. Und doch war dies möglicherweise ihre einzige Chance, Castle Parnell zu erreichen. „Ich … mein Gepäck ist fertig."

„Ich hole es." Sein Umhang umwehte seine breiten Schultern, als er die Treppe hinaufging. Minuten später kam er zurück und trug die schwere Truhe, als sei sie federleicht. Am Fuß der Treppe angekommen, erklärte er: „Ich regele alles mit dem Gastwirt, keine Sorge. Versuchen Sie nicht, mich wegen einer so unbedeutenden Angelegenheit ins Gebet zu nehmen. Sie können mich bezahlen, wenn wir auf der Burg Ihres Marquis angekommen sind."

„Er ist nicht *mein* Marquis", erwiderte sie und errötete.

Seine Miene schien ihr den stummen Vorwurf zu machen, sie sei hinterlistig, doch er sagte nur: „Das Pferd ist angespannt, die Kutsche wartet. Wenn es Ihnen beliebt, Madam." Er unterstrich seine Aufforderung mit einer spöttischen Handbewegung, woraufhin Kate vor ihm den Hof betrat.

Beim Anblick des Phaetons wurde ihr irgendwie anders. Der stand auf dem von Eis und Morast bedeckten Hof und war alt und entsetzlich heruntergekommen. Zwei grobe, zusammengenagelte Holzbretter ersetzten das, was eine gepolsterte Sitzbank hätte sein sollen. Das Verdeck war zerschlissen und wies Risse auf, Tau tropfte von den abgenutzten Rändern. Lediglich der angespannte junge Rotschimmel machte einen vertrauenerweckenden Eindruck.

„Wo haben Sie ein Pferd finden können?", fragte sie.

„In Indien. Vor zwei Jahren. Es ist meines."

„Indien", wiederholte sie überrascht.

„Aye." Er stellte die Truhe auf die kleine Ladefläche der Kutsche gleich neben den Sattel und kam zu Kate, dann streckte er seine Hand aus. Sie zögerte ein wenig, doch er wartete nur geduldig.

Sie kam der unausgesprochenen Aufforderung fast widerwillig nach und spürte nur zu deutlich, wie sie augenblicklich von Hitze durchströmt wurde. Am liebsten hätte sie sich von ihm gelöst, doch er ließ es nicht zu.

„Mir ist Ihre Verachtung lieber als Ihr erschrecktes Zusammenzucken, Mrs. Blackburn."

Seine Worte sorgten dafür, dass ihre Wangen erröteten und sie trotzig das Kinn hob.

„Aye, so meinte ich das."

Wütend zog sie ihre Hand ruckartig zurück, dann stieg sie ohne seine Hilfe auf und setzte sich auf das Holzbrett. Kit MacNeill grinste sie an und ging zurück in die Schenke.

„Madam?" Die Kellnerin, die Kate zuvor gesehen hatte, kam zur Kutsche und hielt ihr einen kleinen Weidenkorb und einen Tonkrug hin. „Er bat mich, Ihnen etwas zu essen zu bringen." Wer mit ‚er' gemeint war, musste Kate gar nicht erst erfragen. „Es ist nur ein wenig Brot und Käse, außerdem ein Krug Ale", fügte die junge Frau entschuldigend an. „Die Männer, die gestern Abend herkamen, haben nahezu alles gegessen, was wir hatten."

„Danke." Kate nahm Korb und Krug entgegen und verstaute alles unter dem Sitz. In ihrer Tasche fand sie eine Münze, die sie der Frau gab. Die nahm das Geld an, wollte sich abwenden, blieb dann aber doch an der Kutsche stehen.

„Ich weiß nicht viel von dem, was in der Welt da draußen vor sich geht." Sie deutete auf die Hügel im Süden. „Aber ich vermute, Männer sind überall gleich. Ich habe gesehen, wie Sie den Schotten ansehen. Sie haben Angst vor ihm."

Kate erwiderte nichts, obwohl sie sich tatsächlich vor ihm fürchtete.

„Der Rest der Welt", fuhr die junge Frau fort, „mag ja Grund zu der Sorge haben, ob ihm vielleicht der Sinn nach Gewalt steht. Sie aber nicht."

Ehe Kate dazu etwas sagen konnte, war das Schankmädchen davongeeilt und lief an Kit vorbei, der soeben aus dem Wirtshaus kam. Wortlos machte er seine Tasche auf der Truhe fest und stieg dann leichtfüßig auf, um neben Kate Platz zu nehmen. Er reichte ihr eine dicke Wolldecke.

„Die werden Sie sich um die Beine legen wollen. Wir fahren in Richtung des Moors, und da weht der Wind sehr heftig. Es wird kalt werden, bitterkalt."

„Warum nehmen wir dann diesen Weg?", wollte sie wissen und sah ihn herausfordernd an.

„In der Schenke waren Männer, die nicht nur an Ihrem hübschen Gesicht interessiert sind", antwortete er und machte die Zügel los. „Ich möchte wetten, sie haben auch gesehen, wie Dougal Ihre Truhe nach oben trug."

Sie verstand, was er meinte. „Dann sollte man aber doch denken, dass wir versuchen sollten, uns schnell so weit wie möglich von ihnen zu entfernen. Wäre es da nicht am besten, viel bereiste Landstraßen zu nehmen?"

„Im Norden Schottlands gibt es keine ‚viel bereisten Landstraßen', Mrs. Blackburn", gab er nach einem kurzen Lachen zurück.

„Nun, dann würde ich es immer noch für die beste Lösung halten, die Wege zu nehmen, die am häufigsten genutzt werden."

„Sie sind nun nicht mehr in England. Sie müssen mir vertrauen." Er schnalzte mit der Zunge, das Pferd setzte sich in Bewegung. „Wir nehmen den Weg durch die Moore, Mrs. Blackburn. In den Highlands wimmelt es von Mördern, Dieben und Banditen, aber nicht von Narren. Und nur ein Narr würde sich im November ins Highland-Moor begeben."

Die meisten Bekannten der Familie Nash waren überrascht – auch wenn sie es nicht so offen aussprachen –, dass die drei Waisen nach dem Tod ihrer Mutter so lange hatten durchhalten können. Den Grund dafür sahen sie ohne Zweifel in Kates

Genügsamkeit und Vorsicht, doch das war ein Irrtum.

Kate hatte rasch die Notwendigkeit dessen erkannt, was sie im privaten Kreis als „wohlüberlegte Dreistigkeit" bezeichnete – nicht nur die Bereitschaft, eine Gelegenheit wahrzunehmen, wenn sie sich bot, sondern vor allem die Fähigkeit, solche Gelegenheiten überhaupt erst herbeizuführen. Wenn sie gelegentlich die gesellschaftlichen Konventionen ihrer früheren Lebensweise umgangen hatte oder von dem abwich, was sie sonst als „freundliches" Verhalten ansah, dann war das aus gutem Grund geschehen. Doch dies hier, diese Reise in der Gesellschaft eines sehr rauen, sehr harten und zudem sehr gefährlich aussehenden Mannes, ging weit über das hinaus, was sie sich selbst zugetraut hätte. Der Gedanke, sie könnte diese Fehlentscheidung vielleicht nicht lebend überstehen, kam ihr immer häufiger in den Sinn, je mehr Zeit verstrich. MacNeill, unrasiert und die kalt dreinblickenden Augen auf den Horizont gerichtet, saß währenddessen schweigend neben ihr.

Sie sah sich um, doch die trostlose Landschaft konnte ihre Stimmung nicht heben. Noch nie war sie an einem so kargen Ort gewesen. Erst gestern hatte sie noch in einer bequemen, geschlossenen Kutsche gesessen und nur selten einmal die schweren Vorhänge zur Seite geschoben, um einen Blick nach draußen zu werfen. Der Phaeton dagegen schütze den Passagier nicht vor der Umgebung, und es nahm ihr fast den Atem, die Landschaft so unmittelbar zu erleben. Es war genauso beunruhigend wie ihre Nähe zu diesem wortkargen MacNeill.

Gegen Mittag lenkte der den Phaeton zu einer kleinen Gruppe Espen am Wegesrand und sprang vom Bock. Kate folgte ihm und merkte, dass ihre Beine von den vielen Stunden auf der harten Bank taub geworden waren. Nachdem sie einem Bedürfnis nachgegangen und zurückgekehrt war, saß MacNeill bereits wieder auf dem Kutschbock und kaute gleichgültig auf einem Kanten Brot, den das Mädchen aus der

Schenke ihnen mitgegeben hatte. Wortlos hielt er ihr seine Hand hin, zog Kate hoch, gab ihr eine Serviette mit einem Stück Brot darin und sagte ihr, sie solle etwas essen. Dann ließ er sofort die Peitsche knallen und fuhr wieder los.

Sie querten ein Gebirge, das die Erdkruste durchbrach wie die Schultern des Atlas, zusammengekauert und muskulös, getarnt durch eine dünne Decke aus Kiefern. Ginster und Farn in dunklen Gelb- und Rottönen säumten den Wegesrand und bewegten sich in der kräftigen Brise. Die Weite und extreme Leere der Landschaft ringsum überstieg alles, was Kate jemals zu Gesicht bekommen hatte. Ihr erschien es so, als sei der Wind das Atmen der Berge und als würde der Weg, der keinen richtigen Anfang genommen hatte, niemals enden, sodass sie für immer auf ihm gefangen sein würde.

Ihr Leben hatte sie in angenehmer Klaustrophobie verbracht, die Geräuschkulisse aus Pferden und ihrem Geschirr, dem Gemurmel der Straßenhändler und den Rufen der Arbeiter in den Ohren, eine Mischung aus Kohlenqualm und den Rauchschwaden der Fabriken, frischer Stärke und Bienenwachs in der Nase. Ihre Augen waren an die Strukturen und Farben des Stadtlebens gewöhnt, an die Regelmäßigkeit der Pflastersteine und Schienen, an die Geometrie der städtischen Architektur und ihrer Straßen. Hier gab es nichts von dieser künstlich geschaffenen Symmetrie. Der Weg hob und senkte sich, beschrieb Schlenker, die Berge ragten hoch in den aufgewühlten Himmel.

Kate betrachtete MacNeill von der Seite. Sein Profil schien aus dem gleichen Fels gehauen wie die Berge. Sein Kiefer stach kantig hervor, und die wie aus Stein gemeißelten Nasenflügel blähten sich. Allein die Wimpern mit ihren golden schimmernden Spitzen und das rotgoldene Funkeln in den Haaren, die sich über den Kragen seines Umhangs lockten, strahlten ein wenig Wärme aus. Er sah tatsächlich aus wie ein Teil dieser schroffen, unwirtlichen Landschaft – genauso hart und unerbittlich, genauso zurückgezogen und isoliert.

Seit der kargen Mahlzeit hatte er kein Wort mehr gesprochen, und Kate sagte sich, sie sollte sich über sein völliges Desinteresse freuen. Anstatt sich Gedanken über Dinge zu machen, die sich nun ohnehin nicht mehr ändern ließen, sollte sie sich lieber die Befriedigung vor Augen halten, die sie bei der Abreise aus dem White Rose verspürt hatte.

Allen Widrigkeiten zum Trotz würde sie nach Castle Parnell gelangen, um den Marquis um Hilfe zu bitten. Die Chance für sie und ihre Schwestern, endlich wieder etwas von ihrem früheren Leben zurückzuerlangen, die Chance, die ihnen so lange verwehrt wurde, war nun zum Greifen nah. Sie, Helena und Charlotte würden nicht einfach nur überleben, sondern die Aussicht darauf haben, aus diesem von Angst erfüllten Zustand der Armut zu entkommen und wieder frei zu sein. Die Vorstellung, in einem geheizten, bequemen Zimmer zu sitzen und eine Tasse gut gesüßten Kaffee trinken zu können, ohne sich fragen zu müssen, wie sie dafür bezahlen sollten, ließ sie lächeln.

„Sie schauen drein wie eine Katze, die sich an einer Portion Rahm gütlich getan hat, Mrs. Blackburn." MacNeills tiefe Stimme riss Kate aus ihrem Tagtraum. Sie hatte nicht damit gerechnet, er könnte ihr auch nur einen Funken Aufmerksamkeit schenken. Die Erkenntnis, dass ihm nicht nur ihr Ausdruck aufgefallen war, sondern dass er sie auch beobachtet hatte, beunruhigte sie. Welche Gedanken und Erwartungen verbarg MacNeill hinter seiner rätselhaften Miene?

„Ich dachte an eine Tasse Kaffee", erwiderte sie mit gezwungener Leichtigkeit.

„Dann müssen Sie Kaffee sehr mögen."

Da Kate nicht wusste, was sie von seiner Bemerkung halten sollte, ging sie einfach nicht darauf ein. Vielleicht konnte er gar nichts dafür, dass er auf andere eine solch einschüchternde Wirkung hatte. Er sah einfach bedrohlich aus, er war die Verkörperung der Gefahr schlechthin. Kate hatte gelernt, dass man eine Bedrohung am besten ausschaltete, indem man sich zu ihrem Verbündeten machte.

MacNeill – ihr Verbündeter? Sie musste schlucken, auch wenn sie wusste, dass der Gedanke etwas für sich hatte.

Außerdem konnte sie hier guten Stoff für ihr Buch sammeln. Wie oft bekam man schon die Gelegenheit, einen Grobian zu befragen? Vermutlich sogar einen, der erstklassige Verbindungen zur dunklen Seite der Gesellschaft besaß? Er könnte sich als authentische Quelle für Informationen darüber erweisen, wie man um die Gefahren der wirtschaftlich niederen Schichten einen großen Bogen machte. Sie konnte sich diese Chance nicht entgehen lassen.

„Ähem."

Sein Blick blieb stur auf den Weg vor ihnen gerichtet.

„So." Sie klatschte auf die Weise in die Hände, wie man es für gewöhnlich machte, wenn man eine angenehme Unterhaltung einleiten wollte. „Was haben Sie in den letzten drei Jahren gemacht?"

Langsam drehte er den Kopf zur Seite. „Wie bitte?"

„Wie haben Sie Ihre Zeit verbracht?" *Haben Sie Verbrechen begangen?* „Wo haben Sie gelebt?" *In einem Elendsquartier?* Sie sah ihn neugierig an.

Er zögerte, als wäge er die Gefahren ab, die seine Antworten mit sich bringen könnten, was auf Kate eine sonderbar beruhigende Wirkung hatte. Wie konnte sie für einen Mann wie ihn eine Gefahr darstellen? „In Indien."

„Ah, ja. Dort, von wo Sie den Wallach haben."

„Aye."

„Waren Sie dort auch als Spion unterwegs?"

Er sah sie erstaunt an. „Nein!"

„Sie müssen nicht so beleidigt dreinblicken. Als Sie nach York kamen, war es Ihre klare Aussage, dass Sie in Frankreich spioniert hätten, bevor man Sie fasste und inhaftierte."

„Wir wurden nicht gefasst“, korrigierte er sie beiläufig. „Wir wurden verraten.“

Auf seine Worte folgte ein langes Schweigen.

„Haben Sie die ganzen drei Jahre in Indien verbracht?“, fragte Kate schließlich. Von ihrem Vater kannte sie Geschichten über die Entbehrungen und die Unbilden, mit denen Soldaten in Indien konfrontiert wurden: Hitze, Staub und Krankheiten. „Es muss schrecklich hart gewesen sein. Wie haben Sie es ausgehalten?“

Ihr Mitgefühl zeigte keine Wirkung bei MacNeill, abgesehen davon, dass er mit einem Mal amüsiert zu sein schien. „Ich kann nicht behaupten, eine Wahl gehabt zu haben, Mrs. Blackburn. Ein Rifleman geht dorthin, wohin man ihn schickt.“

Er gehörte also zum recht neuen Regiment der Riflemen. Ein Offizier war er sicher nicht gewesen. Wie hätte er das auch anstellen sollen? Ein schottischer Waisenjunge, der weder Titel noch Geld besaß, verfügte nicht über die Mittel, um ein Offizierspatent zu kaufen.

Doch wenn er nur ein einfacher Soldat war, was machte er dann hier? Ein Soldat verpflichtete sich auf Lebenszeit, und er würde Soldat bleiben, außer er wurde verwundet. Danach sah er jedoch nicht aus. Er schien sich bester Gesundheit zu erfreuen.

„Was ist mit den anderen? Ließen die sich auch anwerben?“

„Die anderen?“ Er sah sie irritiert an.

„Die beiden jungen Männer, mit denen Sie nach York kamen. Mr. Ross und Mr. Munro. Sind sie auch Soldaten?“

Wieder kehrte dieser wachsame Ausdruck in seine Augen zurück. „Nein.“

„Und wo sind sie?“

„Über Munro habe ich zuletzt gehört, dass er in London ist und Jungs beibringt, sich gegenseitig zum Spaß wehzutun.

Dand … Wo Mr. Ross ist, weiß ich nicht, aber ich werde es herausfinden.“ Ein düsterer Ton legte sich auf seine Stimme.

„Und wenn Sie ihn gefunden haben?“

„Dann werden wir uns unterhalten“, gab MacNeill zurück, „und über alte Zeiten reden.“

Die Worte an sich waren arglos, doch die Art, wie er sie sprach, ließ Kate schaudern. Ihre vorübergehende Gelassenheit war mit einem Mal verschwunden. Zu viel mit MacNeill zu reden, machte ihr Angst. Sie hasste es, Angst zu haben, und sie reagierte nicht gut darauf.

„Machen Sie das mit Absicht?“, platzte es aus ihr heraus.

Er runzelte die Stirn, ließ den Blick aber auf die Straße gerichtet. „Was?“

„Leute einschüchtern. Wenn Sie es mit Absicht machen, dann halte ich das für außergewöhnlich schlechtes Benehmen.“

„Schlechtes Benehmen?“

„Ja. Sogar *sehr* schlechtes Benehmen. Ich finde, es sollte unter Ihrer Würde sein, hilflose Witwen so sehr einzuschüchtern, dass sie in einen Zustand größter Angst verfallen.“

„Größter Angst?“

„Ja! Das kann Ihre Anstrengungen wohl kaum wert sein. Ich bin eine viel zu leichte Beute, um Ihr Talent an mir zu vergeuden. Wenn es Ihnen allerdings das Gefühl gibt, überlegen zu sein, nun gut, dann gebe ich zu, ich bin von Scheu vor Ihnen ergriffen.“

„Von Scheu ergriffen?“

„Würden Sie die Güte haben, mir nicht ständig alles nachzusprechen?“, konterte sie, während ihre Stimme immer schriller wurde. „Es ist äußerst verwirrend!“

„Verwirr…“ Seine Miene entspannte sich, und er verzog den Mund zu einem schiefen Grinsen, das ein tiefes Grübchen in seiner Wange entstehen ließ. „Verzeihen Sie mir, aber mir ist noch nie widerfahren, dass eine Dame gesteht, von Scheu vor mir ergriffen zu sein. Das ist mehr als schmeichelnd."

Sie schnappte in dem Moment nach Luft, als die Kutsche über eine Furche in der Straße polterte und Kate gegen MacNeill geworfen wurde. Sofort legte er einen Arm auf ihre Hüfte, um Kate an sich zu drücken. Durch Unterrock, Kleid und Mantel hindurch konnte sie die Hitze spüren, die von seiner Hand ausging. „Vorsicht, Mrs. Blackburn. Ein Mann kann nur ein gewisses Maß an … ‚Ergriffenheit' ertragen."

„Oh!" Sie löste sich von ihm und rutschte so weit weg, wie es ging. Dieser Lump!

Er lachte auf. „Oh, Mädchen, verzeihen Sie mir. Ich bin ein Rohling ohne jegliche Manieren, der sich noch nie zurückhalten konnte, eine Gelegenheit beim Schopf zu packen – vor allem, wenn sie mir förmlich unter die Nase gehalten wird", sagte er überraschend charmant.

Dabei waren es nicht seine Worte, die so entwaffnend auf sie wirkten, sondern es lag an seinem Lächeln. Zum ersten Mal entdeckte sie etwas Jungenhaftes in seinem Gesicht, und sie erkannte, dass er aller Hartherzigkeit und Vorgeschichte zum Trotz noch immer ein sehr junger Mann war. Dabei wirkte er so erfahren und so … verbraucht.

Ihr wurde bewusst, dass sie sich in ihrer Wahrnehmung nicht vom Verhalten eines Menschen täuschen lassen durfte.

Abrupt griff sie unter den Sitz und zog einen Bleistiftstummel und ein Blatt Schreibpapier aus ihrem Retikül hervor, das sie darin gefaltet aufbewahrt hatte. Hastig schrieb sie ihre Erkenntnisse nieder. Er sah zu, wie sie anschließend das Blatt wieder wegsteckte, dann sagte er in neutralem Tonfall: „Es ist schwierig, in einer fahrenden Kutsche einen Brief zu schreiben. Ich nehme an, Ihnen fehlt die Gesellschaft Ihrer Mutter und Ihrer Schwestern." Auf einmal zögerte er, als sei eine Unterhaltung für ihn etwas Ungewohntes und Unangenehmes.

„Meine Mutter starb an den Folgen eines Fiebers, wenige

Monate, nachdem Sie uns in York besucht hatten."
„Davon wusste ich nichts. Es tut mir leid."
Kate nickte und wurde von dem Gefühl des Verlusts überwältigt, das mit dem vertrauten Gefühl von Panik einherging. Es gab nur noch sie und ihre Schwestern. Ihre Mutter hatte tapfer gegen ihre Krankheit gekämpft, war am Ende jedoch unterlegen gewesen. „Es tut mir leid", war das Letzte, was sie zu Kate gesagt hatte.
Tat es nicht ihnen allen leid? Ihrem Vater, als er vor seinen Henker trat? Michael, als er bei einem Einsatz umkam, für den er sich freiwillig gemeldet hatte? Entschlossen verdrängte sie diese schmerzhaften Gedanken.
„Und Ihre Schwestern?"
Zuerst erwog sie, ihm eine Lüge zu erzählen, um wenigstens einen Rest von Würde zu wahren, doch dann erinnerte sie sich allzu deutlich an ihre Geständnisse vom Abend zuvor. Von ihrem ersten Treffen an hatte MacNeill die intimsten Dinge über sie gewusst. Welchen Unterschied machte es da, ob sie ihm sagte, wie tief ihre Familie gesunken war?
„Helena leistet inzwischen einer älteren Nachbarin Gesellschaft." Sie führte nicht aus, wie abscheulich sich diese Nachbarin verhielt und wie sie Helena schikanierte. Kate hätte die Tyrannei dieser alten Vettel nicht eine Stunde lang ausgehalten, doch Helena gab sich so kühl wie eine Eisskulptur und ertrug alles mit äußerst selbstsicherem Auftreten und einem ruhigen, gleichwohl zynischen Lächeln.
„Sie hatten auch eine jüngere Schwester", hakte MacNeill nach.
„Charlotte." Kate musste schmunzeln, als sie an das hübsche, wenn auch halsstarrige Nesthäkchen der Familie dachte. Wenigstens hatte Charlotte mehr Glück. „Sie besucht die Schule. Das kommende Frühjahr soll sie bei ihrer guten Freundin Margaret Welton verbringen, der einzigen Tochter von Baron und Baroness Welton."

„Sie sind beeindruckt."

„Ich bin erleichtert", entgegnete Kate steif, wobei ihre Geringschätzung weniger seinen Worten als vielmehr seinem Tonfall galt. „Sie könnte einen passablen Ehemann finden."

„Sie könnte einen passablen Ehemann finden, und unterdessen sitzen Sie hier in einer offenen Kutsche in Begleitung eines höchst unschicklichen Mannes. Gerecht ist das wohl nicht, oder?" Seine Stimme wurde nachdenklicher. „Wie sehr Sie das hassen müssen."

Kate erwiderte nichts, alles an ihm machte sie nervös – seine Größe, das maskuline Aroma, das von ihm ausging, seine breiten Schultern, sein Kinn und die Wangen, überzogen mit rotblonden Bartstoppeln, die lässige Art, wie er die Zügel hielt. Sie war sich seiner Gegenwart nur zu bewusst.

An einem steilen Hang grasten mehrere Schafe, die den Kopf hoben und den beiden Reisenden nachsahen. Kate nutzte die Ablenkung, die die Tiere boten. „Ich begann schon zu glauben, hier draußen lebe rein gar nichts."

„Das sind Cheviot-Schafe", erklärte MacNeill. „Manche nennen sie auch vierbeinige Highlander."

„Wieso das?", wunderte sich Kate.

Er zuckte mit den Schultern. „Sie sind die neuesten Pächter der Gutsherren und auch die einzigen. Die Menschen hier wurden umgesiedelt, um für sie Platz zu machen."

„*Alle* Menschen hier?" Kate wollte nicht glauben, was sie hörte.

„Die meisten. Sie kennen doch das White Rose." Der schottische Akzent in seiner Stimme war breiter geworden. „Früher war das der Mittelpunkt eines kleinen Dorfs. Bis Lord Ross es umsiedelte."

„Er siedelte ein ganzes Dorf um? Wohin?"

MacNeills Blick war auf die Straße vor ihm gerichtet. „An die Küste. Einige sammeln Seetang, andere versuchen ihr Glück als Fischer. Doch diese Männer sind keine Fischer, also gingen sie fort und segelten nach Westen. Viele von ihnen wanderten aus nach Kanada."

„Aber ... warum sollte man so etwas tun?"

„Nun ja, Mädchen", antwortete er voller Ironie, „sehen Sie diese großen, fetten Schafe, die Sie anstarren? Die machen nicht annähernd so viele Probleme wie ein paar alte Männer, die Vieh züchten. Und sie bringen einen größeren Gewinn. Das ist der Grund. Es geschieht überall in den Highlands. Nicht mehr lange, dann gibt es in Schottland keine Schotten mehr."

„Es ist nicht richtig, den Menschen alles abzunehmen."

„Nicht alles", gab MacNeill mit einem schiefen Grinsen zurück. „Man kann einem Mann sein Land und sein Pferd nehmen, man kann seinen Tartan und seinen Dudelsack für ungesetzlich erklären, aber man kann ihm nicht nehmen, was in seiner Natur liegt. In der Natur des Schotten liegt, dass er stolz und loyal ist. Aus diesem Grund kämpfen die Highland-Regimenter mit so viel Einsatz für Ihren König, Mrs. Blackburn. Wir legen einen Eid ab, und diesem Eid bleiben wir bis zum Tode treu." Sein Blick verfinsterte sich. „Und wer das nicht macht, der sei verdammt."

Mit diesen Worten war das Thema für ihn erledigt, und er schwieg beharrlich.

5. KAPITEL

Die Dämmerung setzte ein, und damit begann die Temperatur zu sinken. Kate besaß keine Kleidung, die für das Reisen in einer offenen Kutsche geeignet gewesen wäre, und ihre Stiefel waren in einer anderen Welt für eine modebewusste junge Ehefrau geschaffen worden, die auf Gartenpfaden wandelte, nicht aber mit Frost überzogene Berge durchqueren musste. Sie schloss die Augen und zwang sich zu einem leichten Schlaf, um auf diese Weise nach Kräften dem eisigen Griff der Dämmerung zu entrinnen.

„Da wären wir."

Sofort wachte sie auf, hob den Kopf und spähte unter dem Rand der Kapuze hervor. „Wo? Ich sehe nichts", gab sie zurück, während sie nach den Lichtern suchte, die für ein Dorf typisch waren.

Er ließ das Pferd anhalten und sprang vom Kutschbock. In der Dämmerung waren seine Gesichtszüge nicht deutlich zu sehen. Nachdem er um die Kutsche herumgegangen war, umfasste er Kate, bevor sie reagieren konnte, hob sie hoch und setzte sie neben sich ab, dann wandte er sich wieder dem Gefährt zu.

Langsam gewöhnten sich ihre Augen an das Dämmerlicht, und schließlich erkannte sie, dass sie inmitten einer Gruppe grobschlächtiger Steinhütten stand, deren kleine Fenster wie leere Augenhöhlen wirkten und deren Türen offen standen. Die Gebäude waren allesamt verlassen.

„Was ist das hier für ein Ort?", fragte sie.

MacNeill, der seinen Wallach ausspannte, zuckte desinteressiert mit den Schultern. „Ich bin noch nie jemandem begegnet, der den Namen wusste." Er deutete auf das erste Haus. „Dieses da ist nicht besser oder schlechter als die anderen. Gehen Sie schon hinein."

„Hinein?" Sie war davon ausgegangen, in einem Wirtshaus, einem Stall oder zumindest auf irgendeinem Bauernhof die Nacht zu verbringen, wo sie sich ein Bett nehmen konnten. Ihr wäre es nie in den Sinn gekommen, Kit MacNeill könnte mit ihr mitten im Nirgendwo übernachten wollen. „Gibt es nicht in der Nähe eine Schenke oder etwas Ähnliches, wo wir bleiben können?"

„Auf viele Meilen nicht."

„Es macht nichts, wenn es noch ein wenig dauert. Die Nacht ist angenehm und …"

Seine Hände lagen weiter auf dem Geschirr, während MacNeill sie über die Schulter ansah. Sie versuchte ein zaghaftes Lächeln.

„Der Mond scheint nicht, und wenn ich von Meilen rede, dann meine ich damit keine Reise von ein oder zwei Stunden. Der Weg ist rau, und er wird noch rauer, bevor wir uns hinauf ins Moor begeben. Ich werde nicht riskieren, dass Doran womöglich seinen Halt verliert, nur um Ihr zartes Empfinden zu schonen." Sein Tonfall duldete keinen Widerspruch. „Also, Mrs. Blackburn, schlage ich Ihnen vor, dass Sie sich ein Quartier aussuchen."

„Ich verstehe. Wenn es natürlich darum geht, die Unversehrtheit Ihres Pferdes sicherzustellen, dann müssen wir selbstverständlich hierbleiben", sagte sie mit aufgesetzter Freundlichkeit und ging zur nächstgelegenen, schäbigen Hütte.

Die Tür hing schief in den Angeln und lehnte schräg gegen den Rahmen. Ein zerlumpter Vorhang verdeckte eine winzige Öffnung, die ins Innere führte, und der Fußboden dahinter fiel leicht zu einer niedrigen Feuerstelle ab, über der sich ein grobschlächtiger Kamin befand. Nur ein paar zerbrochene Krüge fanden sich dort.

Was sollte sie tun? Es gab kein Mobiliar. Unentschlossen blieb sie in der Nähe der Tür stehen, fühlte sich elend, durchgefroren und verängstigt.

„Gehen Sie zur Seite." Sie zuckte zusammen, da seine Stimme so dicht hinter ihr erklang, doch er gab vor, davon keine Notiz zu nehmen, während er sich mit einem Arm voll Brennholz an ihr vorbeischob. Das Holz legte er auf der Feuerstelle ab, dann griff er in seine Jacke und holte eine Zunderbüchse heraus, mit der er ein Feuer anzündete. „Ich hole Ihnen Ihre Truhe."

„Danke."

Für ein paar Minuten verschwand er, dann kehrte er mit ihrem Gepäck und dem Korb aus dem White Rose zurück. Er setzte sich auf die Kante der Feuerstelle und legte ein paar Zweige nach, um den Flammen Nahrung zu geben. Schließlich suchte er im Korb, bis er den Krug voll Ale fand.

Lieber Gott, lass nicht zu, dass er sich betrinkt. Ich weiß nicht, was ich machen soll, wenn er volltrunken ist. Sie näherte sich wieder der Tür, bereit, jeden Augenblick die Flucht zu ergreifen. Doch wohin sollte sie fliehen?

Mit den Zähnen zog er den Korken heraus und spie ihn auf die Feuerstelle, dann setzte er den Krug an, damit ihm das Bier in die Kehle laufen konnte. Nach einer für Kates Empfinden sehr langen Zeit ließ er den Krug schließlich wieder sinken und hielt ihn ihr hin, während er sich mit dem Ärmel den Mund abwischte. „Hier, das wird Sie besser wärmen als Wasser, wenn auch nicht so gut wie ein Brandy."

Sie wollte nichts von dem herben Ale haben, doch es schien ihr auch nicht klug, ihm den ganzen Krug zu überlassen. Zögerlich nahm sie ihn ihm aus der Hand. Seine Augen funkelten im Schein des flackernden Feuers. „Haben Sie irgendein Trinkgefäß?"

„Aye", gab er zurück. „Man nennt es Mund. Ich schlage vor, Sie benutzen es."

„Ich verstehe."

Während er zusah, wie sie seine Bewegungen nachzuahmen versuchte, um etwas von dem Ale zu trinken, brach er ein Stück Brot ab. Der Krug war jedoch viel zu schwer, und ihre Bemühungen, ihn so auf einem Arm abzustützen, wie MacNeill das getan hatte, schlugen fehl, sodass ein Schluck Ale auf ihr Mieder lief. „Verdammt!“

Überrascht über ihre Ausdrucksweise zog er die Augenbrauen hoch, doch es kümmerte sie nicht. Ihr war nun nicht mehr nur kalt, sie war jetzt auch noch durchnässt – zu allem Überfluss von einer klebrigen Flüssigkeit. Die Straße, die sich heute endlos lang hingezogen hatte, würde auch am kommenden Tag kein Ende nehmen wollen, es gab kein anständiges Bett für die Nacht, und sie war mit einem großen, grobschlächtig aussehenden Highlander allein. Es war durchaus möglich, dass dieser Mann unzähligen Frauen vor ihr die abscheulichsten Grausamkeiten zugefügt hatte. Das Schlimmste daran jedoch war, dass sie aus freien Stücken in diese Situation geraten war. Kate Blackburn hatte Angst, daraus machte sie keinen Hehl. Doch von Kindheit an war sie ihrer Angst stets mit Wut begegnet, und davon würde es jetzt keine Ausnahme geben.

„*Verdammt* habe ich gesagt! Wie zum Teufel soll ich aus diesem … diesem Ding trinken?“, fuhr sie ihn an. „Warum besitzen Sie nicht wenigstens einen Becher? Oder verstößt so etwas gegen Ihren Highlander-Kodex der Selbstverleugnung? Nicht alles im Leben muss eine Tortur sein! Ein paar Utensilien würden Sie nicht Ihrer Männlichkeit berauben! Sie würden sich auch nicht zu einem *Un-Schotten* machen, sollten Sie nicht in der Lage sein, zwischen den beiden Dingen zu unterscheiden!“

Mit einer gefährlich schnellen Bewegung war er aufgesprungen und stand im nächsten Moment dicht vor ihr, sodass sie den Kopf heben musste, um ihm ins Gesicht sehen zu können. Seine Augen schienen Funken zu sprühen, sein Lächeln hatte etwas Boshaftes, und doch gelang es ihr, trotzig ihr Kinn zu heben und ihn herausfordernd anzusehen.

„Nun, Mädchen, meine Männlichkeit kann ich Ihnen nur mündlich versichern, es sei denn, Sie geben einer Demonstration den Vorzug", sagte er leise, woraufhin Kate errötete. Sein Blick wanderte zu ihrem Mund, und sie musste sich zwingen, sich nicht auf die Unterlippe zu beißen, damit er nicht sah, wie die zitterte. „Was ein Trinkgefäß angeht ... nun, Sie können aus meinem Mund trinken, wenn Ihnen das lieber ist, denn ein anderes Trinkgefäß gibt es hier nicht. Ich versichere Ihnen, *das* wäre für mich keine Tortur."

Sie schnappte nach Luft und löste ihren Blick von seinen Augen, während sie das Gefühl hatte, ihr Hals und Gesicht würden glühen.

„Sie wollen nicht?" Mit einem Mal war der leuchtende, sinnliche Ausdruck von seinem Gesicht verschwunden. „Dann legen Sie sich schlafen, Mrs. Blackburn. Morgen haben wir eine anstrengende Reise vor uns, und ich traue dem Wetter nicht, dass es sich hält." Er wandte sich der Feuerstelle zu und hielt nur lange genug inne, um sie über die Schulter anzusehen. „Und ködern Sie einen Mann nicht, wenn Sie nicht bereit sind, auch den Preis für Ihr Spiel zu bezahlen."

Oh ja, das würde sie sich merken. Bis zum Tag ihres Todes würde sie daran denken.

Mit zitternden Fingern öffnete sie den Verschluss der Truhe und suchte nach etwas Wärmendem, das sie für die Nacht überlegen konnte, doch da war nichts. Die Kleider ihrer Mutter, die sie für ihre Größe hatte ändern lassen, waren aus Seide und Musselin gefertigt und damit so hauchdünn wie die Flügel eines Falters. Kate atmete tief durch. Wenn sie MacNeill richtig verstand, sollte sie hier auf dem Boden schlafen.

„Mrs. Blackburn."

Sie drehte sich um. MacNeill stand vor seinem Tartan, der so zusammengefaltet zu seinen Füßen lag, dass er sie an ein Bettlaken erinnerte.

„Sie können hier schlafen. Ich werde nach Doran sehen und mehr Holz holen. Wenn Sie klug sind, dann essen Sie und legen sich schlafen."

Auf eine Antwort von ihr wartete er nicht, doch bevor er nach draußen ging, fügte er an: „Sie haben von mir nichts zu befürchten, Mädchen." Nach einer kurzen Pause sprach er mit so sanfter Stimme weiter, dass sie glaubte, sie würde sich seine Worte nur einbilden: „Der Mond fürchtet sich nicht vor dem Geheul des Wolfs. Beim Teufel, er weiß nicht einmal, dass der Wolf ihn anheult."

„Zeit zum Aufstehen, Mrs. Blackburn."

Kate drehte sich auf die andere Seite und musste ein Aufstöhnen unterdrücken. Sie blinzelte mit einem Auge und stellte fest, dass es noch dunkel war. „Wir sollten warten, bis es heller wird", murmelte sie. „Ihr Pferd …"

„Draußen ist es bereits heller, außerdem zieht von Norden her ein Sturm auf. Ich will nicht im Moor unterwegs sein, wenn er uns erreicht, deshalb brechen wir jetzt auf."

Sie protestierte nicht gegen seine Anweisung. In der vergangenen Nacht hatte sie sich selbst versprochen, nicht wieder auf irgendwelche niederen Impulse zu reagieren. Sie war eine Dame. Für einen Moment hatte sie das vergessen, doch es würde ihr nicht noch einmal widerfahren. Als sie sich erhob, merkte sie, wie steif sie von der Nacht auf dem Fußboden geworden war. Die Glut in der Feuerstelle war bereits gelöscht, und ihre Truhe befand sich nicht mehr im Raum.

MacNeill hatte sie so lange wie möglich schlafen lassen.

„Hier", sagte er und reichte ihr ein kurzes, zylindrisches Objekt. „Es ist eine Art Gebirgstee. Trinken Sie das, essen können wir unterwegs."

Überrascht nahm sie den Becher an und drückte dankbar ihre Hände gegen das warme Metall. „Aber wo haben Sie das denn gefunden?"

„Es ist der Deckel Ihres Teleskops. Ich sah es, als ich den Deckel Ihrer Truhe schloss.“ Er hatte sich tatsächlich ihre hochtrabende Forderung zu Herzen genommen? Erstaunt über eine derartige, gänzlich unerwartete Höflichkeit sah sie ihn an.

„Ich habe nicht Ihre Sachen durchsucht, falls Sie das jetzt denken sollten“, meinte er ironisch. „Als Schotte betrachte ich das als unangemessen für meine Männlichkeit.“

„Selbstverständlich.“ Wieder errötete sie und wunderte sich über das Lächeln, das über seine Lippen huschte. Sie trank das bittere, heiße Getränk, während sie überlegte, ob er sie wohl nur aufziehen wollte.

Sie ging nach draußen, steckte den leeren Messingdeckel in ihre Tasche und stieg auf den Kutschbock, ohne auf seine Hilfe zu warten. Er sollte sehen, dass sie keine völlig oberflächliche Frau war.

Sollte es ihn beeindruckt haben, so ließ er sich davon nichts anmerken. Er korrigierte den Sitz von Dorans Geschirr, dann setzte er sich zu ihr, nahm die Zügel und ließ sie auf die Kruppe des Wallachs fallen, damit er sich in Bewegung setzte.

Nachdem das verlassene Dorf einige Meilen hinter ihnen lag, überquerten sie ein quirlig dahinfließendes Gewässer. Ein Hinterrad der Kutsche blieb an einem Stein im Flussbett hängen, und im nächsten Moment geriet ihr Gefährt in eine Schräglage. Sie drohten, ins eisige Wasser zu stürzen, doch sofort legte MacNeill einen Arm um ihre Taille und zog sie mit sich, um das Gewicht zu verlagern. Gleichzeitig trieb er Doran an, der gegen die Strömung ankämpfte und nach einer schier endlos wirkenden Zeit die Kutsche freizog.

Das Gefährt kehrte ins Gleichgewicht zurück, jedoch geschah das so heftig, dass der Korb mit dem Brot ins Wasser fiel und sofort davontrieb. MacNeills Sattel und ihrer Truhe blieben das gleiche Schicksal nur erspart, weil er beides festgezurrt hatte.

Stunden später saß Kate zusammengekauert auf dem harten Brett, das Kinn in den weiten Falten ihres Umhangs vergraben, die Arme fest um sich geschlungen, während ihr Magen unbarmherzig knurrte.

Gegen Mittag überwanden sie einen flachen Hügel, hinter dem sich die karge Landschaft des Hochmoors erstreckte. Der Wind attackierte sie mit der Heftigkeit einer wilden Bestie, und bei jeder Böe schaukelte der Phaeton, während es Kate den Atem verschlug. Es war, als würden sich eiskalte Finger durch ihren Mantel bohren. Die Luft schien in ihren Nasenflügeln zu gefrieren. Sie biss die Zähne zusammen, damit sie zu klappern aufhörten.

Kate konnte sich nicht erinnern, jemals so gefroren zu haben.

Sie blinzelte gegen den peitschenden Sturm. Matter, senffarbener Ginster und dunkelgrüner Farn wirbelten am endlosen Horizont. Eine ochsenblutrote Linie aus schmalen Wolken trennte die Erde von einem metallisch grauen Himmel. Das Unwetter, das ihnen schon zwei Nächte zuvor zu schaffen gemacht hatte, formierte sich zu einem erneuten Angriff.

Der Gedanke, in dieser Umgebung einem derartigen Wetter ausgesetzt zu sein, machte Kate mutlos, auch wenn sie MacNeill gegenüber nichts davon sagte. Was hätte sie auch sagen sollen? Sie konnten einfach nur weiterfahren, bis sie diese leere Weite hinter sich gelassen hatten. Sich zu beklagen, war sinnlos, und womöglich würde sie damit nur seinen Ärger heraufbeschwören. MacNeill schien die Kälte nichts auszumachen. Es war so, als würden die Elemente wirkungslos von ihm abprallen.

Sie musste einfach nur durchhalten. Darin hatte sie seit immerhin schon fast drei Jahren Übung.

6. KAPITEL

Kit wusste, etwas stimmte nicht mit Kate, als sie auf einmal gegen ihn sank und daraufhin nicht hochschreckte, um sich wieder gerade hinzusetzen. Die Frau – auch wenn sie verwitwet war, strahlte sie etwas herzzerreißend Junges aus – sah alles andere als gesund aus.

Er ließ Doran anhalten, und im gleichen Moment kippte sie mit so viel Schwung nach vorn, dass sie zu Boden gefallen wäre, hätte er sie nicht festgehalten. Vorsichtig zog er sie auf seinen Schoß und betrachtete ihr Gesicht. Ihre Lider wirkten durchscheinend wie Alabaster und wiesen sogar einen leichten Stich ins Bläuliche auf, ihre Lippen wirkten farblos. Sie hatte das Bewusstsein verloren.

„Mrs. Blackburn!"

Er schüttelte sie leicht, bis sie ihn anblinzelte. „Haben wir es geschafft? Sind wir dort?"

„Noch nicht." Verdammt. Sie hatten noch immer Stunden vor sich, bis das Moor hinter ihnen lag. Er suchte den Horizont gewissenhaft nach einem vertrauten Punkt in der Landschaft ab. Seit einer Weile fiel ein eisiger Regen, der vom heftigen Wind seitwärts verweht wurde. Die zerlumpte Kapuze bot ihr keinen Schutz – den konnte nur er ihr geben. Er zog sie näher an sich und schaute sich abermals um. Irgendwo musste es doch etwas geben, das ihnen als Unterschlupf dienen konnte, notfalls eine Aushöhlung in einem Fels, *irgendetwas* …

Dann sah er etwas, das sich in einiger Entfernung von ihnen befand, wie ein Geisterschiff, das auf unerforschter See durch den Nebel trieb. Sein Herz schlug schneller, als er erkannte, was er da sah. Ihm war nicht bewusst gewesen, der Burg so nah zu sein.

Er zog heftig an Dorans Zügeln, damit der die Kutsche

wendete und sich in südlicher Richtung bewegte. Ihre Zuflucht schien gut eine Meile entfernt zu sein.

Eine Meile, die über ein Leben entscheiden konnte.

„Was glaubt ihr, wem sie gehört?“, fragte Dand, die dunklen Augen nachdenklich auf die ausladende Ruine gerichtet.

„Gehörte“, korrigierte Ramsey ihn und zuckte verächtlich mit den Schultern. „Ganz gleich, wem sie gehörte, jetzt hat sich das Moor ihrer angenommen.“

„Ich hörte den Abt sagen, sie gehörte einem der Gutsherren, die Fünfundvierzig mitgekämpft haben“, warf Douglas ein. „Er soll ein großer Anführer gewesen sein.“

„Er war ein noch größerer Narr, wenn er gegen den Thron von Culloden Moor gekämpft hat“, meinte Ramsey.

„Alle großen Krieger sind Narren“, erwiderte Dand.

Die Burg. Kit hatte so wie die anderen niemals einen anderen Namen für sie gehört. Die zerklüfteten Umrisse bildeten einen krassen Kontrast zum Himmel und wirkten wie das Gemälde eines Künstlers, der einen Hexenturm hatte abbilden wollen. Die meisten Burgen standen auf Felsplateaus oder an Klippen, manche kauerten inmitten eines dichten Waldes oder an der Gabelung eines Flusses. Aus einem unerfindlichen Grund – vielleicht Trotz, vielleicht eine bloße Laune – hatten die Erbauer dieser Burg entschieden, das Moor zu ihrem Hüter zu machen.

Kit ließ Doran dort Halt machen, wo sich einst massive Tore befunden hatten und nun ein gewaltiges Loch in der Mauer klaffte. Er nahm nur Kates leichten, unterkühlten Körper in seinen Armen wahr, und seine Gedanken kreisten ausschließlich darum, sie wärmen zu müssen. Er hob sie vorsichtig aus der Kutsche, dann ging er die Stufen hinauf, die in die Burg führten. Kit trug sie durch einen langen, leeren Korridor, ohne den Wind wahrzunehmen, der in den freigelegten Dachsparren flüsterte. Seine Schritte wurden durch das Herbstlaub gedämpft, das sich in den letzten fünfzig Jahren oder mehr hier gesammelt hatte und wie ein Teppich auf dem geborstenen Boden lag, der sich stellenweise gesenkt hatte.

„Wo sind wir?", murmelte Kate. Sie hatte die Augen weiterhin geschlossen, doch sie zog irritiert die Brauen zusammen, bis sich zwischen ihnen zwei schmale Falten bildeten.

„Ruhen Sie sich aus."

Am Ende des Flurs angekommen, ging er eine kurze Treppe hinunter, die in eine unterirdisch gelegene Küche führte. Ein Rauchabzug in einer entlegenen Ecke ließ das fahle Licht des Nachmittags in den Raum fallen. Die Kamine in den anderen Räumlichkeiten waren schon seit langer Zeit von Schutt verstopft. Hier war der einzige Ort, an dem ein Feuer gefahrlos brennen konnte.

Er kniete sich hin und legte Kate auf den Boden, breitete dann seinen Tartan neben ihr aus und bettete sie darauf, ehe er ihr eine Wolldecke überwarf. „Ich werde ein Feuer anzünden", erklärte er, als er aufstand.

Wieder blinzelte sie ihn an. „Vielen Dank."

Vermutlich hätte sie auch dem Teufel dafür gedankt, würde er ihr die Tore zur Hölle öffnen. Aristokraten und ihre verdammten guten Manieren. Die Ausnahme war nur der gestrige Abend gewesen, als die Angst bei ihr einen unerwarteten und beeindruckenden Temperamentsausbruch bewirkt hatte.

Er sah sich um, dann begann er alles aufzusammeln, womit er ein Feuer machen konnte.

„Wo sind wir?", hörte er Kate fragen.

„In einer alten Ruine. Früher war es eine Burg."

„Woher wussten Sie, dass sie hier zu finden ist?"

„Ich kam oft her, als ich ein Junge war. Wir schlichen uns aus dem Schlafsaal und verbrachten die Nacht hier, zur Frühmette waren wir wieder zurück."

„Frühmette? Sie waren in einem *Kloster?*"

„In einer Abtei. St. Bride's."

„Sie wollten ein *Mönch* werden?" So schwach ihre Stimme auch war, konnte er ihre Verwunderung deutlich heraushören.

„Nein."

„Oh." Plötzlich stützte sie sich auf den Ellbogen auf. „Wenn Sie als Junge herkamen, muss die Abtei ganz in der Nähe gewesen sein."

Er schlug einen Funken, der in das zusammengetragene Brennmaterial flog. „Für eine Krähe ist es eine Strecke von zwei Stunden, aber Doran ist keine Krähe. Wir würden fünf oder noch mehr Stunden brauchen, wenn wir der Straße folgen. Bis dahin aber wird das Unwetter mit all seiner Kraft über uns hereingebrochen sein. Erst wenn das Wetter wieder umschlägt, können wir von hier fort."

„Oh."

Kit blies in die Glut, und im nächsten Augenblick wuchs sie zu einer Flamme heran. Rasch gab er dem Feuer Nahrung. Erst als es gut brannte, drehte er sich zu Kate um. Während er sich um das Feuer gekümmert hatte, waren ihr wieder die Augen zugefallen. In dem Glauben, sie sei eingeschlafen, beugte er sich über sie, weil er den durchnässten Mantel ausziehen wollte.

Kaum hatte er sie jedoch berührt, riss sie die Augen auf und setzte sich hastig auf, wobei sie gleichzeitig versuchte, vor ihm zurückzuweichen.

„Ich versichere Ihnen, ich will Ihnen nichts antun." Er ging in die Hocke. „Das wäre nicht nur meiner Mannesehre unwürdig und damit unschottisch. Es wäre auch viel zu kalt dafür."

Unwillkürlich musste sie bei seinen Worten lächeln.

Hätte sie gewusst, dass es eine Lüge war, dann hätte sie nicht so beruhigt dreingeschaut. Ihr war nicht klar, dass sie allzu verlockend aussah, wie sie da auf dem ausgebreiteten

Tartan lag, ihr Haar ein wirres Knäuel, das ihr zum Teil ins Gesicht reichte, die Augen dunkel und ängstlich. Er war ein Mann von der übelsten Sorte, wenn er sich nach einer Frau verzehrte, die so geschwächt war, dass sie kaum den Kopf gerade halten konnte.

„Ihr Mantel ist nass", sagte er mit rauer Stimme und streckte ihr die Hand entgegen. „Ziehen Sie ihn aus, damit ich ihn nahe dem Feuer aufhängen kann."

Während ihr Blick auf sein Gesicht gerichtet war, zog sie die Schnüre am Hals auf, dann rutschte der weite Umhang von ihren Schultern. Als er ihr Kleid sah, musste er einen Fluch unterdrücken. Sie trug den dünnen Baumwollstoff, den er bereits am Tag zuvor an ihr gesehen hatte. Kein Wunder, dass sie fror.

Ohne auf ihr Einverständnis zu warten, zog er seine Jacke aus und legte sie um Kate. Sie protestierte nicht dagegen, was ihn auf eine ungewohnte Weise beunruhigte. Wie konnte er bloß nicht bemerkt haben, dass sie für eine derartige Reise nicht angemessen gekleidet war?

Die Erklärung war recht simpel. Er war davon ausgegangen, dass sie sich warm genug anzog, da sie im November in Schottland unterwegs war. Dabei hatte er eines nicht bedacht: Sie war um diese Jahreszeit noch nie hier gewesen, daher konnte sie gar nicht wissen, welche Kleidung nötig war. Als Dame war sie so gereist, wie stilvolle Damen das für gewöhnlich tun.

„Warum setzt jemand seine Gesundheit aufs Spiel, nur weil die Mode ..."

„Ich widerspreche Ihnen nur ungern, MacNeill!", fiel sie ihm ins Wort und lächelte ihn triumphierend an. „Mein Kleid ist keine Frage der Mode, sondern es ist das *Einzige,* was ich anzuziehen habe."

„Lächeln Sie mich nicht so an", meinte er schroff. „Verstehen Sie nicht? Meine Ignoranz hätte Sie fast *umgebracht.*"

Der Blick, mit dem sie auf seine Äußerung reagierte, versetzte ihm einen weitaus vielsagenderen Schlag, als es jeder Wutausbruch oder Vorwurf hätte bewirken können. „Nun, wenn dies hier das Jenseits sein soll, MacNeill, dann gibt es einen Priester in York, der einiges zu erklären hat. Jetzt schauen Sie mich doch nicht so an. Ich muss mich nur etwas aufwärmen, und …“ Sie hielt abrupt inne. Als Kit sah, wie sie rot wurde, wusste er, was sie hatte sagen wollen. Kate wollte sich wärmen und dann etwas essen. Doch sie hatten nichts mehr zu essen. Jedenfalls nicht in diesem Moment.

Er richtete sich auf. „Ich werde mich um Doran kümmern und dann sehen, was ich tun kann. Hier im Moor gab es Kaninchen im Überfluss.“ Dass diese Kaninchen viel klüger waren als mancher Zweibeiner und sich bei einem solchen Unwetter tief unter die Erde zurückzogen, davon sagte er nichts. Dennoch würde er alles in seiner Macht Stehende tun, um Nahrung für sie zu finden.

„Oh“, äußerte sie wieder.

„Sie sind hier in Sicherheit.“

„Ich weiß.“

„Die Feuerstelle ist tief genug, es wird keinen Funkenflug geben, und ich werde zurück sein, bevor die Glut erloschen ist. Sie ruhen sich aus.“

„Natürlich.“

Wenn er noch länger blieb, würde er gar nicht erst weggehen können. Doch sie brauchten Nahrung, zumindest aber frisches Wasser. Als er zu Kate sah, bemerkte er, dass sie die Augen geschlossen hatte und offenbar bereits wieder schlief. Sie würde hier in Sicherheit sein. Niemand würde herkommen, denn niemand war jemals hergekommen.

Doran wartete dort auf ihn, wo Kit ihn zurückgelassen hatte, und trat unruhig auf der Stelle, da der Wind die Kutsche schaukeln ließ. Er machte den Wallach los und führte ihn zur eingestürzten Seite der Burg, wo ein Fluss über das Ufer getreten war, und ließ ihm freien Lauf.

Nachdem er seine Büchse geladen und das Zündpulver aufgeschüttet hatte, begab er sich hinaus in das Unwetter.

Kate schreckte immer wieder aus dem Schlaf hoch, da sie am ganzen Leib so sehr zitterte, dass ihre Zähne klapperten. Egal, wie nahe sie an das Feuer heranrückte, ihr wurde einfach nicht warm. Es wollte nicht einmal gelingen, als die Hitze auf ihren Wangen und an den Knöcheln brannte, da sie die Decke bis zum Kinn hochgezogen hatte und krampfhaft festhielt. Ihr kam es vor, als sei eine Ewigkeit vergangen, ehe sie wieder MacNeills Stimme hörte.

„Hier, Kate, trinken Sie das." Er legte einen Arm um ihren Rücken und hob sie vorsichtig an, dann träufelte er ihr Wasser in den Mund. MacNeill war triefend nass, er war völlig durchnässt, und er fühlte sich so kalt an, so entsetzlich kalt. Das Wasser lief auf ihr Kleid, woraufhin sie noch heftiger zu zittern begann.

„Mir ist so kalt", murmelte sie wehleidig.

Er ließ sie langsam zurück auf den Boden sinken, wo sie sich auf die Seite drehte und zusammenrollte, während sie ihn anblinzelte. Nachdem er aufgestanden war, ließ er seinen nassen Umhang von seinen Schultern gleiten und zog mit einer raschen Bewegung sein Hemd aus. Vor dem flackernden Licht glänzte sein schlanker, muskulöser Körper. Der Schein des Feuers erhellte seine breiten Schultern und schien sich um seine Kehle zu winden, doch er reichte nicht bis zu seinem Gesicht, das im Halbschatten blieb.

Schließlich kniete er sich hin und zog Kate an seinen nackten Oberkörper. Die Hitze, die von seinem Blut ausging, hatte bereits die Haut erfasst, und nun sprang sie auf Kate über. Es war ein köstliches, warmes Gefühl, das Leben spendete. Sie hätte entsetzt sein sollen. Sie hätte sich aus seinem Griff befreien sollen, stattdessen aber drückte sie sich so fest an ihn, wie es ihr nur möglich war, schlang die Arme um ihn und vergrub ihr Gesicht an seiner muskulösen Brust. Sie entspannte sich, sog seine Wärme in sich auf, nahm seinen Körper als ihr Bett an. Und dann war sie eingeschlafen.

Kit ließ sich nach hinten sinken, bis sein Rücken die Wand berührte. Die Beine hatte er vor sich ausgestreckt, Kate lag auf seinem Schoß. Zaghaft strich er ihr einige Strähnen aus dem Gesicht. Ihr Haar rollte sich um seine Finger, es war seidig und so sanft wie das Fell eines Kätzchens, dazu so schwarz wie in Öl getauchter Satin. Er legte den Kopf in den Nacken und starrte an die Decke, ohne wirklich etwas zu sehen.

Sie lag fest schlafend auf ihm, war völlig entspannt und auf eine wunderbare Weise verwundbar. Tief in ihm regte sich eine Begierde, die auf die Pirsch gehen wollte. Kates zarte Konturen verschmolzen mit ihm und passten sich wie weiches Wachs an seinen harten, kantigen Körper an. Mit einem hingebungsvollen Seufzer legte sie ihren Kopf unter sein Kinn. Ihre Hand lag auf seiner Brust, ihre Finger waren schlaff. Auf seiner Haut fühlte sich ihr Atem so sanft an wie Kindheitsträume, die er nie geträumt hatte, so zärtlich wie ein Sommer, an den er sich nicht erinnern konnte.

Sein Blick wanderte langsam über ihr Gesicht, über ihren leicht geöffneten Mund, über die langen Wimpern. Selbst wenn sie schlief, war sie eine elegante und kultivierte Frau. Was sollte jemand von seiner Art mit einem solchen Geschöpf anfangen? Einem Geschöpf, dessen vorrangiges Interesse darin bestand, jemanden zu finden, der eine Frau und ihre Schwestern wieder in jene Paisley-Schals kleidete, die sie gewöhnt waren?

Bereits vor drei Jahren war ihm klar gewesen, dass die kurze Unterhaltung mit ihr ein Zufall war. Er hätte nicht mit ihr im Salon bleiben, sondern mit den anderen hinausgehen sollen. Und sie hätte nicht bei ihm bleiben sollen. Sie hatte mit ihm geredet, als sei er ihr ebenbürtig, doch das war er nicht. An einem anderen Ort und zu einer anderen Zeit wäre es niemals dazu gekommen.

Er hatte das Stadthaus der Familie Nash in York verlassen und sich zu den Docks begeben, um sich dort zu betrinken. Das war ihm auch gelungen, doch als er wieder wach wurde, musste er feststellen, dass er sich für den Armeedienst verpflichtet hatte und sich bereits auf einem Transportschiff befand, das mit Ziel Indien unterwegs war. Wenn es eine Sache gibt, die ein Soldat in der Armee Seiner Majestät im Überfluss hat, dann ist es Zeit zum Nachdenken.

Er dachte über zwei Dinge nach, eines davon war Kate. Das allein war noch nicht mit Problemen verbunden, doch die kamen in dem Moment, in dem er nicht mehr zwischen Wunschdenken und Wirklichkeit würde unterscheiden können. Die Wirklichkeit, das waren die verbrannte Haut, die versengten Lungen, die offenen Wunden, die seine Füße überzogen, weil die Stiefel nicht passten. Wirklich waren auch der salzige Schweiß, der seine Uniform tränkte, sodass sie ihm am Rücken klebte, und das Blut der Männer, die gestorben waren. Aye, er wusste nur zu gut, was die Wirklichkeit war. Kate Blackburn war eine harmlose Ablenkung davon.

Also beraubte er sich nicht des Vergnügens, an sie zu denken, an ihre mitternachtfarbenen Augen, an den Glanz der Sonne auf ihrem schwarzen Haar, an ihre weiße Haut, die schmalen Handgelenke, den zarten, samtenen Mund. Sie war der Ort, an den er sich flüchtete, wenn die Wirklichkeit für ihn zu viel wurde. Er dachte nie daran, sie jemals wiederzusehen. In diesen wenigen Minuten im Salon hatte er gesehen, wie stolz sie war. Sie würde niemals eine gelbe Rose nach St. Bride's schicken lassen.

Doch manchmal waren der Tod und die Schreie der Verwundeten, die Erinnerungen an die Schlacht so eindringlich, dass Kates Gesicht nicht vor seinem geistigen Auge auftauchen wollte. Dann dachte er an Verrat und an den Mann, der so sicher Douglas Stewart umgebracht hatte, als hätte Kit selbst die Klinge der Guillotine ausgelöst.

Während Kit über die Identität des Verräters spekulierte, marschierte die Armee voran. Der Krieg gegen Frankreich sprang über auf Kriege gegen indische Potentaten, gegen Russen und Spanier. Noch bevor seine Überlegungen zu etwas führen konnten, hatte Kit Dutzende von Scharmützeln und Schlachten miterlebt. Es war wirklich nur eine Frage der Zeit gepaart mit ein wenig Glück, ehe man auf seine „Talente" aufmerksam wurde. Da Offiziere in den Schlachten reihenweise fielen, belohnte man sein Geschick auf mit Blut getränktem Boden mit einer Beförderung – und das nicht nur einmal, sondern gleich dreimal.

Ihm wurde bewusst, dass er tatsächlich ein guter Befehlshaber war. Seine Männer vertrauten ihm und verließen sich auf sein Urteil. Doch mit jeder Beförderung wurden ihm mehr Männer unterstellt, und gleichzeitig lastete der Verrat in der Vergangenheit noch schwerer auf ihm. Wie sollte er seinem eigenen Urteil trauen können, wenn es ihn so sehr getäuscht hatte? Der Gedanke entwickelte sich zu einer Besessenheit. Er musste die Identität des Verräters herausfinden und ihn fassen, und dabei würde er auch seine eigenen Schwächen erkennen und sich ihnen stellen. Zu diesem Zweck hatte er die Beurlaubung vom Armeedienst beantragt, und sie war ihm genehmigt worden.

Doch das Schicksal machte seinen Absichten einen Strich durch die Rechnung.

In diesem Moment regte sich Kate, und er hielt inne, als sie den Kopf ein wenig hob, sich verschlafen umsah und dabei mit ihrem seidigen Haar an seinem Kiefer entlangstrich. Sie schlief mehr, als dass sie wach war. Kit hielt den Atem an, bis sie den Kopf wieder gegen seine Brust fallen ließ und er ihre Lippen an seinem Halsansatz spürte.

Er dankte Gott von Herzen dafür, dass er wusste, was wirklich war und was nicht.

7. KAPITEL

„So hübsch, Kit. Ich könnte dich fast beneiden.“ Die Stimme war kaum mehr als ein leises Murmeln. Etwas Kühles, Trockenes berührte Kate am Hals, strich über ihr Schlüsselbein, bewegte sich weiter nach unten … Sie drehte sich weg von dem vertrauten Gefühl, benommen durch Fieber und Erschöpfung.

„Doch warum sollte ich dich beneiden, wenn ich dir wegnehmen kann, was immer ich will?“ Sein Atem ging sanft und erregt. *„Dein Leben eingeschlossen.“*

Die phantomgleichen Finger schoben sich unter den Saum ihres Mieders und zogen es ein Stück weit nach unten. Sie zuckte bei dieser unerwünscht intimen Berührung zusammen und versuchte aufzuwachen. Gemächlich strich die Phantomhand über ihre Brust. Etwas näherte sich ihrem Gesicht.

„Sagen Sie Kit, er soll sich an den Rosen erfreuen.“ Ein Mund berührte ihre Lippen, sie schnappte nach Luft und setzte sich hastig auf.

In einer Ecke des finsteren Raums bewegte sich etwas, ein schwarzer Fleck vor einem schwarzen Hintergrund. Ein Laut hing in der Luft, der ein leises Lachen hätte sein können, vielleicht war es aber auch nur der Wind, der sich im Rauchabzug fing.

Kate stand auf, fühlte sich aber schwindlig und desorientiert. Sie schauderte, als sie sah, dass sich in der Feuerstelle noch immer etwas Glut befand. Als sie aufgewacht war, hatte sie davon nichts sehen können. Jemand musste sich zwischen ihr und dem Feuer aufgehalten haben.

Die Angst ließ sie hellwach werden. Sie drehte sich um und stolperte über MacNeills Jacke. *Wo ist er hin?*

Sie machte eine kurze Treppe aus und ging die Stufen hinauf, obwohl sie noch schwach auf den Beinen war. „MacNeill!“, krächzte sie. Ihre Kehle schmerzte, die Anstrengung bewirkte, dass sie sich wie benommen fühlte. „MacNeill!“

Keine Antwort. Sie machte sich auf den Weg durch den langen Korridor, der nur von einem Strahl des Mondes schwach erhellt wurde. Humpelnd bewegte sie sich weiter und passierte ein leeres Zimmer nach dem anderen. Jeder Raum lag im Dunkeln da, kein Laut war zu hören. Es kam ihr vor, als würde sie in Gräber blicken, die darauf warteten, einen Gast aufzunehmen.

Schließlich erreichte sie einen weitläufigen Eingangsbereich, der in fahles graues Licht getaucht war. Als sie nach oben sah, entdeckte sie drei Stockwerke über ihr ein großes klaffendes Loch im Dach, das den Blick auf einen düsteren, zerklüfteten Himmel freigab. Wolken zogen vor dem Halbmond vorüber, ein bitterkalter Wind schlug ihr von dort oben entgegen, zerzauste ihr Haar und wirbelte die Blätter auf.

„MacNeill!“ Der Wind erfasste ihren schwachen Ruf und trug ihn davon.

Es kam keine Antwort.

Ihre größte Befürchtung ließ sie fast in Panik geraten. Er war weggegangen und hatte sie hier zurückgelassen!

Nicht schon wieder. Bitte nicht! Sie kämpfte gegen die Tränen an, sie weigerte sich zu weinen, auch wenn ihre Gedanken sich entwirrten wie Nebel im Wind, und auch wenn ihre Beine sich weich wie Gelee anfühlten. Die Kälte entzog ihr den letzten Rest Körperwärme, und … da sah sie ein schwaches Licht flackern.

Er hatte sie *nicht* verlassen!

Schluchzend humpelte sie in Richtung des erhellten Raums weiter, fühlte sich benommen und orientierungslos. Ihr Herz raste wie das eines Kaninchens, das in eine Falle geraten war. MacNeill stand dort mit dem Rücken zu ihr. Die brennende Fackel in seiner Hand ließ das Licht gespenstisch über die dunklen Wände tanzen.

„MacNeill …“ Die weiteren Worte blieben ihr im Hals stecken, als sie sah, was er betrachtete. Ein massiver Eichentisch lag auf der Seite, die Tischplatte mit tiefen Kerben durchzogen, als habe jemand mit einer Axt zugeschlagen. Bänke oder vielleicht auch Stühle waren zertrümmert worden und lagen verstreut herum. Glasscherben überzogen den Boden wie ein glitzernder Teppich. Verbeulte Tabletts und Becher aus Zinn lagen unterhalb der Stellen, an denen Verputz aus den Wänden gebrochen war, da man die Gegenstände mit großer Gewalt dagegengeworfen hatte.

„Was ist hier geschehen?“, fragte sie.

„Wie es aussieht“, erwiderte MacNeill, „war hier jemand über irgendetwas nicht sehr glücklich.“ Er hob die Fackel etwas an, damit der Lichtschein die Wände besser erhellte.

Kate zuckte zusammen. Drei Fuß über ihnen hatte jemand den Kadaver einer Ratte mit einem Dolch an die Wand geheftet. Um den Hals des verwesten Tiers lag ein Blumenkranz, der zwar vertrocknet war, den man dennoch als Rosen erkennen konnte. Kleine gelbe Rosen. Kate streckte die Hand hinter sich aus, da sie sich an der Wand abstützen wollte.

MacNeill ließ die Fackel sinken, womit der grausige Kadaver wieder in Dunkelheit versank. Er sah sich aufmerksam um und nahm jedes Detail in diesem Raum in sich auf.

„Wer hat das getan?“, flüsterte sie. „War *er* es?“

Abrupt drehte sich MacNeill zu ihr um. „Wer?“

„Da war ein Mann in der Küche, als ich aufwachte. Er sprach … Ihren Namen, er sagte, er könne Ihnen wegnehmen, was er wolle, auch Ihr Leben. Und dann …“

„Was dann?“

„Er berührte mich.“

„Zum Teufel!“ Als er zu ihr kam, erweckte er den Eindruck eines wütenden und erschreckend aussehenden keltischen Kriegers. Er packte sie am Oberarm und sah sie eindringlich an. „Sind Sie verletzt? Tat er Ihnen Gewalt an?“

Einen Moment lang wusste sie nicht, was MacNeill damit meinte, dann aber verstand sie. „Nein, nein, er berührte mich nur …“ Ihre Hand zuckte zu ihrem geöffneten Mieder.

MacNeill stieß ein wütendes Knurren aus, ließ sie los und sah sich weiter um.

„Und er sagte, Sie sollen sich an den Rosen erfreuen“, fügte sie an.

„Was?“

„Seine Worte waren: ‚Sagen Sie Kit, er soll sich an den Rosen erfreuen.‘“

Abermals fluchte er, dann packte er sie an der Schulter und drehte sie so schnell herum, dass ihr wieder schwindlig wurde.

„Wie können Sie es wagen?“, protestierte sie und schlug schwach nach seinem Arm, doch sein Griff war wie aus Stahl, und ihr Widerspruch interessierte ihn in keiner Weise. „Sie können nicht …“

„Doch, ich kann.“

Vor Erschöpfung und Angst geriet sie ins Stolpern, und fast wäre sie gefallen, doch da hob er sie bereits hoch, nahm sie in seine Arme, um sie zu tragen, während er immer noch die Fackel in einer Hand hielt.

„Sie müssen es mir sagen“, beharrte sie. „Sie haben es versprochen, sogar geschworen. Was geht hier vor sich?“

„Wenn Sie es unbedingt wissen wollen, Madam, dann soll es eben so sein.“ Er lachte verbittert auf. „Sie haben die Ratte mit dem Halsschmuck aus Rosen gesehen?“

„Ja. Es waren die gleichen Rosen wie jene, die Sie uns nach York brachten.“

„Richtig. Derjenige, der diese Ratte aufgespießt hat, tat das nicht als Liebesbeweis“, fuhr Kit mit grimmiger Stimme fort. „Ich weiß nicht, wer es ist und was er will, aber ich kann Ihnen versichern, ich möchte Sie bei Gott nicht hier wissen, wenn ich es herausfinde.“

Er blieb mitten im Korridor stehen und machte eine finstere Miene. „Verdammt, verdammt bis in die tiefste Hölle! Er weiß es. Er weiß, ich habe nicht die Zeit, um nach ihm zu suchen. Er verhöhnt mich. Es gibt tausend Orte, an denen er sich verstecken kann, und ich habe keine Zeit. Nicht mit Ihnen an meiner Seite, zumal Sie so geschwächt sind. *Zum Teufel!*"

Von seinen zornigen Worten und seinen grimmigen Gesichtszügen eingeschüchtert, wich Kate in seinen Armen vor ihm zurück. Er bemerkte ihre Reaktion, und sofort erlosch das Feuer in seinen Augen, um einem kühlen, ungerührten Ausdruck zu weichen. „Es ist Zeit zum Aufbrechen. Aber erst … halten Sie dies."

Er drückte ihr die Fackel in die Hand, dann ging er bis zum anderen Ende des schmalen Gangs, während Kates ganzer Körper steif vor Furcht war. Mit der Schulter drückte er eine schwere Eichentür auf und spähte eine steile Treppe hinunter in die Schwärze.

„Ich bitte um Verzeihung", sagte er mit einem schiefen Grinsen, da er mit einer empörten Reaktion ihrerseits rechnete, nahm die Fackel in die Hand und legte sich Kate über die Schulter. Seine Erwartung wurde nicht enttäuscht.

„Sie können doch nicht … aaah!" Während er die brennende Fackel hoch über sich hielt, begab er sich auf der Treppe nach unten. Stufe um Stufe wurde jeder seiner Schritte von einem Protest ihrerseits begleitet.

Im Keller war nichts verändert worden. Dicke Spinnweben hingen von den niedrigen Steinbögen, in der Dunkelheit hallte leise das Scharren von irgendwelchen Tieren nach, die sich durch den Besucher gestört fühlten. Die kalte Luft roch nach Schimmel und Feuchtigkeit.

Am Fuß der Treppe angekommen, setzte er Kate so ab, dass sie sich gegen die nächste Wand lehnen konnte, dann gab er ihr die Fackel zurück. „Halten Sie das und warten Sie hier."

Ohne ein Wort zu sagen, nahm sie die Fackel an sich. Sie musste wiederholt blinzeln, als versuche sie, ihren Blick auf einen Punkt zu konzentrieren. Sie war krank. Ob es an der Kälte lag oder daran, dass sie kaum gegessen und zu wenig Schlaf bekommen hatte, wusste er nicht. Ihm war nur klar, dass er sie so schnell wie möglich nach St. Bride's bringen musste. Nichts anderes zählte, nicht einmal *er*. Es widerstrebte Kit, die Verfolgung auf einen späteren Zeitpunkt zu verschieben, denn das Verlangen, *ihn* zu finden und dafür zu bestrafen, dass er sie angerührt hatte, war fast übermächtig.

Er ging in den modrigen Keller, blieb an der gegenüberliegenden Wand stehen und strich mit den Händen über die unregelmäßige Oberfläche, bis er die erhabene Kante eines Mauerblocks ertastete. Er stöhnte leise auf, als er den Block herauszog, damit er in die entstandene Öffnung greifen konnte. Aus der Tiefe dahinter zog er ein langes, in Leder gewickeltes Objekt. Als er es auspackte, kam eine lange, schwere Klinge zum Vorschein.

„Was machst du da, Kit?"

„Ich lagere etwas, Dand. Man kann nie wissen, ob man nicht vielleicht einmal eine Waffe benötigt."

Dand lachte. „Aber hier? Wieso? Glaubst du, das Vieh könnte sich eines Tages gegen dich erheben?"

„Was ist das?" Kates schwache Stimme holte ihn in die Gegenwart zurück.

„Ein Claymore, ein Zweihänder", antwortete er, hob die klobig aussehende Waffe, als wiege sie kaum etwas, und betrachtete mit dem Blick eines Kenners die stumpfe Kante.

„Warum beharrst du nur darauf, diesen Knüppel zu benutzen, Kit, wenn du auch etwas mit mehr Finesse nehmen könntest?", wunderte sich Ramsey.

„Weil ein Knüppel für mehr Klarheit sorgt als eine Andeutung."

Er hob die Lederscheide auf und band sie sich so um, dass

sie genau zwischen den Schulterblättern saß, dann schob er die Klinge hinein. „Jetzt brechen wir auf."

Sein bestimmender Tonfall veranlasste Kate, ihre wirren Gedanken zu ordnen. Sie nickte, und als er sie sich diesmal über die Schulter legte, hielt sie sich an ihm fest. In der Küche sammelte er ihre Habseligkeiten auf, dann ging er mit ihr nach draußen. An der Außenmauer ließ er sie abermals warten, da er Doran holen und anspannen musste.

Am Horizont im Osten lichtete sich die Nacht ein wenig. Kate wartete gehorsam, fühlte sich aber unangenehm zittrig auf den Beinen. Im Rücken spürte sie die erdrückende Größe der Burg. Von Unbehagen erfüllt drehte sie sich um und betrachtete zum ersten Mal überhaupt das massive Bauwerk. Das verrottete Dach gab den Blick frei auf verkohlte, nur noch halb vorhandene Wände der Räumlichkeiten im ersten Stockwerk. Die gesamte Fassade war mit dunklen Nischen und leeren schwarzen Fensteröffnungen durchsetzt. Hoch oben hatte sich Sumpfgras selbst gesät und wuchs inmitten der zerfallenen Einkerbungen. Die harten Halme, die sich im Wind bewegten, wirkten in der Dämmerung blass, so wie geisterhafte Arme kleiner Kinder, die ihr bedeuteten, sie solle zu ihnen hinaufklettern, und dahinter eine dunkle Gestalt, die …

„Kate!"

Erschrocken wirbelte sie herum, doch es war bereits zu spät. Von hoch oben vernahm sie ein unheilvolles Poltern, und im nächsten Augenblick war Kit bei ihr, packte sie und drückte sie gegen die Mauer, dann legte er seine Arme über ihren Kopf, während es Steine regnete. Kate klammerte sich an ihm fest, das Gesicht an seine Kehle gedrückt. Bei jedem Stück, das ihn traf, merkte sie, wie er zusammenzuckte. Sie dagegen bekam nichts ab.

So plötzlich, wie es angefangen hatte, war alles auch wieder vorüber. Er stieß sich ein Stück weit von ihr ab und fragte: „Sind Sie verletzt?"

„Nein."

Er atmete erleichtert aus, während sein Blick hinauf zum Dach wanderte. „Haben Sie irgendetwas oder irgendjemanden gesehen?"

„Ich weiß nicht, ich dachte …" Sie schüttelte den Kopf. „Ich weiß es nicht."

Kit beugte sich vor, hob sie hoch und trug sie zur Kutsche, damit er sie auf dem Bock absetzen konnte. Dann stieg er selbst auf.

„Wohin fahren wir?", wollte sie wissen.

„Dorthin, wo alles anfing", sagte er. „Nach St. Bride's."

8. KAPITEL

Kit berührte mit der Peitsche leicht Dorans Flanke, woraufhin der Wallach ein schärferes Tempo anschlug. Er konnte das Böse spüren, das ihre Flucht begleitete. Doch mit dem hochgeklappten Verdeck konnte niemand sie sehen. Wichtiger war dabei noch, dass sie keine Zielscheiben abgaben, auch wenn er ohne Selbstüberschätzung wusste, er wäre der Einzige gewesen, der zu einem solchen Schuss in der Lage war.

„Sind wir in Sicherheit?", fragte Kate atemlos.

„Aye."

„Aber wenn er uns folgt? Oder wenn er ein Stück voraus auf uns wartet?"

„Sehen Sie sich um, Mrs. Blackburn. Hier gibt es auf Meilen hinaus keine Deckung. Und abgesehen davon, wenn er uns hätte töten wollen, wäre ihm das ein Leichtes gewesen, solange wir schliefen."

„Oh", murmelte sie leise und stieß leicht gegen ihn. Er sah sie an und erschrak einmal mehr über ihre Blässe und die dunklen Ringe unter den Augen.

„Mein Gott", sagte er. „Sie sehen schrecklich aus."

Sie mühte sich, die Schultern zu straffen und sich aufrecht hinzusetzen. Ihr Kinn zitterte leicht, dann aber schob sie es auf jene trotzige und anmaßende Weise vor, die ihm inzwischen bereits so vertraut war. „*Sie*", gab sie zurück, „sind ein Flegel!"

„Ich wollte damit nur sagen ..."

„Ich weiß genau, was Sie sagen wollten", erwiderte sie. „Zuvor hatten Sie mir schon erklärt, ich sei schmutzig ..."

„Was?" Er fasste sie am Arm, da sie bedenklich weit nach vorn gebeugt saß, doch sie riss sich gleich wieder los. „Ich habe niemals ..."

„Doch, das haben Sie! Sie haben es *angedeutet!* Im Wirtshaus! Und nun sagen Sie, ich würde schrecklich aussehen. Gibt es noch andere, mir nur zu vertraute Kommentare, die Sie von sich geben möchten?"

„Jesus! Sie sehen krank aus, und ich habe keine verdammte Ahnung, was Sie damit meinen, ich hätte angedeutet, Sie seien schmutzig! Tatsache ist aber, dass Sie schmutzig sind!"

Gott stehe ihm bei, sie begann, nach Luft zu schnappen.

Entsetzt sah er sie an. Noch nie war er einer weinenden Frau so nahe gewesen. Ihr Atem ging in ein lautes Schluchzen über.

„Ich bin *auch* schmutzig", sagte er rasch. „Wir sind auf Reisen, Sie haben auf dem Fußboden geschlafen. Sie sehen ... Sie sehen ..." Bei Gott, er konnte nicht fassen, dass er in eisiger Kälte durch ein Moor fuhr, dabei womöglich in Lebensgefahr war und gleichzeitig bemüht, ein Kompliment auszusprechen! Genauso wenig konnte er glauben, dass sie ihn so weit gebracht hatte! Wie war es bloß dazu gekommen? „Ich glaube das nicht."

„Was?", schniefte sie.

„Dass Sie beleidigt sind, weil ein Mann Sie vielleicht nicht attraktiv finden könnte, obwohl Sie unmöglich an ihm interessiert sein können. Verfügt ihr besseren Damen über irgendeine andere Eigenschaft außer Eitelkeit? Nun, wenn Sie es so wollen. *Ich finde Sie attraktiv, aber das ändert nichts daran, dass Sie elend aussehen.*"

„Ich *fühle* mich auch elend!", gab sie zurück und vergrub das Gesicht in ihren Händen.

„Kate."

„Nein!" Sie riss sich zusammen und wischte mit dem Handrücken die Tränen fort. „Ich habe mir vorgenommen, mich wie eine Dame zu benehmen und mit Gleichmut alles zu ertragen, was diese Reise mit sich bringt. Das werde ich auch. Aber ...", sie sah ihn finster an, „... ich will einige Antworten von Ihnen. Wer war dieser Mann?"

Diese Unterhaltung wollte er lieber nicht führen.

„Sie *müssen* es mir sagen. Er ... wurde zudringlich."

„Glauben Sie, dessen bin ich mir nicht bewusst?", raunzte er sie an. „Glauben Sie, ich bin nicht außer mir vor Wut? Ich versichere Ihnen, Madam, es ist so. Ich kann Ihnen auch versichern, dass er für diese Beleidigung teuer bezahlen wird."

„Ihre Empörung ist für mich kein Trost. Ich will die Wahrheit wissen, das habe ich verdient."

Er sah ihrem Gesicht an, welche Furcht ihr zu schaffen machte, doch sie ließ sich davon nicht beherrschen. „MacNeill!"

Sein Blick war wieder auf die Straße gerichtet. Der Griff um die Zügel war fester geworden, die abgewetzten Lederhandschuhe spannten sich über seinen Knöcheln.

„Wir waren zu viert", begann er schließlich.

„Die Männer, die mit Ihnen nach York kamen, und der eine, der im Kerker starb?", hakte sie nach.

„Ja."

„Woher kannten Sie die anderen?"

„Wir waren Waisen, die in den Städten und Dörfern aufgelesen und nach St. Bride's gebracht wurden, dem letzten der katholischen Clans."

„Wer las Sie auf?"

MacNeill zuckte mit den Schultern. „Der Abt. Seine Mönche."

„Und wie fanden sie Sie? Woher wussten sie, wo sie nach Ihnen suchen mussten? Und wieso ausgerechnet Sie?"

„Bei Gott, Sie stecken ja voller Fragen." Als er sah, dass sie nicht aufgeben würde, seufzte er. „Ein Brief, ein Gerücht, ein wenig Tratsch eines alten Viehtreibers, ein geflüstertes Wort eines heimlichen Anhängers – das genügte, um sie loseilen und nach uns suchen zu lassen."

„Zu welchem Zweck?"

„Ich bin mir nicht sicher, ich kann nur raten." Er legte

die Stirn in Falten. „Als wir noch klein waren, machte man uns glauben, unsere Bestimmung sei es, Ritter eines alten Ordens zu werden. Wir glaubten das, wir dachten uns sogar einen Treueschwur aus.“ Er lächelte, doch es war ein bitteres Lächeln. „Auch später, als uns längst klar war, dass man uns keine Chargenpferde geben würde, hielten wir an diesem Schwur fest. Nur galt der Treueschwur da nicht mehr St. Bride's, sondern jedem Einzelnen von uns.“

„Das ist der Schwur, den Sie auch mir gegenüber abgelegt haben“, sagte sie, da sie allmählich zu verstehen begann.

„Ja.“

„Aber was hat das mit der Burgruine zu tun? Oder mit dem Mann, der sich dort versteckt hält?“

„Jemand hat den Schwur gebrochen, und ich glaube, es könnte der Mann gewesen sein, den Sie sahen.“

„Ich verstehe nicht.“

Verärgert zog er die Brauen zusammen. „Wir wurden nicht großgezogen, um Ritter zu werden. Man machte uns zu Kriegern. Unser Handeln wurde von der Kirche bestimmt und gutgeheißen.“

„So wie die Tempelritter?“

„Nichts so Förmliches. Wir waren Werkzeuge, die in Zeiten großer Unruhe und Gefahr eingesetzt wurden. Zum Beispiel anno '93 in Frankreich. In jenem September wurden allein in Paris vierhundert Priester und über tausend katholische Adlige massakriert. Einige Priester entkamen nach England, einer von ihnen nach St. Bride's. Bruder Toussaint. Ehe er sich einem heiligen Orden anschloss, war er ein großer Soldat gewesen. Er brachte uns bei, was er beherrschte.“

Für einen Moment hielt er inne. „Dann, eines Tages, kam ein Mann in die Abtei. Ein Franzose. Seinen wahren Namen kenne ich nicht. Er nannte sich Duchesne, und er kannte offensichtlich Bruder Toussaint aus Paris. Heute glaube ich, er war von französischem Adel. Zu der Zeit verfolgten die Royalisten und die Kirche ähnliche Interessen, nämlich die Rückkehr Frankreichs zu einer Monarchie, was eine Rückkehr der katholischen Kirche in das Land bedeutet hätte. Er hatte einen Plan. Wir sollten nach Frankreich reisen und uns als Abenteurer ausgeben, die in aller Welt auf der Suche nach unbekannten Tieren und Pflanzen sind, vor allem jedoch nach Rosen. Als Rosenjäger sollten wir bei Josephine Bonaparte vorstellig werden, um ihr von unseren Entdeckungen zu berichten."

„Rosen?" Sie musste ungläubig geklungen haben, da er sie ein wenig amüsiert ansah.

„Napoleon Bonapartes Frau hat in ihrem Haus Malmaison die größte Rosensammlung auf der ganzen Welt zusammengetragen. Sie ist von Rosen besessen, und Napoleon als guter Ehemann verwöhnt sie. Ihre Gärten sind legendär, und sie hat Gesandte in alle Teile der Welt geschickt, um für sie nach neuen Variationen zu suchen. Diplomaten, Speichellecker, Botschafter vieler Länder und Fürsten statten ihr unentwegt Besuche ab und überreichen ihr neue Züchtungen. Sie können sich sicher gut vorstellen, welch fruchtbarer Boden das ist, um geheime Informationen zu sammeln. Den Ratgebern des Königs ist klar, welche Möglichkeiten damit verbunden sind – und dem Heiligen Stuhl erst recht."

Kate wartete. Er hatte sich in seiner Geschichte verloren, da er ihr nicht länger lediglich Informationen gab, sondern sie seine Sichtweise seiner eigenen Vergangenheit wissen ließ.

„Es gab einen Mann in ihren Diensten, der bereit war, Vertrauliches über Napoleons Verbündete, über seine Pläne und seine Korrespondenz weiterzugeben. Mit ihm sollten wir uns treffen. Doch bevor es dazu kam – genauer gesagt: sogar noch bevor wir überhaupt seinen Namen kannten –, wurden wir gefangen genommen und unter dem Vorwurf der Spionage eingekerkert."

„Und Sie glauben, einer Ihrer Gefährten oder dieser französische Priester verriet Ihre wahren Absichten?"

„Ja."

„Wieso?"

„An dem Tag, an dem Douglas zur Guillotine geführt wurde, erzählte uns der Kerkermeister, er wisse über alles Bescheid: welche Kontakte wir hatten, mit welchen Priestern wir uns getroffen hatten, den Namen des Kapitäns jenes französischen Schiffs, mit dem wir übersetzten, sogar den Namen des Gastwirts, in dessen Schenke wir übernachtet hatten. All diese Leute waren da bereits tot. Man hatte sie verraten. Und mit besonderem Genuss ließ er uns wissen, dass wir aus den eigenen Reihen verraten worden waren."

„Wie können Sie sich so sicher sein, dass er die Wahrheit sprach?", fragte Kate. „Vielleicht wollte er nur Misstrauen schüren und Sie dazu bringen, ihm weitere Informationen zu geben."

MacNeill schüttelte den Kopf. „Es gab keine weiteren Informationen. Er wusste einfach alles. Ihm war sogar unser Schwur bekannt, von dem nur fünf Männer wussten: Douglas, Ram, Dand, ich und Bruder Toussaint, dem wir uns anvertraut hatten."

„Das ergibt doch keinen Sinn. Sie alle waren in den Kerker gesperrt worden, Sie alle mussten leiden."

„Wirklich?" Ihre Blicke trafen sich. „Wir wurden einzeln verhört. Es ist üblich, einen Mann von seinen Gefährten zu trennen, vor allem wenn man Informationen von ihm bekommen will. Ja, wir alle haben gelitten, aber litten wir auch alle im gleichen Maß?"

„Warum aber sollte einer Verrat begehen?", wunderte sich Kate. „Niemand wurde freigelassen, niemand hatte einen Vorteil gegenüber den anderen."

„Weil der Preis für den Verrat sein Leben gegen das unsere war. Er hätte als Einziger überleben sollen, verstehen Sie? Der einzige wohlhabende Überlebende, würde ich sagen." Kit verzog den Mund zu einem gehässigen Grinsen. „Wer immer uns verriet, konnte nicht mit dem Gedanken leben, sein Verrat könnte aufgedeckt werden, auch nicht gegenüber jenen, die er verraten hatte. Seine Schuldgefühle waren dafür zu stark. Seinen Lohn sollte er *nach* unserem Tod erhalten. Douglas war nur der Erste, wir anderen wären ihm kurz danach gefolgt, doch die Ankunft Ihres Vaters machte diesen Plan zunichte."

„Warum wurde nur Douglas hingerichtet? Warum nicht Sie alle auf einmal?"

„Ich kann es mir nur damit erklären, dass der Kerkermeister seinem Informanten unmissverständlich zeigen wollte, was ihn erwartete, sollte er Frankreich so verraten wollen, wie er es mit seinen Gefährten gemacht hatte."

„Sie kamen als Gruppe zu meiner Familie. Wenn Sie glaubten, einer der Überlebenden sei der Verräter, warum sind Sie dann gemeinsam gereist? Warum haben Sie nicht die anderen zur Rede gestellt?"

„Das tat ich!", erwiderte er gereizt. „Jeder von uns tat es. Aber zwei von uns trifft keine Schuld. Vielleicht war Bruder Toussaint in diesem französischen Kerker zugegen und enthüllte alles, auch wenn ich mir nicht vorstellen könnte, wie …" Kopfschüttelnd brach er den Satz ab. „Unterstellungen wurden ausgesprochen, und jede Unterstellung wurde geleugnet. Ram und Dand gaben mir die Schuld, während ich einem von ihnen die Schuld gab."

„Wie schrecklich."

Er ging über ihr Mitgefühl hinweg. „Nachdem wir Ihrer Familie gegenüber unseren Schwur geleistet hatten, konnten wir, die wir uns näher gestanden hatten als Brüder, die Gegenwart des anderen nicht mehr ertragen. Wir gingen getrennte Wege und rechneten nicht damit, uns je wieder zu begegnen. Aber …"

„Aber … was?"

„Aber ich konnte es nicht auf sich beruhen lassen. Drei

Jahre lang machte es mir zu schaffen. Wie soll ich mir selbst vertrauen, wenn ich nicht meiner Vergangenheit vertrauen kann? Wie kann ich auf mein Urteil vertrauen, auf meine Gefühle, auf die Loyalität, auf der ich mein ganzes Leben begründet habe, wenn alles womöglich nur eine Lüge ist? Ich muss die Wahrheit herausfinden." Er wandte den Blick von ihr ab. „Und nun habe ich einen zusätzlichen Antrieb, das zu tun."

„Warum sind Sie dann nicht geblieben?", wollte sie wissen. Die Antworten auf all seine Fragen waren doch offenbar zum Greifen nah gewesen, doch er hatte sich entschieden, sie unbeantwortet zu lassen. „Warum haben Sie nicht nach dem Mann gesucht, der sich in der Burg aufhielt?"

„Weil ich Ihnen versprochen habe, Sie sicher an Ihr Ziel zu begleiten. Sie sind krank, und ich kann nicht Ihre Gesundheit aufs Spiel setzen, indem ich auch nur eine Minute länger warte als unbedingt nötig." Er trieb das Pferd voran, als sei ihm soeben wieder eingefallen, wie eilig sie es hatten.

„So, ich habe Ihre Fragen beantwortet. Ihr Recht, alles zu erfahren, ist erfüllt worden." Er klang unfreundlich, er wich ihrem Blick aus. „Und nun ruhen Sie sich aus. Bei Anbruch der Nacht werden wir St. Bride's erreicht haben."

9. KAPITEL

Was ist denn das?“, flüsterte Kate, ohne den Kopf von Kits Schulter zu nehmen. Vor ein paar Minuten war sie aufgewacht, und nun blickte sie in ein Paar kleiner, dunkler Augen in einem fleischig rosigen Gesicht, dessen Mund vor Erstaunen zu einem ‚O‘ geformt war.

„Nicht *was*“, erwiderte Kit amüsiert, „sondern *wer*. Dies ist Bruder Fidelis.“

Der rundliche Mann in dem braunen Gewand betrachtete sie kurzsichtig und kam ein Stück näher. „Gütiger Himmel, Christian, was ist das?“

„Nicht *was*“, wiederholte Kit, der verräterisch amüsiert klang, „sondern *wer*. Dies ist Mrs. Katherine Blackburn.“

„Eine Frau!“, meldeten sich mehrere Männer erschrocken zu Wort, die nur darauf gewartet hatten, dass ihr schrecklicher Verdacht bestätigt wurde.

Kate gab die bequeme Position auf, die sie an Kits Schulter eingenommen hatte, und sah an Bruder Fidelis vorbei zu einer Gruppe identisch gekleideter Männer. Sie waren nicht allzu weit entfernt, sodass Kate deutlich ihre Gesichter erkennen konnte, deren Ausdruck zwischen neugierig und ängstlich schwankte, die aber allesamt schockiert dreinblickten.

Der Grund dafür war recht offensichtlich. Immerhin trug sie Kits viel zu großes Hemd und war in seinen Tartan gewickelt, während sie sich scheinbar hingebungsvoll gegen den Mann presste. Sie versuchte, sich aufzurichten, doch ohne Vorwarnung begann die Welt sich um sie zu drehen, und im nächsten Moment sank Kate wieder in seine Arme.

Sie hatte vergessen, wie schwindlig ihr war. Allerdings kam es ihr so vor, als könne sie wieder klarer denken, und ihr war auch nicht mehr so kalt. Sie fühlte sich sogar einigermaßen entspannt, und ihr wurde bewusst, dass sie zum ersten Mal seit Beginn dieser Reise keine Angst verspürte. Die Angst war irgendwann von ihr gewichen, nachdem MacNeill auf ihr Beharren hin seine Geschichte erzählt hatte. Seitdem begann sie, das Wesen des Mannes zu verstehen, der geschworen hatte, sie zu beschützen. Kit MacNeill war keine schreckliche, herzenskalte Vernichtungsmaschine. Vielmehr war er ihr in vieler Hinsicht recht ähnlich.

Diese Erkenntnis war erschreckend und verwirrend, ja sogar beunruhigend. Und das ausgerechnet in dem Moment, in dem sie endlich begann, sich in seiner Gegenwart wohlzufühlen. Ein tiefer Seufzer kam ihr über die Lippen.

„Was sagt sie?"

„Was hast du mit ihr gemacht?"

„Oh, Christian, du hast doch nicht etwa …"

„Das arme Geschöpf …"

„Ich habe gar nichts gemacht!", widersprach Kit nachdrücklich. „Aber ich danke Ihnen sehr für die bewegende Zurschaustellung Ihres Vertrauens in meine Moral!" Er legte Kate über seinen Schoß. Die kleine Bewegung genügte, dass sich die Welt wieder langsam um sie zu drehen begann. Sie kniff die Augen zu und gebot der Welt Einhalt, doch die wollte nicht auf sie hören.

„Aber Christian, *das* haben wir niemals gedacht."

„Oh, *das* nicht. Aber *das*", gab Kit sarkastisch zurück und zog sie enger an sich, damit er ihre Beine über den Rand der Kutsche heben konnte.

„Könnte einer von Ihnen das Pferd abspannen?" Kit sprang von der Kutsche und schüttelte Kate durch. Lichtblitze zuckten vor ihren geschlossenen Augen.

„Oh!"

„Christian, was machst du da mit dieser Frau?" Eine weitere, autoritäre Stimme, die argwöhnisch klang, erhob sich über das Gemurmel der anderen Männer.

„Ich halte sie." Kit hörte sich nicht sehr beeindruckt an.

„Und ich habe vor, das auch noch länger zu tun."

Ein paar Sekunden lang spielte Kate mit dem Gedanken, die Augen zu öffnen und den Männern ihre Situation zu erklären, doch sie fühlte sich für derartige Ausführungen nicht wirklich in der Lage. Außerdem wollte sie nicht, dass die Erde sich erneut um sie zu drehen begann. Und es war recht angenehm, jemanden zu haben, der für sie alles erledigte. So war es eigentlich viel besser. Also hielt sie die Augen geschlossen und ihren Körper schlaff, während sie darüber nachdachte, warum ihr nicht schon früher in den Sinn gekommen war, welche Vorteile es mit sich brachte, wenn sie eine Ohnmacht vortäuschte.

„Das sehe ich", entgegnete die autoritäre Stimme. „Was ich damit ausdrücken wollte, ist: Warum hast du diese Frau hergebracht? Dies ist ein Mönchsorden, Christian. Frauen ist das Betreten nicht gestattet."

„Dieser Frau schon", konterte Kit und ging weiter. „Ihr ist nicht gut."

„Was stimmt denn nicht mit ihr?", wollte Bruder Fidelis wissen, dessen anfänglicher Argwohn nun Mitleid gewichen war.

„Vor allem ist sie völlig durchgefroren, aber ich würde auch sagen, sie ist ausgehungert." Er unterstrich diese Aussage, indem er Kate anhob, als würde sie gar nichts wiegen. Abermals fühlte sie, wie sich alles um sie drehte. „Wohin kann ich sie bringen?"

„Christian." MacNeill blieb stehen, und sie spürte, wie sich seine Arme und sein Oberkörper versteiften.

„Vater Abt." Die respektvolle Anrede wurde von einem wütenden Unterton begleitet. „Ich habe diese junge Dame nicht hergebracht, um sie auszurauben oder bloßzustellen. Und auch wenn es zweifellos noch so unterhaltsam wäre, brachte ich sie nicht her, damit sie ihre Kleidung abstreift und nackt durch die Kreuzgänge läuft. Ich brachte sie her, weil ich keine andere Wahl hatte. So wie Sie als guter Christ und Benediktinerpriester keine andere Wahl haben, als ihr Einlass zu gewähren. Immerhin, *Hirte ...*", seine tiefe Stimme triefte vor Sarkasmus, „... ist sie ein verirrtes und sehr unterkühltes Schäfchen."

Sie zählte fünf Herzschläge, die Kits Herausforderung folgten, die ihr auch trotz ihrer Verfassung als eine solche erschien. Dann erwiderte der Abt: „Sarkasmus passt nicht zu einem Mann von deiner Erziehung und ..."

„... Bildung?" Die Frage war amüsiert ausgesprochen, doch sie schien nur etwas sehr Ernstes zu überspielen.

„Ich wollte *von deinen Verdiensten* sprechen, Christian", fuhr der Abt ruhig fort. „Was diese junge Dame angeht, darf sie bleiben, bis sie sich wieder wohl genug fühlt, um weiterzureisen. Und das *wird* sehr, sehr bald der Fall sein. Ich verlasse mich darauf, Bruder Martin", schloss er streng. Im Hintergrund gab jemand einen missbilligenden Laut von sich.

„Bring sie ...", der Abt zögerte kurz, „... bring sie zum Gewächshaus. Im hinteren Teil gibt es einen kleinen Schuppen, in dem sich auch ein Bett befindet, wenn ich mich nicht irre. Nachdem du dafür gesorgt hast, dass diese junge Frau sicher untergebracht ist, wirst du so gut sein, mich in meiner Unterkunft aufzusuchen, Christian." Letzteres war keine bloße Bitte.

„Darauf können Sie sich verlassen, Sir." Die Antwort war kein bloßes Zugeständnis.

Ohne auf weitere Anweisungen zu warten, entfernte sich Kit von den tuschelnden Mönchen. Nach wenigen Schritten murmelte er: „Sie können die Augen wieder öffnen. Die braune Meute liegt hinter uns, und wenn sie noch so sind, wie ich sie in Erinnerung habe, werden sie bis nach dem Abendessen nicht den Mut aufbringen, nach Ihnen zu sehen."

„Woher wissen Sie, dass ich wach bin?", fragte Kate und sah in sein Gesicht, das von Entbehrungen und Härten geprägt worden war. Doch als er seinen Blick auf sie richtete, war in seinen Augen auch ein Funke Humor zu erkennen.

„Sie meinen, trotz der überzeugenden Weise, in der Sie sich an meine Brust drücken?“

Sie hob abrupt den Kopf und seufzte unglücklich. Der Anstand verlangte von ihr, dass sie sich aus seiner Umarmung befreite, doch sie fühlte sich in ihrer momentanen Position ausgesprochen wohl. Aber eine Dame musste tun, was man von ihr erwartete. „Ich kann selbst gehen.“

„Mag sein“, stimmte er ihr zu. „Aber Sie wollen doch nicht unser Schauspiel an dieser Stelle verderben. Die guten Brüder haben auch so bereits eine sehr gefestigte Meinung über Frauen. Nicht, dass sie Ihrem Geschlecht als Individuen etwas vorwerfen. *Das* wäre schließlich unchristlich! Aber sie haben massive Vorbehalte gegen Frauen insgesamt. Sie sehen sie als schwach und heimtückisch an – aber nur in einer moralisch gänzlich verwerflichen Art und Weise. Und das auch nur zugunsten der armen, fehlgeleiteten Trunkenbolde, die ihrem Zauber erliegen. Es würde mich nicht im Mindesten wundern, wenn in diesen Minuten meine unsterbliche und allzu empfängliche Seele mit einem Dutzend Gebete erbaut wird.“

„Ha!“

„Sparen Sie sich Ihre empörten Ausrufe, Mrs. Blackburn. Immerhin haben Sie tatsächlich vorgetäuscht, ohnmächtig zu sein. Genau das würde den Mutmaßungen der Brüder nur neue Nahrung geben.“

„Wollen Sie damit andeuten, ich sei heimtückisch?“ Sie blickte ihn an wie ein Unschuldslamm.

MacNeill lächelte. „Genau. Und wenn Sie auf einmal von meinen Armen springen und fröhlich weiterlaufen, bestärkt sie das nur in ihrer Ansicht, man könne einer Frau nicht vertrauen.“

„Vielleicht haben sie ja recht“, wandte Kate ein. „Vielleicht schweben Sie in der größten Gefahr, von meiner schwachen und heimtückischen Art verführt zu werden. Ich könnte es mir niemals verzeihen, einen Unschuldigen wie Sie einer solchen Gefahr auszusetzen. Ich *bestehe* darauf, dass Sie mich absetzen."

Er musste lauthals lachen. „Kate Blackburn, wer hätte gedacht, dass Sie zu einer solch frechen Art fähig sein könnten?"

Sein Lachen war entwaffnend, und für einen Moment strahlten seine grünen Augen Wärme aus.

„Ich weiß nicht, was Sie meinen." Sie wünschte, sie könnte ihn noch mal zum Lachen bringen.

„Ich meinte damit, dass junge Witwen von makelloser Herkunft, die sich mit der Absicht tragen, in die Gesellschaft zurückzukehren, keinen Bürgerlichen verhexen sollten." Sein Ausdruck veränderte sich ein wenig, sein Blick wirkte auf einmal funkelnd und räuberisch zugleich. „Das kann gefährlich ausgehen, weil Sie nie wissen, was ein Bürgerlicher tun könnte."

Er hob sie höher und brachte ihren Kopf näher an seinen Mund. Sie wich zurück, obwohl ein Teil von ihr es mit seiner draufgängerischen Art aufnehmen wollte, um festzustellen, was er machen würde. Die Angst kehrte zurück, doch sie ängstigte sich nicht vor Kit MacNeill, sondern vor sich selbst und davor, wozu sie in der Lage sein mochte, wenn sie nur im Mindesten dazu ermutigt wurde. Welch ein Glück, dass sie ein Feigling war.

„Wissen Sie es?", flüsterte er und sah ihr tief in die Augen.

„Nein", hauchte sie und zwang sich, die Umgebung wahrzunehmen, damit sie den Blick von ihm abwenden konnte.

Für Kates ungeübtes Auge hatte St. Bride's nicht viel von einer Abtei, sondern wirkte wie ein winziges Dorf, das auf einer rechteckigen Fläche errichtet und von einer Mauer umgeben war. Ein flacher Steinbau bildete eine Seite des Rechtecks, das Dach reichte bis über einen Laubengang, der von gut einem Dutzend Türen gesäumt wurde. Gleich daneben erhob sich ein Gebäude, auf dessen erstem Stockwerk ein spitz zulaufendes, steiles Dach saß. Sie vermutete, dass es sich um die Kapelle handelte. Parallel zu beiden langen Mauern stand eine Reihe von Bauwerken unterschiedlichster Größe, die verschieden alt zu sein schienen, sich aber nicht durch irgendwelche architektonische Besonderheiten voneinander abhoben. Offensichtlich waren sie lediglich entsprechend ihrer Bestimmung errichtet worden, wobei man auf die Baustoffe zurückgegriffen hatte, die gerade verfügbar waren.

Wirklich markant war an dieser Abtei nur ihre Lage, denn ringsum erhoben sich prachtvolle, schneebedeckte Berggipfel. Von Osten her fiel der Sonnenschein auf die weißen Berge, der der kleinen Siedlung Wärme spendete und sogar jetzt im November dafür sorgte, dass sich ein paar grüne Flecken gegen das Braun des Winters behaupten konnten. Von dem kalten Wind, der sie an den letzten beiden Tagen unablässig begleitet hatte, war nichts mehr zu merken, und die Luft fühlte sich sehr angenehm an. Sie mussten sich in einem tiefen Tal befinden, das für dieses ungewohnte Klima sorgte.

„Hier … hier ist es nicht so kalt, nicht wahr?“, murmelte sie.

„Nein, hier ist es nie kalt“, antwortete Kit und schritt auf eine massive Holztür in einer Steinwand zu. Kurz davor drehte er sich um und drückte sie mit dem Rücken auf.

Dahinter lag ein gepflegter Rosengarten, wie man ihn an vielen Orten in England vorfinden konnte. Ein Kiesweg führte um einen mit Marmor verkleideten Brunnen herum, in regelmäßigen Abständen wurde er von kahlen Bäumen unterbrochen. Zu beiden Seiten der Tür waren terrassenartige Beete angelegt und mit einer dicken Schicht Blätter bedeckt worden, um für den Winter gewappnet zu sein. Mit Erstaunen nahm sie wahr, dass der hintere Bereich des Gartens mit Glas verkleidet war, was ihn zweifellos zum entlegensten und vielleicht sogar nördlichsten Gewächshaus von ganz Großbritannien machte.

Kit trug sie zielstrebig dorthin und drückte die Tür zum Gewächshaus mit dem Knie auf. Kate stockte der Atem. Während die Natur draußen den graubraunen Mantel des nahenden Winters trug, zeugten im Gewächshaus noch die letzten Überbleibsel von der Herrschaft des Sommers. Ranken überzogen das Gitterwerk des Hauses und bildeten ein Dach, an dem noch einige Rosen hingen, manche rot, andere karminrot oder muschelrosa. Sie waren aber nur die letzten Überlebenden der diesjährigen Blüte, die ihre natürliche Lebenserwartung übertroffen hatten. Der leichte Lufthauch, der durch die geöffnete Tür hereinwehte, genügte bereits, um etliche Blätter mit braunem Rand von der Decke regnen zu lassen.

Kit ging in einem Zug weiter, bis er einen kleinen Schuppen mit einer in der Mitte geteilten Tür erreichte. Darin stand ein kleines Bett, auf dem einige Decken lagen, außerdem mehrere Regale für Spaten und Geräte sowie Töpfe, in denen sich Ableger in den verschiedensten Wachstumsphasen befanden.

Ohne großes Getue legte Kit sie auf das Bett und richtete sich wieder auf, dann griff er nach einem Tonkrug, der neben ihm auf dem Boden stand, roch daran und goss etwas in einen Steinzeugbecher. „Hier, trinken Sie das“, sagte er.

Dankbar nahm sie den Becher entgegen und trank mit großen Schlucken das klare, kalte Wasser, ohne sich darum zu kümmern, dass ein Teil davon über ihr Kinn rann. Sie war förmlich ausgetrocknet. Während sie ihm das Gefäß zurückgab, tupfte sie unsicher mit dem Ärmel Kinn und Mund trocken. Sie warf einen Blick durch die obere Hälfte der Tür, die Kit hatte offen stehen lassen.

„Das ist … fantastisch", erklärte sie beim Anblick des grünen Geflechts aus Rosenstöcken.

„Das haben wir geschaffen", erwiderte er leise, als erinnere er sich an etwas, das er vor langer Zeit vergessen hatte.

„Wir? Wer *wir?*"

„Ich und Ramsey und Dand … und Douglas." Er sah sie an. „Hier wuchs ich auf. Hier lernte ich das Reden, Lesen und Schreiben. Und hier wurden wir ausgebildet."

„Aber nicht, um Priester zu werden", erinnerte sie sich.

„Nein", gab er lachend zurück. „Nicht einmal Vater Tarkin hätte den Gedanken ertragen, Priester zu Attentätern zu machen."

„Attentäter?" Wieder hatte er ihr einen Schock versetzt.

Er reagierte mit einem simplen Schulterzucken. „Welche Bezeichnung soll man sonst jemandem geben, den man dazu ausbildet, damit er als Waffe eingesetzt werden kann? Was glauben Sie, was wir in Malmaison hätten tun sollen?"

Ehe sie darauf etwas sagen konnte, war er gegangen.

Attentäter.

Es ging sie nichts an. Weder das schreckliche Wort, mit dem er sich selbst tituliert hatte, noch der gequälte Ausdruck in seinen Augen, und auch nicht die verbitterte Belustigung, als er zusah, wie sie sich von ihm abwandte.

Gott sei Dank, dass er es gesagt hatte, hielt sie sich mit Nachdruck vor Augen. Da dachte sie, er sei lammfromm, obwohl er doch während ihrer gemeinsamen Reise immer wieder gezeigt hatte, wie viel von einem reißenden Wolf in Wahrheit in ihm steckte. Das würde sie nicht noch einmal vergessen. Die Anstrengung der letzten Tage, zu wenig Schlaf und der Hunger hatten sich gegen sie verschworen und sie glauben lassen, ihre zwangsläufige Abhängigkeit von MacNeill sei etwas … Nein! Da war nichts gewesen!

Bald würde Christian MacNeill wieder aus ihrem Leben

verschwunden sein. Sie musste nicht über seine Vergangenheit oder Zukunft nachdenken, und sie sollte es auch nicht. Mit ihrer eigenen Vergangenheit und Zukunft hatte sie genug zu tun.

Ihre Aufmerksamkeit wurde abgelenkt, als sie hörte, dass jemand gegen die Tür zum Schuppen klopfte. Sie drehte sich um und sah zwei Mönche, die beide über Grace' Truhe gebeugt standen und vor Anstrengung nach Luft schnappten. Die Truhe war ihr völlig entfallen! Überhaupt hatte sie fast schon vergessen, welchem Zweck diese Reise eigentlich diente und was sie sich als Ergebnis erhoffte. Es würde ihr guttun, sich dies wieder einmal vor Augen zu halten.

Die Mönche warfen ihr einen raschen Blick zu, dann stellten sie die Truhe an der Tür ab und ergriffen die Flucht. Noch immer geschwächt ließ sie sich auf das Kissen sinken. Sie musste zu Kräften kommen, dann konnte es weitergehen nach Castle Parnell. Dort angekommen, würde diese Reise bald nur noch eine Anekdote sein, mit der sie den Marquis bei einem in nicht allzu ferner Zukunft stattfindenden Abendessen erfreuen würde.

Sie fragte sich, ob Kit bereits gegessen hatte …

„Mrs. Blackburn?" Der massige Bruder Fidelis stand in der geöffneten Tür, begleitet von einem runzligen, weißhaarigen Alten, von dem Kate annahm, dass er die Krankenstation leitete. Immerhin hatte er verschiedene übel riechende Tinkturen mitgebracht. Der rundliche Mönch lächelte sie an und murmelte entschuldigend irgendetwas vor sich hin, während der Alte etwas Spöttisches von sich gab, und nachdem sie ihr die Mittel verabreicht hatten, eilten sie wieder davon.

Kaum waren sie gegangen, traf ein nervöser kleiner Kerl ein, der ihr einen Teller voll mit dampfendem Fleischeintopf in die Hand drückte und rückwärts aus dem Schuppen ging, wo ein beleibter Mönch auf ihn wartete. Gierig fiel sie über den Eintopf her, zwang sich aber, die köstliche Speise langsam zu essen und sie zu genießen. Als sie fertig war, fühlte sie sich ungleich besser, und sie war entschlossen, den nächsten Besucher nach Kits Verbleiben zu befragen.

Kurz darauf kam ein weiteres Mönchspaar zu ihr, um den leeren Teller zu holen, doch die beiden zogen sich so hastig zurück, dass sie nicht dazu kam, ihre Frage zu stellen.

Eine Weile verging, bis Kate endlich begriff, was hier vor sich ging. Unwillkürlich begann sie zu grinsen. Die Männer wurden immer paarweise geschickt, damit einer den anderen beschützte – und zwar vor ihr! Wie bemerkenswert! Das war vielleicht sogar ein eigenes Kapitel in ihrem Buch wert: *Wie man Männer in Angst und Schrecken versetzt, die im Zölibat leben.* Sie konnte nicht anders und begann zu kichern.

Als Bruder Martin und Bruder Fidelis wieder zu ihr kamen, um diesmal ihren Puls zu fühlen und ihre Gesichtsfarbe zu beurteilen, drehte sie sich auf ihrem Bett so, dass sie sich hinsetzen konnte. Die Mönche wichen so erschrocken vor ihr zurück, als könnte ihr jeden Moment ein zweiter Kopf wachsen.

„Legen Sie sich hin, und ruhen Sie sich aus, junge Dame“, krächzte der alte Bruder Martin und versteckte sich hinter Bruder Fidelis, der sich Mühe gab, schreckenerregend auszusehen. Zu seinem Pech jedoch machte seine verunsicherte Miene jede Bedrohung zunichte, die er mit seiner Größe hätte ausstrahlen können.

„Ich fühle mich bereits viel besser“, erklärte sie, obwohl ihre Gelenke noch immer weich wie Gelee waren und ihre Kehle sich rau anfühlte. „Ich möchte mit Mr. MacNeill sprechen.“

„Er kommt her, wenn er so weit ist“, erklärte Bruder Martin lautstark, der sich nach wie vor hinter dem anderen Mann versteckt hielt. Bruder Fidelis lächelte schief.

„Dann werde ich nach ihm suchen müssen.“

„Das dürfen Sie nicht! Das ist Ihnen nicht gestattet! Es ist gegen die Regeln!“

„Ich bin kein Mönch“, widersprach sie. „Daher gelten Ihre Regeln nicht für mich.“

„Die Regeln gelten für jeden! Außerdem hat er mit der Vorbereitung seiner Abreise zu tun.“

„Wie bitte?“ Kates gute Stimmung war augenblicklich verflogen. Er ließ sie hier im Stich?

„Nur für ein paar Tage“, besänftigte Bruder Fidelis sie. „Bis es Ihnen besser geht und Ihr wieder reisen könnt. Er hat … dringende Angelegenheiten zu erledigen.“

„Was für Angelegenheiten?“, wollte sie wissen.

„Dazu kann ich Ihnen nichts sagen, Mrs. Blackburn. Aber ich weiß, er hat den Abt gebeten, dass wir uns während seiner Abreise um Sie kümmern.“

„Tatsächlich?“ Das hatte etwas Bewegendes, was eigentlich lächerlich war. Was hätte er anderes tun können, als den Abt zu fragen? Er konnte sie schließlich nicht auf der Türschwelle absetzen und davonreiten, als sei sie ein Findelkind. Obwohl … er konnte es durchaus so machen.

„Aye, das hat er“, stotterte eine körperlose Stimme hinter Fidelis’ massigem Körper. „Er ist verrückt geworden. Das hat die Welt ihm angetan.“

Kate hatte endgültig genug von den boshaften Aussprüchen des kratzbürstigen, alten Mönchs. „Ich weigere mich, mit jemandem zu reden, den ich nicht sehen kann“, erklärte sie und ging um Bruder Fidelis herum.

Sofort ging Bruder Martin in die entgegengesetzte Richtung um den korpulenten Mönch herum und stemmte die knorrigen Hände in die schmächtigen Hüften. „Aus genau diesem Grund meiden wir die Gesellschaft von Frauen, Bruder Fidelis“, ließ er ihn mit unheilvoller Stimme wissen. „Fünf Minuten in ihrer Gegenwart, und schon erinnere ich mich allzu deutlich daran, wie kaltherzig, halsstarrig und eigensinnig sie sind. Du nicht auch?“

„Nicht wirklich.“

„Was?“ Der ältere Mann warf seinem Ordensbruder einen Blick zu, der erkennen ließ, dass er an der Loyalität des anderen zweifelte.

„Ich bin dem heiligen Orden beigetreten, als meine Mutter starb. Da war ich zehn.“ Bruder Fidelis’ rundliches Gesicht nahm einen glückseligen Ausdruck an. „Meine Mum habe ich sehr gemocht. Ihr Haar war so dunkel wie das dieser jungen Dame. Ich hatte schon vergessen, wie hübsch es war.“

Kate lächelte den alten Weiberfeind triumphierend an, der kein weiteres Wort verlor, sondern nur den Saum seiner Kutte anhob und dann den Schuppen verließ. Als Bruder Fidelis sah, dass er mit einem Mal allein war, ließ ihn sein Mut prompt im Stich, und er begann, sich ebenfalls in Richtung Tür zu bewegen.

„Gehen Sie nicht“, bat sie.

„Ich glaube, dem Abt würde das nicht gefallen.“

„Dann stellen Sie sich vor die Hütte, und ich bleibe hier. Wie sollte Ihnen das Schaden zufügen können?“

Sehr zuversichtlich sah er nicht aus, aber Kate versuchte einen anderen Weg. „Das Gewächshaus ist ein echtes Wunder, nicht wahr?“

Er blieb stehen, Stolz zeichnete sich auf seinem Gesicht ab.

„Mr. MacNeill sagte, er und seine Freunde hätten es gebaut.“

„Das ist wahr. Als sie noch Jungen waren. Entweder lässt man sie für Gott arbeiten, oder der Teufel nimmt sich ihrer Seelen an, habe ich immer zum Abt gesagt.“

„Eine sehr weise Erkenntnis.“ Sie setzte sich wieder auf das Bett und betrachtete den Mönch aufmerksam. „Nur die Struktur ist so ungewöhnlich. Jemand muss sich mit der Konstruktion sehr gründlich beschäftigt haben. Sicher war das nicht das Werk der Jungs. Sind Sie zufällig der Architekt?“

Sein Gesicht wurde vor Stolz ein wenig rot. „Nun …“

„Aha, ich habe es mir doch gedacht.“ Sie nickte anerkennend. „Verraten Sie mir, wie Sie ausgerechnet auf diese Struktur kamen.“

Bescheiden senkte er den Blick und kehrte zurück in den Schuppen.

10. KAPITEL

St. Bride's, 1797

Sind sie ihrer Sache verschrieben?", fragte der Franzose und betrachtete sie aufmerksam.

„Ja." Der Blick des Abts wanderte von Kit zu Douglas, zu Dand und schließlich zu Ramsey. „Aber sie dienen Gott, nicht Frankreich."

„Indem sie Frankreich dienen, dienen sie auch Gott."

„Sie sind dafür bestimmt!", meldete sich der ins Exil gegangene, französische Priester Toussaint ärgerlich zu Wort. „In ganz England hätten wir noch hundert Jahre suchen können, und wir wären nirgends auf junge Männer gestoßen, die besser für ihren Auftrag gerüstet sind als sie."

„Und wie lautet der Auftrag?" Douglas war vorgetreten.

Der erst kurz zuvor vom Kontinent eingetroffene Gentleman sah ihn kühl an, antwortete dann aber: „Reist nach Frankreich und helft, die Monarchie wiederherzustellen."

„Und die Heilige Kirche", fügte der Abt an, damit sein Besucher das nicht vergaß.

„Und wenn es uns nicht gelingt?", wollte Dand wissen.

„Es muss euch gelingen", beharrte der Mann. „Die Zeit ist reif. Seit das Directoire die Kühnheit besaß, den Heiligen Vater aus Rom abzusetzen, gerät es ins Wanken. Das Volk hat endgültig genug von diesen Sakrilegen, indem beispielsweise Notre Dame entweiht und in Tempel der Vernunft umbenannt wird, dem eine Hure als Priesterin vorsteht." Rasch bekreuzigte er sich. „Es ist nicht viel nötig, um die so genannte Regierung ins Chaos zu stürzen. Und dann? Dann erobern wir Frankreich für uns zurück."

Kit überquerte den Hof, während die lebhafte Erinnerung an seinen Besuch dieser Räumlichkeiten ihn überwältigte.

Wie sehr ihr jugendlicher Eifer, ihre Träume vom Ruhm, ihre Gottesfürchtigkeit und Überheblichkeit sie doch angetrieben hatten.

Ihm war bewusst, dass er von vielen beunruhigten Blicken verfolgt wurde. Sollten sie doch ruhig Angst vor ihm verspüren. Ihre – und Kates – Besorgnis kümmerte ihn nicht. Er verschloss sich dem geistigen Bild ihrer verwirrten und erschrockenen Miene, als er das Wort *Attentäter* aussprach. Nun, für ein paar Tage würde sie seine Anwesenheit nicht ertragen müssen – und ihm blieb im Gegenzug ihre Gesellschaft erspart.

Sie wusste zu viel über ihn, sie war ihm zu nahe gekommen. Mit ihrer Nähe ging eine Gefahr einher, der Ruf einer Sirene, die ihn zu Zärtlichkeiten verführen wollte, denen er sich nicht hingeben durfte – und auch nicht hingeben wollte. Sie förderte in ihm Begierde und Verlangen zutage. Beides hatte er für abgestorben gehalten, dabei war beides nur in einen tiefen Schlaf verfallen.

Verlangen. Begierde. Diese Dinge konnten nicht so ohne weiteres nebeneinander in dem Mann existieren, der aus ihm geworden war. Er würde sich davon wieder befreien müssen, und das ließ sich leichter erreichen, wenn er nicht in ihrer Nähe war. Wenn er weit weg war von ihrem Duft, ihrer Stimme, den dunklen Augen, dem geschmeidigen Leib …

Er riss die Tür zum Haus des Abts auf und ließ sie hinter sich schwer ins Schloss fallen, ging an dem jungen Altardiener vorüber, der Wache hielt, und machte sich auf den Weg zur Bibliothek. Die Tür stand offen, der Abt saß an seinem großen Schreibtisch und hatte die Hände gefaltet auf einen Stoß Papiere gelegt. Er wartete bereits auf Kit.

Der Mann sah noch immer genauso aus, wie Kit ihn in Erinnerung hatte: der volle weiße Haarschopf, die Hakennase, darunter der schmale, ernste Mund, die tief liegenden Augen, die die Welt ringsum mit gelassener Ruhe studierten. Es ärgerte Kit, dass er selbst sich so sehr verändert hatte – sowohl äußerlich als auch in seinem Wesen –, während dieser Mann von jener Welt völlig unberührt geblieben war, in die er Kit und die anderen hinausgeschickt hatte.

„Christian." Der Abt hielt ihm die Hand entgegen, damit er sie küsste, doch Kit betrachtete sie nur kühl, bis sein Gegenüber sie zurückzog. „Ich habe für deine Rückkehr gebetet, Christian." Es war auch noch immer dieselbe Stimme, die von ruhiger Würde und Macht durchdrungen war.

„Ich hatte keine andere Wahl."

„Ich weiß, und dennoch bist du hier. Das macht mich froh." In seinem Ausdruck oder seinem Verhalten war keine Spur von Angst, Falschheit oder Verschlagenheit zu entdecken.

„Warum?"

Der Abt ging bewusst auf die Frage nicht ein, als würde Kit die Antwort längst kennen. „Du bist besorgt. Ich würde dir gern etwas von deiner Last abnehmen."

„Würden Sie das?" Kit lächelte schwach. „Gut, dann sagen Sie mir, wer uns in Frankreich verriet."

Der Abt seufzte leise. „Ich weiß es nicht."

Kit schlug mit beiden Händen so fest auf die Tischplatte, dass der Stapel Papiere einen kleinen Satz machte. Der Abt zuckte nicht mal mit einer Wimper.

„Es gab nur fünf Männer, die uns hätten verraten können." Kit beugte sich über den Tisch. „Ramsey Munro, Andrew Ross, Douglas Stewart, Bruder Toussaint und ich selbst. Douglas ist tot, womit noch vier bleiben."

„Was soll ich dir antworten, Christian? Wenn es jemand gebeichtet hätte, könnte ich es dir ohnehin nicht sagen."

„Ich will den Namen des Mannes wissen, der uns verraten hat, der für den Mord an Douglas verantwortlich ist. Und ich werde ihn herausfinden, bei Gott, das werde ich!"

„Ich hoffe, das sollte gerade kein Eid sein, oder etwa doch?"

Mit einem erstickten, wütenden Laut, der über seine Lippen kam, stieß Kit sich von der Tischplatte ab und drehte sich um seine Achse. „Dann sagen Sie mir dieses: Wen von uns würden Sie für fähig halten, einen Verrat zu begehen?“

„Ich kann mir bei keinem von euch vorstellen, einen Verräter vor mir zu haben. Weder Ramsey noch Andrew“, entgegnete der Abt leise. „Und auch nicht du.“

Aufgebracht strich Christian sich einige Strähnen aus dem Gesicht. „Und Toussaint? Ich habe ihn nicht gesehen. Das allein deutet auf eine Schuld hin, die …“

„Bruder Toussaint verließ das Kloster vor fünf Jahren und kehrte nach Frankreich zurück. Er ging wieder nach Hause, um im Geheimen als Geistlicher zu wirken, trotz der Gefahr für sein Leben.“

„Tatsächlich?“ Kit machte keinen Hehl aus seinen Zweifeln. „Und was haben Sie seitdem von ihm gehört?“

„Es steht zu befürchten, dass er entdeckt und hingerichtet wurde“, antwortete der Abt ausweichend.

Kit kniff die Augen zu schmalen Spalten zusammen. „Aber sicher sind Sie sich dessen nicht.“

„Nein“, gab der Abt widerwillig zu und stand auf. „Kannst du diese Sache nicht ruhen lassen? Du hast deine junge Frau …“

„Sie ist nicht meine Frau“, unterbrach Kit ihn. „Sie ist eine Verpflichtung. Ich komme allen meinen Pflichten nach, und sie zählt dazu. Wenn ich ihr gegenüber meine Schuldigkeit getan habe, werde ich denjenigen finden, der Douglas ermordete.“

„Ja“, stimmte der Abt ihm zu. „Und wenn du ihn findest, was wirst du dann mit ihm machen, Christian?“

Ein wildes Lächeln huschte über die sonnengebräunte Miene des jungen Mannes. „Ich werde ihm *nicht* meine andere Wange hinhalten, dessen können Sie sich gewiss sein.“

„Die Rache ist mein, sagt der Herr.“

„Und ich bin ein Werkzeug des Herrn. Haben Sie mir nicht genau das beigebracht?“

„In dir ist etwas Finsteres, Christian, das früher nicht dort war.“

„Ich wurde niemals zuvor gebrandmarkt, Vater Abt“, erwiderte er. „Nicht jedes Feuer veredelt den Geist. Manchmal verbrennt es ihn lediglich.“

Eine qualmende Öllampe, die in einen Halter neben der Tür eingesetzt worden war, flackerte unentwegt und ließ ihr Licht über die dunklen Wände zucken. In der Mitte des Raums stand eine flache Kohlenpfanne, davor wartete ein Wärter, der die Hände hinter dem Rücken verschränkt hatte und leicht vor und zurück wippte.

„Ich habe ein Geschenk für dich.“ Lächelnd nahm er eine Eisenstange aus dem Feuer, das in der Kohlenpfanne brannte. Das Ende des Eisens hatte die Form einer stilisierten Rose und glühte in der Dunkelheit in einem hellen Orangeton.

„Ich weigere mich, das zu glauben.“

„Glaubt, was Ihr wollt. Ich habe es auch einmal getan. Ich habe an uns geglaubt.“

„Du hättest besser an Gottes Plan geglaubt.“

„Ich dachte, *wir* wären der Plan Gottes!“ Die Worte kamen aus dem Tiefsten seiner Seele. Der schmerzliche Ausdruck in seiner Miene wich aber sofort wieder, und zurück blieb ein junger Mann, der die Welt mit kalten, unerbittlichen Augen sah. „Deshalb kam ich nicht her.“

„Weshalb dann, Christian?“

„Ich fand eine Girlande aus Rosen, aus gelben Rosen.“

„Wo?“, fragte der Abt erschrocken.

„In der alten Burgruine am Moor. Die Girlande war um den Hals einer toten Ratte gelegt.“

Die Falten um die Nase des Abts vertieften sich, während er gedankenverloren auf den Stoß Papier starrte, der vor ihm lag. „Und was denkst du?“

„Ich weiß es noch nicht“, antwortete Kit. Er wusste auch nicht, was der Abt im Schilde führte, und bis dahin würde er ihm ohne Gegenleistung keine Informationen geben. „Ich möchte dorthin zurückkehren und mich gründlicher umsehen. Aber …“, er senkte den Blick, „… ich kann sie nicht mitnehmen.“

Nach einer kurzen Pause fragte der Abt: „Was hast du mit dieser jungen Frau zu schaffen, Christian?“

„Ich bin ihr Beschützer oder auch ihr Kutscher, wenn Sie so wollen. Ich bringe sie nach Castle Parnell und sorge dafür, dass ihr auf dem Weg dorthin nichts zustößt.“

„Castle Parnell liegt doch in Clyth, nicht wahr? Clyth ist heutzutage ein gefährlicher Ort, viele gequälte Seelen halten sich dort auf. Der Marquis und seine Familie wurden in jüngster Zeit von einer Tragödie heimgesucht.“

„Wieso wissen Sie davon?“, fragte Kit und betrachtete aufmerksam den alten Mann, der vor ihm saß. Es schien, dass der Abt schon immer über mehr Dinge Bescheid gewusst hatte, als man es von einem einfachen Vorsteher eines Klosters hätte annehmen sollen. Selbst als Kit noch ein Kind gewesen war, erwies sich der Wirkungskreis dieses Mannes als außerordentlich groß. „Und was haben gequälte Seelen mit der Tragödie zu tun, die der Marquis erlitten hat? Sein Bruder und seine Schwägerin kamen durch einen Unfall ums Leben.“

„Das habe ich auch gehört.“

„Aber Sie glauben es nicht?“

„Ich wüsste keinen Grund, es nicht zu glauben“, erwiderte der Abt mit sanfter Stimme. „Ich weiß nur, wo Armut und Verzweiflung Tür an Tür mit Reichtum und Privilegien wohnen, wird die Saat für Unheil aller Art gesät.“

Kid wusste nicht, ob er auf den Verdacht des Abts eingehen sollte oder nicht. „Ich würde Mrs. Blackburn gern hier zurücklassen. Hier bei Ihnen. Ich möchte herausfinden, ob ich die Fährte desjenigen finden kann, der diese Ratte hinterlassen hat. Außerdem werde ich in der Gegend fragen, ob jemand hier in letzter Zeit einen Fremden hat durchreisen sehen.“

„Ich fürchte, du jagst einem Geist nach, Christian."

„Ich jage nicht, jedenfalls noch nicht. Solange ich Mrs. Blackburn nicht nach Clyth gebracht habe, sehe ich mich lediglich um. Würde ich jagen, dann kehrte ich nicht mit leeren Händen zurück. Das kann ich Ihnen versprechen." Er hielt dem eindringlichen Blick des Abts stand. „Werden Sie sie bei sich behalten?"

Der Abt nickte. „Also gut, Christian. Wir werden auf deine Mrs. Blackburn aufpassen, bis du zurückkehrst. Aber sei vor Sonntag wieder da."

„Drei Tage", versprach Kit ihm. „Und sie ist nicht *meine* Mrs. Blackburn."

Der Abt sah nachdenklich auf seine gefalteten Hände und hörte Christians Schritte im Korridor verhallen. Der junge Mann war noch gefährlicher und weitaus bedrohlicher geworden. Das Versprechen bei seiner Geburt, er werde zur Gewalt neigen, war eingelöst worden. Der junge Wolf war doch nicht gezähmt.

Seine Gedanken kehrten zwanzig Jahre zurück. Früh in seiner Zeit als Priester hatte er es sich zur Aufgabe gemacht, die Ableger des katholischen Schottlands zu finden, die letzten Blüten jenes alten Blutes der Highlands. Er hatte das Land durchkämmt, Gesandte ausgeschickt, um nach den verlorenen Söhnen zu suchen. Sein einziger Wunsch war der gewesen, sie vor den Sündenpfuhlen in den Städten zu bewahren. Gefunden hatte er am Ende aber nur vier dieser Söhne.

Doch das hatte nicht wirklich etwas ausgemacht. Nachdem ihm bewusst geworden war, aus welchem Holz seine jungen Schützlinge geschnitzt waren, wurde sein ursprünglicher durch einen neuen Plan ersetzt. Er würde sie ausbilden und moderne Ritter aus ihnen machen, Kreuzritter der Neuzeit. Sie brauchten nur ein Ziel, das mit der Zeit vom Terror in Frankreich geschaffen worden war.

Angesichts solch erstaunlicher Eitelkeit musste der Abt den Kopf schütteln. Für seinen Stolz hatte er teuer bezahlt, doch für Christian und die anderen war der Preis noch viel höher gewesen. Sie hatten sich so nahegestanden, sie fühlten sich mehr wie leibliche Brüder denn wie die Brüder dieses Ordens. Ihre Freundschaft bedeutete für sie das Wichtigste in ihrem jungen Leben, und irgendjemand hatte diese Freundschaft zerstört.

Wer würde so etwas einem sensiblen jungen Mann wie Andrew Ross antun, der seine wahren Gefühle hinter seinen sorglosen Späßen versteckte? Oder Ramsey, der seine weltgewandte Art aus einer Vergangenheit übernommen hatte, an die er sich kaum noch erinnerte und mit der er sich auch nicht auseinandersetzen wollte? Oder Christian, der sich nirgendwo zugehörig gefühlt hatte, bis er endlich von diesen jungen Männern aufgenommen worden war?

Der Abt rieb sich die Augen und dachte an Christians Erscheinungsbild. Er wirkte abgestumpft, desillusioniert, mitgenommen und todbringend. So todbringend sogar, dass der Abt bei seinem Anblick für einen Moment seine eigene Sterblichkeit gespürt hatte. Der Gedanke löste bei ihm nicht Angst und Schrecken aus, nur eine tiefe Frustration, dass die Menschen, die sich auf seine Informationen und sein Wissen verließen, ohne seine Hilfe orientierungslos sein würden. Seine Reue würde vergebens sein.

Doch Christian hatte nicht die Hand gegen ihn erhoben. Er vermutete, dass dies schon etwas bedeuten musste, so wie auch die Sorge um Mrs. Blackburn. Er hatte die Besitzgier in Christians Verhalten gesehen, die Art, wie er die Frau ansah, wie er sie festhielt.

Doch nun … nun musste er sich um andere Dinge kümmern.

Seufzend faltete er den Brief auseinander, der an diesem

Tag eingetroffen war. Er kannte die Handschrift. Der Schreiber schickte ihm selten, aber regelmäßig Briefe, in denen er stets etwas Interessantes zu berichten hatte.

Aber schließlich war es auch das, was Dand Ross als Spion in Napoleons Frankreich tun sollte.

11. KAPITEL

Einer der Mönche hatte eine kleine Steinbank vor den Schuppen platziert, und genau dort saß Kate, als Kit zu ihr ging. Ihr Gesicht war dem wolkenlosen Himmel zugewandt. Die Sonne verschmolz allmählich mit den Berggipfeln, und im Dämmerlicht funkelten ein paar Sterne.

„Heute Nacht könnten wir Andromeda sehen", sagte Kate mit sanfter Stimme. Sie sah bereits deutlich besser aus als noch vor wenigen Stunden, kurz, nachdem sie das Kloster erreicht hatten. Die Wärme hatte ihren Wangen wieder Farbe gegeben, und ihre dunklen Augen blickten klar.

Er war hergekommen, um ihr zu sagen, er werde sie für eine Weile in der Obhut der Mönche lassen, doch als er nun vor ihr stand, konnte er sich nicht dazu durchringen. Sie war so verdammt hübsch, auch wenn sie blass und zerbrechlich aussah, so wie die Sterne am Firmament. Für ihn war sie genauso unerreichbar wie jene Sterne.

Etwas hatte sich in ihrer Beziehung verändert, etwas, das die Art betraf, wie sie sich ihm gegenüber verhielt. Sie zeigte sich mit einem Mal zugänglich, was in ihm den Wunsch weckte, genau das zu seinem Vorteil zu nutzen, obwohl er wusste, es würde die reinste Torheit sein. Aber er konnte sich auch nicht einfach umdrehen und fortgehen. „Andromeda?"

„Das Sternbild", sagte sie mit einem Anflug von Stolz. „Benannt nach Andromeda, Tochter von Cepheus, dem König eines Volks von Seefahrern, und seiner Frau, der hübschen Königin Cassiopeia."

„Erzählen Sie mir mehr", sagte er, obwohl er fast damit rechnete, sie würde es ablehnen. Er war ein Bürgerlicher und ein Soldat dazu, sie hingegen war von Adel. Sie hatte seine Gesellschaft geduldet, als ihr keine andere Wahl geblieben war. Doch nun würde sie sich sicher nicht mit ihm abgeben wollen. Natürlich würde sie ihn nicht schroff abweisen, sondern mit ihren außergewöhnlich guten Manieren klarmachen, warum sie nicht ihre Zeit mit ihm verbringen konnte.

„Wenn Sie sich setzen."

Es gab nur einen freien Platz, und der war genau neben ihr auf der Bank. „Ich stehe lieber."

„Und ich möchte mir lieber nicht den Hals verrenken. Sie sind sehr groß, und Sie bauen sich bedrohlich vor mir auf, wenn Sie mich etwas Bestimmtes wissen lassen wollen, was oft vorkommt."

Er sah sie an und erschrak ein wenig, als er bemerkte, dass sie lächelte – auf eine so verlockende Weise, dass es seine Absicht zunichte machte, sich so bald wie möglich von ihr zu entfernen.

„Es sei denn, Sie *brauchen* das Gefühl, durch Ihre erhabene Position mir gegenüber im Vorteil zu sein."

Schließlich setzte er sich zu ihr. „Meine Position ist Ihrer in jeder Hinsicht unterlegen, und das wissen Sie sehr wohl", sagte er barsch. „Und nun erzählen Sie mir von Cassiopeia."

„Also", begann sie, „Cassiopeia prahlte stets damit, sie sei viel schöner als ihre Nachbarin, eine Meeresgöttin. Diese Aussage zeugte nicht nur von äußerst schlechten Manieren, sondern ließ auch mangelnde Urteilsfähigkeit erkennen. Denn griechische Göttinnen sind nicht gerade für ihre Nächstenliebe bekannt, sondern sehr tüchtig, wenn sie sich rächen wollen."

Sie grinste schelmisch, und er erkannte die junge Frau in ihr, die allzu oft von ihren Lebensumständen überdeckt wurde. Vielleicht wäre es besser gewesen, wenn sie sich ihm nicht von dieser Seite gezeigt hätte. Diese junge, strahlende Kate war viel zu bezaubernd, zu lebendig.

„Wirklich?"

„Oh ja." Sie nickte ernst. „Wir Sterbliche sind erbärmliche Amateure, wenn es um Rache geht, Mr. MacNeill."

Er wollte nicht mit ihr streiten, auch wenn er eine andere

Meinung zur Rache und zu seiner Geübtheit im Umgang mit ihr hatte.

„Die beleidigte Göttin verlangte von ihrem Vater, dem Gott Poseidon, dass er die sterbliche Königin für ihre Eitelkeit bestrafte“, fuhr Kate fort. „Als liebevoller Vater stimmte Poseidon ihr zu und zwang König Cepheus zu einer schrecklichen Wahl. Er sollte entweder seine Tochter oder aber sein Land einem grässlichen Seeungeheuer opfern.“

„Keine angenehmen Alternativen“, meinte Kit, da Kate eine Pause gemacht hatte. „Wie entschied er sich?“

„Er beschloss, für sein Volk etwas Heldenhaftes zu tun. Er ließ seine Tochter Andromeda an einem Felsen mitten im Meer ketten, wo sie ihr Schicksal erwarten sollte. Er gab sie aber nicht nur auf, er verweigerte ihr auch jegliche Waffe, mit der sie sich hätte verteidigen können.“

Ihm wurde bewusst, dass sie nicht länger die mythische Prinzessin meinte, sondern sich selbst. Sie redete über sich, ihre Schwester und ihren Vater.

„Was geschah?“

„Perseus erschien“, erwiderte sie mit gezwungener Leichtigkeit. „Hoch oben über der Erde zog er mit seinen geflügelten Sandalen seine Kreise, als er diese arme junge Frau entdeckte, die an einen Felsblock gefesselt war. Er flog zu ihr, ließ sich ihre missliche Lage erklären und kam zu der richtigen Erkenntnis, dass ein Eingreifen für einen jungen Helden eine sehr lohnenswerte Sache sein könnte.“

„Ein geborener Politiker“, kommentierte Kit lächelnd, und zum zweiten Mal schmolz Kates spröde Haltung dahin.

„Stimmt“, pflichtete sie ihm bei. „Perseus tötete das Ungeheuer, rettete die junge Frau und nahm das Königreich als Geschenk an, das Cepheus ihm zum Dank anbot. Die Geschichte nahm für sie alle ein glückliches Ende. Viel später, als alle Beteiligten längst tot waren, beschlossen die Götter, aus der Geschichte einen Himmelsteppich zu weben, und so …“, ihre Stimme wurde wieder eine Spur sanfter, „... entstand das Sternbild." Mit einem Finger zeigte sie auf eine Ansammlung von Sternen. „Es zeigt die Jungfrau in Ketten."

„Hat sie ihrem Vater jemals verziehen?", wollte er wissen.

Ihr Gesicht war nach wie vor dem Abendhimmel zugewandt. „Was sollte sie ihm verzeihen? Er tat, was ein König tun muss. Allerdings glaube ich auch, dass Andromeda sich mit diesem Gedanken erst dann besser anfreunden konnte, als sie nicht länger auf dem Fels angekettet war und im Palast ihres reichen und gut aussehenden Gatten lebte." Ihr Tonfall barg die unterschwellige Warnung, nicht weiter nachzufragen. Er akzeptierte es und fragte stattdessen: „Gibt es da oben noch andere Jungfrauen?"

Sie atmete leise aus. „Noch nicht. Aber bald werden wir auch die Königin Cassiopeia sehen können."

„Woher wissen Sie all diese Dinge? Ich kann mir nicht vorstellen, dass Astronomie ein Pflichtfach bei der Ausbildung einer jungen Dame ist. Andererseits gebe ich natürlich auch zu, eigentlich gar keine Ahnung davon zu haben, was eine junge Dame wissen sollte und was nicht." Wem sagte er das? Ihr oder eher sich selbst?

„Es ist nicht wichtig, was sie lernt", murmelte Kate. „Nichts davon kann ihre Verwundbarkeit oder ihre Abhängigkeit für null und nichtig erklären. Das kann nur Reichtum."

Ah, ja! Der Lebenssaft der Aristokratie, ohne den nichts funktioniert, nichts wirklich wichtig ist und nichts zählt.

Sie drehte den Kopf zu ihm. Der Schein der untergehenden Sonne fing sich in ihren dunklen Haaren und ließ sie förmlich aufflammen. Auf ihren verlockenden Lippen glitzerte es – offenbar hatte sie Wasser oder Wein getrunken. Er musste an seinen Vorschlag denken, sie könne aus seinem Mund trinken, wenn sie unbedingt ein Gefäß benötige. Sein Magen verkrampfte sich, da die Lust fast übermenschlich heftig über ihn hereinbrach. Kate dagegen war sich gar nicht ihrer Wirkung auf ihn bewusst.

„Wir sprachen doch über die Sterne, nicht wahr?“ Sie lächelte und schien entschlossen, sich die Unterhaltung durch nichts verderben zu lassen. Warum sie sich aber diese Mühe machte, konnte er sich nicht erklären.

„Mein Vater war ein begeisterter Astronom. Eine meiner frühesten Erinnerungen ist die, wie ich spät am Abend auf seinem Schoß sitze und durch sein Teleskop in den Himmel sehe. Wenn das Kindermädchen uns erwischte, erfuhr es meine Mutter, und dann war der Teufel los!“ Sie lachte auf, und sein Puls wurde augenblicklich schneller. Er wollte wieder spüren, wie sie sich gegen ihn drückte, geschmeidig und schläfrig – oder auch lustvoll.

Er rang mit sich, seine ausschweifenden Gedanken wieder in den Griff zu bekommen. „War für Ihre Schwestern die Astronomie genauso fesselnd wie für Sie selbst?“

„Nein.“ Ein Hauch von kindlicher Verärgerung schwang in ihrer Stimme mit. Es musste ihr selbst aufgefallen sein, denn sie rümpfte prompt die Nase – wohl aus Verdruss über ihr Verhalten. „Charlotte war noch ein Baby. Manchmal kam Helena zu uns, aber sie schlief nach wenigen Minuten ein und musste dann ins Bett getragen werden. Einzig Grace blieb ab und zu auf, um den Nachthimmel zu sehen.“ Ein melancholischer Ausdruck huschte über ihr Gesicht. „Sie war immer sehr neugierig und so altklug. Oft erzählte sie uns, eines Tages werde sie die Sterne kaufen und sie an einer Halskette tragen.“

Sie ließ den Zeigefinger wandern, dann deutete sie auf eine andere Gruppe von Sternen. „Die Griechen nannten sie die ‚Straße der Götter‘. Er brachte mir das bei.“

Ihr Vater. Kit zögerte, da er einen Impuls verspürte, den er kaum verstand. Er wusste weniger über das Verhältnis zwischen Eltern und ihren Kindern als über die abgewandte Seite des Mondes. Doch er hatte ihre Pein gesehen, ihr Gefühl, verraten worden zu sein. Gott stehe ihm bei, er wurde von Mitgefühl für sie ergriffen! Er wollte nichts für sie empfinden, kein Mitgefühl, nichts Zärtliches, kein Einfühlungsvermögen, kein Verständnis. Das Einzige, was er akzeptieren konnte, war die Lust, die ihn antrieb, weil sie sicher war und ihn auf Distanz zu ihr beließ.

„Er wollte Sie und Ihre Schwestern nicht im Stich lassen, Kate. Er rechnete nicht damit, sterben zu müssen."

Kate versteifte sich, ließ den Blick aber weiter zum Himmel gerichtet. „Er hätte nicht sterben müssen. Er hatte eine Wahl, das habt Ihr selbst gesagt." Sie sah ihn an. „Sich auf diese Weise anzubieten, das war ... *unverantwortlich!* Er war es uns schuldig, unsere Zukunft zu beschützen, indem er sein Leben beschützte. Zu gern würde ich wissen, warum er entschied, für Sie zu *sterben,* anstatt für uns zu *leben!*"

Er nahm an ihren Worten keinen Anstoß. Er verstand genau, was sie meinte, glaubte aber auch, dass niemand sonst es würde verstehen können. Sie hatte das verloren, was ihr am wichtigsten gewesen war, und sie glaubte, es durch Verrat verloren zu haben. Aye, *das* konnte er gut verstehen.

Auf einmal weiteten sich ihre Augen vor Schreck. „Oh, es tut mir so leid. So hatte ich es nicht gemeint! Ich dachte nur, er liebt uns und ..."

Kit ging über ihre Entschuldigung hinweg. „Das war auch der Fall. Aber er tat ...", einen Moment lang suchte er nach den richtigen Worten, „... was er tun musste."

„Ich wünschte, ich könnte das glauben." Sie sah auf ihre Hände, die sie in den Schoß gelegt hatte. „Dass es verkehrt ist, so zu denken, weiß ich. Aber es macht doch nichts, ob es richtig oder verkehrt ist, nicht wahr? Wenn ein Mensch etwas zutiefst empfindet, dann kann die Logik daran nichts ändern."

Oh Gott, war sie eine Hexe oder eine Sirene?

„Wie soll ich das nur erklären?", fragte sie hilflos.

„Ich verstehe es schon."

Fragend legte sie den Kopf schräg, bis sie erkannte, dass da noch jemand war, der eine ganz ähnliche Last auf seinen Schultern trug. „Ja", hauchte sie. „Ja, natürlich verstehen Sie es."

Zu seiner Verwunderung verspürte er nicht den üblichen Zorn, sondern Traurigkeit, als er an den Verrat und an seine Kameraden dachte.

Kates Augen glänzten schwach im Schatten. „Wie leben Sie mit dem Verrat?"

„Gar nicht." Sein Tonfall wurde härter. „Ich klammere mich an der Hoffnung fest, eines Tages die Wahrheit herauszufinden und den Mann zur Rede zu stellen, der uns verriet."

„Und wenn dieser Mann längst tot ist?"

Warum sie? Warum musste er ausgerechnet ihr gegenüber so offen und ehrlich antworten? „Ich weiß es nicht."

„Ich schon", entgegnete sie bedrückt und beugte sich zu ihm vor. „Jagen Sie ihm nicht weiter nach, ganz gleich, wer er ist."

„Das kann ich nicht. Ich bin es Douglas schuldig."

„Ich bin ganz sicher nicht in der Position, gerade diese Eigenschaft an Ihnen zu kritisieren", meinte sie daraufhin.

Was wollte sie von ihm hören? Eine Erklärung, dass er sich auch dann um sie gekümmert hätte, wenn da nicht dieser Schwur gegenüber seiner Familie gewesen wäre? Dass er für sie kämpfen, stehlen, sein Leben geben würde?

Abrupt stand er auf.

„Sie gehen", stellte sie leise fest.

„Aye."

„Zweifellos eine wichtige Angelegenheit."

Er wollte sie wieder lachen hören. Doch ein Teil von ihm wollte noch etwas ganz anderes hören, nämlich, wie sie vor Begierde nach Luft schnappte. Sein Blick richtete sich gegen seinen Willen auf ihre volle Unterlippe, auf den Glanz der Haut, die unter dem Wollkragen ihres Umhangs verschwand, auf ihre zarten Handgelenke, auf den Schimmer in ihren Augen.

Das Verlangen nach ihr war so immens, dass ihm für ein paar Sekunden schwindlig wurde. Er musste von hier fort.

„MacNeill?"

Außerhalb der Mauern dieses Gartens gab es einen Brunnen, dessen Wasser immer eiskalt gewesen war. Er betete zu Gott, dass es immer noch so war. „Sie sind hier in Sicherheit. Diese Männer sind naiv und werden von einem Irrglauben geleitet, aber sie sind anständig. Sie werden dafür sorgen, dass Sie zu essen bekommen und Sie sich erholen können."

„Wie lange werden Sie fort sein?"

„In ein paar Tagen bin ich zurück."

„Werden Sie …" Sie hielt inne und zog die Brauen zusammen. „Werden Sie zu dieser Burg zurückkehren? Ich halte das für zu gefährlich."

Er begann zu lachen, die Lüge kam ihm mühelos über die Lippen. „Nein, ich sagte Ihnen doch, ich werde Sie erst sicher an Ihr Ziel bringen, ehe ich mich um meine eigenen Angelegenheiten kümmere."

Kate wurde ruhiger, während er Ergriffenheit verspürte, weil sie um sein Wohlergehen besorgt war. Jahre war es her, dass sich zum letzten Mal jemand um seine Gesundheit Gedanken gemacht hatte. Doch wenn er das auf sich wirken ließ, bestand für ihn die Gefahr, in eine Falle zu laufen.

„Und wenn Sie zurückgekehrt sind, werden wir nach Clyth weiterreisen?"

Er hätte ihr dankbar sein sollen, dass sie ihm noch einmal sagte, wohin die Reise ging, weil es ihn daran erinnerte, warum sie nach Clyth wollte. Doch stattdessen fühlte er ein Feuer in seiner Magengrube brennen, während sich eisige Kälte um sein Herz legte.

„Ja, Madam." Er verbeugte sich förmlich, und noch bevor sie ihn mit weiteren unschuldigen Worten quälen konnte, brach er auf.

12. KAPITEL

Meine liebe Helena,
ich bitte Dich, den Inhalt dieses Briefs mit Charlotte zu teilen, sofern sie zwischen den zahlreichen gesellschaftlichen Verpflichtungen der Weltons' Zeit findet, Dich zu besuchen. Du musst Dir keine Sorgen um mich machen, meine Liebe, dass ich Dir erst jetzt schreiben kann, aber meine Reise wurde durch einen ungünstigen Wetterumschwung jäh unterbrochen, der mich dazu zwang, Zuflucht zu suchen in …

Kate knabberte auf dem Endstück ihres Stifts herum und überlegte, was sie schreiben sollte. Eigentlich hätte der Satz mit … *einer sehr charmanten und kleinen schottischen Abtei* enden sollen. Doch das hätte nur Helenas Befürchtungen bestätigt, es sei unverantwortlich, Kate allein reisen zu lassen. *Schenke* hätte alles nur noch schlimmer gemacht.

Schließlich schrieb sie: „*… einem sehr charmanten und kleinen schottischen Kurort.*" Sie fügte an: „*Ich hoffe, meine Liebe, dass Deine neue Arbeitgeberin nicht zu sehr Deine Gutmütigkeit ausnutzt, doch so, wie ich Dich und sie kenne, ist diese Hoffnung sicherlich vergebens.*"

Wieder stockte ihr Schreibfluss.

„*Natürlich wirst Du diesen Brief verbrennen, sobald Du ihn gelesen hast.*"

„Sie können sich glücklich schätzen, keine Lungenentzündung davongetragen zu haben, Mrs. Blackburn."

„Vater Abt!" Kate stand so abrupt von ihrem Platz vor dem Gewächshaus auf, dass sie fast über den Saum ihres braunen Kleids gestolpert wäre.

Der Abt tat so, als habe er davon nichts mitbekommen. „Oh, ich störe Sie bei Ihrer Korrespondenz. Verzeiht."

„Nein, nein“, versicherte Kate ihm hastig. „Ich schrieb nur einen kurzen Brief an meine Schwester Helena. Ich kann wohl nicht annehmen, dass es hier irgendwo eine Poststelle gibt?“

„Aber nicht doch. Wir sind nicht so weit von der Welt entfernt, wie es wohl den Anschein hat. Heute Nachmittag wird ein Bote erwartet. Ich werde ihm den Brief mitgeben.“

„Vielen Dank.“ Sie sah sich um und fragte sich, was wohl das Protokoll von ihr verlangte. Durfte sie sich setzen, während der Abt noch stand?

Er beantwortete die Frage, indem er sich auf die Marmorbank setzte und ihr bedeutete, wieder auf ihrem Hocker Platz zu nehmen. „Wie fühlen Sie sich, Mrs. Blackburn?“

„Sehr gut, Sir.“ Zwei Tage waren seit Kits Abreise vergangen, und sie fühlte sich wieder ganz so, wie sie es gewohnt war – jedenfalls in körperlicher Hinsicht. „Ich kann Ihnen nur wieder für Ihre Gastfreundschaft danken. Wenn ich im Haus des Marquis of Parnell eingetroffen bin, werde ich veranlassen, dass er Sie für Ihre Fürsorge entschädigt …“

„Das ist nicht nötig. Wir sind ein Benediktinerorden, Mrs. Blackburn. Es ist unsere Mission, Reisenden und Bedürftigen zu helfen.“

„Bedürftigen?“, wiederholte Kate benommen.

Der Abt lächelte. „Ich wollte damit nicht andeuten, Sie könnten der letztgenannten Schicht angehören, Mrs. Blackburn. Verzeihen Sie mir, wenn ich mich so ungeschickt ausgedrückt habe.“

„Aber nicht doch“, murmelte sie. „Es ist nur so … seit dem Tod meiner Eltern bin ich jenem Zustand näher, als ich es mir selbst gegenüber eigentlich eingestehen möchte.“

„Es ist schwierig für Sie gewesen“, stimmte er ihr mit sanfter Stimme zu, „dass Ihr Dienstmädchen Sie im Stich ließ und der Kutscher ohne Sie wegfuhr.“

Kate nickte. Offenbar hatte Kit dem Geistlichen ihre Situation bereits ausführlich geschildert.

„Und dann sind Sie auch noch gezwungen, sich auf die Dienste eines Mannes zu verlassen, der Ihnen wie ein Fremder erscheinen muss."

„Er tat alles in seiner Macht Stehende, um mich zu beschützen und mir zu dienen", erwiderte sie ein wenig kühl.

„Ah." Der Abt lächelte. „Es freut mich, das zu hören."

„Wieso?", fragte sie argwöhnisch. „Gibt es einen Grund für die Annahme, er könnte sich anders verhalten? Dann kennen Sie ihn nicht. Er ist ein höchst ehrbarer Gentleman."

„Selbstverständlich. Es ist sehr erfreulich, dass Sie seine Werte erkennen."

„Hm." Kate entspannte wieder ihre Schultern, die sie eben noch unwillkürlich gestrafft hatte.

„Gibt es irgendetwas, das ich für Sie tun kann?"

Sie zögerte. Sie wollte nur die Zeit totschlagen. „Ja, erzählen Sie mir etwas über Christian MacNeill."

Kit beschleunigte seine Schritte, als er sich dem Rosengarten näherte. Seine Reise zurück zur Burgruine und ihrer Umgebung war ergebnislos geblieben. Niemand hatte einen Fremden gesehen, der jener Mann hätte sein können, von dem Kate belästigt worden war. Außerdem konnte Kit kaum einen anderen Hinweis auf dessen Existenz finden als eine eingestürzte Mauer, an der er sein Pferd festgemacht hatte.

Bereits früher an diesem Tag war er nach St. Bride's zurückgekehrt und mit dem Abt zusammengetroffen, der sich von einer untypischen fröhlichen Seite zeigte, als er Kit wissen ließ, Kate fühle sich wohl und sei regelrecht „aufgeblüht". Auf Beharren des Abts hatte er dann erst noch gebadet, doch danach war es ihm nicht möglich gewesen, sich länger von Kate fernzuhalten.

Er sagte sich, dass er für sie verantwortlich war. Daher war es auch an ihm, darüber zu urteilen, ob der Ritt durch das Moor irgendwelche Nachwirkungen bei ihr zeigte.

„Ah, ich verstehe!“ Kates klare, deutliche Stimme schlug ihm über die Gartenmauer entgegen. „Und anhand dieser Partien kann ich erkennen, dass es sich um ein männliches Exemplar handelt. Nicht gerade spektakulär, nicht wahr?“ Kate klang ein wenig enttäuscht.

Was zum Teufel war da los?

„Sie müssen auch nicht spektakulär sein.“ War das Bruder Martin? Der jähzornige, weiberfeindliche Bruder Martin? „Sie dienen lediglich der Fortpflanzung, und für den Zweck genügen sie vollauf.“

Kit stieß die Tür zum Rosengarten auf und bewegte sich lautlos zwischen den Büschen hindurch, die den Eingang umgaben, bis er Kate entdeckte. Sie saß auf der Marmorbank vor dem Gewächshaus – neben dem kratzbürstigen, alten Mönch. Er sah, dass sie eine Rose betrachtete, die sorgsam halbiert worden war und zwischen den beiden auf dem weißen Marmor lag.

Er konnte Kate nur im Profil sehen, doch er erkannte Falten auf ihrer Stirn, so konzentriert war sie. Ihr zum Zopf zusammengebundenes Haar reichte ihr tief in den Rücken. Jemand hatte ihr ein Novizengewand gegeben, das sie über ihrem Kleid trug – wohl als eine Art Schutz vor ihrem weiblichen Charme. Es war ein sinnloses Unterfangen, da das Kleidungsstück lediglich ihre Weiblichkeit noch stärker unterstrich.

Der Abt hatte recht. Sie war tatsächlich aufgeblüht. Kit lehnte sich gegen die Mauer und genoss den Anblick – die leichte Röte auf ihren Wangen, der kleine Höcker auf dem Nasenrücken, der zarte Nacken, die Art, wie der helle Schein des Morgens ihren dunklen Zopf glänzen ließ. Wenn er die Augen schloss, konnte er fast fühlen, wie ihr seidiges Haar über seine Handfläche strich.

In den letzten zwei Tagen war er zum Glück wieder zur Vernunft gekommen. Er hatte an Kate gedacht und überlegt, warum er sich so zu ihr hingezogen fühlte. Dabei war er zu dem Schluss gekommen, dass es an der Nähe zu ihr und an dem uralten Problem liegen musste, etwas zu wollen, was man einfach nicht haben konnte. Er hatte schlichtweg wieder den Mond angeheult, doch damit war nun Schluss.

„Und Mr. MacNeill weiß all diese Dinge, sagen Sie?“, fragte sie arglos.

Er öffnete die Augen und betrachtete ihre unschuldige Miene. Was hatte sie vor?

„Wenn nicht, dann ist es nicht auf ein mangelndes Bemühen meinerseits zurückzuführen. Alle Jungs wurden in der Gartenbaukunst ausgebildet. Dann sind sie mit etwas beschäftigt, sagte der Abt immer.“

„Und warum mussten sie mit etwas beschäftigt sein? Ich könnte mir vorstellen, dass Latein, Geschichte und Erdkunde sie bereits genügend beschäftigten.“

Sie war sehr emsig gewesen, stellte Kit fest. Was hatte sie sonst noch herausgefunden?

„Weil sie alle viel zu klug waren. So kluge Burschen sind mir noch nie untergekommen. Jeder für sich genauso wie die ganze Gruppe, aber ich sage Ihnen, man musste sie als Gruppe nehmen.“

„Tatsächlich?“

„Sie waren noch mehr eine Einheit als die Sünde und der Satan – Gott behüte uns vor seinen Schlichen. Vier intelligente Findelkinder.“ Er schnaubte herablassend. „Wofür braucht man schon Intelligenz? Was hat sie den *vieren* gebracht? Intelligent zu sein heißt doch nur, dass man ganz genau weiß, wie schlecht es einem wirklich geht. Dann ist mir Bruder John lieber, der nur vage vermutet, wie elend diese Welt wohl ist.“

Kate musste ihn wohl ungläubig angesehen haben, denn als Bruder Martin fortfuhr, brummte er: „Ein Mann darf ja noch seine eigene Meinung haben.“

„Sicher.“ Aus ihren Worten war keine Missbilligung herauszuhören. „Aber wenn ein Mann – oder eine Frau – nicht weiß, wie groß sein Elend ist, wie kann er dann zu schätzen wissen, dass er erlöst wird?“

„Sie, Mrs. Blackburn, hätten einen guten Jesuiten abgegeben“, meinte Bruder Martin mürrisch.

„Ich betrachte das als ein Kompliment“, erwiderte sie. „Aber wir sprachen über Mr. MacNeill.“

„*Sie* sprachen über Mr. MacNeill. Abermals. *Ich* sprach über Blumen.“

„Abermals.“

Bruder Martin machte einen abfälligen Laut, konnte aber nicht verhehlen, dass ihn ihre Art sehr wohl amüsierte. Sie hatte es also geschafft, mit ihrem Charme den alten Frauenhasser zu umgarnen. Und das in nur zwei Tagen. Gott allein wusste, was aus den anderen Mönchen geworden war. Vermutlich standen sie alle zur Beichte an, um ihre interessanten, aber sündigen Gedanken zu gestehen. Für einige der Gedanken, die ihm selbst durch den Kopf gingen, hätte er sich eigentlich sofort in die Schlange stellen müssen.

„Sie beherrschen wirklich eine Vielzahl komplexer Themen.“

„Sie denken wieder an Mr. MacNeill.“

„Meinen Sie?“

Stimmte das? Wenn ja, warum? Kit wunderte das, obwohl er die Antwort längst kannte. Sie hatte ihm gesagt, dass sie stets das war, was die Situation von ihr erforderte. Offenbar fand sie, in der momentanen Situation etwas über Kits Vergangenheit erfahren zu müssen.

Es war an der Zeit, ihren Nachforschungen ein Ende zu setzen. Er löste sich aus dem Schatten, während sein Blick weiter auf der kleinen Verführerin ruhte. Den Kopf hatte sie fast so schräg gelegt, als würde sie ihn bezirzen. Ihre Wimpern fingen den Sonnenschein auf und leuchteten golden.

Bruder Martins Gesicht zeigte den verwirrten Ausdruck eines äußerst gefesselten Mannes.

Was hatte sie von den Mönchen erfahren? Dass er das uneheliche Kind einer Prostituierten war? Dass er in mehr Kämpfe verwickelt gewesen war als jeder der anderen Jungen? Wie würde sie dieses Wissen verwenden? Niemand eignete sich schließlich Wissen an, das er anschließend nicht auch nutzen wollte. Auch diese Lektión hatte ihm die Welt bereitwillig erteilt, kaum, dass St. Bride's hinter ihm lag.

Es war gut, dass er für eine Weile fortgegangen war. Er hatte tatsächlich vergessen, was die Welt einem antun konnte, wenn man sein Leben zu eng mit dem eines anderen Menschen verquickte. Allein zu sein war der bessere Weg.

Bruder Martin hatte einen dünnen Zweig vom Boden aufgehoben und benutzte ihn als Zeigestock, doch die Lähmung, die ihm seit Jahren zu schaffen machte, war nur noch schlimmer geworden. Es war nicht zu übersehen, wie sehr seine Hand zitterte. Ohne viel Aufhebens zu machen, nahm Kate die knorrige Hand, um ihr Halt zu geben.

Plötzliche Eifersucht versetzte Kit einen Stich, doch dieses Gefühl war so absurd, dass er lächeln musste. Es änderte aber nichts an der Tatsache, von ihr nie berührt worden zu sein, jedenfalls nicht aus freien Stücken. Selbst als sie ihm den Verband angelegt hatte, war dies nur aus purer Notwendigkeit heraus geschehen.

Er fragte sich, wie sich diese langen, schlanken Hände wohl auf seiner Haut, seinen Armen, seiner Brust anfühlten. Waren die Hände einer Dame beim Liebesspiel geschickter oder ungeschickter? Würden zarte Handflächen und Fingerspitzen, die keine Schwielen aufwiesen, mehr Lust bescheren, als es mit einem Schankmädchen der Fall war? Oder hatte der Unterschied zwischen einer Dame und einer Kellnerin nichts damit zu tun? Würde Kate Blackburns Berührung zerstörerisch sein, völlig unabhängig davon, wer sie war oder woher sie kam?

Aber es war unmöglich, das so voneinander zu trennen. Denn woher sie kam, beeinflusste in erheblichem Maß, wer sie war – eine Dame. Eine Dame von edler Herkunft, die über der Berührung durch einen Bürgerlichen stand.

Auf einmal hielt sie inne, als hätte sie seinen eindringlichen Blick bemerkt. Sie hob den Kopf und sah sich einem Reh gleich um, bis sie ihm in die Augen schaute. In ihnen spiegelte sich prompt die Freude wider, die sie bereits hatte lächeln lassen. Er widersetzte sich der Anziehung, die sie ausübte, wie es ein Magnet mit einem Stück Eisen machte.

„MacNeill“, rief sie mit sanfter Stimme.

„Madam.“

„Der Abt hatte Sie noch nicht zurückerwartet.“ Sie klang glücklich und zufrieden, was ihn wiederum ärgerte, auch wenn er wusste, dass das ungerecht war. Wer gab ihr das Recht, ihn willkommen zu heißen? Und welches Recht hatte sie, bei ihm den Wunsch auszulösen, willkommen zu sein?

Um sich vom Wahnsinn zu befreien, ist es manchmal nötig, dem Wahnsinn nachzugeben. Jedenfalls sagte er sich das, als er zu ihr ging. Blitzschnell kam er auf eine Idee. Wenn er sie nur kosten könnte, würde er feststellen, dass sie nicht anders war als jede andere Frau, dass sie sich genauso anfühlte wie jede andere Frau. Dann könnte er sich von dem Wunsch befreien, sie erleben zu wollen. Dann könnte er sich wieder seiner Rache widmen.

„Es gab keinen Grund, weiter nach jemandem zu suchen, der nicht da war, Mrs. Blackburn.“ *So wie Sie. Sie sind auch nicht wirklich hier, nicht wahr? Sie schlagen nur die Zeit tot.*

„Es tut mir leid, dass Sie enttäuscht wurden.“

„Die Rückkehr entschädigt mich dafür“, gab er zurück, ohne den stechenden Blick von ihr abzuwenden. *Sehen Sie mich an. Begehren Sie mich. Wenigstens ein bisschen.*

Ihre außergewöhnlichen Augen weiteten sich ein wenig, als hätte er seinen Gedanken laut ausgesprochen. Gut. Sie sollte kein ahnungsloses Opfer sein, sondern sie sollte wissen, dass er sie wollte. Nur ein bisschen, nur einen Kuss.

„Du bist also zurück, Christian", warf Bruder Martin mit säuerlicher Miene ein. Er war eindeutig verärgert darüber, dass sein Stelldichein mit Kate beendet war.

„Ja." Sein Blick ruhte weiter auf Kate. „Ich darf annehmen, dass es Ihnen gut geht, Mrs. Blackburn."

„Natürlich geht es ihr gut", mischte sich Bruder Martin wieder ein. „Sie bekam drei Tage in Folge einen Heiltrank aus Primeln, Malve und Zitronenmelisse. Das hat sie sofort von ihren Halsschmerzen befreit. Dann haben wir sie gefüttert. Das arme Ding war halb verhungert." In seinen Augen war klar zu erkennen, dass er Kit die Schuld an Kates schlechter Verfassung gab.

„Ich sehe, dass sie sich bester Gesundheit erfreut."

Sie sah als Erste zur Seite, ihre Wangen färbten sich zart rosa.

Der alte Mönch rümpfte die Nase. „Mrs. Blackburn wurde ungeduldig, während sie auf dich wartete. Im Geist der Gastfreundschaft hielt ich es für angebracht, ihr Gesellschaft zu leisten, solange du unterwegs warst, um zu erledigen, was du zu erledigen hattest. Sie war hier regelrecht gestrandet. Armes Lamm."

Ja, ein armes Lamm, das stimmte. Kate hatte während der vorwurfsvollen Worte von Bruder Martin den Kopf gehoben und zeigte einen pflichtbewusst verletzten Gesichtsausdruck, obwohl ihre leuchtenden Augen vom Gegenteil zeugten.

„Sie müssen vor mir nicht Ihre Anwesenheit rechtfertigen, Bruder Martin", sagte Kit. „Man muss Mrs. Blackburn nur ansehen, und schon erübrigt sich jede weitere Erklärung." Sie errötete noch mehr, als sie das hörte.

Der Mönch wusste darauf nichts zu erwidern. Ein Leugnen hätte sein „Lamm" verletzt, und eine Bestätigung wäre zugleich das Eingeständnis eines weltlichen Interesses gewesen. Stattdessen setzte er eine finstere Miene auf und wechselte das Thema.

„Mrs. Blackburn hat sich gefragt, ob du dich wohl noch an die Dinge erinnerst, die ich dir beigebracht hatte." Er hob trotzig den Kopf und betrachtete Kit mit der Bitterkeit eines Rivalen. „Und? Erinnerst du dich?"

„Oh ja, an ein paar Dinge ganz sicher. Sie werden mich doch nicht etwa auf die Probe stellen, oder?", fragte er mit gespielter Verzweiflung. Bei Bruder Martins Fragen zu versagen, war jedes Mal eine schmerzhafte Erfahrung gewesen. Der alte Griesgram mochte zwar zerbrechlich aussehen, doch eine Rute konnte er kenntnisreich handhaben.

„Wären wir in meinem Garten, würde ich das auch machen", entgegnete der alte Mann. „Aber dies ist der Garten von Bruder Fidelis. Ich habe immer gesagt, dass er euch Jungs so verhätschelt hat wie diese dornigen Schönheiten hier. Ich habe nie den Sinn verstanden, so viel Zeit für Rosen zu verschwenden, wenn draußen Poleiminze und Mutterkraut und Frauenmantel und gute medizinische Pflanzen um ihr Überleben kämpfen."

„Rosen wachsen nur an ausgesuchten Orten", gab Kit zurück, der unentwegt Kate ansah. „Bringt man sie mit der Welt dort draußen in Berührung, dann sterben sie."

„Warum macht man sich dann überhaupt die Mühe, sie zu züchten?", fragte sie.

„Anfangs", erwiderte er leise, „weil wir keine andere Wahl hatten. Später will man etwas so Schönes nicht leiden lassen, nur weil es ein wenig Arbeit erfordert."

Dass ihm seine eigene Antwort nicht behagte, konnte sie an seinem Stirnrunzeln erkennen. „Ich nehme an, Bruder Fidelis hat Sie durch den Garten geführt."

„Nein."

„Eine Nachlässigkeit, der abgeholfen werden muss. Ein Rosengarten ist ein faszinierender Ort. Es erfordert viel Mühe und harte Arbeit, um ihn zu pflegen."

„Aber er ist die Mühe wert."

„Manchmal. Für die kurze Zeit, in der die Rosen blühen. Es ist eine *sehr* kurze Zeit, und das Ende erlebt man immer mit gemischten Gefühlen." Mit einem raschen Lächeln, das charmant und unbarmherzig zugleich war, nahm er das Bedeutungsschwangere aus seinen Worten, und doch bereiteten sie Kate eine Gänsehaut.

Was hatte er vor? Der Mann, der die Abtei verlassen hatte, war nicht derselbe, der nun zu ihr zurückgekehrt war. Dieser andere Kit war räuberisch und völlig konzentriert – und zwar auf sie. Er streckte den Arm aus und wartete, bis sie seine Hand nahm, dann zog er sie von der Bank hoch. „Bruder Martin?"

Der alte Mann erhob sich. „Was denn? Erwartest du etwa, dass ich dir nachlaufe, während du mit lateinischen Namen für diese lächerlich verwöhnten Blumen um dich wirfst? Ich habe Wichtigeres zu tun." Er warf Kate einen bedeutungsvollen Blick zu. „Meine Kräuter warten auf mich." Mit einem verächtlichen Laut trottete er dann zur Tür und zog sich zurück.

„Sollen wir?"

Sie legte den Kopf ein wenig schräg. „Ja, gern. Aber ich muss Sie warnen, ich erwarte nämlich, fasziniert zu werden."

Er schob ihre Hand in seine Armbeuge. „Ich werde mich bemühen, Sie nicht zu enttäuschen."

„Wissen Sie, Mr. MacNeill", bemerkte sie nach einer Pause. „Sie behaupten, nichts weiter zu sein als eine schlecht erzogene Waise, und doch legen Sie manchmal Manieren an den Tag, die sich besser für einen vornehmen Salon als für eine Dachkammer eignen."

„Fassade", versicherte er ihr. „Weiter nichts. Über die Jahre hinweg habe ich mir die eine oder andere Verhaltensweise angeeignet, die ich von Zeit zu Zeit wieder zutage fördere. Einer meiner … meiner früheren Gefährten konnte so geschickt und überzeugend reden, dass sich sogar eine Katze zum Singen verführen ließ."

„Ich weiß nicht, ob ich Ihnen das glauben soll."

„Es liegt ganz bei Ihnen, Madam", sagte er in umgänglichem Tonfall. Sein Blick machte keinen Hehl daraus, dass er bewunderte, was er sah. Es war fast so, als ob er …

Ein plötzlicher Verdacht ließ sie mitten in der Bewegung innehalten, und ehe sie wusste, was sie da sagte, fragte sie ihn: „Versuchen Sie, mich zu *verführen,* Mr. MacNeill?"

Er blieb ebenfalls stehen, verzog den Mund, als wollte er lachen. Doch als er sie ansah, zeigten seine Augen, dass er es völlig ernst meinte. „Ja, natürlich, Mrs. Blackburn. Beunruhigt Sie diese Aussicht?"

„Ja", antwortete sie prompt. „Sie beunruhigt mich."

„Oh. Nun, das ist bedauerlich, und ich glaube, es ist auch unnötig, obwohl es mir viel lieber wäre, wenn Ihre Beunruhigung begründet wäre."

„Soll ich um Hilfe rufen?", fragte sie und versuchte, so kühn zu klingen wie er.

Er bedachte sie mit einem spöttischen Blick. „Ich glaube, Ihre Wortwahl war *verführen,* nicht *vergewaltigen.* Ihnen droht keine Gefahr von meiner Seite, obwohl … das stimmt nicht so ganz", korrigierte er sich. „Ihnen droht nur so viel Gefahr, wie Sie selbst es zulassen."

„Ich verstehe", hauchte sie.

„Gut, dann sind wir uns ja einig." Er schob ihre Hand wieder in seine Armbeuge und wollte weitergehen, doch Kate rührte sich nicht von der Stelle.

„Kann ich Sie davon überzeugen, *keinen* Verführungsversuch zu unternehmen?"

Er zog die Brauen zusammen, als er kurz über ihre Frage nachdachte. „Nein", antwortete er schließlich. „Ich glaube nicht, dass Sie das können."

„Und welche Wahl bleibt mir dann?"

„Weiterzugehen und mich ausprobieren zu lassen, wie groß mein Geschick ist. Oder es nicht zu tun."

Ihr Herz hatte zu rasen begonnen, als er ihr seine Absicht erklärte, und nun schlug es so schnell, dass es ihr die Kehle zuzuschnüren schien.

Sein Lächeln wurde wehmütig. „Kommen Sie, Mrs. Blackburn. Mein Geschick ist keineswegs so groß, nicht einmal nach meiner entschieden voreingenommenen Einschätzung."

Sie glaubte ihm kein Wort. Er sah gänzlich nach einem Mann aus, der eine Frau zu verführen verstand. Er war groß und männlich, mutig und gesund. Ihr fiel auf, dass er erst vor kurzem seine Haare gewaschen hatte, die nun wie geschmolzene Bronze schimmerten. Sein gebräuntes Gesicht war von den Bartstoppeln befreit worden, mit denen sie ihn seit der Begegnung im White Rose kannte. Er sah bedenklich ansprechend aus, beängstigend verlockend und … sie musste schlucken. Sie wollte mit ihm weitergehen, wenigstens für eine kurze Weile.

„Ich bin wirklich an den Rosen interessiert", erklärte sie steif.

„Aber natürlich." Sein Tonfall klang amüsiert, doch als er sich diesmal wieder in Bewegung setzte, folgte sie ihm widerstandslos, während ihre Hand unter seiner lag.

Sie spazierten auf dem Kiesweg bis zum Gewächshaus, wo er ihr die Tür öffnete und wartete, bis sie vor ihm eingetreten war. Nur wenige Rosen blühten noch, aber alle hatten ihr grünes Blattwerk behalten. Kit blieb neben einer kleinen Pflanze stehen, die mit unzähligen nadelspitzen Dornen besetzt war. *„Rosa gallica.* Nach ihrer Größe und Form zu urteilen, sollte diese die Rose von Lancaster sein. Sie ist die Einzige, die von Bruder Martin geduldet wird, da man sie auch als die Apothekerrose bezeichnet."

„Und was ist mit der Blüte?"

„Sie blüht üppig, aber nur einmal.“ Er zeigte auf einen ähnlich geformten Strauch gleich daneben. „Das ist die *Rosa Mundi.* Sie ist zwar auch eine Gallica, aber ihre Blätter sind mit roten Streifen überzogen.“

„Diese habe ich schon gesehen“, sagte Kate.

„Das glaube ich Ihnen gern. Es handelt sich um eine sehr alte Sorte.“ Langsam ging er weiter, bis er eine größere Pflanze erreichte, deren Blätter länger waren als bei den anderen. „Dies ist eine Portlandrose, die von Persien nach Britannien gelangte.“

Sie beugte sich vor, suchte nach der Blüte und war enttäuscht, da sie nichts fand. Als sie sich wieder aufrichtete, merkte Kate, dass Kit sich dicht hinter sie gestellt hatte. Sie konnte seinen Atem fühlen, der über ihre Nackenhaare strich.

Kate erstarrte, ihr Herz war so laut und schnell wie ein Trommelwirbel, vom Hals bis zu den Schenkeln kribbelte ihre Haut, so bewusst war sie sich seiner Nähe.

„Wenn Sie eines fernen Tages bei der Morgentoilette sitzen …“, seine Stimme war wie ein tiefes Schnurren, das sie liebkoste, „… und wenn Sie dann hier …“, er berührte ihren Hals an der Seite, ihr Atem wandelte sich zu einem Seufzen, „… oder hier etwas Parfüm auftragen …“, seine Fingerspitzen strichen mit unglaublicher Leichtigkeit über die empfindliche Haut hinter ihrem Ohr, „… dann denken Sie daran, wie viele tausend Rosen geopfert wurden, um diesen Duft zu destillieren, und trauern Sie ein wenig um ihren Verlust.“

Er sollte sich solche Freiheiten nicht herausnehmen, und sie sollte sie ihm gar nicht erst gestatten. Und doch schien sie nicht in der Lage, sich zu rühren. Kit neigte den Kopf, bis seine Lippen nur noch wenige Zoll von ihrem Hals entfernt waren. Sie zitterte vor Erregung und bewegte sich leicht in seine Richtung.

„Aber ist das nicht immer so?“, flüsterte er und war so dicht, dass seine Lippen bereits hauchzart über ihren Nacken strichen. „Die Welt muss Schönheit um der Schönheit willen opfern."

Sie hielt den Atem an und wartete darauf, dass er sie küsste. Doch das geschah nicht. Stattdessen meinte sie den Hauch eines Lächelns an ihrem Halsansatz zu spüren, bis Kit den Kopf hob, sich neben sie stellte und ihre Hand wieder bei ihm unterhakte. Enttäuschung stieg in ihr auf, und als er weiterging, folgte sie ihm ein wenig atemlos und sehr verwirrt. Er führte sie zu einem Seitenweg und von dort weiter zu einer Gruppe von Büschen, die so groß waren wie Kate. Ihr silbergrünes Blattwerk war mit hellen, persimonenfarbenen Blüten durchsetzt.

„Rosa alba", erklärte er, als hätte er Kate nie berührt, als hätte sie sich nicht seiner Liebkosung hingegeben, bereit, ihm noch viel mehr zu geben. „Angeblich römischen Ursprungs. Wenn sie blüht, sind ihre Blüten vornehmlich weiß, wie Sie sich vielleicht schon gedacht haben. Dieses spezielle Exemplar ist eine *Alba semiplena,* von der man annimmt, dass es sich um die Weiße Rose von York handelt." Nach einer kurzen Pause fuhr er fort: „Kommen Sie, ich habe das Beste bis zum Schluss zurückgehalten." Er nahm ihre Hand, dann zog er Kate unter einem kleinen Spalier hindurch, das mit dicken, grünen Blättern bewachsen war. Auf der anderen Seite führte ein schmalerer Pfad hin zu einem kurzen Rundweg, wo das grüne Blattwerk noch kräftiger und glänzender wirkte. Von den Glasscheiben darüber tropfte Feuchtigkeit, die sich auf ihnen niederschlug, als würde hier etwas Lebendes, Atmendes existieren. Der lehmige Geruch nach feuchter Erde wich einem anderen Aroma. Es war nicht der Duft der Rosen, der ihr vertraut war, sondern etwas Süßlicheres, Durchdringenderes.

Auf einmal blieb er stehen und lächelte Kate an, während er sanft ihre Schultern umfasste, sie von sich wegdrehte und an sich drückte. Dann hielt er ihr die Augen zu, worauf sie mit Verwirrung reagierte.

„Warten Sie", sagte er, als sie nach seinen Händen greifen wollte.

Sie ließ sich von ihm weiterdirigieren, da sie anderenfalls die intime Berührung seiner Oberschenkel an ihrem Po hätte hinnehmen müssen. Erregung stieg in ihr auf, und eine andere Art der Erregung erwuchs zugleich tief in ihrem Leib, als halb vergessenes Verlangen zu neuem Leben erwachte.

Es dauerte nur ein paar Sekunden, kam ihr aber wie Stunden vor. Selbst durch sein Hemd konnte sie deutlich spüren, welche Hitze er ausstrahlte. Sie fühlte die Berührung jedes einzelnen Fingers auf ihren Augen, und sie war sich dessen bewusst, wie sich sein Unterleib in ihre Röcke presste. Gleichzeitig erkannte sie voller Schrecken, dass sie in dieser Berührung den Beweis für sein Verlangen suchte. Als sie merkte, wie erregt er sich gegen ihren Körper drückte, war das für sie ein Triumph ihrer Weiblichkeit.

Schließlich blieb er stehen, und seine samtweichen Lippen strichen über ihr Ohr, als er flüsterte:

„Ein Bett aus Rosen, weich und luftig,
Sollst du haben von mir,
Und dich an tausend Sträußen, süß und duftig,
Darin laben mit mir."

Ein junger Soldat voller Narben am Leib, der Christopher Marlowe zitierte, einen Zeitgenossen des großen William Shakespeare? Das passte doch nicht zusammen. Er ließ seine Hände sinken, Kate öffnete die Augen und hatte sofort ihre Verwirrung vergessen.

Schließlich blieb er stehen, und seine samtweichen Lippen strichen über ihr Ohr. Sie befanden sich in einer kleinen Gartenlaube, die überzogen war mit goldgelben Rosenblüten, deren schwere Köpfe sich leicht im schwachen Luftzug bewegten. Kate machte einen Schritt nach vorn und wurde von dem üppigen Aroma umhüllt, das ihr schon zuvor aufgefallen war. Sie blickte nach unten und erkannte, dass sie auf einem Teppich aus glitzernden Blütenblättern stand, deren ambrosische Zartheit sie unter ihren Füßen zertrat. Und genau das setzte jenen himmlischen Duft frei, der ihr in die Nase stieg.

„Was ist das?", fragte sie leise. „Wie können sie jetzt blühen? Ist da Magie im Spiel?"

„In gewisser Weise ja. Dies sind die Kinder der Rose, die wir Ihrer Familie brachten."

„Die Kinder?"

„Die Nachfahren Ihrer Rose und einer hübschen Damaszener-Rose, einer immer blühenden Rose."

„Sie hört nie auf zu blühen?" Kate hob die Hand und berührte einen der Zweige, und sofort ging ein Regen aus goldenen Blättern auf sie nieder, der im Lichtschein schwach glänzte. Schnell zog sie ihre Hand zurück und blickte über die Schulter zu Kit, der sie beobachtete. Seinem Gesicht war nicht anzusehen, was er in diesem Moment dachte.

„Nichts blüht ewig."

Seine schlichte Verneinung machte Kate melancholisch. Die Zeit schritt unaufhaltsam voran. Rosen verblühten. Die Welt änderte sich. Der Winter ließ sich niemals aufhalten. Sie pflückte ein einzelnes Blütenblatt.

Ja, der Zauber verblasste langsam. Näher betrachtet wurde sichtbar, dass die seidigen Blätter bereits einen feinen braunen Rand aufwiesen, und die Farbe in ihrer Mitte hatten sie längst verloren, sodass sie mehr durchscheinend denn golden waren.

„Traurig, nicht wahr?"

Kit verstand und kam näher. Diesmal wich sie nicht vor ihm zurück wie eine kleine verängstigte Katze. Sie stand einfach da und betrachtete nachdenklich die Blume, während er in das Grün griff, einmal kräftig am Zweig rüttelte und ein Meer aus Blättern herabregnen ließ, die auf ihrem Kopf und auf den Schultern liegen blieben. Überrascht sah sie Kit an.

„Küssen Sie mich", sagte er leise.

Sie machte einen Schritt nach hinten, er folgte ihr, und als sie an ihm vorbei davonlaufen wollte, streckte er die Arme aus, fasste das Spalier und blockierte so ihren Fluchtweg.

„Sie sagten, ich hätte nichts zu befürchten."

„Fürchten Sie sich denn?", wollte er wissen.

„Ich glaube, ja."

„Das müssen Sie aber nicht." Er bemühte sich, ruhig und unbeschwert zu klingen. Er wollte sie. Noch nie hatte er irgendetwas so sehr gewollt wie in diesem Moment – nämlich ihren Mund zu kosten, seine Hände in ihrem pechschwarzen Haar zu vergraben, sie an sich zu drücken. Doch er würde es nicht tun. „Aber ich kann nichts dafür, wenn Sie entscheiden, sich vor eigentlich nichts zu fürchten."

„Sie sind nicht nichts."

Das entlockte ihm immerhin ein schiefes Lächeln. „Oh doch, das bin ich", widersprach er. „Für Sie bin ich nichts. Nur eine Anekdote, an die Sie sich eines Tages erinnern werden, wenn Sie sich langweilen."

Sie errötete heftig, und sie hasste es, dass seine Worte so sehr ihren früheren Überlegungen entsprachen. Allerdings hatte sie niemals beabsichtigt, *ihn* zur Anekdote zu machen. Alles, nur das nicht. Sie ertrug nicht die Vorstellung, er könnte etwas anderes von ihr denken.

„Wenn ich Sie küsse, lassen Sie mich dann gehen?"

„Ich lasse Sie gehen, ob Sie mich küssen oder nicht", sagte er. „Ich will nur meine Bitte deutlich machen."

„Tatsächlich?"

„Ja, tatsächlich." Um seine Aussage zu unterstreichen, ließ er seine Arme sinken und gab den Weg frei. Kate sah ihn an und versuchte, seinen Augen anzusehen, was in seinem Herzen vor sich ging. Doch dieses Geheimnis hütete er sehr gut, auch vor sich selbst. Wie konnte sie da hoffen, seine Absichten durchschauen zu können? Das war der Punkt, der schließlich den Ausschlag gab. Kit war einfach zu gefährlich.

„Es tut mir leid", murmelte sie, duckte sich und eilte an ihm vorbei.

Er bekam ihr Handgelenk zu fassen, zog sie schnell zu sich herum und hielt sie in seinen Armen. In seinen eiskalten Augen glühten seine Emotionen einen Moment lang auf, sein Gesicht verriet die Begierde, die er verspürte.

„Tun Sie mir nichts."

Er wich zurück, als hätte sie ihn geschlagen, doch dann …

„Christus", murmelte er mit belegter Stimme und legte seine großen, narbigen Soldatenhände um ihr Gesicht. Sie schloss die Augen und wartete, unfähig, ihr Zittern zu unterdrücken. Zugleich wollte sie das hier, da nun der Moment gekommen war, da ihr alle Entscheidungen abgenommen worden waren.

„Verdammt!" Abermals fluchte er leise.

„Bitte."

Er küsste sie. Zunächst war es nichts weiter als eine Berührung seiner Lippen, die sich so sanft anfühlte wie die Blütenblätter unter ihren Füßen. Eine gehauchte Liebkosung seines Mundes, vollkommen unerwartet und vollkommen überwältigend. Voller Zärtlichkeit nahm er ihren Atem in sich auf und strich immer wieder zart und so sanft mit seinen Lippen über ihre. Mit jedem dieser Küsse raubte er ihr ein wenig mehr von ihrem Willen, nahm ihr ihre Gedanken und begrub sie unter dem, was sie fühlte. Er hielt inne und spielte mit ihren Mundwinkeln, dann ließ er die Zungenspitze an ihrem Hals entlang nach unten wandern und … oh lieber Gott!

Ihre Knie wurden weich, und sie schlang die Arme um seinen Hals, damit sie nicht zu Boden sank.

„Küssen Sie mich. Einmal. Einen Kuss", flüsterte er eindringlich und legte einen Arm um ihre Taille, damit sie Halt hatte. Mit der freien Hand griff er nach ihrem Zopf und zog ihn langsam nach hinten, damit sie den Kopf in den Nacken legte und ihm ihren Hals darbot.

„Was kann es Ihnen bedeuten?“, fragte er heiser. „Warum wollen Sie nicht … Lassen Sie mich diesen Kuss nicht von Ihnen nehmen. Schenken Sie ihn mir.“

Es gab nichts, was sie in dieser Sekunde lieber gewollt hätte.

Sie öffnete den Mund und reagierte voller Verlangen auf seinen Kuss, sie gab sich seiner Umarmung hin und drückte sich noch fester an ihn. Ihre Finger vergruben sich in seinem seidigen Haar, während sie den Kuss erwiderte.

Begierde überkam sie in einem nie gekannten Ausmaß und weckte in ihr eine Lust, die sie seit Langem in sich vermutet, die sie aber nie erlebt hatte. Sie fühlte, wie seine Hände über ihren Rücken glitten, sich um ihre Hüften legten und sie abrupt an ihn drückten. Aus der Begierde wurde etwas Überwältigendes, das ihren Körper durchflutete und sich zwischen ihren Schenkeln sammelte. Sie konnte nicht länger klar denken und war mit einem Mal den Bedürfnissen ihres Leibs ausgeliefert.

Es war so lange her, viel zu lange.

Sie zog seinen Kopf zu sich herunter, sie wollte mehr von seinen Küssen, von seinem heißen Atem, mehr von diesem Mann, der in ihr entfachte, was sie über Jahre nicht zur Kenntnis genommen und schon gar nicht ausgesprochen hatte. Sie wollte … sie wollte …

„Nein.“ Seine Hände umschlossen auf einmal ihre Schultern auf schmerzhafte Weise. Grob stieß er Kate von sich, sie stolperte, und hätte er nicht noch ihre Arme gefasst, wäre sie zweifellos hingefallen. Verständnislos schaute sie in sein wütendes Gesicht. Sie befand sich noch zu sehr im Griff ihrer Begierde, als dass ihr die Situation peinlich hätte sein können. Das Einzige, was sie fühlte, war Verwirrung und Frustration.

„Was soll das heißen?“, fragte sie, als ihr klar wurde, was soeben geschehen war.

„Ich habe Ihnen geschworen, ich würde Ihnen nichts antun."

„Nennen Sie das ‚mir etwas antun'?", keuchte sie und sah ihm in die Augen. Sie konnte nicht glauben, was sich hier abspielte.

Sein Gesicht spiegelte wider, welchen inneren Kampf er mit sich austrug. Als er antwortete, presste er die Zähne aufeinander. „Ja."

Sie runzelte die Stirn, sie versuchte, ihn zu berühren, doch er zuckte zurück, als könnten ihre Fingerspitzen ihn versengen. „Aber …"

„Verdammt!", platzte es endlich aus ihm heraus. „Vor zehn Minuten haben Sie mich noch angefleht, Ihnen nichts zu tun, und nun, Mrs. Blackburn …", er sprach ihren Namen aus, als könnte der Nachname ihres verstorbenen Ehemanns eine Barriere zwischen ihnen errichten, „… nun versuche ich, das zu tun, worum Sie mich gebeten hatten."

Jedes Wort kam abgehackt und beherrscht über seine Lippen, so beherrscht, wie er nun vor ihr stand. „Ich werde Ihnen nichts antun, das schwöre ich Ihnen. Aber Sie würden es mir verdammt noch mal viel leichter machen, wenn Sie mich bei meinem Bemühen unterstützten, anstatt gegen mich zu arbeiten."

„Oh."

Oh. Sie fühlte sich körperlich bloßgestellt. Der simple Kuss, den er für ein Gegengift gehalten hatte, das ihn vor der Versuchung bewahren sollte, entpuppte sich als tödlich. Der Kuss machte seine Absichten zunichte und ließ ihn vor Verlangen nach ihr fast in die Knie sinken.

Er hatte sich etwas vorgemacht, und es war ihm von Anfang an bewusst gewesen. Kate war mit keiner anderen Frau zu vergleichen. Sie schmeckte nicht wie andere Frauen, und sie fühlte sich auch nicht wie andere Frauen an, wenn er sie festhielt oder küsste. Keine Frau würde jemals so sein wie sie, ganz gleich, wie viele andere er mit in sein Bett nahm. Das Wissen an sich war schon qualvoll, und er verfluchte sich, dass er sich so bereitwillig zum Opfer seiner Selbsttäuschung gemacht hatte.

Eine Weile sah er sie an, dann ließ er abrupt die Hände sinken, da er wusste, er würde Kate sonst doch wieder in seine Arme ziehen. Er schloss die Augen und kämpfte gegen seinen urtümlichen Instinkt an. Würden seine Sinne doch nur endlich aufhören zu arbeiten. Wenn er die satte Farbe ihres Mundes nicht sehen, das Atemlose in ihrer Stimme nicht hören musste, würde es ihm besser gehen. Doch er sah und hörte, und er roch den schwachen Duft von Seife, der sich mit dem schweren Aroma der zertretenen Rosen vermischte. Und er fühlte noch immer ihr seidiges Haar zwischen seinen Fingern. Seine Sinne arbeiteten unaufhörlich, und er verzehrte sich nach wie vor nach Kate.

Jeder Kuss gab nur dem Appetit neue Nahrung, der im kargen Salon ihres Vaters vor drei Jahren zum ersten Mal aufgekommen war und den er sich während der langen Märsche unter der sengenden Sonne Indiens bewahrt hatte. Die Fantasie sollte eigentlich besser sein als die Wirklichkeit, jedenfalls hatte er sich das stets eingeredet. Doch es war eine Lüge gewesen. Ihr Mund war so süß und so voll, ihr Körper so geschmeidig und warm – aber nichts davon hätte er sich lebhaft genug vorstellen können, um es mit der Realität aufzunehmen.

Und sie konnte dazu nur „Oh“ sagen.

Ihm blieb nur die Wahl, zu lachen oder verrückt zu werden. Also begann er zu lachen.

Sie blickte ihn irritiert an, ihr verschwommener Blick wurde allmählich schärfer. Der fragende Ausdruck verschwand und wich einer undurchschaubaren und damit äußerst weiblichen Miene. Kate machte einen Schritt nach hinten.

Ernst betrachtete sie ihn, schließlich zog sie eine Braue

hoch, und in der nächsten Sekunde machte sie auf der Stelle kehrt und eilte davon.

Der Teufel sollte ihn holen, wenn er wüsste, welche Frage sie mit dieser hochgezogenen Augenbraue an ihn gerichtet hatte.

Aber der Teufel würde ihn vermutlich in jedem Fall holen.

13. KAPITEL

„Sie sind sich sicher, dass niemand von uns Sie begleiten soll?“, fragte der Abt und sah Kate eindringlich an. Der Priester hatte sie in sein Arbeitszimmer bestellt und ausdrücklich erklärt, Kit möge in dieser Zeit draußen warten. Die Tür war dick genug, sodass man sie nicht belauschen konnte.

„Oh nein“, erwiderte sie ruhig. „Ich bin davon überzeugt, dass Ihre Mönche hier viel mehr Gutes bewirken können, anstatt auf mich aufzupassen.“

Der kristallene Rosenkranz in der Hand des Abts klickte leise, während der Mann sie gedankenverloren betrachtete. „Es gab einmal eine Zeit, da hätte ich Sie ohne Bedenken in die Obhut von Christian entlassen, doch ich kenne ihn nicht mehr so wie früher.“

„Ich schon.“ Sie war von ihren Worten überzeugt. Kit hatte den Kuss nicht beenden wollen, und sie … nun, sie war noch nicht bereit, sich mit den Gründen für ihr Verhalten zu beschäftigen. Es erübrigte sich zu erwähnen, dass sie durchaus willens gewesen war, den Kuss fortzusetzen. Aber Kit hatte sie davon abgehalten, weil er nicht wollte, dass irgendjemand ihr irgendetwas antat – er selbst eingeschlossen.

Nein, sie fürchtete nicht, Kit könnte einen zweiten Versuch in dieser Art unternehmen. Das hätte sie glücklich machen sollen, und das tat es auch. Jedenfalls immer dann, wenn sie sich nicht mit ihren Fragen und Spekulationen befasste.

„Christian MacNeill ist für mich ein genauso guter Schutz wie Bruder Martin.“ Sie fand, dass sie sich ziemlich launisch anhörte.

Der Abt lächelte sie an. „Wie Sie wünschen.“ Er hob die Hand, ein junger Mönch öffnete daraufhin die Tür, damit Kit eintreten konnte.

„Ich darf annehmen, Sie haben sie ausreichend vor meinen

unzähligen Fehlern und Schwächen gewarnt."

„Ich habe es versucht."

„Aber sie will nicht auf Sie hören."

„Sie will auch nicht auf mein Angebot einer zusätzlichen Begleitung eingehen."

„Nun, das ist erfreulich, weil ich einer zusätzlichen Begleitung ohnehin nicht zugestimmt hätte."

„Christian ..."

„Nein, Vater Abt. Sie ist allein meine Verantwortung, bis ..."

„... Sie Ihre Schuldigkeit getan hat", fiel Kate ihm ins Wort, die diesem Unsinn ein Ende setzen wollte. „Glauben Sie mir, Sir", sagte sie an den Abt gerichtet. „Von Mr. MacNeill geht für mich keine Gefahr aus."

„Es gibt auch noch andere Gefahren", erwiderte der Abt. „Haben Sie in Erwägung gezogen, dass der Marquis Ihre Ankunft in Begleitung dieses einen Mannes als unziemlich ansehen könnte?"

„Ich bin davon überzeugt, ihm eine zufriedenstellende Erklärung liefern zu können."

Kit grinste den Abt an. „Warum sollte er sich daran stören, dass die Dame einen Kutscher hat?"

„Vater Abt", sagte Kate, ignorierte den Einwurf und stand auf. „Ich möchte Ihnen noch einmal von Herzen für Ihre Gastfreundschaft danken."

Als sie sich Kit zuwandte, verriet ihre Miene nichts. Was war aus der atemlosen Sirene geworden, die erst gestern so voller Leidenschaft auf ihn reagiert hatte? Oh ja, er wusste es. Sie war verschwunden, war ersetzt worden durch diese Schönheit mit dem sanften Gesicht, die bei der Erwähnung des Marquis an ihr eigentliches Ziel erinnert worden war: die Rückkehr in die feine Gesellschaft. Unwillkürlich presste er die Kiefer aufeinander.

„Wenn der Abt keine weiteren Warnungen und Anweisungen mit auf den Weg zu geben hat", sie sah zu dem Mann, der den Kopf schüttelte, „dann können wir aufbrechen, Mr. MacNeill."

Kit machte eine zynische Verbeugung. „Wie Sie wünschen, Madam."

Kaum hatten sie St. Bride's verlassen, setzte schwerer Schneefall ein, der über die Straße geweht wurde und im Schatten unter den Bäumen glitzerte. Kate schwieg und zog die braune Kutte enger um sich, die die Mönche ihr gegeben hatten. Die Reise würde nicht so laufen, wie sie es erwartet hatte.

Zwar musste sie sich eingestehen, dass sie gar keine klare Vorstellung von ihren Erwartungen besaß, doch diese erdrückende Stille war es ganz sicher nicht gewesen. Ihr war natürlich aufgefallen, dass nach gestern eine gewisse Verlegenheit überwunden werden musste, wenn sie beide wieder freundlich miteinander umgehen wollten. Obwohl ... sie war sich nicht sicher, ob ihre Beziehung überhaupt jemals freundlich gewesen war. Auf jeden Fall aber hatten sie miteinander gesprochen. Doch seit der Abreise aus der Abtei benahm sich Kit, als sei sie eine Fremde, deren Gesellschaft er allenfalls tolerieren müsse.

„Sie müssen keine Angst vor mir haben", brach er irgendwann das Schweigen.

„Ich habe auch keine Angst", entgegnete sie. Mit dieser Äußerung hatte sie nicht gerechnet. Auch wenn er den Weg für den Kuss ebnete, war er doch derjenige, der sie aufgehalten hatte. Genau das war der Grund, weshalb sie ihm vertraute, dass er sie nach Clyth bringen würde.

„Ich würde Ihnen niemals Gewalt antun, verdammt!", platzte es aus ihm heraus. „Aber warum sollten Sie mir glauben? Schließlich habe ich bereits gegen meinen eigenen Vorsatz verstoßen."

„Natürlich werden Sie mir keine Gewalt antun", erwiderte sie ruhig. „Sie sind ein Gentleman."

Er lachte laut auf. „Ich bin kein Gentleman, Madam. Ich bin der uneheliche Sohn einer schottischen Hure." Seine Worte waren wie ein Peitschenschlag. Sie taten ihr weh, doch sie sah in seinen Augen, welchen Schmerz er sich selbst damit zufügte.

„Es tut mir leid."

Wütend schüttelte er den Kopf. „Ich will Ihr Mitleid nicht. Ich will, dass Sie die Dinge so sehen, wie sie sind. Lassen Sie sich nicht von Geschichten verführen, die von dummen alten Männern erzählt werden, die sich vor so langer Zeit von der Welt zurückgezogen haben, dass sie nicht Wahrheit von Fantasie unterscheiden können."

Nun war es an ihr, den Kopf zu schütteln. „Der Abt ist nicht dumm. Ich glaube, er weiß sehr genau, was wirklich ist und was nicht."

„Dann wünschte ich, er hätte mir beigebracht, wie man dazwischen unterscheidet", erwiderte Kit.

„Er erzählte mir von Ihrer Abstammung."

Er seufzte. „Tatsächlich? Dann lassen Sie mich raten. Er erzählte Ihnen, wir seien die Söhne der letzten großen schottischen Stammesführer."

Sie nickte bestätigend.

„Und obwohl wir nicht ehelich zur Welt gekommen sind, ändert es nichts daran, dass wir die wahren Erben der Highlands sind. Mutige Krieger vom alten Schlag."

„Ja." So hatte der Abt es formuliert.

Kit warf ihr einen etwas mitleidigen Blick zu. „Das erzählte er uns auch, als wir zu ihm kamen. Aber das ist nur ein Märchen für Kinder, damit die Bitterkeit dieser Welt nicht ganz so ungenießbar ist."

Nein, das stimmte nicht. Er selbst glaubte nicht so ganz an das, was er sagte. Das konnte sie ihm ansehen. Der Abt war ihr nicht nur völlig ernst, sondern auch ganz ruhig vorgekommen. Es war die Art von Ruhe, die ein Mensch nur dann ausstrahlte, wenn er von einer Sache völlig überzeugt war. „Das glaube ich nicht“, beharrte sie.

„Ich bin kein Gentleman, Mrs. Blackburn. Ich kann meine Mutter nicht verleugnen. Das sollten Sie sich lieber vor Augen halten, wenn Sie das nächste Mal denken, ich sei ein Gentleman.“

„Wen wollen Sie damit bestrafen?“, fragte sie. „Mich, weil ich dem Abt glaube? Oder sich selbst, weil Sie es nicht tun?“ Sie sah ihn erst von der Seite an.

Als er beharrlich schwieg, hakte Kate nach, da ihr der düstere Ausdruck in seinen Augen nicht gefiel. „Kit, Sie dürfen nicht …“

„Achten Sie auf die Straße, ob Sie Reisende entdecken. Wir nähern uns der Küste.“

Nirgends zeigte sich ein Reisender. Stunden vergingen, in denen er auf ihre Fragen meist nur mit einem knappen Nicken reagierte. Wenn er etwas sagte – was nur sehr selten vorkam –, dann gab er sich alle Mühe, so förmlich wie möglich zu sein. Es war offensichtlich, dass er zu ihr auf Abstand gehen wollte.

Der frische Duft von Kiefern und Fichten verdrängte den feuchten, lehmigen Geruch des Tals, je näher sie den blaugrünen Wäldern kamen. Als die Dämmerung einsetzte, entdeckte Kit eine Hütte und fuhr dort vor. „Halten Sie Doran, während ich mich drinnen umsehe.“

Er reichte ihr die Zügel und verschwand in der Hütte, Minuten später kam er zurück und half ihr vom Bock, wobei er es bei den dafür unbedingt nötigen Berührungen beließ. Sie ging in die Hütte und stellte fest, dass er bereits unter einer Aussparung in der Decke ein Feuer entzündet hatte. Er folgte ihr nicht nach drinnen, und als sie sich zögernd nach ihm umdrehte, sah sie, wie er Doran ausspannte und ihm das Zaumzeug anlegte.

„Was machen Sie da?“
„Ich will mich umsehen.“
„Wo?“, fragte sie.
„Ein Stück weiter die Straße hinauf. Ich bin mir nicht sicher, wo genau wir derzeit sind. Ich will sehen, ob ich irgendetwas wiedererkenne.“
Es war eine Lüge, weiter nichts. Wie hätte er von der Hütte wissen sollen, wenn er sich in der Gegend nicht auskannte? Ehe sie ihn darauf ansprechen konnte, griff er in Dorans Mähne und saß auf, ohne seinen Sattel zu benutzen. Er sah auf Kate hinab, und sie wusste, ihre Augen verrieten ihre ständige Angst, verlassen zu werden.
Mit einem knappen Fluch auf den Lippen beugte er sich vor und legte grob seine Hand unter ihr Kinn. „Sehen Sie mich nicht so an“, sagte er schroff. „Ich verspreche, ich komme wieder. Ich verspreche auch, dass Ihnen nichts zustoßen wird, während ich fort bin.“
„Wenn ich Sie bitten würde zu bleiben, würden Sie das tun?“
Er zog eine gequälte Miene. „Versprach ich Ihnen nicht, alles zu tun, was Sie von mir verlangen?“
„Ja. Aber würden Sie bleiben?“
„Ich würde alles tun, was Sie verlangen.“
„Würden Sie bleiben?“
Einen Moment lang schwieg er. „Ja.“
Sie nickte finster. „Dann werde ich Sie nicht bitten.“
Er drückte die Stiefelabsätze in die Flanken des Wallachs, der sofort antrabte.

Im Steinofen war nur noch ein wenig Glut verblieben, als Kate aufwachte. Schlaftrunken spähte sie in die fast völlige Dunkelheit, die in der Hütte herrschte. Draußen war das Wiehern eines Pferdes zu hören, außerdem eine tiefe Männerstimme, die besänftigend sprach, aber erschöpft klang. MacNeill.

Sie hatte nicht an seiner Rückkehr gezweifelt. Nicht für eine Minute. Nicht einmal, als das Feuer fast erloschen war und als der Wind sein wehklagendes Lied anstimmte, während sich die Dunkelheit wie der Schleier einer toten Braut über alles legte. Er war immer in der Nähe gewesen und hatte die Hütte beobachtet. Gesehen hatte sie ihn zwar nicht, doch das war nicht nötig gewesen, weil sie es einfach wusste.

Sie hörte die Tür knarren, dann sah sie seine Silhouette vor dem sternenübersäten Nachthimmel. Die Tür ging zu, und wieder war alles dunkel. Holz begann zu knistern, und einen Moment später loderte das Feuer auf und verbreitete seinen goldenen Lichtschein. Kate legte den Kopf auf den Arm und betrachtete Kit.

Er saß am Feuer, den Rücken zur Wand, die Hände auf die Knie gelegt, die Finger entspannt. Er beobachtete sie, von Zeit zu Zeit spiegelte sich in seinen Augen eine Flamme wider. Das Feuer spielte mit den Konturen seines Gesichts, ließ sie markant, hart und räuberisch erscheinen. So wie der Geist eines alten keltischen Königs.

Vielleicht ist er das ja auch, überlegte sie müde. So streng und gefährlich und schön. Das lebende Phantom einer ruhmreichen Vergangenheit.

„MacNeill?“

„Schlafen Sie weiter.“

„MacNeill“, murmelte sie ein wenig benommen. „Glauben Sie an Geister?“

Sie war fast schon wieder eingeschlafen, als sie seine Antwort hörte, die aus weiter Ferne zu kommen schien. Seine Stimme klang sanft und verloren. „Ja. Oh Gott, ja.“

14. KAPITEL

Als Kate am nächsten Morgen erwachte, war die Hütte bereits aufgeräumt. Sie eilte sofort nach draußen, wo Kit neben dem Phaeton schon auf sie wartete.

„Guten Morgen“, begrüßte sie ihn, woraufhin er ihr aus dem Korb, den die Mönche ihnen mitgegeben hatten, ein hartgekochtes Ei und ein Stück Brot reichte. Sie griff danach, doch dabei fiel ihr das Blatt Papier, auf dem sie ihre Notizen gemacht hatte, aus der Tasche und landete genau vor Kits Füßen. Rasch bückte sie sich, um es aufzuheben, doch er kam ihr zuvor.

„Die Vorzüge von Steckrüben als Hauptgericht“, las er laut vor und warf ihr einen durchdringenden Blick zu. „Was ist das?“

„Ein Buch, an dem ich schreibe“, erwiderte sie. „Ich bin davon überzeugt, einen Verleger zu finden.“

„Und was ist das Thema?“ Sein Tonfall war sarkastisch, was bedeutete, dass er schlechte Laune hatte.

„Ich schreibe darüber, wie man in unserer Welt würdevoll absteigt.“

Er hielt inne. „Stellen Sie mir deswegen all diese Fragen?“

„Nein!“

„Sie beziehen sich also *nicht* auf mich?“ Wieder sah er auf das Blatt, dann las er vor: *„Der Rohling. Eine warnende Beschreibung seiner Umgebung und seiner Gefährten.“*

„Nun, vielleicht ein wenig“, räumte sie kleinlaut ein. „Aber Sie verleihen einer Sache absichtlich den denkbar schlimmsten Beigeschmack, die nichts weiter ist als der Versuch, meinen Lebensunterhalt zu finanzieren.“

„Ah, ich verstehe“, gab er zurück. „Bitte verzeihen Sie mir, dass ich so unbegründet Anstoß genommen habe. Wenn ich Ihnen in irgendeiner Weise behilflich sein kann, die Denk-

und Handlungsweise der Unterprivilegierten zu ergründen, können Sie jederzeit von meinem Verstand Gebrauch machen."

Sie betrachtete ihn nachdenklich. „Nun, es gibt da eine Sache, die …"

„Das war *ironisch* gemeint", raunte Kit sie an.

„Das war mir klar", log sie rasch.

Er lachte kurz und humorlos auf, dann widmete er sich wieder Doran, der noch nicht komplett angespannt war. Nachdem er das erledigt hatte, half er Kate schweigend auf den Kutschbock.

Dann würde sich heute das Schweigen vom Vortag wiederholen? Na gut, wenn er nichts weiter mit ihr zu tun haben wollte, dann blieb ihr nichts anderes übrig, als sich seinem Wunsch zu beugen. Ein wenig Stolz hatte sie sich trotz allem bewahrt.

Sie sagte sich, dass es so am besten war. Schon bald sollten sich ihre Wege trennen, und sie würde ihn nie wiedersehen. Es war richtig von Kit, zu ihr auf Abstand zu gehen. Tatsächlich war er sogar weitaus vernünftiger als sie selbst.

Andere Dinge wogen für sie viel schwerer. Wichtige Pläne mussten in nächster Zeit in die Tat umgesetzt werden. Morgen um diese Zeit würde sie am Ziel ihrer Reise angekommen sein – Castle Parnell. Der Gedanke genügte, um Angst aufkommen zu lassen. Vor einigen Jahren zeigte sich der Marquis ihr geneigt, er hatte oft genug mit ihr getanzt, und einmal war er sogar mit ihr essen gegangen.

Einige ihrer Freundinnen hatten getuschelt, er sei im Begriff gewesen, ihr den Hof zu machen. So sehr ihr das auch schmeichelte, wusste Kate doch genau, dass sie niederer Adel und er ein Marquis war. Angehörige aus zwei so verschiedenen gesellschaftlichen Sphären heirateten nicht, und dennoch … er *hatte* Avancen gemacht, zwar zurückhaltend und indirekt, um keine falschen Hoffnungen zu wecken, jedoch auch recht ernsthaft.

Sie zählte darauf, dass er sich an jene wenigen Wochen erinnerte, in denen sich für kurze Zeit die Kreise überschnitten hatten, in denen sie beide sich bewegten. Würde er sie immer noch als die lebhafte junge Frau ansehen, die sie einmal gewesen war? Oder würde er sie nur als eine weitere Bittstellerin betrachten, die an seine Großzügigkeit appellieren wollte? Gedankenverloren strich sie über ihr Haar.

„In Clyth gibt es ein Gasthaus, in dem Sie sich frisch machen können, bevor wir zur Burg weiterfahren."

Es war Kate peinlich, dass Kit ihre Eitelkeit bemerkt und so mühelos durchschaut hatte. Doch eine Frau ohne Familie oder ohne Einkommen – also eine Frau wie sie – musste ein gutes Bild abgeben und eine freundliche Art zur Schau stellen, wenn sie sich die Nächstenliebe einer so fernen Verbindung sichern wollte.

„Danke, das wäre sehr angenehm."

Gegen Mittag führte die Straße aus den Bergen hinaus und durchquerte eine Ebene, die die Farben des Herbstes trug. Unterwegs kamen sie an weiteren Hütten vorbei, deren mit Moos bewachsene Grundstücksmauern zerfallen waren, da sich niemand mehr um sie kümmerte. Zurück blieben die verlassenen Außenposten, die einst von Viehtreibern und Bauern bewohnt wurden, einem allmählich schwindenden Volk. Je weiter der Tag fortschritt, umso kräftiger wurde das salzige Aroma des Meeres. Seevögel kamen in Sicht, Seeschwalben und Möwen, die über einem fernen Horizont ihre Kreise zogen.

Einige Meilen weiter bewegten sie sich auf einmal über weiße Klippen, die ins Meer abfielen. Die Straße führte steil hinunter in ein Dorf, dessen kleine Steinhäuser sich an die Felswand drückten. Aus den Schornsteinen stiegen feine Rauchsäulen auf, die sich kräuselten und wie Fragezeichen aussahen.

Am Fuß der steilen Straße drängten sich die Häuser dicht an dicht an einem schmalen Kai entlang. Zwei alte Piere ragten von dort aus ins Wasser und warfen ihren Schatten auf ein Dutzend ramponierte Fischerboote, die seitlich auf einem morastigen Untergrund lagen. Es war Ebbe, und der üble Geruch von Fisch und verrottendem Seetang hing schwer in der Luft.

„Clyth", verkündete Kit, der ihren Widerwillen richtig deutete. „Das Gasthaus ist am Dock gelegen. Vielleicht möchten Sie lieber doch sofort zur Burg weiterreisen?"

„Nein!", rief sie aus. Die Ankunft dort in einem Kleid, in dem sie sogar geschlafen hatte, war undenkbar. Das ging nicht, außerdem befanden sich in ihrer Truhe ein wundervolles Kleid und ihre Haarbürste. „Bitte nicht."

Er antwortete nicht, sondern fuhr mit dem Phaeton am Kai entlang, auf dem sich nur wenige Menschen aufhielten. Zwei stämmige Fischer mit wettergegerbtem Gesicht starrten sie unverhohlen feindselig an, und aus einem niedrigen Durchgang kam eine erschöpft wirkende Frau, die einen verbeulten Kohleneimer trug.

Kit brachte den Wallach vor einem schmalen Haus zum Stehen, das zwischen zwei Lagerhallen gequetscht worden war. Über der Tür pendelte ein graues Schild, dessen Schrift über viele Jahre hinweg von der salzigen Luft ausgelöscht worden war. Aus dem Haus kam prompt ein blass aussehender Straßenjunge gestürmt und griff nach Dorans Zügeln.

„Der Stall ist hinter dem Haus, Captain", krächzte der Bursche. „Für zwei Pence trockne ich ihn ordentlich ab, füttere ihn und sorge dafür, dass er sicher untergestellt ist."

Die Münze, die Kit dem Jungen zuschnippte, fing der im Flug auf. Kate, die dem schneidenden Wind und dem beißenden Gestank entkommen wollte, den er an Land trug, stieg ohne Kits Hilfe ab und flüchtete sich in das Haus. Das entpuppte sich als passabler, als sie es erwartet hatte. Im Ofen brannte ein wärmendes Feuer, und vor allem blieb der Gestank aus dem Hafen draußen, sobald sich die Tür hinter ihr schloss. Lediglich am entlegenen Ende des Raums saßen zwei Männer, die in eine Unterhaltung vertieft waren, aber in dem

Moment verstummten, als sie Kate bemerkten. Der ältere Mann stand auf und wischte sich die Hände an seiner schmutzigen Schürze ab.

„Kann ich Ihnen behilflich sein?", fragte er, während er Kate von Kopf bis Fuß taxierte.

„Sind Sie der Gastwirt?"

„Aye."

„Wie weit ist es bis Castle Parnell?", fragte sie.

„Nicht ganz eine Stunde mit dem Pferd, per Kutsche eher zwei Stunden."

„Aha." Sie hatte gehofft, noch vor Anbruch der Nacht die Burg zu erreichen, doch nun sah es so aus, als müsse sie sich bis zum nächsten Tag gedulden. Warum diese Verzögerung sie mehr erleichterte als ärgerte, war ihr nicht klar, doch damit wollte sie sich jetzt auch nicht befassen.

„Gibt es jemanden, den Sie für mich zur Burg schicken können?", wollte sie wissen.

Der Wirt drehte sich zu seinem Gesprächspartner um, einem athletisch aussehenden jungen Mann mit vollem schwarzen Haar und buschigen Augenbrauen. Er trug ein unmögliches Halstuch aus Spitze, und an seiner Taille hing ein noch unmöglicherer Degen. Dieser Mann war auf eine gefährliche Weise gut aussehend, und nach der Art zu urteilen, wie er Kate ansah, war ihm das auch bewusst. Einen Moment später nickte er.

„Aye, das lässt sich machen", meinte der Wirt.

„Dann schicken Sie ihn bitte sofort los. Er soll ausrichten, dass Mrs. Katherine Blackburn in Clyth eingetroffen ist und bei Tagesanbruch zur Burg weiterreisen wird."

„Dann sind Sie Mrs. Blackburn?", fragte der jüngere Mann.

„Ja."

„Willkommen in Clyth, Mrs. Blackburn", sagte er. „Ich bin Callum Lamont."

Hinter Kate ging die Tür auf, ein kalter Luftzug ließ ihren Rocksaum flattern.

„Ein Zimmer für die Dame."

Der Wirt sah an Kate vorbei zu Kit, der in der Tür stand und auf einer Schulter die schwere Truhe trug. Mit seinem muskulösen Körper füllte er die Türöffnung völlig aus und ließ Kate klein und schmächtig erscheinen. Lamont kniff die Augen ein wenig zusammen, sagte aber nichts, sondern zog sich in den Schatten zurück.

„Drei Schillinge pro Nacht", entgegnete der Wirt, trottete hinter die Theke, während er seinen beiden Gästen bedeutete, ihm zu folgen. „Zahlbar im Voraus."

Kit legte ihm ein Fünfschillingstück hin.

„Und was ist mit Ihnen, Captain?", fragte der Wirt. „Brauchen Sie ein Zimmer oder …" Er lächelte vielsagend.

„Sie irren sich, Freund." Die Art, wie Kit das Wort *Freund* aussprach, hatte nichts Freundliches an sich. „Ich bin ihr Kutscher."

Der Mann schnaubte daraufhin, entschied sich aber, der Sache nicht näher auf den Grund zu gehen. „Ich habe nur ein Zimmer. Aber für zwei Pence können Sie über dem Stall schlafen."

„Einverstanden." Kit warf Kate einen kühlen Blick zu. „Benötigen Sie sonst noch etwas?"

„Ja, es wäre mir lieb, wenn man eine Wanne mit heißem Wasser auf mein Zimmer …", begann sie, wurde aber vom schallenden Gelächter des Wirts unterbrochen.

„Die Dame möchte ein Bad nehmen." Kits Tonfall ließ den Mann sofort verstummen.

„Meg!", brüllte er finster dreinblickend in den hinteren Teil des Raums.

Eine dünne, verhärmt aussehende blonde Frau kam nach vorn. „Was ist, Brodie?"

„Bring die Wanne in die Küche und füll sie mit heißem Wasser. Und Robbie soll dir helfen. Die Dame hier möchte ein *Bad* nehmen." Sein Blick, den er Kate zuwarf, ließ keinen Zweifel daran, wie absurd ihm dieser Gedanke vorkam. „Wir können die Wanne nicht die Treppe rauftragen, aber die Küche ist gemütlich genug. Meg wird sich um Sie kümmern, und Robbie wird vor der Tür stehen und aufpassen. Kostet Sie aber noch einen Schilling."

„Das ist sehr freundlich von Ihnen." Notfalls hätte Kate auch in einem Wassertrog für Pferde gebadet. Für sie zählte nur, dass sie sich endlich wieder sauber fühlen konnte. Meg, die noch immer kaum glauben konnte, dass jemand mitten im Winter ein Bad nehmen wollte, machte einen raschen Knicks, dann zog sie sich zurück.

„Sonst noch was?", fragte der Wirt, der nun etwas entgegenkommender war, nachdem er erkannt hatte, dass er zahlungskräftige Gäste vor sich hatte.

„Haben Sie irgendetwas Brauchbares zu trinken?", wollte Kit wissen.

„Beklagt hat sich noch niemand." Der Wirt bückte sich und stellte eine braune Glasflasche und zwei Zinnbecher auf die Theke. Wortlos schenkte er einen Fingerbreit ein und schob Kit den Becher hin, der genauso wortlos den Inhalt trank und dann für einen Moment eine anerkennende Miene machte. „Französischer Weinbrand. Ich kann verstehen, warum sich noch niemand beklagt hat."

„Habe ich am Strand gefunden."

„Schon erstaunlich, wie unachtsam die Leute mit ihren Schätzen umgehen." Sein Blick wanderte kurz zu Kate, seine Miene verfinsterte sich. Er schenkte ihr ein, füllte seinen Becher wieder auf und prostete ihr zu. „Auf dass Sie finden mögen, was Sie sich wünschen, Mrs. Blackburn", sagte er mit gezwungener Freundlichkeit.

„Auf dass ich finden möge, was ich *brauche,* Mr. MacNeill", erwiderte sie und hielt seinem Blick stand.

15. KAPITEL

Die Hitze des Badewassers drang in Kates ermüdete Muskeln ein, während das Aroma der teuren Seife ihre Sinne betörte. Nach den Anstrengungen der letzten Woche war es ihr endlich vergönnt, sich völlig zu entspannen.

Während Kate badete, hatte Meg den Unterrock und das Unterhemd ausgewaschen, deren erbärmlicher Zustand ihr unwillkürlich ein Kopfschütteln entlockte. Nun breitete sie die Kleidungsstücke auf einer Stuhllehne vor dem Feuer aus und nahm den Kessel mit dem dampfenden Wasser vom Haken, um ein wenig davon ins Bad zu geben.

„Hier, Madam, das wird sich noch besser anfühlen." Die verdrießlich dreinblickende Frau war allmählich freundlicher geworden, als sie sich um Kate kümmerte. „Sie haben wundervolles Haar. Eine Schande, dass Sie es nicht richtig pflegen konnten. Aber hier oben kümmern sich die Leute nicht darum, was eine Dame schätzt und was ein Gentleman bewundert."

„Nicht?", murmelte Kate.

„Der Captain kümmert sich darum, keine Frage", meinte Meg listig.

Kit? Oh ja, er kümmerte sich darum. Indem er sich unglücklich, grimmig und verärgert gab. „Warum nennen Sie ihn den Captain?"

„Wie? Ach so." Meg wischte über den Saum des Kleides. „Glauben Sie mir, ich habe genug Uniformen gesehen, um zu wissen, wen ich vor mir habe. Die Hälfte aller jungen Männer in Schottland trägt Regimentskleidung. Und er trägt eine Offiziersjacke. Warum ich ihn Captain nenne? Tja, warum Major sein, wenn man auch Captain sein kann, solange man's nicht beweisen muss?" Nach einer kurzen Pause fügte sie an: „Ist er hier, um sich der Miliz anzuschließen? Wenn ja, dann sollte er das hier in Clyth nicht bekannt werden lassen."

Kate runzelte die Stirn. „Welche Miliz?"

„Die, die sich auf Castle Parnell aufhält, seit ihr Captain getötet wurde."

„Getötet?", wiederholte sie.

Meg kniff ihr Gesicht noch etwas mehr zusammen. „Aye. Sein Ersatzmann kam letzte Woche her, ein Captain Watters, und der Marquis hat darauf bestanden, dass die Soldaten zu seiner Burg kommen sollen." Sie grinste spöttisch. „Der Marquis würde sich ja auch keine Gelegenheit entgehen lassen, die ihm Schutz bietet. Außerdem wäre niemand so dumm, die Miliz in Clyth zurückzulassen."

„Und weshalb nicht?"

„Na, deshalb." Meg schloss kurz die Augen, dann antwortete sie hastig: „Der letzte Steuereinnehmer lag mehr als einen Tag im Sterben."

Kate erschrak und wurde von einer schrecklichen Angst heimgesucht.

„Sie müssen gar nicht so schauen", meinte Meg und klang überraschend verärgert. „Sie haben ja nicht sehen müssen, wie ihm das Blut aus dem Bauch schoss. Er war so blass und so verängstigt …" Abrupt hielt sie inne, und voller Entsetzen wurde Kate klar, dass Meg den Mord an dem Steuereinnehmer mit angesehen hatte. Sie war dabei gewesen, als er starb!

Voller Abscheu kauerte sie sich im Wasser zusammen. Sie dachte, sie sei hier sicher, aber genau das schien nicht der Fall zu sein. Sie würde niemals in Sicherheit sein, solange sie nicht …

„Aye, ich hatte Angst", sagte Meg mit schriller Stimme, als reagiere sie auf einen Vorwurf. Da verstand Kate, dass Meg es ihr erzählt hatte, weil sie nicht länger mit ihrem Geheimnis und ihrer Schuld leben konnte und weil sie eine Fremde vor sich hatte. „Ich habe noch immer Angst. Ich habe zu viel Angst, um mir selbst zu helfen, von anderen ganz zu schweigen. Ich stand da, ich konnte nichts tun, ich konnte nicht mal atmen!“ Auf einmal lehnte sie sich vor und flüsterte: „Aber vielleicht kann ich Ihnen helfen. Seien Sie auf der Hut, Madam. Seien Sie auf der Hut vor Callum Lamont.“

Als sei eine immense Last von ihr abgefallen, richtete Meg sich plötzlich auf. „So, besser geht’s nicht.“

Kate schauderte.

„Oh, sehen Sie sich nur an!“ Sie legte die Hände an ihre roten Wangen. „Ihnen wird kalt. Aber das ist nicht schlimm, wir sind ja fertig.“ Jetzt redete die Frau wieder in einem so beiläufigen Ton, als hätte sie nie von einem Mord erzählt. „Steigen Sie aus der Wanne, Mrs. Blackburn.“

Kate stand auf, und irgendwie schaffte sie es, nicht zusammenzuzucken, als die Frau ihr ein dickes Handtuch um die Schultern legte. Was, wenn Meg diesem Lamont gestand, dass sie von ihren Beobachtungen erzählt hatte? Was würde er tun?

„Schauen Sie nicht so besorgt drein.“ Meg drohte ihr spielerisch mit dem erhobenen Zeigefinger, während Kate damit zu kämpfen hatte, dass sich ihr nicht der Magen umdrehte. Wie konnte Meg bloß so tun, als hätte ihr Geständnis, Augenzeuge eines Mordes gewesen zu sein, niemals stattgefunden? Wie konnte sie mit dem Wissen leben, nicht dagegen eingeschritten zu sein? „Sie sind auf der Burg in Sicherheit. Nur wir hier in Clyth müssen Angst haben, und daran sind wir gewöhnt.“

Wieder wechselte sie das Thema, als hätte sie eben noch vom Wetter gesprochen. „So, Ihr Unterrock und Unterhemd sind trocken, Sie können sie wieder anziehen, den Mantel überlegen und sich auf Ihr Zimmer begeben. Niemand wird ahnen, dass Sie kein Kleid darunter tragen. Es wäre auch eine Schande, saubere Haut unter einem schmutzigen Kleid verschwinden zu lassen.“

Kate zog ihre Unterkleidung an, während sich ihre Gefühle überschlugen. Sollte sie verurteilen? Weinen? Die Flucht ergreifen? Meg bemitleiden?

Würde denn gar nichts in ihrem Leben je wieder so einfach und klar sein wie früher? Ihr Weg führte sie zu immer neuen Dingen, von deren Existenz sie nie etwas gewusst hatte – ganz zu schweigen davon, dass sie sich niemals gewünscht hätte, diese Dinge so unmittelbar zu erleben. Armut ging offenbar mit einer anderen Strafe einher: Wissen.

Dabei wollte sie weiter gar nichts wissen. Sie wollte die Burg erreichen, jenen Ort, an dem sie die Spielregeln verstand und beherrschte. Mit diesen wilden, bestialischen Dingen wollte sie nichts zu tun haben. Sie wollte keine Männer kennen, die andere jagten, verletzten oder ermordeten. Männer wie Christian MacNeill.

Sie wollte nur eins: wieder in ihr behütetes Leben zurück, das es ihr erlaubte, allem anderen mit Ignoranz zu begegnen.

Der erste Schritt zu diesem Ziel bestand darin, sich auf die Ankunft auf der Burg vorzubereiten, indem sie sich wie eine Dame kleidete. Ihre Arme und Beine zitterten so heftig, dass sie sich auf dem leicht abfallenden Fußboden der Küche nur mit Mühe bewegen konnte, ohne gleich hinzufallen.

Am besten würde sie das lilafarbene Batistkleid tragen. Wenn sie erst einmal wie eine Dame aussah, war alles andere schnell vergessen. Dann musste sie sich nie wieder eine Kneipenschlägerei ansehen, nie wieder mit dem Augenzeugen eines Mordes reden. Sie würde nie wieder nachts wach im Bett liegen, nur weil sie fürchtete, jemand könne sich ihr im Schlaf nähern. Und sie würde ihr leibliches Wohl nie wieder einem Fremden anvertrauen.

Kit MacNeill war ein solcher Fremder, ganz gleich, was ihr Körper dazu sagte. Sie würde nicht länger von seinen süßen, wilden Küssen und seinem harten, muskulösen Körper träumen. Sein seltenes Lachen würde sie genauso vergessen wie diese eindringlichen Augen. Und sie würde sich keine

Gedanken machen müssen über Wunden, von denen sie einige sehen, andere nur erahnen konnte.

Nachdem sie ihren Mantel an sich genommen hatte, suchte sie den Saum nach weiteren Münzen ab, von denen sie einige Meg in die Hand drückte. Noch bevor die Frau mehr aus ihrem von Angst bestimmten Leben erzählen konnte, zog sich Kate eilig aus der Küche zurück.

Im Schankraum hielten sich nur ein paar Männer auf, als Kate die Treppe hinaufging und mit jedem Schritt mehr gegen den Wunsch ankämpfen musste, Hals über Kopf davonzurennen. Sie musste irgendjemanden davon überzeugen, sie noch heute Abend zur Burg zu bringen. Der Gedanke, die Nacht über wach zu liegen und zu grübeln, welcher der Männer aus dem Schankraum schon einmal einen anderen aufgeschlitzt hatte, war einfach zu viel für sie. Ihr war übel und schwindlig, und sie zitterte am ganzen Leib.

Als sie die Tür zu ihrem Zimmer öffnete, erschrak sie.

Grace' Truhe lag auf der Seite und war leer, die Verkleidung aus blauer Seide hatte man herausgerissen, die aufgestickten goldenen Sterne funkelten ihr vom Fußboden entgegen. Der gesamte Inhalt der Truhe war zerschlagen und zerfetzt und im Zimmer verstreut worden: ein Schiffsbarometer, ein zerstörtes Mosaikspiel, Grace' Teleskop, eine zersplitterte Porzellanuhr, Bücher, deren Einbände zerfetzt und aus denen unzählige Seiten herausgerissen worden waren. Benommen wanderte ihr Blick über das Chaos.

Von einem Gefühl des Unabwendbaren heimgesucht, sah sie nach unten zu ihren Füßen. Charles' lederne Reiseapotheke, die Schubfächer waren herausgerissen, der Inhalt der Phiolen war auf all ihren Kleidern verteilt worden.

Callum Lamont starrte vor sich hin und spielte mit seinem Degen. Seine Laune war nicht sonderlich gut, immerhin hatte man ihn um einen großen Schatz gebracht. Zugegeben, es hatte ihm eine gewisse Befriedigung beschert, Charles Murdoch und sein elendes Weib in den Tod zu schicken. Doch diese Befriedigung war lange verflogen und einer ohnmächtigen Wut gewichen.

Ihm war jetzt klar, dass er überhastet gehandelt hatte, aber er war auch so zornig gewesen. Charles Murdoch hatte nicht nur die Nachricht von ihrem „Freund" für sich behalten, die den Kurs einer voll beladenen französischen Segeljolle beschrieb. Er hatte auch noch vier von Callums Leuten benutzt, um das verdammte Ding zu versenken und die Beute in einer der – er sah zur Decke und kratzte sich nachdenklich am Kinn – fünftausend oder zehntausend Höhlen, kleinen Buchten und unter Wasser gelegenen Grotten versteckt, die die Küste säumten. Dieser gerissene Bastard.

Charles war kein sehr guter Geschäftspartner gewesen, nicht so wie sein „wahrer" Partner. Allerdings bescherte dieser Teufelskerl Callum immer wieder eine Gänsehaut, wenn er sich mit dem Messer Löcher in die Haut stach.

Hätte Callums Partner ihn nicht gewarnt, wäre dieser Murdoch auch noch mit seinem Verrat davongekommen. Als Callum hinter dessen Treiben kam, brachte er ihn und seine Frau um, wobei er gerade noch geistesgegenwärtig genug war, die Leichen in Murdochs Segelboot zu platzieren, das er dann am Riff zerschellen ließ. Danach hatte er sich auf die Suche nach seinen Männern und dem Schatz begeben, der ihm rechtmäßig zustand. So weit, so gut.

Dann jedoch trug sich etwas Unvorstellbares zu, als sich herausstellte, dass Charles Murdoch Callums Männer getötet hatte, entweder um sie daran zu hindern, von seinem Verrat zu berichten, oder um sie davon abzuhalten, sich den Schatz anzueignen. So oder so – seine Männer waren tot. Zum Teufel mit Murdoch und seinen verschlagenen Augen. Monate waren seitdem vergangen, doch die Beute war noch immer nicht gefunden.

Callum trank den Rest Whisky, als auf einmal die Tür aufgestoßen wurde. Er sah hoch und rechnete damit, dass sich einer seiner Kumpane ihm anschließen wollte. Doch stattdessen kam der „Kutscher“ der dunkelhaarigen Frau herein. Er hatte etwas von einem Soldaten an sich, von der Jacke bis hin zu dem Claymore, das er auf den Rücken geschnallt trug. Außerdem kam er ihm bekannt vor.

Er legte den Kopf schräg und überlegte, ob vielleicht die Miliz den Mann zu ihm geschickt hatte. Nein, ganz sicher nicht. Wahrscheinlich war der Kerl ein Deserteur, der aus Sentimentalität oder Zorn seine Jacke behalten hatte. Die Miliz hatte nicht ein einziges Boot an der Landung gehindert, was angeblich Captain Watters ärgerte, der als Ersatz für den getöteten Offizier gekommen war.

Seine düstere Stimmung besserte sich ein wenig.

Währenddessen nahm der groß gewachsene Mann den Tartan von seinen Schultern und sah sich so vorsichtig um wie jemand, der es gewöhnt war, dass in jeder Ecke Gefahr lauerte. Sein Blick kehrte zu Callum zurück, dann kam der Mann die Stufen hinauf, durchquerte den Raum und zog sich einen Stuhl heran. Gleichzeitig rief er Brodie zu, er solle ihm einen Whisky bringen.

Sofort reagierte Brodie, bei dem nicht nur die anmaßende Art des Fremden Wirkung zeigte, sondern auch der Tonfall. Beides störte Callum Lamont. Ihm gefiel es nicht, wenn ein Mann überheblich auftrat, außer er selbst war dieser Mann. Callum war der König der Bürgerlichen. Nachdem er Brodie zugenickt hatte, damit der ihm ebenfalls einen Whisky brachte, stand er auf und ging auf den Highlander zu.

„Welchem Regiment sind Sie denn weggelaufen?“

Langsam sah der Fremde auf. Seine Augen wirkten blass und finster zugleich, so wie Basalt, der von Eis überzogen war – eine glänzende, funkelnde Oberfläche, darunter matte Schwärze. Verdammt, wo hatte er denn diesen Bastard bloß schon mal gesehen?

„Ich erinnere mich nicht, dass wir einander vorgestellt worden sind."

Callum zog die Brauen hoch. „‚Vorgestellt'? Meine Güte, sind wir hochtrabend." Er nahm sich einen Stuhl und setzte sich zu dem Mann an den Tisch. „Nein", fuhr er fort, beugte sich vor und legte die Hände flach auf die Tischplatte, „wir sind nicht hochtrabend, wir sind Highland-Abfall. Weiter nichts."

„Sind wir das?" Der Fremde sah Callum desinteressiert an.

„Ich habe Ihren Namen nicht gehört."

„Ich habe ihn Ihnen auch nicht genannt."

„Dann sollten Sie überlegen, ob Sie ihn mir nicht jetzt nennen wollen."

Blitzschnell hielt der Highlander zwei Dolche in seinen Händen und rammte sie tief in die Tischplatte, wobei er Callums Ärmel durchbohrte, sodass der die Arme nicht wegziehen konnte. Gelassen ließ der Fremde die Dolche los und trank einen Schluck. „Oder auch nicht", gab er gleichgültig zurück.

Callums Mundwinkel zuckten. „Sie wollen mich ganz sicher nicht zum Feind haben, Junge."

„Ich will Sie überhaupt nicht ... *Junge.*"

„Bald werden meine Leute hier sein, und die sind gar nicht nett."

„Wirklich?" Der Highlander wirkte eher amüsiert als eingeschüchtert.

„Das sind Leute, die immer für eine Schlägerei zu haben sind." Mit vielsagendem Tonfall fügte er an: „Oder für eine schöne Frau." Seine Augen deuteten auf die Treppe, die weiter nach oben führte.

Der Highlander folgte dem Blick, dann sah er wieder in Callums spöttische Miene.

„Leider", fuhr der fort, „kann man nicht beides zur gleichen Zeit haben, nicht wahr? Ein Mann kann immer nur an einem Ort sein." Er war überzeugt, dass der Fremde diese kaum verhohlene Drohung verstanden hatte.

Doch der Fremde packte ihn so überraschend an der Kehle, dass Callum nicht schnell genug reagieren konnte. Im nächsten Augenblick kämpfte er bereits um sein Leben, während der Highlander fester zupackte, ohne dabei eine Gefühlsregung zu zeigen.

Vor Callums Augen tanzten Lichtblitze umher, und er nahm ein eigenartiges Röcheln wahr. Nur langsam wurde ihm klar, dass er sich selbst hörte, da er angestrengt zu atmen versuchte.

„Wagen Sie es nicht", sagte der Highlander in aller Ruhe, „Mrs. Blackburn *jemals* wieder zu bedrohen."

Besonnenheit war noch nie Callums Stärke gewesen. Er konnte sich von diesem Mann nicht so behandeln lassen, erst recht nicht, wenn Brodie ihn beobachtete. „Sie wird mir noch dankbar sein, wenn ich mit ihr fertig bin", brachte er heraus und schaffte es, seine Arme zu befreien. Das half aber nicht viel, da er bereits zu viel Kraft vergeudet hatte, und so konnte er jetzt nur versuchen, die Hand zu lösen, die sich um seinen Hals gelegt hatte und immer noch ein Stück fester zupackte.

Der Highlander sah ihn mit diesen gnadenlosen, kalten Augen an, und trotz der Panik, die Callum erfasst hatte, kehrte auf einmal die Erinnerung zurück. „Willst du den Mann umbringen, der dir das Leben gerettet hat, Christian MacNeill?" Der Griff lockerte sich geringfügig, als sein Gegenüber ihn wiedererkannte.

„Aye!", krächzte Callum triumphierend. „Du bist mir was schuldig. Du kannst mich nicht umbringen, du Bastard!"

Er fühlte, wie unter der Kraft der Hand, die es gewöhnt war, ein Claymore zu halten, allmählich seine Luftröhre zusammengedrückt wurde. Das Blut pochte laut in seinen Ohren, und durch die Schwärze, in die er eintauchte, hörte er

MacNeill antworten: „Es war ohnehin kein nennenswertes Leben."

Dann bekam er nichts mehr mit.

Verlies von LeMons, Frankreich, Mai 1799

„Vorsicht!" Der Engländer warf sich gegen Kit und riss ihn mit sich zu Boden. Kit rollte sich zur Seite, sprang auf und drehte sich gerade noch zeitig um, sodass er sehen konnte, wie sich eine Klinge in die Kehle des Franzosen bohrte, der seinerseits einen Dolch fallen ließ.

Kits Herz raste. Er kannte den Toten, er war eine wilde Bestie, er lauerte den jungen Männern im Gefängnis auf, und von Kits grünen Augen war er ganz besonders gefesselt gewesen. Bis Kit sich ihm mit seinen Fäusten widersetzt hatte.

„Danke", sagte Kit zu seinem Retter.

Der Engländer nickte und deutete außer Atem auf den Toten. „Er wollte dich töten."

„Gott sei Dank, dass du ihn beobachtet hast", meinte Douglas, der zusammen mit Dand auftauchte.

„Euer Glück, dass ich sah, was der Bastard vorhatte", meinte der Engländer. „Ich nehme an, ihr schuldet mir jetzt was, richtig?"

„Jawohl." Ramsey kam dazu und erfasste mit einem Blick die Situation. „Sag, was du möchtest, und du wirst es bekommen. Wie viel ist ein Menschenleben wert? Oder besser gesagt: Was willst du?"

„Ich kenne dich." Er zeigte auf Ram. „Ich habe dich gesehen, wie du mit einem Stock ein paar französischen Mistkerlen das Leben schwer gemacht hast. Das sah richtig gut aus. Sehr elegant."

Ram deutete eine knappe Verbeugung an. „Das ist sehr freundlich."

„Das will ich. Du sollst mir beibringen, wie man mit einem Schwert umgeht."

„Ich stehe in deiner Schuld, nicht er", warf Kit ein.

„Stimmt, aber du hast nichts, was ich haben möchte. Noch nicht."

„Hör schon auf, Kit", meinte Ram schulterzuckend. „Du kannst dir ja den Arm abschneiden und ihn ihm vor die Füße werfen, du grauenhaft stolzer, schottischer Schuft, wenn deine Ehre das von dir verlangt. Aber dann lass mir auch noch ein wenig Spaß, einverstanden? Das wird wenigstens die Langeweile zwischen zwei Züchtigungen vertreiben."

„Also gut", lenkte Kit zähneknirschend ein. „Aber eines Tages werde ich es wiedergutmachen."

16. KAPITEL

Kit hielt Lamonts Hals noch fester umschlossen, bis der Mann zu strampeln und zu treten begann. Der Wirt, der unzählige Brutalitäten miterlebt hatte, zog sich derweil diskret zurück. Erst im letzten Moment ließ Kit los, und der um Luft ringende Lamont fiel zu Boden.

Mit einem verächtlichen Laut auf den Lippen machte Kit einen ausholenden Schritt, um über seinen einstigen Lebensretter hinwegzusteigen. Kit MacNeill beglich jede Schuld, und das war auch der einzige Grund, weshalb der Bastard noch atmete. Würde er aber Kate noch einmal bedrohen – durch eine Andeutung, ein klares Wort oder entsprechendes Handeln –, dann wäre er tot.

Mitleidlos betrachtete er den am Boden liegenden Bewusstlosen und studierte dessen Gesichtszüge. Er hatte ihn nicht erkannt, aber keiner von ihnen war damals rasiert gewesen. Außerdem waren sie von Flohbissen, offenen Wunden und Schmutz überzogen gewesen. Allein der Degen hätte ihn aufmerksam werden lassen müssen. Wer außer Ram und seinem Schüler benutzte schon einen Degen? War es möglich, dass Ram ihn hergeschickt hatte?

Der Schrei einer Frau ließ Kit jeden anderen Gedanken vergessen. Während er zwei Stufen auf einmal nahm, zog er sein Claymore aus der Scheide. Die Tür zu Kates Zimmer stand offen, sie selbst kauerte auf dem Boden, die Hände vors Gesicht geschlagen. Ihr blauer Umhang war verrutscht und gab den Blick auf ihre nackte Schulter frei, was sein Blut sofort in Wallung brachte. Sollte ihr jemand etwas angetan haben …

Er schloss die Tür und ging an ihr vorbei bis in die Mitte des Raums, dann sah er sich um. Nirgends gab es ein Versteck für einen Eindringling, sie waren allein.

„Sehen Sie mich an", forderte er sie barsch auf, als er sich zu ihr umdrehte. „Sind Sie verletzt?"

„Nein."

„Hat er Ihnen etwas angetan?"

„Nein." Sie schüttelte so heftig den Kopf, dass ihre pechschwarzen Haare umherflogen. „Warum musste das jemand tun?"

Verwundert über ihre Worte sah sich Kit im Zimmer um und nahm erst jetzt wahr, wie es dort aussah. Überall lagen Porzellan- und Glassplitter, geborstenes Holz und Papierschnipsel. Irgendjemand hatte fast den gesamten Inhalt ihrer Truhe zerstört.

Aber ihr war kein Leid zugefügt worden.

„Sind Sie sich sicher, dass Sie nicht verletzt sind?"

„Ich habe nicht einmal gesehen, wer das getan hat." Sie hob den Kopf, und er sah die Tränen, die ihr über die Wangen liefen.

Erleichtert darüber, dass niemand Kate Schaden zugefügt hatte, schob er das Claymore zurück in die Scheide. Er konnte sich wieder entspannen, doch zugleich nahm er nun auch wahr, in welcher Verfassung sie sich eigentlich befand. Wäre es ihm doch bloß nicht aufgefallen. Solange sie den dunkelblauen Umhang und die dicke Wollkleidung der Mönche getragen hatte, war es für ihn ein Leichtes gewesen, ihren Körper zu ignorieren. Doch durch ihre Bewegungen war nun dieser Umhang verrutscht, und das dünne Unterhemd darunter trug in keiner Weise dazu bei, ihre nackte Haut zu bedecken. Die Spitze lag locker auf ihrem Busen, und ein weißes Satinband verschwand auf provozierende Weise in dem im Schatten liegenden Tal zwischen ihren Brüsten. Unter dem dünnen weißen Stoff schimmerten ihre Brustspitzen wie Rosenknospen nach dem ersten Schnee. Kits Mund wurde vor Verlangen ganz trocken.

„Warum weinen Sie dann?", fuhr er sie schroff und vorwurfsvoll an, obwohl diese schlechte Laune eigentlich ihm selbst galt. Was für eine Art Tier war er bloß, dass er so schnell von Angst zu Lust kommen konnte?

Kate legte eine Hand auf die aufgehäuften Kleider. „Sie sind ruiniert. Jedes einzelne ist ruiniert."

Ihre Kleider? War das ihr Ernst? Sie weinte um ein verdammtes *Kleid?*

„Das sind nur Kleider."

„Nein." Vehement schüttelte sie den Kopf. „Nein, das sind nicht nur Kleider. Das war mein Ausweg."

Ihr Ausweg? Sie konnte nicht wissen, wie tief sie ihn mit diesen wenigen Worten verletzte.

„Ist es denn so unerträglich, keinen Reichtum zu haben?" Er konnte sein spöttisches Grinsen nicht verbergen. „Und keine schönen Kleider zu haben?"

Tränen standen in ihren Augen, als sie zu ihm aufsah.

„Ja!", klagte sie. „Es *ist* unerträglich. Halten Sie mich deswegen für oberflächlich? Nun, ich bin es leid, mich dafür entschuldigen zu müssen, dass ich nicht arm sein will – als ob dieser Wunsch feige und schändlich wäre und als ob Armut etwas Ehrbares und Tugendhaftes sei! Nichts ist ehrbar daran, arm zu sein, MacNeill. Armut bedeutet Kälte, Verzweiflung und Angst – ständige Angst. Es bedeutet, dazustehen und zuzusehen, wie ein anderer aufgeschlitzt wird, während man selbst Angst hat einzugreifen. Anschließend fühlt man sich, als müsste man vor Schuldgefühlen ersticken, nur weil man selbst überlebt hat."

Kit runzelte die Stirn, da er sich nicht sicher war, aus welchem Grund es zu diesem Wutausbruch kam. Er war lediglich davon überzeugt, dass es mit den beschädigten Kleidern eigentlich gar nichts zu tun hatte. Als er Kate aufhelfen wollte, zog sie sich vor ihm zurück und sah ihn finster an.

„Ich will das zurückhaben, was ich einmal hatte. Und ich will mich nicht mehr fürchten müssen. Ich will nicht hilflos zusehen müssen, wie ein Mann umgebracht wird und …" Sie hielt kurz inne. „Ich weiß, ich würde hilflos zusehen, weil ich weiß, welche Angst sie hatte!“

Sie? Mit wem hatte Kate nur gesprochen? „Kate, es tut mir leid, ich …“

„Nein! Wagen Sie es ja nicht, mich zu trösten! Ich werde es nicht huldvoll akzeptieren, so den Rest meines Lebens zu verbringen, als hätte ich eine Verschwörung angezettelt und müsste nun für irgendeine Sünde bezahlen.“

Aus eigener Kraft stand sie auf und stellte sich dicht vor ihn. Ihre dunklen Augen waren wie eine wütende Herausforderung, doch auf einmal rutschte ihr Umhang vollends von den Schultern und sank zu Boden. *„Er starb, nicht ich!“*

Ihr Vater? Endlich begann er zu verstehen.

„Ich war nicht bereit. Ich sollte noch keine Witwe und Waise sein.“ Ihre Stimme versagte, Schmerz gewann plötzlich die Oberhand über ihren Zorn. „Ich weiß, es gibt andere Menschen, die haben Schlimmeres erdulden müssen als ich, und ich sollte dankbar dafür sein, dass es mir nicht noch viel schlechter geht. Aber ich bin es nicht! Ich bin nicht großmütig genug, um mich über Brotkrumen zu freuen. Ich bin es so leid, Angst zu haben und mich vor dem zu fürchten, was der nächste Tag bringen wird. Angst davor, mich diesem nächsten Tag vielleicht nicht stellen zu können.“

„Das verstehe ich.“

„Wirklich?“, flüsterte sie.

Sie sah ihn ernst an, und er bekam das Gefühl, sich in ihren Augen zu verlieren und niemals den Weg zurück zu sich selbst zu finden. Als er die Hände an ihr Gesicht legte, ermahnte er sich, kein Recht zu haben, sie zu küssen. Er hatte ihr und sich selbst versprochen, das nicht zu tun.

Er hatte gelogen.

Fast vier Jahre war es her, dass Kates Herzschlag durch die Berührung eines Mannes beschleunigt worden war, dass sie sich unter dem Körper eines Mannes unwillkürlich gegen ihn gepresst hatte. Fast vier Jahre, seit sie das letzte Mal einen Mann begehrt hatte und von einem Mann begehrt worden war.

Alles kam ihr so schnell wieder in Erinnerung, dass sie sich ein wenig schwindlig fühlte, als Empfindungen und Gefühle geweckt wurden, die lange Zeit wie in einer Art Winterschlaf gelegen hatten. Ihre Knie gaben nach, Kit fing sie auf, dann kniete er sich mit ihr zusammen hin, schob seinen Arm um ihre Taille und zog sie an sich, an seine harte, männliche Brust.

Und die ganze Zeit über löste er seine Lippen nicht von ihren.

Mit der freien Hand fasste er sanft ihr Kinn und hob ihren Kopf, als fürchte er, sie könnte sich von ihm abwenden. Aber sie erwiderte seinen Kuss und öffnete ihre Lippen, um ihn auch mit ihrer Zunge zu kosten.

Er zog seine Hand zurück und legte sie auf Kates Rücken, um sie an sich zu drücken, sodass sie seine erregte Männlichkeit spüren könnte. Seine Augen strahlten nichts Kühles mehr aus, sondern Verwegenheit.

„Ich sollte das nicht machen“, sagte er, ließ sie aber nicht los. „Ich hätte dich nicht küssen dürfen. Ich hatte geschworen, es nicht zu tun.“

„Ich will von dir geküsst werden“, antwortete sie. Das Verlangen war stärker als jede Sittsamkeit.

„Nein.“ Nachdrücklich schüttelte er den Kopf und erhob sich. Da er Kate nicht länger hielt, sank sie auf den Kleiderberg nieder. „Noch keine zwei Tage ist es her, da versprach ich dir, ich würde dich nicht noch einmal berühren.“

Kate richtete sich auf und legte eine Hand auf seinen Bauch, was ein Beben durch seinen Körper gehen ließ. Von der Berührung wie vom Donner gerührt, starrte er auf ihre Hand. Langsam hob sie den Kopf ein wenig an, bis sie sehen konnte, dass er sie stumm verdammte und zugleich anflehte. Er wollte sie.

„Ich erinnere mich nicht an die Umarmungen meines Ehemanns." Sie musste ihm etwas verständlich machen, was sie selbst kaum verstand. „Ich war sechs Monate lang verheiratet, und wir genossen beide Zärtlichkeiten und Zuneigung. Wir liebten uns, doch ich erinnere mich nicht daran. Außer in meinen Träumen, und in der letzten Zeit träume ich immer wieder von dir."

Aus Kits Kehle entstieg ein erstickter Laut. „Mein Gott, Kate."

„Du hast mich geküsst, und seitdem lodert ein Feuer in mir. Dein Kuss hat alles andere verbrannt, nur du bist noch da."

„Es tut mir leid. Ich nahm mir diesen Kuss", sagte er bestürzt. „Das hätte ich nicht tun sollen."

„Ich werde deine Entschuldigung nicht annehmen."

„Was sonst kann ich tun?"

Sie ließ den Kopf sinken, da sie es nicht wagte, seinem Blick zu begegnen. „Liebe mich", flüsterte sie außer Atem, erstaunt über ihre mutigen Worte. „Lass mich alles vergessen, und gib mir etwas Neues, woran ich mich erinnern kann."

Mit zitternden Fingern fuhr er sich durchs Haar und ging auf und ab, während er antwortete. „Das meinst du im Grunde gar nicht. Du hast Angst, du fühlst dich verwundbar. Du willst Trost, aber keinen Liebhaber."

Eine Antwort bekam er darauf nicht, stattdessen verfolgte sie ihn nur mit ihren rätselhaften dunklen Augen.

„Dein Liebhaber sollte ein Gentleman sein, der deine Fingerspitzen küsst, Liebesbriefe schreibt und dir Gedichte zuflüstert."

Noch immer schwieg sie.

„Ein solcher Mann bin ich nicht, Kate. Ich bin kein Gentleman, sondern ein Soldat. Wildheit ist alles, was ich habe und was ich bin." Die Worte kamen ihm ungestüm und entschuldigend über die Lippen. „Ich kenne nichts anderes."

Er ging an ihr vorbei zur Tür, doch sie packte ihn am Handgelenk, hielt ihn zurück und zwang ihn, sie anzusehen. Sie zog ihn zu sich, bis er wieder auf die Knie sank. Sein Gesicht verriet alles, was sich in ihm abspielte: Dunkelheit und Licht, Ehre und Schande, Hoffnung und Verzweiflung.

„Das glaube ich nicht." Ihre Finger schlossen sich um den Hemdkragen, unter ihrer heftigen Berührung öffnete sich das Kleidungsstück und gab den Blick auf seinen Oberkörper frei. Sein Leib war fest und geschmeidig zugleich, muskulös und von der Sonne gebräunt.

„Oh Gott, bitte." Er schloss die Augen, griff nach ihrer Hand und schob sie von sich. „Das ist nicht mein Platz. Eines Tages wird ein anderer Mann ihn einnehmen."

„Welcher andere Mann denn?", wollte sie wissen. „Ich bin eine verarmte Witwe ohne Verbindungen, ich habe die erste Blüte meiner Jugend hinter mir. Mein Bestreben ist es, auf Kosten der Großzügigkeit und Mildtätigkeit angeheirateter Verwandter zu leben. Es gibt keinen anderen Mann, Kit, und es wird auch keinen geben."

Sie entzog ihm ihre Hand und berührte sanft sein Gesicht. Ihre Geste war sonderbar geziert, eine förmliche Bitte, ein Gesuch, ein Plädoyer. „Es gibt nur dich. Eine Nacht, an der sich alle Nächte messen lassen müssen, die noch kommen werden."

„Ist das irgendein teuflicher Test? Wenn ja, wie soll ich ihn bestehen können?", wollte er wissen und ergriff – von einer plötzlichen, unerbittlichen Gewalt erfasst – ihre Oberarme. „Hör mir zu, Kate. Wenn ich dich nehme, dann kann ich dir damit nur schaden. Doch ich habe dir geschworen, dir niemals zu schaden."

„Du hast auch geschworen, jede meiner Bitten zu erfüllen." Ihre Stimme zitterte, so erschrocken war Kate über ihre eigene Kühnheit.

Wieder sah er sie nur an, das Licht fing sich im Grün seiner Augen, betonte die Narbe an seinem Kinn. Seine Arme bebten, sein Körper versteifte sich.

„Wie du wünschst“, flüsterte er schließlich und ließ Kate auf den Kleiderberg sinken.

Kit hockte sich hin, mit einer fließenden Bewegung löste er die Gurte seines Claymore und zog sein Hemd aus. Langsam beugte er sich über Kate, wie eine Katze, die sich an ihre Beute heranschlich. Sein ganzer Körper spannte sich an, während er sie ansah. Schließlich drehte er sich so, dass sie seinen Rücken sehen konnte – vor allem die Narbe unterhalb des rechten Schulterblatts, die die Form einer Rose hatte.

„In Frankreich wurden wir gebrandmarkt. In LeMons. Der Kerkermeister fand das amüsant.“

Lieber Gott, welchen Schmerz musste er erduldet haben?

„Ich wollte, dass du das siehst. Um dir klar zu machen, was ich dir zu sagen versucht habe. Ein Mann, der mit dir das Bett teilt, sollte nicht gebrandmarkt sein, Kate. Er sollte nicht die Narben einer Peitsche tragen. Das kann nur bei einem Menschen von gewöhnlicher Herkunft oder einem Kriminellen der Fall sein. Ich bin so gewöhnlich wie jeder andere Mann auf Gottes Erde“, sagte er mit versteinerter Miene. „Ich tauge nicht für deine Gesellschaft und auch nicht für dein Bett.“

Die Gewissheit in seinen Augen gab für sie den Ausschlag. Er rechnete damit, dass sie vor ihm zurückwich. Es war seinem Gesichtsausdruck anzusehen, es war der resignierende Tonfall, der seine Worte begleitete.

„Kit MacNeill, du hast nichts Gewöhnliches an dir“, sagte sie, als sie die Arme um seinen Hals schlang und die Wärme genoss, die von seiner nackten Haut auf ihre übersprang.

In seinen Augen blitzte mit einem Mal etwas Siegreiches auf. „Ich werde dir Zärtlichkeit schenken. Ich werde dir Lust bescheren, Kate, und wenn ich dafür mein Leben geben muss, ich werde es tun.“

Er lächelte sie an, und von einem Moment auf den anderen war aus ihm ein Mann geworden – voller Verführung und Verlangen. Nichts war mehr von dem Konflikt zu erkennen, den er eben noch mit sich selbst ausgetragen hatte. Seine Augen hatten etwas Samtenes. Mit einer raschen Bewegung streifte er ihr das Unterhemd von den Schultern, sodass ihre Brüste entblößt wurden.

„Kit …“

Bevor sie noch ein weiteres Wort sagen konnte, küsste er begierig ihren Mund.

Nur mühsam konnte er jetzt seine Begierde beherrschen. Dennoch zwang er sich, nicht zu ungestüm und wild vorzugehen, auch wenn ihre Brüste so leicht und zart in seinen Händen lagen, wenn ihre Brustspitzen so unglaublich verlockend waren. Kate hatte ihn gebeten, zärtlich zu sein, und er hatte ihr versprochen, ihre Wünsche zu erfüllen. Wenn sein Versprechen bedeutete, dass er seinem Hunger nach Erfüllung zügeln musste, dann sollte es eben so sein.

Als er Kate in die Arme nahm und hochhob, betete er, sich zurückhalten zu können, obwohl er nur zu gut wusste, dass es ihm kaum möglich sein würde. Das Bett war nur einen Schritt entfernt, er legte Kate behutsam auf die Matratze und sah sie an. Wieder und wieder hielt er sich vor Augen, dass es hier um ihre Bedürfnisse ging, nicht um das, was er ihr schenken wollte. Seine Sehnsüchte waren unwichtig. Und für diese eine Nacht würde er ihr Liebhaber sein, wenn auch nicht ihr Geliebter.

Er senkte den Kopf und ermahnte sich im Geist, sanft und zärtlich zu sein.

Zunächst erwiderte Kate seinen Kuss nicht, doch das war auch nicht nötig. Möglicherweise hätte eine Reaktion von ihrer Seite nur seine selbstauferlegte Zurückhaltung zunichte gemacht. Er bedeckte ihre Wangen, ihre Lider und Schläfen mit sanften Küssen, bis ihm vor Freude und Lust schwindlig wurde. Er konnte sie nicht nur auf seiner Zunge schmecken, sondern in der Luft wahrnehmen, in der ein wunderbarer, weiblicher Duft hing.

Langsam ließ er sich auf Kate sinken und atmete heftig ein, als sein Oberkörper ihre zarten Brüste berührte. Sobald er spürte, wie Kate sich an seinen Schultern festhielt und ihre Finger in seinen Rücken krallte, wie sie den Kopf in den Nacken legte, ging ein Zucken durch seinen Körper. Er vergrub seine Hände in ihrem Haar, das von der Nachtluft kühl und feucht war, und widmete seine ganze Aufmerksamkeit ihrem Mund, der so weich war wie ... wie Seide? Satin? Samt? Nein, er konnte keinen Vergleich anstellen. Über Seide wusste er nur wenig, über Satin noch weniger, und über Samt vermochte er gar nichts zu sagen. Dennoch war er davon überzeugt, dass nichts auf der Welt glänzender sein konnte als ihr Haar, nichts glatter als ihre Haut und nichts zarter als ihre Lippen.

Endlich ließ Kate ihre Zunge mit seiner spielen, was seiner Selbstbeherrschung schwer zu schaffen machte. Er rollte sich auf den Rücken und zog sie mit sich, bis sie rittlings auf ihm saß.

Vor Lust musste sie nach Atem ringen, so wunderbar war es, seine Erregung zu spüren, ein vertrautes und doch längst wieder ungewohntes Gefühl. Sie wollte dies hier, sie wollte ihn in sich spüren. Das Verlangen, das von ihr Besitz ergriffen hatte, ließ sich nur so stillen, so und nicht anders.

In ihrer Sehnsucht nach Erfüllung verlor sie jede Scham. Sie berührte ihn am ganzen Körper, sie presste sich an ihn, um keinen Zweifel daran zu lassen, was sie wollte. Sie wollte ihn, nein, sie *brauchte* ihn. Es war nicht möglich, ihr Verlangen noch deutlicher zum Ausdruck zu bringen, und doch schien es ihm zu genügen, sie zu küssen und bedächtig zu streicheln.

„Bitte“, hauchte sie flehend.

„Nein, noch nicht“, gab er zurück und ließ einen Finger um ihre Brustspitze kreisen. Die hauchzarte Berührung ließ

Kate zusammenzucken, so empfindsam und überwältigt war sie. Sie drückte sich fester gegen ihn und begann sich rhythmisch zu bewegen, plötzlich legte er jedoch die Hände auf ihre Hüften und hielt sie fest, sodass sie sich nicht rühren konnte.

„Nicht bewegen", presste er heraus. „Ich bin auch nur ein Mann, und wenn du das noch einmal machst, dann sind alle deine Hoffnungen auf eine zärtliche Vereinigung vergebens – und meine guten Absichten ebenfalls. Ich reiße mich zusammen, Madam, aber es fehlt nicht mehr viel."

Seine Worte bewirkten allerdings das genaue Gegenteil. Anstatt Kate zur Besinnung zu bringen, steigerte sich ihre Erregung noch. Dass er sein Verlangen in den Hintergrund stellte, nur weil sie ihn darum bat, erfüllte sie mit einem verführerischen Machtgefühl. Doch nur Sekunden später musste der Augenblick der Überlegenheit einem anderen Ansturm sinnlicher Gefühle weichen.

Er hob sie an den Schultern hoch und zog ihren Oberkörper nach vorn, bis er seinen Mund um ihre Brustknospe legen und genüsslich daran saugen konnte. Kate schnappte nach Luft und drückte ihren Rücken durch, um ihn noch intensiver zu spüren, während er mit seinen kraftvollen Fingern ihre Brust sanft liebkoste und mit der Zunge um die Brustspitze kreiste.

Fast wäre sie vor Lust ohnmächtig geworden, doch Kit fing sie auf und hielt sie fest. Er streichelte, leckte und verteilte zärtliche Bisse auf ihrer empfindlichen Haut – ihr blieb nichts anderes übrig, als sein Geschick und die Lust zu genießen, die er in ihr auslöste.

Sie fühlte die Feuchtigkeit zwischen ihren Schenkeln und wusste, dass ihr Körper bereit war. Keinen einzigen Augenblick mehr wollte sie warten. Wieder setzte sie sich auf ihn und drängte sich ihm entgegen. Auch dieses Mal wollte er sie aufhalten, doch es war ihr egal, was sie riskierte. Es würde den Preis immer wert sein, es würde …

Mit einem Laut der Verzweiflung packte Kit sie und drehte sie um, sodass sie rücklings auf dem Bett lag. Dabei drückte er sie fest nach unten, damit Kate sich nicht bewegte. „Noch nicht."

„Doch."

„Küss mich", verlangte er, und sie gehorchte ihm blindlings, indem sie seinen Kopf zu sich herunterzog. Es war ein rauer, leidenschaftlicher Kuss, seine Bartstoppeln rieben hart über ihre zarten Lippen. Sie wollte ihn, sie wollte den Höhepunkt, sie wollte diese eine kurze Nacht, um die letzten vier Jahre ihres Lebens zu vergessen.

„Kate!" Sie wusste jetzt, wo die Grenzen seiner Selbstbeherrschung lagen, und machte sich nun wollüstig daran, ihn vollständig um den Verstand zu bringen. Kit stieß ein kehliges Knurren aus. „Wenn du so weitermachst, werde ich dich auf Arten nehmen, die sich keine Dame wünschen könnte."

„Auf welche Arten?", fragte sie so schamlos, dass er nicht anders konnte, als sie erst einmal mit leicht zusammengekniffenen Augen zu betrachten.

„Ich nehme dich, wenn du auf dem Rücken liegst", erwiderte er dann, „und wenn du gegen die Wand lehnst, ebenso wenn du kniest. Du wirst schluchzen und mich anflehen, von mir berührt zu werden, und danach wirst du mich wieder anflehen, und ich werde dich wieder nehmen."

Unerschrocken sah sie ihn an. Ihr Haar lag auf dem blassen Bettbezug wie ein Fächer ausgebreitet, ihm schien es wie ein Stück vom schimmernden Sternenhimmel.

„Ist es das, was du willst, Kate? Das kann ich dir geben, denn das ist, was ich bin. Doch Kate, ich möchte … ich möchte dich *lieben.*" Seine Stimme bebte unter der Wucht der Gefühle, die ihn überwältigten. Ihre Augen ließen erkennen, dass sie ihn verstand.

Er konnte kaum begreifen, wovon er sprach, doch bis

zu diesem Moment war es ihr nicht anders ergangen. Voller Verwunderung hob sie einen Arm und strich Kit über die Wange. Er schloss die Augen und gab ihr einen Kuss auf die Handfläche.

„Ich will dich, wie du bist, Kit. Wie *wir* sind.“ Sie streichelte ihn, angefangen bei seiner vernarbten Schulter, über die samtene Haut seiner Brust, über seine Hüfte. Schließlich schob sie die Hand in den Schlitz seiner Hose, bis sie ihre Finger um seine Männlichkeit legen konnte. Er flüsterte etwas, vielleicht einen Fluch, vielleicht auch ein Gebet. *„So* liebst du mich, Kit.“

Langsam sank er auf ihr nieder, bis seine Stirn ihre berührte. Für einen kurzen, aber eindringlichen Moment verharrte er so, dann rückte er nach hinten und zog ihren Unterrock hoch. Sein Atem ging schwer, sein schlankes Gesicht wirkte angestrengt, als er seine Hände auf ihren Venushügel legte – eine Geste, die wirkte, als würde er von ihr Besitz ergreifen. Kate reagierte mit einem lustvollen Stöhnen, und bei diesem Geräusch erhellte ein triumphierendes Lächeln seine gespannten Züge.

Zärtlich streichelte er sie. Eigentlich hätte sie vor Scham vergehen sollen über die besitzergreifende, selbstverständliche Art, mit der er sie liebkoste und erforschte. Doch daran verschwendete sie keinerlei Gedanken, zu groß war ihr Hunger nach ihm. Ihr Atem ging flach und schnell, und bei jeder seiner Berührungen hob sie einladend ihre Hüften, drängte sich näher an ihn. Erfüllung und Erregung gingen nahtlos ineinander über.

Sie wand sich auf dem Laken, ihren Unterrock bis zur Taille hochgeschoben, ihr Körper heiß und begierig. Ruhelos schlug sie die Augen auf und sah, dass er sie beobachtete.

Das war kein Moment, den sie allein erleben wollte. Sie streckte die Arme aus. „Kit, bitte.“

„Kate, ich versuche ...“

„Bitte!“

Ein unverständlicher Laut kam ihm über die Lippen, während er seine Hose öffnete. Voller Ungeduld spreizte Kit ihr gleichzeitig mit den Knien die Schenkel. Kraftvoll drang er in sie ein und versuchte dennoch, sich zurückzuhalten, um sie nicht zu erschrecken. Aber Kate schob ihm ihre Hüften entgegen, sodass es für ihn kein Halten mehr gab.

Sie stieß einen Schrei aus, woraufhin er fluchend innehielt. „Ich schwöre dir, ich …“

„Nein“, keuchte sie. „Nein. Es ist nur … Du fühlst dich … so …“

„Es kann nicht …“, begann er hilflos, da er nicht verstand, was sie wirklich meinte. „Das ist mein Körper, es kann nicht … nicht weniger sein.“

„Das würde ich auch gar nicht wollen“, flüsterte sie zwischen zwei Atemzügen. Als sie seinen erschrockenen Ausdruck sah, musste sie lachen und schluchzen zugleich. Er hatte begonnen, sich zurückzuziehen, doch nun hielt er wieder inne. Sie stöhnte leise.

Auffordernd presste sie ihre Hüften gegen ihn, klammerte sich an seinen Schultern fest und schloss die Augen, während sie sich wieder und wieder jedem nächsten Stoß entgegenstemmte. Obwohl er nun mit jeder Bewegung tiefer eindrang und bald einen gleichmäßigen Rhythmus fand, vergaß er darüber nicht das Unglaubliche, das Wunderbare der ganzen Situation. Es war Kate, die er da liebte!

Jede seiner Bewegungen wurde von Kate aufgenommen, es war Kates Mund, den er küsste. Er spürte den Druck jedes einzelnen Fingers an seinen Schultern, hörte jedes noch so leise Keuchen. Schließlich legte er seine Hände auf ihren Po und drehte sich mit ihr um, sodass sie wieder rittlings auf ihm saß. Mit großen Augen sah Kate ihn an, ein wenig erstaunt darüber, ihn trotz der Drehung immer noch tief in sich zu spüren.

„So ist es besser", brachte er heraus. „Ich bin zu schwer für dich und ... oh!"

Sie presste sich gegen seinen Leib, drückte den Rücken durch und nahm den Kopf nach hinten, bis ihr seidiges Haar über seine Oberschenkel strich. Er war sich sicher, dass er nun vor Lust sterben müsse. Erneut begann er, ihre Brüste zu liebkosen, während Kate es vor Begierde kaum noch aushielt.

„Nimm mich, Kate", flüsterte er ihr hitzig zu. „Besitze mich ganz. Ich möchte dir Lust bescheren, Kate, ich möchte dir dienen."

Seine leidenschaftlichen Worte trieben sie noch weiter an, auf einmal gab es kein Halten mehr. Die Welt begann um sie herum zu versinken, und Kate tauchte in eine Fülle fremder Klänge und Farben ein, während sie den Höhepunkt erreichte.

Für einen Moment waren Raum und Zeit vergessen, für einen Moment schien alles stillzustehen, und erst dann sank sie auf Kits Brust, die von einem Film aus feinen Schweißtropfen überzogen war.

Eine Weile verstrich, in der Kate nichts um sich herum wahrnahm. Schließlich hörte sie Kits Herz laut und gleichmäßig schlagen. Ihre Hände lagen gespreizt auf seinem Oberkörper, sie strich sanft mit den Fingernägeln über seine geschmeidige Haut.

„Ich habe dich nicht angefleht", sagte sie mit einem Anflug von Stolz in ihrer Stimme.

Kit lachte amüsiert, rollte sich mit ihr zur Seite, bis sie wieder unter ihm lag. Er nahm ihre Hände und drückte sie über ihrem Kopf behutsam aufs Bett.

„Noch nicht", stimmte er ihr zu, während er wieder langsam in sie eindrang.

17. KAPITEL

Mrs. Blackburn!“, rief Meg durch die geschlossene Zimmertür.

„Was gibt es, Meg?“ Kate wachte auf und wusste sofort, dass sie allein war.

„Im Hof steht eine Kutsche, die Sie zur Burg bringen soll.“

Als Kate sich umsah, stellte sie fest, dass Kit tatsächlich fort war. Ihre Kleider waren ebenfalls verschwunden, nur das zerschlagene Hab und Gut lag auf dem Boden verstreut. Die Truhe befand sich immer noch dort, wo Kate sie am Abend zuvor gefunden hatte.

Meg klopfte gegen die Tür. „Was soll ich dem Kutscher sagen?“

Langsam setzte Kate sich auf und dachte nach. Eigentlich hätte sie Meg sagen sollen, sie werde unverzüglich abreisen. Sie hätte sofort aufspringen und die wenigen noch brauchbaren Habseligkeiten zusammenpacken sollen. Doch sie blieb da sitzen und zog das dünne Laken um sich. Betrübt wurde ihr bewusst, wie wenig es sie kümmerte, dass der Marquis ihr eine Kutsche geschickt hatte.

Sie war ein Narr.

„Diese Nacht gehört mir“, hatte Kit irgendwann in den letzten Stunden geflüstert. Dass es außerhalb dieses Zimmers keine Zukunft für sie gab, wussten sie beide. Er war gegangen, bevor sie aufwachte, und sie sollte ihm dafür dankbar sein.

In der Dunkelheit konnte sie vielleicht etwas anderes vortäuschen, doch mit dem neuen Tag kehrte die vertraute Verzweiflung zurück. Sie wollte die Dinge wiederhaben, die sie früher besaß, allem voran Sicherheit. Sie wollte ohne Sorgen durchatmen, ausgelassen lachen und am Abend zu Bett gehen können, ohne den nächsten Tag wie einen erbitterten Feind vor Augen zu haben. Sie wollte ihr altes Leben zurück.

Selbst wenn er sie gebeten hätte, bei ihm zu bleiben – was nicht geschehen war –, und selbst wenn sie versucht gewesen wäre, darauf einzugehen – was nicht der Fall war –, stellte sich doch die Frage, welche Zukunft ein mittelloser Soldat und eine verarmte Witwe haben konnten. Spätestens in ein oder zwei Jahren würde sie wieder den Punkt erreicht haben, an dem sie alles bedauerte, sich nach den Verhältnissen der Vergangenheit sehnte und sich vor der Zukunft fürchtete.

Sie mochte ein Feigling sein, aber sie war zumindest ein vernünftiger Feigling.

„Madam?", rief Meg erneut. „Fühlen Sie sich nicht wohl?"

Wie sollte sie sich fühlen, wenn sie nicht länger wusste, wer sie eigentlich war? Auf einmal ließ sie das Laken los und ermahnte sich stumm. Genug! Nichts hatte sich geändert, sie würde die letzte Nacht verdrängen und vergessen.

Wenn bloß ihr Körper sie nicht so eindringlich an das erinnert hätte, was sie vergessen wollte!

Und wenn Kit MacNeill ihr doch mehr wie der Mann erscheinen würde, der er war, weniger wie der Mann, den sie sich wünschte.

„Ich hörte jemanden hereinkommen und alles zerschlagen, aber ich schwöre, ich hatte damit nichts zu tun", rief Meg wehklagend, da ihr das anhaltende Schweigen Sorgen bereitete. „Madam?"

„Ja, ich komme gleich." Kate zwickte sich in die Wangen und biss sich auf die Unterlippe. Der Marquis hatte ihr eine Kutsche geschickt! Einen so wohlwollenden Schritt von seiner Seite durfte sie nicht ungenutzt lassen. Doch wie sollte sie sich kleiden? Ihr Blick fiel auf ein Stück weißen Stoff, das zwischen Bett und Wand steckte. Ihr Unterhemd! Sie zog es heraus, aber es entpuppte sich als Kits Hemd.

Kaum hielt sie es in ihren Händen, kehrte die Erinnerung an die letzte Nacht lebhafter als zuvor zurück.

„Bitte, Madam. Sie machen mir Angst. Öffnen Sie die

Tür“, flehte Meg. „Ich habe die Kleider, die der Captain mir zum Nähen gab.“

Kate zwang sich, aufzustehen und die Tür aufzumachen. Meg stand dort und hatte die Kleider über einen Arm gelegt, in der anderen Hand hielt sie einen kleinen Korb mit Nähzeug.

Entsetzt riss sie den Mund auf, als ihr Blick ins Zimmer fiel. „Oh nein! Sehen Sie nur, was sie mit Ihren Sachen angestellt haben!“

„Es sind nicht meine Sachen. Sie gehörten meiner Cousine Grace und ihrem Ehemann“, erwiderte Kate mit tonloser Stimme. „Sie schickte sie mir kurz vor ihrem Tod, und ich wollte sie nun dem Marquis zurückbringen.“

„Da muss jemand nach Geld gesucht haben, und als er nichts finden konnte, hat er seine Wut an den Sachen ausgelassen. Verdammte Schufte“, meinte Meg und legte die Kleider aufs Bett.

Dann stellte sie die Truhe hin und begann, den herausgerissenen Stoff wieder einzunähen. „Ein paar Stiche und das Ganze sieht wieder aus wie neu“, erklärte sie, ohne auf ein Einverständnis zu warten, dass sie sich überhaupt an diese Arbeit begeben sollte.

Kate sammelte unterdessen vom Boden auf, was noch halbwegs zu gebrauchen war, und legte einige Bücher in die Truhe. *So viel zerstört, so viel verloren.*

„So, Madam, jetzt müssen Sie nicht mehr so düster dreinschauen“, sagte Meg und stand auf. „Hier, sehen Sie sich an, was ich bewerkstelligen konnte. Dann geht es Ihnen gleich ein Stück besser.“ Sie schüttelte das blaue Kleid aus und hielt es Kate zur Begutachtung hin. „Am Saum war es ganz schrecklich zerrissen, aber ich habe die Bänder genommen, um die Stelle zu verdecken, sehen Sie? Und aus dem lila Kleid habe ich das fleckige Stück herausgeschnitten und wieder zusammengenäht. So schlank, wie Sie sind, Madam, wird das niemand bemerken.“

„Ich habe kein Geld mehr, um Sie dafür zu bezahlen", entgegnete Kate und lächelte die Frau schwach an. „Aber ich bin davon überzeugt, dass der Marquis ..."

Bevor sie ausreden konnte, machte Meg eine wegwerfende Geste. „Der Captain hat mich bereits ausreichend bezahlt. Außerdem habe ich noch Callum Lamont in Bedrängnis erlebt, und das habe ich auch Ihrem Mann zu verdanken."

„Was? Wann?", fragte Kate verwundert.

„Gestern Abend", antwortete Meg. „Gleich nachdem Sie ins Bad gestiegen waren. Ich kam rein und sah Callum, wie er wie eine Puppe an der Faust des Captains hing. Die Augen waren schon hervorgetreten, und die Zunge hing ihm aus dem Mund. Alle dachten, der Teufel persönlich sei erschienen." Sie lachte kurz auf. „Und dann auf einmal lässt er Callum fallen und stürmt die Treppe rauf, ehe irgendjemand weiß, was los ist. Natürlich wollte ihm auch keiner folgen, ganz bestimmt nicht bei dem Ausdruck auf seinem Gesicht."

„Mein Gott", flüsterte Kate. „Ist der Mann tot?"

Meg zuckte gleichgültig mit den Schultern. „Nein. Er hat gestöhnt, als seine Kumpane ihn rausgeschleppt haben. Aber er dürfte heute noch Schmerzen haben", fügte sie mit unübersehbarem Vergnügen an.

„Wildheit ist alles, was ich bin." Kates Knie wurden weich. Sie hatte ihm nicht geglaubt, doch sie hätte es besser getan.

Wie konnte sie es bloß vergessen haben, vor allem, nachdem sie sein Auftreten im White Rose miterlebt hatte? Der Mann, der sie so sinnlich gestreichelt hatte, war nur Augenblicke zuvor mit eben diesen Händen auf einen anderen Mann losgegangen, um ihn bewusstlos zu schlagen! Oh Gott! Sie drückte die Handballen gegen ihre Augen.

Sie musste fort von hier und eine Zuflucht finden, in der sich Männer zivilisiert verhielten und Frauen vor den hässlichen Dingen der Welt beschützt wurden. Eine Zuflucht, in der ein Mann nicht unmittelbar nach einer Schlägerei eine Frau liebte.

„Ich muss fort von hier“, flüsterte sie.

Meg, die nicht den Zusammenhang verstand, nickte zustimmend. „Aber natürlich. Wer würde hier schon bleiben wollen, wenn eine Burg auf einen wartet?“

Kate packte weiter in die Truhe, was nicht zerstört worden war, und konzentrierte sich völlig auf diese Aufgabe, um ihre Gedanken ja nicht abschweifen zu lassen. Dennoch kehrte ihr Blick immer wieder zum zerwühlten Bett zurück, und sofort tauchte vor ihrem geistigen Auge das Bild seines muskulösen Körpers auf, wie er … Sie schlug den Deckel der Truhe zu, um die Erinnerung zu vertreiben. In diesem Zimmer durfte sie nicht länger bleiben. Sie wirbelte herum und lief nach draußen, Meg sollte den Rest erledigen.

Am Fuß der Treppe wartete ein junger rothaariger Mann in einer ordentlichen Livree und sprang sofort auf, als er Kate kommen hörte. „Mrs. Blackburn? Ich bin John, der Kutscher des Marquis“, erklärte er voller Stolz und eilte vor ihr her, da sie in Richtung Tür stürmte.

Auf einmal blieb sie stehen und wirkte unsicher und abgelenkt. „Ich muss erst die Rechnung des Gastwirts bezahlen.“

„Der Marquis hat mir aufgetragen, alles Notwendige für Sie zu erledigen, Madam“, sagte John. „Wenn Sie in der Kutsche warten möchten, werde ich dafür sorgen, dass Ihre Sachen nach unten gebracht werden.“

„Oh. Ja, natürlich.“

Er hielt ihr die Tür auf und nickte respektvoll, während sie das Gasthaus verließ. Davor stand ein offener Landauer bereit, dessen Seiten wie schwarzes Öl glänzten. Goldbänder hielten das halb heruntergeklappte Verdeck. Der Stalljunge stand bei den zwei genau zueinander passenden Braunen, in seinem Gesicht war zu lesen, welche Ehrfurcht die Tiere in ihm auslösten. Als er Kate erblickte, riss er rasch die Tür der Kutsche auf und klappte die Stufen herunter.

Während Kate einstieg, musste sie sich zwingen, ihre Aufmerksamkeit nicht von dem luxuriösen Gefährt abschweifen zu lassen. Eine so edle Kutsche hatte sie noch nie gesehen, nicht einmal in York. Der Marquis war zweifellos sehr wohlhabend, da sich die Kutsche in einem perfekten Zustand befand und die Pferde äußerst gepflegt aussahen. Ihr Besuch bei ihm würde ein Erfolg werden. In den letzten Tagen hatte sie zwar einige verheerende Entscheidungen getroffen, doch dies hier war ganz sicher kein Fehler.

Sie atmete tief durch. Kit war fort. Das war es also. Sie fühlte sich gleich wieder viel mehr wie sie selbst. Alles würde gut ausgehen, sie …

„Mrs. Blackburn."

Seine rauchige Stimme ertönte so plötzlich hinter ihr, dass ihr Herz vor Schreck einen Satz machte. Sie brauchte erst einige Sekunden, um sich zu sammeln, dann drehte sie sich um.

Er war so groß und hatte etwas Unnachgiebiges an sich, dazu wirkte er so überwältigend männlich.

Kit saß auf seinem Wallach, der Wind wehte den Kragen seines Mantels gegen seine Wange. Den Kopf hatte er nicht bedeckt, als wolle er die Sonne herausfordern, jede Narbe auf seinem vom Wetter gegerbten Gesicht zu enthüllen. Ihr fiel auf, dass er sich rasiert hatte. Also würden sich seine Wangen sanft anfühlen.

Ihn mit „Mr. MacNeill" anzureden, erschien ihr unaufrichtig, „Kit" zu vertraut. „Christian, ich …"

Diese Situation war unmöglich. Allein beim Gedanken an die letzte Nacht begann ihre Haut zu kribbeln. Es war, als würde ihr Mund noch immer den Abdruck seiner Lippen zeigen. Ihre Brüste waren noch rot von seinen Bartstoppeln, und … Ihr Blick wanderte zu seinen wundervollen und doch so tödlichen Händen. Dunkelrote Striemen kennzeichneten die Stelle, an der sich sein Opfer in sein Handgelenk gekrallt hatte, damit er endlich losließ. Kate musste schlucken.

Sein Gesicht wies wieder den vertrauten, undurchschaubaren Ausdruck auf. Nein, das konnte sie nicht tun. Sie gehörte nicht zu den Frauen, die sich einen Liebhaber nahmen und am nächsten Tag so taten, als sei nichts geschehen. Doch welche Wahl hatte sie, wo doch der Junge immer noch neben der Kutsche stand, sie interessiert beobachtete und die Ohren gespitzt hatte? „Danke, dass Sie mich bis hierher begleitet haben."

„Als Nächstes werden Sie mir dann wohl eine Referenz schreiben wollen." Es klang wie eine beiläufige Bemerkung, aber in seinen Augen loderte ein Feuer, das sie erröten ließ.

Sie rechnete damit, dass er noch etwas sagte, etwas verheerend Intimes, doch er fuhr nur fort: „Ich fürchte, Sie sind noch nicht von mir erlöst. Ich versprach, Sie zur Burg zu bringen, und erst da werden sich unsere Wege trennen."

Oh nein, bitte nicht! Ihn in der Nähe zu haben, war so, als würde man eine alte Wunde öffnen. „Das ist wirklich nicht nötig."

„Da bin ich anderer Meinung. Sie haben gesehen, welche Sorte Mensch hier lebt. Auf den Straßen tummeln sich noch mehr von der Art, und keiner von denen weiß, dass man Sie bereits ausgeraubt hat. Diese Kutsche ist zu vornehm. Der Marquis hätte ebenso gut jedem Wegelagerer in diesem Bezirk eine persönliche Einladung schicken können."

„Ich nehme an, er hatte meinen Komfort im Sinn", sagte sie.

„Und ich habe Ihre Unversehrtheit im Sinn."

„Und Sie halten immer Ihr Wort", gab sie hitzig zurück, bereute aber sofort ihre Worte.

„Das sollten Sie wohl wissen, Madam." Seine Stimme wurde etwas leiser, und Kate errötete noch stärker. Sie konnte nicht anders, als daran zu denken, wie sie in der vergangenen Nacht sein Wort benutzt hatte, um mit ihm das Bett zu teilen.

„Das habe ich damit nicht ...", sagte er, kam aber nicht weiter, da John aus dem Gasthaus kam und freundlich lächelte. Kate wich zurück, während Kit mit Doran ein Stück weit von der Kutsche abrückte.

„Ich begleite Sie bis zur Burg, Junge“, rief Kit dem Kutscher zu, was ihm ein überraschtes und dankbares Kopfnicken einbrachte. „Aber ich reite ein Stück voraus, um mir die Straße genauer anzusehen.“ Ein leichter Druck auf Dorans Flanken genügte, um das Pferd antraben zu lassen.

Kate sah den beiden nach, wie sie auf dem steilen Weg vorausritten, der aus dem Fischerdorf hinausführte.

Die Strecke war lang, und die Kutsche kam nur langsam voran. Die Berge fielen hier steil ab ins Meer, und Meile um Meile war die Küste von Buchten zerrissen. Gewaltige Wellen schlugen gegen verborgene Aussparungen im Fels und unter Wasser gelegene Höhlen, die Gischt schoss Geysiren gleich in die Höhe, und der Fuß der Klippen war in einen feinen Nebel gehüllt.

Kein Wunder, dass Charles und Grace hier beim Segeln ihr Leben verloren hatten. Unverständlich war für Kate nur, warum sie sich überhaupt erst hinaus aufs Wasser gewagt hatten.

Doch das Drama, das sich an der Küste abgespielt hatte, konnte sie nur für kurze Zeit ablenken, dann kehrten ihre Gedanken zur letzten Nacht zurück. Sie sah Kit, wie er sie küsste, wie er sie umarmte, sie hörte, wie er ihr leidenschaftliche Worte ins Ohr flüsterte.

Schließlich sah sie keine andere Lösung, als sich vorzubeugen und zu fragen: „Arbeiten Sie schon lange für den Marquis?“

John nickte. „Ich bin auf Castle Parnell geboren. Mein Dad war dort vor mir der Kutscher des Marquis.“

„Ah, dann kannten Sie ja meine Cousine, Mrs. Murdoch.“

„Aye“, gab er zurück und wurde ernst. „Eine schreckliche Sache. Aber habt keine Angst, Madam. Der Marquis ist entschlossen, die Verantwortlichen zu finden und sie zur Rechenschaft zu ziehen.“

Kate sah ihn irritiert an.

„Sie werden nicht ungestraft davonkommen", erklärte er entschlossen. „Warum sollten sie das auch? Den Bruder und die Schwägerin des Marquis zu töten! Da muss man doch verrückt sein, um auf eine solche Idee zu kommen!"

„Sie zu töten?", wiederholte Kate ungläubig. „Aber … sie starben doch bei einem Segelunfall."

Johns Ohren wurden augenblicklich knallrot. „Oh, ich dachte, Sie wüssten es."

„Ich wüsste es? Was ist denn geschehen? Der Marquis schrieb uns, Grace sei bei einem Bootsunglück ertrunken. Stimmt das gar nicht?"

„Das dachten wir anfangs auch, aber …", begann der Kutscher, zog jedoch betroffen den Kopf ein und schwieg.

„Sagen Sie es mir bitte."

Mit einer Hand fuhr er sich durchs Haar. „In der Lunge von Mr. Charles fand man kein Wasser, obwohl er und seine Frau aus dem Meer geborgen wurden. Daher wusste der Marquis, dass sie nicht ertrunken sein konnten. Kaum hatte sich das herausgestellt, fielen auch andere Dinge auf. Bei den Verletzungen dachten wir, sie würden daher rühren, dass die See die beiden gegen die Felsen geworfen hatte. Doch dann … oh, es tut mir leid, Madam! Soll ich anhalten?"

„Nein, es geht schon." Kate legte eine Hand auf ihren Bauch. „Warum wurde meine Familie nicht davon in Kenntnis gesetzt?"

„Das weiß ich nicht, Madam", erwiderte John kleinlaut. „Ich glaube, ich habe auch so schon viel zu viel gesagt."

„Wer hat sie umgebracht?"

„Wegelagerer, Schmuggler", meinte er mit einem Schulterzucken. „Es wird alles unternommen, um die Mörder zu finden, dessen können Sie sicher sein, Mrs. Blackburn. Schmuggler gibt es in Clyth schon, solange ich zurückdenken kann. Aber diesmal sind sie entschieden zu weit gegangen, und ich vermute, das wissen sie auch. Deshalb haben sie sich so viel Mühe gegeben, es wie einen Unfall aussehen zu lassen."

„Aber wer sollte überhaupt meine Cousine und ihren Mann töten wollen?", fragte Kate. „Warum wurden sie nicht einfach nur ausgeraubt?"

„Mr. Charles war kein Mann, der sich so leicht ausrauben ließ. Und falls er die Gesichter der Männer gesehen hat ..." Er ließ den Satz unvollendet. „Aber es gibt nichts, was diese Schurken jetzt noch retten könnte. Denn nachdem der Marquis erkannte, dass es sich um einen Mord handelt, ließ er eine Nachricht nach Edinburgh schicken. Prompt wurde die Miliz geschickt, um für Ordnung zu sorgen. Und die hat jetzt auch noch einen eigenen Grund, nach den Schuldigen zu suchen."

Er blickte über die Schulter zu Kate. „Sie müssen wissen, Mrs. Blackburn, dass ihr Captain kurz nach der Ankunft ermordet wurde. Mancher sagt, dafür seien auch die Schmuggler verantwortlich. Aber keine Sorge, sein Ersatz traf letzte Woche ein. Einen besseren und fähigeren Offizier und Gentleman könnt Ihr Euch nicht vorstellen. Nun wird der Mord an Charles Murdoch und Ihrer Cousine gerächt werden, Madam!", schloss er seine Ausführungen triumphierend ab. „Sie werden es schon sehen!"

Parnell war eine kleine Burg, die nach dem üblichen quadratischen Muster gebaut und um einen winzigen Innenhof herum angeordnet war. Kate konnte einen kurzen Blick darauf werfen, als sie durch das breite Tor einfuhren, das keine wirkliche Funktion erfüllte. Das Bauwerk selbst lag inmitten einer Felslaibung über dem Meer und war damit von dem Zerfall verschont geblieben, unter dem die meisten Festungen zu leiden hatten. Obwohl die Quadersteine mehrere hundert Jahre alt waren, wirkten sie wie gerade erst aus dem Steinbruch herangeschafft, und in den zahlreichen Fenstern spiegelten sich die ersten goldenen Strahlen der Morgensonne.

Sehnsüchtig dachte Kate darüber nach, wie schön und gepflegt die Burg war – und wie geschützt man dort lebte. Die Kutsche kam zum Stehen, John stieg ab und eilte herum, damit er Kate beim Aussteigen helfen konnte. Die Tür zur Burg wurde geöffnet, und heraus trat der achte Marquis of Parnell, James Murdoch.

Sie hatte ihn als einen nett aussehenden jungen Mann in Erinnerung, doch aus ihm war ein eleganter Gentleman geworden, dessen dunkelblondes Haar perfekt zu seinen großen, braunen Augen passte. Er war ein Mann von mittlerer Größe, seine athletische Figur wurde durch die hervorragend geschneiderte Kleidung noch betont. Sein Halstuch war von einem unvergleichlich strahlenden Weiß, das noch reiner war als Neuschnee. Mit wenigen Worten: Er war der vollkommene Mann!

„Mrs. Blackburn! Es ist mir eine Freude, Sie wiederzusehen, auch wenn die Umstände so unerfreulich sind." Er verbeugte sich tief, und sie reagierte mit einem Knicks.

„Danke, Mylord."

„Nein, bitte nicht. Ihre Cousine war für mich wie eine Schwester. Ich bestehe auf einer familiären Anrede. Sie müssen Parnell zu mir sagen."

„Wie Sie wünschen, Mylord."

„Erlauben Sie mir, Sie in meinem Heim willkommen zu heißen", fuhr er fort, ohne seinen Stolz zu verbergen. Das war etwas, was Kate an ihm besonders mochte. Es hatte zu viele rätselhafte Männer in ihrem Leben gegeben, wohingegen er nie einen Hehl daraus machte, was ihm gefiel und was nicht. Nachdem er zur Seite gegangen war, betrat Kate den ausladenden, von Licht durchfluteten Palas. Der Fußboden war in tiefem Schwarz und strahlendem Weiß kariert. Mehrere Dienstmädchen waren intensiv damit befasst, die marmorne Treppe zu bleichen, die in einem sanften Schwung hinauf zu einem Absatz auf halber Etage führte, der von einer Reihe hoher, schmaler Fenster gesäumt wurde.

„Wie wunderschön."

„Es freut mich, dass es Ihnen gefällt."

„Mylord." Ein Lakai kam von der Seite auf die beiden zu.

„Ja."

„Captain Watters lässt Ihnen Grüße ausrichten, Sir. Er fragt an, ob Ihnen ein Treffen am heutigen Nachmittag genehm wäre."

Watters war der Nachfolger des ermordeten Captain Greene, das hatte Kate sich gemerkt. Ihre vorsichtige Freude schwand, als sie an diesen und die anderen Morde denken musste.

„Teilen Sie dem Captain mit, dass ich am Nachmittag anderweitig beschäftigt bin", antwortete der Marquis. „Aber nach dem Dinner werde ich ihn gern in der Bibliothek empfangen."

„Jawohl, Sir." Der Lakai verbeugte sich und ging fort.

Der Marquis wandte sich Kate zu und machte eine besorgte Miene. „Ich bin ein schlechter Gastgeber. Sie sind müde. Ich werde Ihrem Dienstmädchen die Räumlichkeiten zeigen lassen, sobald ..."

„Ich habe kein Dienstmädchen." Verlegen senkte sie den Blick. Nun wusste der Marquis Bescheid, was die Verwandten seiner Schwägerin noch besaßen – oder besser gesagt: was sie nicht mehr besaßen. „Sie hat mich im Stich gelassen."

„Wie schrecklich für Sie", rief er mitfühlend aus. „Dann wird Peggy alles Notwendige für Sie erledigen, solange Sie hier bei uns sind. Sie war das Dienstmädchen Ihrer Cousine."

„Danke."

Die Tür ging auf, John kam herein und mühte sich mit einer Kiste ab. Hinter ihm befand sich MacNeill, der eine Truhe mit der gleichen Leichtigkeit trug, als hätte er es mit einer kleinen Ledertasche zu tun. Sein Blick war ausdruckslos, sein Auftreten reserviert.

„Euer Kutscher, Mrs. Blackburn?“, fragte der Marquis und betrachtete Kit freundlich und interessiert. „Er sieht so aus, als könnte er sich in jeder noch so schwierigen Situation behaupten. Ich werde ihn der Transportgesellschaft empfehlen.“

„Nein, Sir“, warf Kate ein, die spürte, dass sie leicht errötete. „Er ist nicht ... das heißt, er ...“

„Ich war ihrem Vater etwas schuldig, Sir, und Mrs. Blackburn war so freundlich, mich diese Schuld begleichen zu lassen, indem ich auf dieser Reise für ihren Schutz sorgen durfte“, fiel Kit ihr ins Wort. Sein Umhang war zurückgeschlagen und gab den Blick frei auf seine dunkelgrüne Regimentsjacke.

„Ah, Sie sind ein Mann des Militärs“, stellte der Marquis fest. „Das erklärt alles. Ich habe unzählige Geschichten über die Loyalität der Highlander gegenüber ihren Anführern gehört. Das ist wohl ein Überbleibsel des alten Clansystems, darf ich annehmen.“

MacNeill machte sich nicht die Mühe, das falsche Bild des Marquis zu korrigieren. Warum auch? Er würde bald wieder abreisen, und es kümmerte ihn so oder so nicht, was dieser Mann über ihn dachte. „Stimmt, Sir.“

„Sehr gut ... ähm ...“

„MacNeill, Sir. Kit MacNeill.“

„Mr. MacNeill.“ Der Marquis lächelte ihn an. „Danke, dass Sie Mrs. Blackburn unversehrt hergebracht haben, ich bin Ihnen sehr zu Dank verpflichtet.“

Nach einem bewusst desinteressierten Blick in Kates Richtung erwiderte Kit: „Es war mir eine Freude.“

Trotzig hob Kate das Kinn. Wie konnte er es wagen, seine Gleichgültigkeit so offen zur Schau zu stellen? Fürchtete er, die gemeinsame Nacht könnte aus ihr eine romantische Närrin machen? Fürchtete er, sie könnte alle Hoffnungen auf ein besseres Leben aufgeben, nur weil sie an seine Berührungen dachte? An seine Küsse? An seine geflüsterten Worte? Hatte er Angst, sie könnte eine Szene machen und darauf bestehen, dass er um ihre Hand anhielt?

So etwas musste er nicht fürchten, schließlich war sie kein dummes Schulmädchen, das irgendwelche Flausen im Kopf hatte.

„Sie bleiben sicher ein paar Tage bei uns, bis Ihr Pferd wieder zu Kräften gekommen ist, nicht wahr?", fragte der Marquis und meinte seine Worte so, wie er sie sagte. Allerdings würde MacNeill das vermutlich nicht erkennen, da er so etwas nicht gewöhnt war. „Aber natürlich bleiben Sie. Ich lasse sofort ein Zimmer für Sie vorbereiten – nein, Sie brauchen gar nicht erst zu widersprechen, ich bestehe darauf. Es ist das Mindeste, was ich für Sie tun kann!"

Ehe Kit etwas darauf erwidern konnte, hob der Marquis die Hand. „John, komm zu mir. Bring Mr. MacNeills Pferd in die Stallungen. John wirkt wahre Wunder, wenn es um Pferde geht, ist es nicht so, John? Natürlich ist es so."

„Wirklich, Sir, das ist nicht nötig", entgegnete Kit und ging wenigstens so weit, den Eindruck zu erwecken, als sei es ihm unangenehm.

„Doch, doch, das ist es", versicherte ihm der Marquis. „Mrs. Blackburns Beschützer soll schließlich nicht wie ein Bürgerlicher bei der Miliz nächtigen." Immer wieder wanderte sein Blick zu MacNeills abgewetztem Tartan.

„Peggy!" Eine zierliche, ernst dreinblickende Frau kam zu ihm geeilt. „Führ Mr. MacNeill zum Turmzimmer und sorg dafür, dass man sich um ihn kümmert. Und du könntest seinen Mantel ordentlich ausbürsten, bist du bitte so gut?" Er warf einen vielsagenden Blick auf MacNeills Jacke. „Wir essen in drei Stunden."

Nach einem kurzen Danke und einer knappen Verbeugung in Kates Richtung ging MacNeill hinter Peggy her die Treppe hinauf. Kate hatte Mühe, der Erleichterung Herr zu werden, von der sie ergriffen wurde.

Der Marquis hielt ihr die Hand hin.

„Nun, meine liebe Mrs. Blackburn, es gibt einiges, was ich Ihnen erzählen muss."

18. KAPITEL

Die Warmherzigkeit, mit der sie vom Marquis begrüßt wurde, tat Kates Stimmung gut. Durch seine freundliche Art verschwand rasch jedes noch verbliebene Unbehagen, das durch MacNeills zynisches Verhalten ausgelöst worden war. Unwillkürlich wanderte ihr Blick zum Kopf der Treppe, wo sie ihn das letzte Mal gesehen hatte.

Es war für ihn kein Problem gewesen, sie in die Obhut eines anderen Mannes zu geben – aber warum auch nicht? Er hatte wichtige Dinge zu erledigen, er musste irgendwelche Leute umbringen. Sie sollte über sein umsichtiges Verhalten lieber froh sein. Es gab nicht die kleinste Andeutung, dass zwischen ihnen mehr existierte als eine gesittete Beziehung. Schließlich handelte er in ihrem besten Interesse, und sie sollte das lieber angemessen würdigen, anstatt sich verdrießlich und unglücklich zu fühlen …

Kate zwang sich zu einem strahlenden Lächeln und konzentrierte sich darauf, ihre ganze Aufmerksamkeit dem Marquis zu widmen.

„Ich nehme an, Sie möchten Ihr Zimmer sehen“, sagte er. „Zuvor jedoch wäre ich Ihnen sehr dankbar, einige Minuten Ihrer Zeit in Anspruch nehmen zu dürfen.“

„Selbstverständlich“, erwiderte Kate. Nachdem der Lakai ihr Mantel und Hut abgenommen hatte, zog sie hastig ihre Handschuhe aus, damit niemand sehen konnte, dass sie geflickt waren.

„Wenn ich dann bitten darf?“ Er bot ihr seinen Arm an.

Sofort kehrte ihr Gefühl dafür zurück, wie fest sie seinen Arm umfassen konnte, um Freundschaft zu signalisieren, ohne dabei zu forsch zu wirken. Es war, als hätte sie die letzten drei Jahre so mühelos abgestreift wie ihre Handschuhe. Alles war wieder so angenehm vertraut: das sanfte Gemurmel einer höflichen Konversation, das Rauschen eines Rocksaums, der über einen dicken Teppich huschte, der Winkel, in dem man bei einem Gespräch seinen Kopf hielt, um Interesse zu demonstrieren. Das waren die kleinen Dinge, die das Leben so schön und erträglich machten. Sie nahm sich vor, in ihr Buch ein Kapitel aufzunehmen, das sich damit befasste, dass man seine gesellschaftlichen Fertigkeiten nie vernachlässigen durfte.

Ja, dachte sie voller Überzeugung, das ist der Ort, an den ich gehöre.

Das Zuhause des Marquis war beeindruckend. Von den trostlosen Wänden aus grauem Stein, die sie erwartet hatte, war nichts zu sehen. Stattdessen waren die Wände weiß gestrichen und dienten bestens als dezenter Hintergrund für wertvolle Gemälde und eine ansprechende Sammlung an Kupferstichen. Erwartet hatte sie düstere Rüstungen, doch auf Castle Parnell erinnerte nichts an die ritterliche Vergangenheit der Eigentümer. Die Räumlichkeiten waren bequem eingerichtet, sie waren hell und groß, und die verputzten Decken wurden von kunstvoll verzierten Leisten gesäumt.

Drei der vier Flügel der Burg – so hatte sie von James erfahren – wurden nach wie vor von der Familie genutzt, während im vierten, der von der vorangegangenen Generation aufgegeben worden war, nun eine Kompanie der Miliz untergebracht war. Die Anwesenheit des Militärs innerhalb der Burgmauern war allerdings eine Ausnahme.

Parnells Vorfahren hatten sich nach den Worten des Marquis stets so weit wie möglich von jenem politischen Eifer ferngehalten, der so viele Highland-Familien ergriffen hatte. Zwar stellten sie sich stets auf die jeweils richtige Seite, wenn es die Politik unbedingt erforderte, doch so oft sich die Gelegenheit dazu ergab, hielt man sich aus den Angelegenheiten der Könige und Generäle heraus. Diese Besonnenheit hatte sich bezahlt gemacht, da den Parnells gestattet worden war, das Zuhause ihrer Stammväter zu behalten, während viele ihrer Nachbarn gezwungen wurden, ihr Land, zumindest aber ihren Titel aufzugeben.

„Gefällt es Ihnen?“, fragte der Marquis und klang dabei überraschend nervös.

„Oh ja“, erwiderte Kate. „Es ist einfach wunderbar.“

„Ich freue mich, dass es Ihre Zustimmung findet.“

Kate warf ihm einen neugierigen Blick zu.

„Wir haben auch großes Glück, was unsere Nachbarn angeht“, fuhr er fort.

„Ich gebe zu, es überrascht mich, dass Clyth mit Blick auf eine feine Gesellschaft viel zu bieten hat.“

„Nicht Clyth.“ Mit einem Mal wich seine gute Laune einem harten Ausdruck. „Ich meine damit die benachbarten Anwesen. Im Umkreis von zehn Meilen gibt es zwei ihrer Art. Sie hätten sicher nicht gedacht, dass die Bevölkerung hier so zahlreich ist, oder? Und weiter im Landesinneren gibt es zusätzliche acht Familien von hohem Ansehen, die alle nur höchstens einen Tagesritt entfernt sind. Sie sehen also, an Gesellschaft mangelt es uns nie.“

Sie betrachtete ihn verwirrt. „Wie erfreulich.“

„Ja, das ist wahr.“ Er öffnete eine Tür und trat zur Seite. „Dies ist meine Bibliothek. Treten Sie doch bitte ein und nehmen Sie Platz.“

Er deutete auf einen mit Seidenstoff bezogenen Zweisitzer, und als Kate saß, erklärte er: „Ich muss gestehen, ich habe Sie absichtlich hierher geführt, Mrs. Blackburn. Ich wollte Ihnen Dinge sagen, die die Umstände des Todes Ihrer Cousine angehen, die ich Ihnen eigentlich hätte schreiben sollen.“

„Diese Dinge weiß ich bereits.“

Verblüfft zog der Marquis die Brauen hoch.

„Ich erfuhr, dass der Tod meiner Cousine nicht die Folge eines Unfalls war.“

„Ja“, bestätigte er, schien aber noch verwirrter. „So schrieb ich es in meinem zweiten Brief an Ihre Familie.“

„Im zweiten Brief?“

„Ich schrieb ihn, sobald mir klar wurde, dass die … die Todesfälle nicht auf einen Unfall zurückzuführen waren.“ Erstaunt schaute er Kate an. „Haben Sie diesen Brief nicht erhalten?“

„Nein“, entgegnete sie nachdenklich. Es kam natürlich vor, dass ein Brief nicht seinen Empfänger erreichte, vor allem wenn das Dienstmädchen dem Briefboten nicht das Porto zahlte. Dennoch war es merkwürdig.

„Meine Güte!“, rief der Marquis aus. „Meine arme Mrs. Blackburn! Dann wussten Sie nichts davon?“

„Nein, ich erfuhr es erst nach meiner Ankunft.“

„Ich bin entsetzt, dass Sie in mein Heim kommen und mit solchen Neuigkeiten konfrontiert werdet. Und zu allem Überfluss befinde ich mich nun auch noch in der Situation, einen weiteren Schock nachfolgen lassen zu müssen.“

Kate hob erschrocken den Kopf, während der Marquis die Hände auf den Rücken legte und durch das Zimmer ging.

„Es war falsch vor mir“, sagte er schließlich, „Sie nicht sofort die ganze Wahrheit wissen zu lassen. Die Tatsache, dass Sie meinen zweiten Brief nicht erhalten haben, kann natürlich keine Entschuldigung sein. Doch wenn ich Ihnen meine Geschichte erzähle, werden Sie vielleicht nicht ganz so schlecht über meine Entscheidung denken.“

Mit einem Kopfnicken bedeutete sie ihm fortzufahren.

„Charles und Grace waren hier im Norden Schottlands zunehmend rastlos geworden“, begann er.

Das konnte Kate sich gut vorstellen. In den wenigen Briefen, die Grace ihr schickte, machte sie nie einen Hehl daraus, wie wenig ihr das Leben auf dem Land gefiel. Sie war vielmehr an London interessiert – und an allem, was die Stadt zu bieten hatte.

„Charles bat mich wiederholt, für sie beide ein Stadthaus in London zu kaufen, doch ich weigerte mich.“ Sein Gesicht nahm ein wenig mehr Farbe an. „Ich möchte Ihnen nicht mit zu intimen Details zu nahe treten, aber ich möchte, dass Sie die Umstände dieses schrecklichen Verbrechens verstehen."

„Erzählen Sie bitte."

„Als mein Vater starb, war er bereits über viele Jahre hinweg nicht mehr in der Lage gewesen, dem Anwesen die nötige Aufmerksamkeit zu schenken. Nachdem ich es erbte, nahm ich hohe Kredite auf, damit ich das Land zu einem profitablen Unternehmen machen und die Burg zu altem Ruhm führen konnte. Nach und nach wurden meine Anstrengungen belohnt, allerdings nicht in einem Maß, das es zugelassen hätte, Charles und Grace in London auf die Weise Fuß fassen zu lassen, die sie beide sich vorgestellt hatten. Das ließ ich sie auch wissen. Es wurde zu einem jährlichen Ritual: Er fragte und ich lehnte ab. Ich war froh, dass Charles es ohne Groll gegen mich hinnahm."

Seine Miene verfinsterte sich.

„Allerdings war ich einem Irrtum erlegen, denn Charles hatte sich mit meiner Entscheidung niemals abgefunden. Stattdessen ging er Geschäftsverbindungen ein, von denen er hoffte, sie würden ihn wohlhabend machen. Offenbar war ihm das sogar auch gelungen, wenn man danach geht, dass Grace Ihnen ihre Habseligkeiten schickte. Es musste genug Geld vorhanden sein, um nach London umziehen und dort stilvoll leben zu können."

„Ich weiß nicht, ob ich verstehe, worauf Sie hinauswollen."

Der Marquis setzte sich zu ihr. „Charles tat sich mit einer Bande aus Dieben, Schmugglern und Wrackern zusammen." Er machte eine Geste zur Küste. „Sie sehen, wie wir gelegen sind. Charles gestattete es diesen Schurken, meinen Küstenabschnitt zu benutzen, um Schmuggelware an Land zu schaffen und jene Schiffe untergehen zu lassen, die im Sturm Zuflucht in einem Hafen suchten."

„Mein Gott“, flüsterte Kate. „Aber was geschah?“

Der Marquis ließ eine Verbitterung erkennen, die nicht in seiner Natur zu liegen schien. „Das, was immer geschieht, wenn man sich mit Rohlingen und Wilden einlässt. Es gab einen Streit, und das Ergebnis war Mord.“

„Aber mir wurde gesagt, sie seien irrtümlich ermordet worden!“, wandte Kate ein. „Wegelagerer hätten sie ausgeraubt und dann getötet, weil Charles sie sonst identifiziert hätte.“

„Das ist das, was die Leuten glauben sollen“, entgegnete der Marquis düster. „Darum schrieb ich Ihnen nicht die ganze Wahrheit. Ich fürchtete, Sie könnten die britischen Behörden ins Spiel bringen, die dann herausfinden würden, dass sich mein Bruder mit Schmugglern eingelassen hatte.“

Flehend griff er nach ihrer Hand. „Ich habe vier Schwestern. Zwei von ihnen leben hier in der Nähe, die beiden anderen in London. Sie gehören dort zur besseren Gesellschaft, aber ein solcher Skandal würde ihr Leben ruinieren. Vielleicht irre ich, aber ich wüsste nicht, wem es nützen sollte, wenn sie für die Habgier ihres Bruders bezahlen sollten.“

„Nein“, warf Kate rasch ein, „das sollen sie natürlich nicht!“

„Sie sprechen, ohne zu zögern, weil Sie gutherzig sind, Mrs. Blackburn“, sagte der Marquis. „Aber ich wäre kein ehrbarer Mann, würde ich nicht darauf hinweisen, dass Ihre Cousine Grace ermordet wurde, weil mein Bruder so schwach war. Ich würde niemals annehmen, dass sie mit ihm gemeinsame Sache machte. Meine Absicht war es auch nicht, Ihnen die Fakten vorzuenthalten. Ich wollte nur damit warten, bis wir uns von Angesicht zu Angesicht gegenüberstehen, um dann Ihnen zu erlauben, eine Entscheidung über die weitere Vorgehensweise zu treffen. Sie müssen überlegen, ob Sie es für besser halten, für Gerechtigkeit zu sorgen, ohne den Ruf meiner Familie ins Spiel zu bringen. Oder wollen Sie die Angelegenheit den britischen Behörden übergeben?“

Obwohl Kate kaum an Grace' Komplizenschaft zweifelte, sprach sie das nicht aus, sondern fragte: „Welche Vorgehensweise wählen Sie, Mylord?"

Ein grimmiges Lächeln huschte über seine Lippen, er ließ ihre Hand los. „Die Miliz ist bereits hier, Mrs. Blackburn. Sie wird diese Bast… diese Schurken aus ihren Höhlen und Löchern scheuchen. Ich werde denjenigen finden, der meinen Bruder und Ihre Cousine umbrachte, und ich werde für Gerechtigkeit sorgen."

Er konnte seinen Zorn nur mit Mühe beherrschen. „Verzeihen Sie mir, dass ich Sie so kurz nach Ihrer Ankunft damit behellige, aber ich hielt es für das Beste, das zu sagen, was ich zu sagen hatte, und Ihre Antwort zu hören."

Ihre Entscheidung würde also sein weiteres Handeln bestimmen. Die Tragweite seines Anliegens war fast überwältigend, doch sie schuldete es dem Marquis, die Konsequenzen sorgfältig abzuwägen. „Planen Sie, die Kriminellen selbst zu jagen, Mylord?"

„Lieber Gott, nein!" Er klang überrascht. „Ich würde das nur verderben. Captain Watters hat bereits große Fortschritte mit der Identifizierung der Schurken gemacht."

„Was wird dann geschehen?"

„Sobald wir Gewissheit haben, dass die wahren Schuldigen gefasst sind, werde ich sie an die Behörden übergeben, damit sie für das Versenken von Schiffen und Schmuggel belangt werden. Von Mord wird niemals die Rede sein."

Es würde also keine Anklage wegen Mordes, sondern wegen des absichtlichen Versenkens von Schiffen geben. Die Strafe war in beiden Fällen die gleiche. Der Gerechtigkeit würde Genüge getan, ohne dass Unschuldige darunter leiden mussten. „Ich werde mich dem anschließen, was Sie für den besten Weg halten", erwiderte sie leise.

„Danke, Madam", sagte er und atmete erleichtert auf. „Auch im Namen meiner Schwestern. Ich stehe in Ihrer Schuld."

„Oh bitte, Sie machen mich verlegen."

„Ich möchte Sie natürlich nicht in Verlegenheit bringen. Außerdem sollen Sie wissen, dass Ihr Besuch nicht nur mit unerfreulichen Erinnerungen in Verbindung gebracht werden soll. Die meisten bezeichnen mich als einen sympathischen Menschen. Ich würde mich freuen, wenn Sie mich näher kennenlernen würden."

„Das würde ich auch gern", murmelte sie und ergriff seine dargebotene Hand.

„Dann lassen Sie uns unseren Spaziergang fortsetzen."

Kate mochte die Burg. Sie war eindeutig mehr ein Zuhause als ein Ausstellungsstück, und der Marquis hatte alles daran gesetzt, Komfort und Intellekt in dieser wilden Umgebung anzusiedeln. Gerade hielt sie sich in einer Nische der Bibliothek auf, als sie entschlossene Schritte näher kommen hörte. Sie drehte sich um und sah, wie ein Gentleman in Offiziersuniform den Raum betrat. Sein Haar trug er lang, es war auf eine altmodische Art geknotet und gepudert. Unter dem Arm hielt er seinen Hut, außerdem trug er weiße Offiziershandschuhe.

Zwar war der Mann weder so gut aussehend wie der Marquis, noch strahlte er Kit MacNeills raue Männlichkeit aus, dennoch besaß er Ausstrahlungskraft. Der Blick seiner tief liegenden Augen war ungewohnt direkt, die hohen Wangenknochen gaben seinem Gesicht etwas Kantiges. Dieser Mann wirkte intelligent, und er machte einen selbstsicheren Eindruck, was seiner makellosen Uniform zuzuschreiben war.

„Mylord", sagte er, näherte sich dem Marquis und verbeugte sich respektvoll vor ihm.

„Captain Watters", erwiderte der überrascht. „Ich ließ Ihnen eine Nachricht zukommen, dass wir uns am Abend treffen sollten. Haben Sie sie nicht erhalten?"

„Doch, Sir, aber ich habe Informationen, die ich Ihnen umgehend mitteilen wollte."

Der Marquis legte die Stirn in Falten. „Momentan bin ich beschäftigt."

„Ich weiß, Sir. Mir wurde gesagt, die junge Frau sei eingetroffen und mit ihr ein rau aussehender Geselle in einer Regimentsjacke." Er wartete auf eine Bestätigung.

„Ja. Mrs. Blackburn."

„Und sie ist in Begleitung eines Gentleman?", hakte Captain Watters nach.

„Das stimmt, Captain, auch wenn ich mir nicht erklären kann, inwiefern Sie das interessieren sollte."

„Es könnte von größter Wichtigkeit sein, Sir. Mir missfällt das plötzliche Auftauchen von Fremden, vor allem im Augenblick. Wir wissen, dass die Schmuggler einen Komplizen haben, der außerhalb dieses Gebiets operiert. Jemand, der sie warnt, wenn ..."

„Captain Watters!", fiel der Marquis ihm ins Wort. Sein Gesicht war vor Verlegenheit rot angelaufen, als er auf Kate deutete. „Mein Gast."

Der Offizier drehte sich um und entdeckte Kate am Fenster. „Oh!", stieß er hervor und verbeugte sich. „Es tut mir leid. Ich bitte vielmals um Verzeihung."

„Es ist ja nichts passiert. Außerdem kann ich Ihnen Ihren Eifer nicht vorhalten, stimmt's?" Der Marquis lächelte mit einem Anflug von Verärgerung. „Kommen Sie, Watters, ich mache Sie mit ihr bekannt."

Das Gesicht des Captains erhellt sich vor echter Begeisterung.

„Mrs. Blackburn, darf ich vorstellen? Captain Watters. Captain Watters, Mrs. Blackburn."

„Wie geht es Ihnen, Sir?", fragte Kate, als der Mann sich vor ihr tief verbeugte. Seine unverhohlene Bewunderung irritierte sie ein wenig, aber das Lächeln verwandelte seine ernste Miene zu einem äußerst attraktiven Gesicht. In seinen Augen funkelte eine Fülle verschiedenster Gefühle.

Ihr wurde bewusst, dass sie mit einem unsicheren Lächeln reagierte. Gleichzeitig kam es ihr so vor, als würde sie ihn kennen.

„Hervorragend, Madam. Seit diesem Moment“, erwiderte er so gut gelaunt, dass sie daran keinen Anstoß nehmen konnte. Der Marquis dagegen wirkte nicht ganz so glücklich.

„Sehr gut, Watters. Nun sagen Sie mir, was Sie mir so Wichtiges mitzuteilen hatten.“

Der Captain bemühte sich, den Marquis anzusehen, doch immer wieder ging ein kurzer Seitenblick zu Kate. „Das kann warten, Sir. Hätte ich gewusst, dass Mrs. Blackburn Ihre Aufmerksamkeit erfordert, wäre ich niemals unangemeldet hergekommen.“

„Sie vermuten, Mr. MacNeill könnte in die hiesigen kriminellen Aktivitäten verwickelt sein“, meinte Kate.

„Mr. MacNeill, Madam?“, gab er ahnungslos zurück.

„Der junge Mann, der mich hierher eskortierte.“

„Das vermute ich keineswegs“, widersprach er mit Nachdruck, wirkte aber zu keiner Zeit glaubwürdig.

„Das ist nicht der Eindruck, den ich von Ihren Worten bekam. Sollte ich mich irren, dann bitte ich um Verzeihung. Sollte ich richtig liegen, kann ich Ihrem absurden Gedanken gleich die Grundlage entziehen. Mr. MacNeill ist mir sehr gut bekannt …“, eine sonderbare Kombination aus Lüge und Wahrheit, „… und ich kann bestätigen, dass er mit den Schmugglern nichts zu tun hat.“

„Diese Worte genügen mir, um Mr. MacNeill als ehrbaren Mann zu betrachten“, erklärte der Captain.

„Mir auch“, fügte der Marquis an.

Weiter sagte Watters nichts, doch er sah Kate erneut an, bis die schließlich fragte: „Sie verwirren mich, Captain. Sagen Sie, was fasziniert Sie so an mir?“

Er antwortete ohne Umschweife: „Ihr Gesicht, Madam. Es ist sehr feminin und reizend, doch es erinnert mich an jemanden. Sie sind nicht zufällig mit einer Familie namens Nash aus York verwandt?"

„Doch, das bin ich. Mein Mädchenname ist Nash, und mein Vater war Colonel Roderick Nash."

„Ich dachte es mir bereits!", erklärte der Captain. „Ich kannte Ihren Vater nicht persönlich, ich diente auch nicht in seinem Regiment. Aber ich begegnete ihm einmal in Frankreich." Sein Tonfall wurde ernst. „Sein Tod war ein großer Verlust, Madam."

„Ich danke Ihnen."

„Werden Sie beim Dinner anwesend sein, Watters?", fragte der Marquis. „Mr. MacNeill wird da sein, er ist ebenfalls ein Mann des Militärs."

„Tatsächlich?"

„Vielleicht haben Sie gemeinsame Bekannte."

„Durchaus denkbar, Sir. Zu jeder anderen Zeit würde ich Ihre Einladung gern annehmen, doch die Pflicht ruft. Ein Stück weit die Küste hinauf hat sich etwas ergeben, was eine gründlichere Untersuchung erforderlich macht."

„Nun gut, dann nach Ihrer Rückkehr."

Der Captain wandte sich noch einmal Kate zu. „Ich freue mich schon darauf. Sie gestatten, Sir? Madam?"

Kate nickte bestätigend, und nach einer weiteren tiefen Verbeugung ließ er sie wieder mit dem Marquis allein. Dieser Captain gehörte zu jener Sorte von Menschen, deren kraftvolle Persönlichkeit und Präsenz andere Männer verblassen ließ, auch wenn sie ihnen dem Titel nach überlegen waren. Das galt sogar für einen Mann wie den Marquis.

Allerdings bezweifelte sie, dass auch Kit MacNeill neben diesem Captain verblassen würde.

Sie versuchte, das Stirnrunzeln zu vertreiben, das mit dem Gedanken an Kit entstanden war, doch der Marquis bemerkte es. Trotz ihrer Proteste – die zugegeben recht halbherzig klingen mussten – bestand er darauf, den Rundgang durch die

Burg fürs Erste zu unterbrechen, da Kate eindeutig erschöpft war. Er brachte sie zu Peggy, die im Palas pflichtbewusst auf sie wartete. Der Weg zu Kates Zimmer führte über die lange Treppe in einen hellen Korridor, und der Raum, in dem sie untergebracht war, entpuppte sich als groß und hoch. Die Einrichtung war in Gelb und Weiß gehalten, die Wände waren pfauenblau. So wie alle Zimmer, die Kate bisher gesehen hatte, zeugte auch dieses von einem tadellosen Geschmack.

„Da wären wir, Madam." Peggy eilte vor Kate her und schnalzte mit der Zunge, als sie die Kissen auf den Sessel neben dem Kamin legte. Auf ihrem breiten Gesicht zeichnete sich ein Grinsen ab. „Und hier ist Ihre Truhe."

„Es ist nicht meine Truhe. Sie gehörte Grace", gab Kate zurück.

Peggys Miene verfinsterte sich. „Es tut mir leid, dass Ihr Besuch unter solchen Umständen stattfindet."

Kate nickte kurz und nahm das Mitgefühl des Dienstmädchens dankbar an. Gleichzeitig jedoch wurde ihr bewusst, dass niemand bisher mit einem einzigen Wort erwähnt hatte, um Grace zu trauern. Nicht einmal ihr vormaliges Dienstmädchen ließ sich den Verlust anmerken.

Eigentlich hatte Kate gehofft, Grace habe als Erwachsene ihr Glück gefunden, doch alles deutete darauf hin, dass sie bis zum Schluss genauso rastlos und unzufrieden gewesen war wie als Kind. Dieser Gedanke ließ Kate überlegen, ob aus ihr selbst eigentlich die junge Frau geworden war, die sie früher immer hatte sein wollen. Gewiss hätte sie sich niemals für fähig gehalten, außerhalb der Ehe einen Liebhaber zu nehmen. Umso mehr verunsicherte sie die Tatsache, dass es nicht dieser Punkt war, der ihr das Gefühl gab, sie könnte einen Fehler gemacht haben.

Dass sie hier war, das gab ihr vielmehr genau dieses Gefühl.

Sie verdrängte diesen sonderbaren, beunruhigenden Gedanken und versuchte sich zu entspannen.

„Stimmt etwas nicht, Mrs. Blackburn?“ Peggy hatte aufgehört, Kates wenige Kleider auszupacken, und sah sie besorgt an.

„Nein, es ist alles in Ordnung.“ Sie zwang sich zu einem Lächeln.

Das Zimmermädchen betrachtete die Kleider. „John sprach davon, dass Mrs. Murdochs persönliche Dinge zerstört wurden. Aber er hat kein Wort darüber gesagt, dass auch Ihre eigenen Kleider in Mitleidenschaft gezogen wurden.“

„Wie bitte?“

Peggy nickte ernst. „Man hat fast Ihre ganze Garderobe ruiniert, das ist nicht zu übersehen. Aber Sie als Dame wollten das nicht sagen.“ Wieder schnalzte sie mit der Zunge. „Armes Schäfchen, mit nichts weiter als ein paar altmodischen Kleidern einzutreffen! Aber keine Sorge, meine Liebe. Mrs. Murdoch ließ stets aus Inverness eine Näherin kommen, damit sie ihr neue Kleider schneiderte. Es müssen ein Dutzend davon im Schrank hängen, die sie nicht ein einziges Mal getragen hat. Sie können sich dort bedienen.“

„Oh nein, das könnte ich nicht …“

„Wieso nicht?“, gab Peggy zurück. „Sie sind etwas schlanker, aber fast gleich groß. Und so setzen sie nur Staub an.“

„Der Marquis würde es nicht gutheißen, wenn eine andere Frau Mrs. Murdochs Sachen anziehen würde.“

Peggy wollte davon nichts wissen. „Er wäre sehr erfreut, wenn sich jemand finden würde, der sie gebrauchen kann.“

„Nun ja, aber ein anderes Mitglied der Familie könnte daran Anstoß nehmen, wenn ich Mrs. Murdochs Kleider trage.“

Danach zu urteilen, wie rasch Peggy zur Seite sah, vermutete Kate, dass sie richtig lag. Zumindest gab es eine Person, der Grace fehlte.

„Wer ist es?“, wollte sie wissen.

Das Dienstmädchen zögerte nicht lange. „Miss Mertice

Benny, Lord Parnells Mündel. Sie trauert Mrs. Murdoch nach. Sie standen sich sehr nah, beide waren sie jung und hübsch." Peggy seufzte. „Mit der Zeit wird sie darüber hinwegkommen."

„Ich möchte ihr nicht noch mehr Schmerz bereiten."

„Das werden Sie auch nicht", erwiderte sie entschieden. Kate wurde bewusst, dass sie eine Verbündete hier im Haus hatte. „Ich werde darauf achten, dass Sie nur Kleider auswählen, die Mrs. Murdoch nie getragen hat."

Kate war sich nicht sicher, ob sie wirklich anziehen wollte, was ihrer Cousine gehört hatte, doch sie war zu erschöpft, um darüber zu diskutieren. Außerdem besaß sie nicht länger jenen befehlenden Tonfall, der sicherstellte, dass ihre Wünsche ausgeführt wurden, ohne zuvor noch Fragen beantworten zu müssen. Sie nickte, woraufhin Peggy loseilte, um ihre Mission zu erfüllen.

Es war Kate sogar zu umständlich, sich erst noch das Gesicht zu waschen, bevor sie sich auf die dicke Daunenmatratze bettete. Kaum lag sie da, fühlte sie sich endlich wieder von dem Luxus umgeben, der zu lange Zeit nur eine Erinnerung gewesen war. Lange war es her, dass sie ihre Wange an ein Bettlaken hatte schmiegen können, das sich so weich wie Satin anfühlte. Sie schloss die Augen, während die Sonne ihre Strahlen wie eine warme Decke über ihren Körper wandern ließ.

Die Vergangenheit lag hinter ihr, und das galt für die letzten Jahre genauso wie für die wenigen Stunden der vergangenen Nacht. Es war an der Zeit, wieder nach vorn zu blicken.

Der Marquis war ein äußerst umsichtiger und fürsorglicher Mann, und der strahlende Captain Watters erinnerte sie daran, was es bedeutete, bewundert, aber nicht als eine Frau bemitleidet zu werden, die in der Achtung aller gesunken war. Alles, was sie wollte, war zum Greifen nah. Sie musste nur noch zufassen.

Eine Träne lief ihr über die Wange.

19. KAPITEL

Kit saß in der Wanne, in der sich das Wasser rasch abkühlte, und hätte vor Wut explodieren können. Das verdammte Dienstmädchen hatte seine Jacke genommen und Hemd und Hose mit dem Versprechen entwendet, „alles ein wenig zu säubern". Und er saß nun in dieser verfluchten Wanne und konnte sich nicht von der Stelle rühren.

Ein paar kräftige Kerle hatten die Wanne in sein Zimmer geschleppt, obwohl er nicht darum gebeten hatte, und dann kam ein Rudel kichernder Dienstmädchen herein – wie viele Bedienstete brauchte ein einzelner Mann eigentlich? –, um einen Kessel mit heißem Wasser nach dem anderen herbeizuschaffen. Als er wissen wollte, was sie von ihm erwartete, meinte das jüngste Dienstmädchen – das wohl noch in den Windeln gelegen haben musste, als er sich das letzte Mal die Haare hatte schneiden lassen – mit kecker Stimme: „Dass Sie sich waschen, Sir." Dann war sie zusammen mit den anderen kichernd und lachend aus dem Zimmer geeilt.

Schließlich war er der Versuchung erlegen und hatte begonnen, sich zu säubern. Es war ein Luxus und ein Vergnügen, und beides wollte er sich in diesem Moment nicht versagen. Zu viele Jahre hatte er in so verdreckter Verfassung zugebracht, dass er manchmal glaubte, er würde nie wieder rein sein. Außer in ihren Armen …

Abrupt stand er auf, Wasser spritzte auf den Fußboden. Er griff nach dem Handtuch und trocknete sich wütend ab, während er sich ermahnte, nicht den Bezug zur Wirklichkeit zu verlieren. Er fühlte sich wie ein Mann, der sich mit einer präzisen Landkarte auf eine Reise begab, dann aber feststellen musste, dass der geplante Weg gar nicht so gerade verlief wie erwartet und auf einmal ein anderer Weg auftauchte, der nicht verzeichnet war.

Er wickelte sich das Handtuch um die Hüfte, ging durch das Zimmer und sah aus dem Fenster. Wo war sie jetzt? Ganz sicher beim Marquis, so wie es auch sein sollte – ganz gleich, was diese eine Nacht ihm angetan hatte. Verdammt! Er hatte doch gewusst, dass es ein Fehler gewesen war! Immerhin war ihm die härteste Lektion erteilt worden, die man sich vorstellen konnte. Er wusste, er durfte sich nicht auf sein Herz verlassen. Einmal hatte er das bereits getan, und das Resultat war verheerend gewesen.

Wütend schlug er mit der Faust gegen die Mauer oberhalb des Fensters und genoss den Schmerz, da der ihn ablenkte.

Jemand war an der Tür. Kit drehte sich um, dankbar für alles, was ihn auf andere Gedanken brachte. Ein Lakai kam herein und brachte ihm mehrere ordentlich zusammengelegte Kleidungsstücke. „Mit freundlichen Empfehlungen seiner Lordschaft, Sir. Er hofft, Sie können seine Entschuldigung annehmen, aber die Wäscherin war bei der Reinigung von Hemd und Hose nachlässig, und beides wurde unrettbar verbrüht."

„Was?", fragte Kit ungläubig. Er besaß nur zwei Hemden, und für die Hose hatte er überhaupt keinen Ersatz.

„Seine Lordschaft bittet Sie, stattdessen diese Kleidungsstücke anzunehmen. Ihm ist bewusst, dass sie vielleicht nicht perfekt sitzen. Aber Peggy ist geschickt im Umgang mit der Nadel und sollte in der Lage sein, die erforderlichen Änderungen zu erledigen."

„Verdammt!"

„Ja, Sir. Ich werde Peggy unverzüglich zu Ihnen schicken. Kann ich Lord Parnell ausrichten, dass Sie zum Dinner um acht Uhr fertig sein werden, Sir?"

Wenn dies hier typisch für eine Dienerschaft war, dann war Kit froh, dass er sich damit niemals hatte herumschlagen müssen. Kichernde Dienstmädchen, wachsame Lakaien und dazu noch eine Näherin, die mit ihrer Nadel sicher so viel

Blut vergoss wie ein Wüstenkrieger. „Ja, das können Sie."

„Dann werde ich Peggy direkt zu Ihnen schicken, Sir." Er legte die Kleidung am Fuß des Betts ab, verbeugte sich und ging hinaus.

Langsam kam Kit näher und begutachtete, was man ihm gebracht hatte. Ein schneeweißes Halstuch lag zusammengefaltet auf einem Batisthemd in gleicher Farbe. Darunter fanden sich Strümpfe, Strumpfbänder, eine dunkle Weste und eine kurze Wolljacke mit silbernen Knöpfen. Unterkleidung war diskret unter eine braungelbe Hose gelegt worden. Seine eigene Jacke lag ganz zuunterst.

Ein Glück, dass diese dumme Wäscherin es nicht auch noch geschafft hatte, seine Regimentsjacke zu heiß zu waschen. Er hob sie hoch und stellte fest, dass sie einige Flecken hatte entfernen können, außerdem waren die wenigen Risse im Stoff geflickt worden. Der dunkelgrüne Stoff war unter der heißen Sonne im Osten gebleicht, doch an den Stellen, an denen die Säume umgeschlagen waren, zeigte sich noch die ursprüngliche satte Farbe.

Missmutig zog er die Unterkleidung und die Hose an, die an den Oberschenkeln zu eng war und ihn in den Kniekehlen einschnürte. Kniehosen hatte er noch nie gemocht, er bevorzugte echte schottische, karierte Hosen. Aber die standen hier nicht zur Wahl. Er sah auf die Uhr. Es war halb acht.

Das Kleid war zu tief ausgeschnitten, der Stoff zu dünn, und Blassrosé war einfach nicht die richtige Farbe für jemanden, der trauerte. Doch Peggy versicherte ihr, der Ausschnitt sei nicht zu tief für ein Dinner. Außerdem sei die Trauerzeit für Charles und Grace genau eingehalten worden, und seine Lordschaft sowie der Rest der Familie müssten sich endlich wieder ihrem eigenen Leben zuwenden.

Während sie sich vornahm, ihr Handbuch um ein Kapitel über geborgte Kleidung zu erweitern, und sich allen Beteuerungen zum Trotz nackt fühlte, verließ Kate ihr Schlafzimmer und folgte dem Lakaien zum Speisesaal. Sie versuchte, ihr rasendes Herz zu beruhigen, doch das war nicht so einfach, da sie wusste, dass Kit auch zum Essen geladen war. Wieder atmete sie durch und hoffte, nicht affektiert oder gar ängstlich zu erscheinen.

Der Speisesaal wurde von mehreren Kerzenleuchtern auf dem üppig gedeckten Tisch erhellt, der mit Kristall und Silber, Porzellan und Gold dekoriert war. Kaum war sie eingetreten, kam der Marquis zu ihr, der bis zu diesem Moment neben einem älteren Gentleman gestanden hatte.

Ihr fiel auf, dass Kit noch nicht anwesend war.

„Mrs. Blackburn“, begrüßte der Marquis sie. „Ich hoffe, Sie sind mit Peggy zufrieden? Wenn nicht, kann ich mir beim besten Willen nicht vorstellen, in welchem Punkt sie Sie enttäuscht haben könnte.“

„Danke, Mylord.“

Er wandte sich ab und deutete auf den Mann an seiner Seite. „Darf ich Ihnen meinen Onkel vorstellen? ... Onkel, Mrs. Blackburn ... Mrs. Blackburn, Mr. Kerwin Murdoch, der jüngste Bruder meines Vaters.“

„Angenehm, Sir“, murmelte Kate und machte einen Knicks.

„Ebenso.“ Der Gentleman nickte ihr zu. Als er sie mit seinen strahlend blauen Augen ansah, die unter buschigen weißen Brauen hervorleuchteten, und zugleich den Kopf ein wenig schräg legte, kam er ihr vor wie ein neugieriger, möglicherweise bösartiger Vogel. „Engländerin, richtig? Mit Grace verwandt? Na, dann müssen Sie ja Engländerin sein.“

„Ja, Sir“, gab sie leicht amüsiert zurück. „Ich bin Engländerin.“

„Schade.“ Der alte Mann neigte den Kopf zur anderen Seite. „Man muss ja fast glauben, dass es hier nirgendwo mehr geeignete schottische Frauen gibt, wenn man sieht, wie meine Familie unentwegt junge, englische Dinger ins Land bringt.“

Er warf seinem Neffen einen verächtlichen Blick zu.

„Onkel."

Der Groll des alten Mannes verschwand prompt. „Ich bin ein Überbleibsel der Vergangenheit. Lässt sich nicht ändern. Es war nicht böse gemeint, junge Dame."

„Ich muss wohl irgendetwas verpasst haben, Sir, denn ich kann mich nicht daran erinnern, dass etwas gesagt wurde, über das ich mich ärgern sollte."

Ein von Herzen kommendes Lachen war die Reaktion des alten Mannes. „Engländer konnten schon immer gut mit Worten umgehen. Sogar Grace konnte einem das Wort im Mund umdrehen, wenn ihr danach war."

„Es reicht, Onkel", warf der Marquis ein, als eine ältere Frau eintrat, die sich bei einem Mädchen eingehakt hatte.

Interessiert betrachtete Kate das Paar. Die alte Frau hatte dick Puder und Rouge aufgelegt, in der Art, wie es vor gut zwanzig Jahren am französischen Hof Mode gewesen war. Ihr hoch aufgetürmtes Haar war unübersehbar eine Perücke. Das Mädchen an ihrer Seite konnte nicht älter als siebzehn sein. Hellblonde Locken lagen sorgfältig um das herzförmige Gesicht drapiert, sie hatte rote, volle Lippen, die Augen waren ein wenig schräg gestellt und hatten einen slawischen Einschlag.

„Tante Mathilde, ich darf dir Mrs. Blackburn vorstellen, die Cousine von Grace", erklärte der Marquis mit lauter Stimme. „Die Schwester meines Vaters, Lady Mathilde."

„Ja, Jamie, ich weiß. Heute Morgen hast du uns von ihrer bevorstehenden Ankunft erzählt." Die alte Dame lächelte Kate an, doch ihre leicht getrübten Augen konnten nicht über die Verärgerung hinwegtäuschen, die für einen Moment in ihnen aufblitzte.

„Und dies ist mein Mündel, Miss Mertice Benny, aber wir alle nennen sie Merry."

Die junge Frau murmelte beiläufig, sie freue sich, ihre Bekanntschaft zu machen, riss dann aber erschrocken die Augen auf, als sie Kates Kleid wiedererkannte.

„Was für ein reizendes Kleid, Mrs. Blackburn", bemerkte Merry steif.

„Danke", entgegnete Kate unsicher. „Deines ist aber auch sehr schön."

„Gütiger Himmel, sagt bloß, wir haben schon wieder einer Frau Einlass gewährt, die Abhandlungen über die Lappalien femininer Ausstaffierung hält?", schnaubte Mr. Murdoch.

„Sagtest du etwas, Kerwin?", gab Lady Mathilde zurück.

„Ich sagte, meine Liebe", erklärte er mit lauter Stimme, „dass du heute Abend einmal mehr außergewöhnlich gut aussiehst!"

Sie reagierte mit einem gereizten Blick in seine Richtung. „Das möchte ich bezweifeln, Murdoch. Und darf ich wieder mal daran erinnern, dass du nicht brüllen musst? Es genügt, leicht die Stimme zu erheben."

Mit diesen Worten wandte sie sich Kate zu. „Wären Sie wohl so freundlich, mich zum Sofa zu begleiten, meine Liebe? Zu der Seite, die dem Ofen näher ist, bitte. Ich fürchte, ich spüre die Kälte mit jedem Jahr mehr."

„Aber natürlich", antwortete Kate erfreut und bot ihr den Arm an. Hätte Merrys Blick töten können, wäre Kate auf der Stelle zu Boden gesunken.

„Ich höre nicht mehr ganz so gut, darum glaubt meine Familie, sie müsse mich ständig anbrüllen. Aber das ist nicht nötig, es genügt, klar und deutlich zu sprechen. Sie haben eine liebliche Stimme. Ganz anders als Merry …", sie sah über die Schulter zu dem Mädchen und Mr. Murdoch, die dicht hinter ihnen waren, „… die in letzter Zeit zu lispeln begonnen hat."

„Das habe ich gar nicht!", widersprach Merry erregt.

Lady Mathilde ging über den Einwand hinweg und beugte sich zu Kate herüber, um in vertraulichem Tonfall zu sagen: „Grace hat auch gelispelt, und sie hatte sehr großen Einfluss auf die junge Merry. Sie fehlt ihr sehr. Ah, da wären wir ja. Vielen Dank, meine Liebe."

Die alte Dame setzte sich, während ihr Bruder zum Kamin ging, um das Feuer zu schüren, und der Marquis sich zu Kate stellte.

„Ich dachte, wir würden heute Abend mit einem echten Schotten speisen", sagte Mr. Murdoch auf einmal, als sei ihm eingefallen, dass man ihm ein Dessert versprochen, aber nicht gebracht hatte.

„Ich fürchte, Sie müssen mit mir vorlieb nehmen, Sir", meldete sich in diesem Moment eine tiefe, vertraute Stimme zu Wort.

Als sich Kate hastig umdrehte, sah sie Kit MacNeill im Kilt in den Raum kommen und bemerkte das Spiel seiner Beinmuskeln bei jedem Schritt. Seinen Tartan trug er in Highland-Manier über Brust und Schulter seiner Regimentsjacke, deren silberne Knöpfe frisch poliert glänzten. Ein strahlend weißes Halstuch betonte sein dunkles Gesicht noch zusätzlich. Sein Haar schimmerte, und dort, wo es den Hemdkragen berührte, lag es in Locken. Der Anblick genügte, dass es Kate heiß wurde, und als sie zur Seite blickte, bemerkte sie Merry, die sie wissend anlächelte.

„Mr. MacNeill!", rief der Marquis erfreut. „Kommen Sie, lassen Sie mich Ihnen meine Familie vorstellen."

Lässig stand Kit da, während ihn der Marquis mit seinen Verwandten bekannt machte. Aus einem unerfindlichen Grund war Kate von Stolz erfüllt, als sie dastand und ihn beobachtete. Niemand in diesem Haus konnte es mit ihm aufnehmen, nicht einmal der Marquis. Aber das sollte auch gar nicht möglich sein, immerhin war Kit doch ein Soldat, und der Marquis war ein Gentleman.

Schließlich widmete sich der Onkel des Marquis wieder Lady Mathilde, der Marquis selbst entschuldigte sich, da er dem Butler noch einige letzte Anweisungen geben wollte.

Damit blieben Kate, Kit und Merry als Gruppe übrig.

„Mrs. Blackburn, ich freue mich, Sie in so guter Verfassung zu sehen." Kit beugte sich vor und hauchte einen Kuss auf ihre Handschuhe. Unwillkürlich raste ihr Herz. Kit hielt sich für taktlos und grob, doch in Wahrheit war er im Vergleich zum goldenen Tand der anderen wie Stahl – wie wunderschöner, tödlicher Stahl.

Auf einmal hob er den Kopf und sah ihr einen Moment zu lange in die Augen.

„Hier erübrigt sich eine Vorstellung natürlich", amüsierte sich Merry. „Sie müssen Mrs. Blackburn inzwischen sicher recht gut kennen, wenn Sie so viele Tage gemeinsam gereist sind."

Während Kate abermals heiß wurde, warf Kit der jungen Frau einen völlig ausdruckslosen Blick zu. „Und was wollen Sie damit sagen?"

Seine direkte Frage brachte Merry durcheinander. Kate wurde klar, dass Kit und sie vor Schreck hätten in Schweigen verfallen sollen. Stattdessen aber hatte Kit mit seiner unverblümten Art Merrys Absicht unterhöhlt.

„Was ich sagen will?", stammelte sie. „Oh, nichts, dessen bin ich mir ganz sicher. Es ist nur ... Mrs. Blackburn war doch mit einem Offizier des Regiments verheiratet, nicht wahr? Vielleicht kann sie deshalb so gut mit Soldaten auskommen."

Kit erwiderte nichts, stattdessen ließ er seine Augen für sich sprechen. Dieses Mädchen war mehr als nur unhöflich. Mit Erleichterung nahm Kate wahr, dass der Marquis zu ihnen zurückkehrte.

„Zu schade, dass Watters sich nicht zu uns gesellen kann, der arme Kerl", sagte der Marquis, der nichts von der Situation mitbekam, die sich soeben angebahnt hatte.

„Wer ist Watters?", wollte Kit wissen.

„Der Mann, der Captain Greene als Befehlshaber der Miliz ersetzt hat. Der Kerl hatte das Pech, sich töten zu lassen", mischte sich Merry mit blasiertem Tonfall ein. „Seine Versuche, diese Gegend vom Verbrechen zu säubern, waren ja nicht besonders erfolgreich."

„Captain Watters scheint aber davon überzeugt, genau das zu bewerkstelligen", hielt Kate dagegen.

„Sie sind ihm begegnet?" Merry sah sie überrascht an.

„Ja, heute. Ein sehr fähiger Mann, würde ich sagen."

Die junge Frau legte den Kopf ein wenig schräg und betrachtete Kit mit einem koketten Ausdruck. Ihr Verhalten hatte etwas Vertrautes und zugleich sonderbar Beunruhigendes. „Es gibt aber solche, die noch viel fähiger aussehen als er."

Die Art, wie sie die Lider flattern ließ, war durch und durch vulgär.

„Glauben Sie nicht, dass er siegreich sein wird, Miss?"

„Oh, ich bin davon überzeugt, er wird es auf bewundernswerte Weise versuchen", antwortete sie. „Doch ich vertraue lieber auf Männer, denen der Gedanke fremd ist, etwas nur zu ‚versuchen', anstatt es erfolgreich zu tun. Sind Sie ein solcher Mann, Mr. MacNeill?"

Kate musste sich auf die Lippe beißen.

„Nein, Miss Benny", gab er zurück. „Dafür bin ich schon zu oft gescheitert."

„Tatsächlich? So etwas! Und dabei sehen Sie so bedrohlich aus. Wie enttäuschend. Und ich dachte schon, wir hätten einen Helden gefunden. Ist das für Sie nicht auch eine Enttäuschung, Mrs. Blackburn?"

„Ganz im Gegenteil. Christian MacNeill kann mich in keiner Hinsicht enttäuschen", konterte sie leise.

Merry kicherte, während Kit nicht auf das Kompliment reagierte, sondern mit ausdrucksloser Miene wegsah. Für Kate war es, als hätte Kit sie zurückgewiesen. Der Marquis blickte derweil von Kit zu Kate.

„Äußert sich Merry wieder poetisch über die Schmuggler?", fragte Mr. Murdoch, der auf einmal neben Kate auftauchte und die Situation rettete, die sonst nur noch angespannter geworden wäre. „Als Kind war sie vom Gedanken an einen Schmugglerkönig sehr angetan."

„Das bin ich aber nicht mehr, das versichere ich dir", fuhr Merry ihn an. Ihre kokette Art war der eines trotzigen Kindes gewichen. „Das heißt aber nicht, dass ich nicht wüsste, was jeder Mann, jede Frau und jedes Kind in Clyth längst weiß: Die Schmuggler haben ihre eigenen Gesetze und fürchten sich vor nichts und niemandem."

„Himmel, Merry, das klingt ja, als würdest du sie bewundern", ermahnte der Marquis sie. „Vergiss bitte nicht, dass diese Leute verantwortlich sind für zwei Todesfälle in unserer Familie."

Die hochtrabende Fassade brach im gleichen Moment in sich zusammen, und Merry sah mit einem Mal so betroffen drein, dass Kate vergaß, wie wenig sie das Mädchen leiden konnte. „Wie könnte ich das vergessen?", gab sie mit schmerzerfüllter Stimme zurück. „Ich werde das niemals vergessen!"

Es musste schwer sein, den einzigen Menschen zu verlieren, dem man sich anvertrauen konnte. Jetzt wurde Kate auch bewusst, dass Merry sich die ganze Zeit über wie Grace' junges Ebenbild verhalten hatte: hart, vorlaut und sinnenfreudig.

Auch der Marquis schien zu merken, wie tief der Schmerz war, da sein Zorn sofort verrauchte. „Schon gut, ich weiß, du hast es nicht so gemeint. Und sorge dich nicht. Watters wird diese Schurken schon zu fassen bekommen."

„Natürlich wird er das", stimmte Mr. Murdoch ihm zu und tätschelte Merrys Arm.

Die schien das alles aber nicht zu trösten, sondern sie lachte nur verbittert auf: „Oh ja, natürlich wird er das. Entschuldigt mich, ich glaube, Lady Mathilde winkt mich zu sich."

„Seit Grace' Tod ist sie nicht mehr sie selbst", erläuterte der Marquis und sah ihr nach. „Als einziges Kind auf der

Burg wurde sie zu sehr verwöhnt, und ich muss gestehen, ich war ihr gegenüber zu nachsichtig."

„Oftmals bis nach Clyth", pflichtete Mr. Murdoch ihm bei und nickte unheilvoll.

„Was sagst du da, Onkel?"

„Manchmal reitet sie nachts nach Clyth. Erst gestern Nacht habe ich sie im Mondschein reiten sehen. Sie kann es so gut wie Diana."

„Warum hast du mir davon noch nie etwas gesagt?", wollte der Marquis wissen.

Kate schaute zu Kit, konnte ihm aber nicht ansehen, ob ihm die Szene unangenehm war. Ihr zumindest war es peinlich, und sie wollte sich gerade entfernen, als der Marquis sie zurückhielt. „Bitte nicht. Es tut mir leid, aber wir alle sind noch immer nicht ganz zu uns gekommen."

„Das kann ich nur zu gut verstehen", entgegnete sie leise.

„Sie sind zu gütig."

Bedrückt senkte sie den Blick. Sie war keineswegs gütig. Vielmehr ließ sie nichts unversucht, um von diesen Leuten so sehr gemocht zu werden, dass die bereit waren, ihr und ihren Schwestern zu helfen. Sie hätte sich auch mit dem Teufel eingelassen, könnte ihr das Frieden und Sicherheit bringen.

Als ihr das bewusst wurde, errötete sie prompt und merkte, wie Kit sich neben ihr versteifte. Was musste er bloß von ihr denken, hatte er doch nie auch nur einen Funken Stolz für Wohlstand aufgegeben?

Mr. Murdoch räusperte sich und zuckte nervös mit den Augenbrauen, während er überlegte, wie er das betretene Schweigen überbrücken konnte. Er sah zu Kit, und seine Miene hellte sich auf.

„Wie ich sehe, gibt es mehr als einen Captain auf der Burg", sagte er. „Das ist die Jacke eines Rifleman des 59. Regiments, die Sie da tragen, nicht wahr? Die eines Captains. Ich wusste nicht, dass die Riflemen aufgelöst worden sind."

„Das sind sie auch nicht", erwiderte Kit. „Ich habe um Beurlaubung gebeten."

„Aber natürlich", erklärte der Marquis zustimmend. „Sie haben Ihre Pflicht getan und sich ein wenig Frieden verdient, nicht wahr. Ich nehme an, Sie können jederzeit zurück?"

„Aye", antwortete er. „Heutzutage gibt es immer Bedarf an Offizieren. Doch zuerst muss ich mich um einige persönliche Angelegenheiten kümmern und alte Schulden begleichen." Er lächelte, als seien diese Schulden im Handumdrehen erledigt, doch Kate wusste es besser. Er würde dem Mann aus der Burg nachjagen, der praktisch damit gedroht hatte, ihn umzubringen. Die Erkenntnis, in welche Gefahr er sich wissentlich begeben würde, war für Kate wie ein Schlag ins Gesicht.

„Stimmt etwas nicht, Mrs. Blackburn?", erkundigte sich der Marquis besorgt.

„Wann werden Sie abreisen?", überging sie die Frage. Überhaupt nahm sie die Anwesenheit des Marquis' fast gar nicht mehr wahr. Alles um sie herum verlor an Bedeutung. Während der Reise war ihr entfallen, dass Kits Nemesis immer in der Nähe war. Und es war so leicht gewesen, nicht nur ihre eigene, sondern auch jene Zukunft zu vergessen, die ihn erwartete.

„Wann werden Sie denn abreisen?", wiederholte sie. „Ich dachte, Sie würden für ein paar Tage bleiben."

Während sie nicht mehr daran dachte, wo sie sich befand, war Kit sich dessen sehr wohl bewusst. Er lächelte den anderen zu. „Mrs. Blackburn fürchtet, ohne einen Kutscher könne sie hier gestrandet sein", erklärte er rasch, „und müsste dann Ihre Gastfreundschaft über Gebühr beanspruchen, sollten die Straßen geschlossen werden. Mrs. Blackburn ist – Madam, verzeiht mir diese Vertrautheit – eine sehr stolze Frau."

Der Marquis, der bereits konsterniert dreingeblickt hatte, beruhigte sich. „Ah!", meinte er erleichtert. „Sie dürfen nicht denken, dass Ihre Anwesenheit jemals eine Last darstellen könnte, Mrs. Blackburn. Womöglich werde ich sogar die Straßen höchstpersönlich schließen, um weiter Ihre charmante Gesellschaft genießen zu können."

Kit lächelte freundlich, ganz so wie ein Gentleman, der das galante Benehmen eines anderen Gentleman zu schätzen wusste. Er hatte ihr ein paar Minuten Zeit verschafft, um ihre Fassung wiederzuerlangen, doch ein paar Minuten würden nicht genügen. Furcht legte sich wie eine eiskalte Hand um ihren Magen. Sie konnte Kit nicht ansehen, stattdessen legte sie die Finger an die Schläfen. „Ich ... ich bitte Sie, mich zu entschuldigen."

„Was ist los?", rief der Marquis voller Sorge aus.

„Oh, es ist kein Anlass zur Beunruhigung, aber manchmal werde ich von plötzlichen Kopfschmerzen heimgesucht."

„Können wir irgendetwas für Sie tun?", fragte der Marquis, während Kit sie nur ausdruckslos ansah.

„Ich fürchte nicht. Etwas Ruhe in einem abgedunkelten Raum, dann wird es mir in ein paar Stunden wieder besser gehen. Wenn Sie mich entschuldigen würden, aber ich glaube, ich wäre im Moment kein guter Gast bei Ihrem Dinner."

„Aber selbstverständlich." Der Marquis rief Merry zu sich. „Begleite Mrs. Blackburn zu ihrem Zimmer."

„Nein, es wäre mir unangenehm, wenn ich für noch mehr Unruhe beim Dinner sorge. Ich ziehe mich allein zurück."

„Wenn das Ihr Wunsch ist", sagte der Marquis, klang aber nicht überzeugt.

„Ja, das ist mein Wunsch", erwiderte sie, wünschte den anderen im Raum einen guten Abend und folgte dann dem schweigenden Lakaien auf ihr Zimmer.

Es wäre noch hinnehmbar gewesen, hätte sie nicht dieses dumme rosafarbene Kleid getragen. Der Ausschnitt betonte ihren schlanken Hals, enthüllte die zarten Linien des Schlüsselbeins und entblößte deutlich zu viel von ihrem Busen.

Hätte er doch bloß nicht gewusst, dass nur ein Zoll unterhalb des Stoffrands die Stelle zu finden war, auf die er sie so intensiv geküsst hatte, dass man es jetzt mit Sicherheit immer noch sehen konnte! Zum Glück wusste er aber auch, dass dieses Zeichen in Kürze wieder verblasst sein würde. Das hier war die Hölle, auch wenn die Gesellschaft angenehm, der Koch ein Meister seines Fachs und der Wein vom Feinsten war. Es änderte nichts daran, dass dies die Hölle war.

Als Kate sich zurückzog, war er erleichtert, da er nicht länger so tun musste, als würde er nicht jede Nuance auf ihrem ausdrucksstarken Gesicht bemerken. Als würde sein Herz nicht aus Angst davor wie wild schlagen, sie könnte sich verraten und die intimen Stunden mit ihm enthüllen, womit sie sich jeder Chance beim Marquis beraubt hätte. Und er musste auch nicht so tun, als würde sich sein habgieriges, egoistisches Selbst nicht genau das eigentlich wünschen. Kaum hatte sie die Tür hinter sich zugezogen, sehnte er sich bereits nach ihr.

Er zwang sich, seine Aufmerksamkeit den anderen zu widmen und sich nicht durch eine falsche Geste, ein missverständliches Wort oder eine unbedachte Bemerkung zu verraten. Der ältere Mann stritt sich mit seinem Neffen über den Nutzen von Napoleons Regime, die alte Dame gab ihre Meinung dazu ab, und von Zeit zu Zeit bat sie Kit, etwas für sie zu wiederholen. Der Marquis verließ einmal die Tafel, um nach Kate zu sehen. In diesem Moment musste sich Kit mit aller Kraft zurückhalten, damit er nicht aufsprang und für sich das Recht beanspruchte, sich um Kates Wohl zu kümmern.

Stattdessen starrte er verdrießlich in sein Weinglas, war sich aber sicher, nicht mehr allzu viel von der Freundlichkeit des Marquis, von Kates wiederholtem Erröten oder von seinem eigenen quälenden Verlangen zu ertragen.

Er hatte noch immer ein Ziel vor Augen, an das er sich jetzt so festklammerte, als könne es ihm das Leben retten. Jetzt war er endlich frei, sich um eine Sache zu kümmern, die er sich vor Jahren vorgenommen hatte. Den Anfang würde er in Clyth mit Callum Lamont machen, und wenn das nichts fruchtete, würde er sich nach London zu Ramsey Munro begeben.

Und danach? Er konnte immer noch zur Armee zurückkehren. Seine Männer brauchten ihn schließlich. Da war ein Krieg zu führen, und mit jeder Woche, die verstrich, wurde ihm deutlicher bewusst, dass sein Platz in diesem Krieg von einem anderen Offizier ausgefüllt wurde, der womöglich nicht über das gleiche Geschick oder über die gleiche Erfahrung verfügte. Außerdem konnte es passieren, dass er nach Indien geschickt wurde, wo er eine Chance hatte, die Erinnerung an Kate aus seiner Seele zu brennen, oder zumindest bei dem Bemühen, das Empire zu retten, hilfreich sein konnte.

Als das Dinner beendet war, bat der Marquis Kit, ihn in den Nebenraum zu begleiten. Natürlich ging er darauf ein, weil es Dinge gab, die man über sich ergehen lassen musste. Und wenn ein Marquis sich die Zeit mit einem Bürgerlichen vertreiben wollte, dann würde Kit das eben mitmachen – weil er es für Kate tat. Während sich die anderen einem Kartenspiel widmeten, ging er nach nebenan.

„Interessieren Sie sich für Glücksspiele, Captain MacNeill?“

„Nein, Sir.“

„Niemals?“ Der Marquis schaute ihn überrascht an. „Ich dachte, Soldaten seien alle passionierte Glücksspieler.“

„Nur, was unser Leben angeht, Sir. Etwas anderes habe ich nie verlieren können.“

„Ich nehme doch an, Captain MacNeill, dass in Ihnen mehr steckt, als Sie nach außen hin zu erkennen geben.“

„Ich bin nur ein Soldat, und davor war ich ein Nichts.“

„Sind Sie das? Waren Sie das?“ Der Marquis ging zu einem Servierschrank, auf dem eine Karaffe und kristallene Gläser standen. „Darf ich Ihnen etwas zu trinken anbieten?“

Kit fragte sich, was der Mann wirklich von ihm wollte. „Ja, danke."

Der Marquis schenkte Brandy in zwei Gläser und reichte ihm eines, stieß mit ihm an, dann tranken sie beide.

„Wollen wir uns nicht hinsetzen, MacNeill? Ja, das ist schon besser." Er legte die Beine übereinander. Seine schwarzen Stiefel glänzten wie eine Kormoranfeder. „Diese Schuld gegenüber Mrs. Blackburn … darf ich Sie nach den genaueren Umständen fragen?"

Aha, darum ging es also. „Es ist eine Sache mit einer langen Vorgeschichte."

„Persönlicher Natur?"

„Ihr Vater rettete mir das Leben, dabei gab er sein eigenes. Ich schwor, alles in meiner Macht Stehende zu tun, um seiner Familie zu helfen."

Der Marquis setzte sich aufrecht hin, beugte sich langsam vor und betrachtete Kit erstaunt. „Dann … dann sind Sie einer dieser Jungs, die Colonel Nash gerettet hat! Grace erzählte uns davon. Höchst erstaunlich. Wie lange wurden Sie festgehalten?"

„Einundzwanzig Monate."

„Mein Gott", flüsterte er. „Und mit Ihrem Versprechen wollen Sie den Verlust der Familie Nash wiedergutmachen?"

„Ja."

„Nun", murmelte der Marquis. „Ich kann Ihnen nur dafür danken, dass Sie Mrs. Blackburn zu mir eskortiert haben."

Seine Wortwahl hatte etwas Besitzergreifendes, und Kit verstand nur zu gut, dass er es auch so auffassen sollte. In diesem Moment hasste er den Marquis für dessen Scharfsinn und sogar für dessen Freundlichkeit. Vor allem aber hätte er ihn zu gern herausgefordert und seinen eigenen Anspruch geltend gemacht.

Doch er erwiderte nichts, er zuckte nicht einmal mit der Wimper. Er hatte gelernt, die Schläge mit dem Flegel ungerührt einzustecken. Doch der Flegel hatte niemals so sehr geschmerzt wie diese Worte.

Er würde noch heute Nacht abreisen.

Kit kam zu John, als der gerade Dorans Hufe auskratzte. Der junge Kutscher sah kurz auf und grüßte ihn. „Ein prächtiges Tier."

„Aye." Kit war nicht in der Stimmung, mit irgendjemandem zu reden.

„Irisch?"

„Aye."

John ließ Dorans Bein los und wischte sich die Hände an seiner Lederschürze ab. „Ich wollte nicht aufdringlich wirken, Sir."

„Tut mir leid, Junge." Es war nicht Johns Fehler, dass dieser Abend mehr von ihm gefordert hatte, als er ertragen konnte. „Ich habe das Temperament des Teufels. Doran ist ein Kavalleriepferd. Fünf Jahre lang hat er sich in Indien als Patriot bewiesen."

„Sie waren bei der Kavallerie, Sir?", fragte John, ging hinter Doran herum und beugte sich wieder hinunter. Mit der Hand strich er an der Fessel des Wallachs entlang und hob dessen Huf hoch.

„Ich nicht, das Pferd", gab Kit zurück. „Ich habe ihn von einem Offizier, der gerade sein Offizierspatent verkaufte."

„Verstehe", meinte John in Gedanken.

Auf einmal kam Kit eine Idee. „Der Marquis ... was für ein Typ Mensch ist er eigentlich, John?" Der Kutscher sah auf und schien angesichts dieser direkten Frage erschrocken.

„Ein ehrbarer Mann, Sir."

„Gerecht?"

„Gerechter als die meisten anderen."

„Großzügig?"

„Nun, er ist ein echter Schotte, Sir, aber niemand muss

jemals Not leiden, nur weil er sich lieber dem Glücksspiel widmen würde. Und kein Dach auf seinen Ländereien ist jemals undicht, nur weil er sich lieber die neueste Mode leisten würde. Und es gibt nicht ein Pferd hier im Stall, das es mit Ihrem Doran aufnehmen könnte", fügte er an, während er den Wallach freundschaftlich tätschelte. „Wie viel hat er Sie gekostet, wenn ich so frei sein darf, das zu fragen?"

„Ein verdammtes Vermögen", gab Kit nur zurück. „Aber wie ist der Marquis gegenüber jenen, die ihm oder den Seinen Schaden zufügen?"

„Da versteht er keinen Spaß, Sir."

„So?"

„Nun, er ließ die Miliz rufen, um sich der Leute anzunehmen, die Mr. und Mrs. Murdoch ermordet haben. Und er hat geschworen, für Gerechtigkeit zu sorgen – und das wird er auch tun. Ich weiß von keinem Schwur, den seine Lordschaft nicht gehalten hat."

„Sie wurden ermordet?", fragte Kit überrascht.

Der Kutscher schlug sich mit der flachen Hand an die Stirn. „Oh verdammt! Ich dachte, sie hätte es Ihnen erzählt."

„Mrs. Blackburn?"

„Ja. Ich habe es ihr gesagt, und Sie können mir glauben, dass ich sehr erstaunt war, der Erste zu sein, der ihr davon berichtete."

Das gefiel ihm überhaupt nicht. „Warum hat der Marquis Mrs. Blackburn nicht in einem Brief mitgeteilt, dass ihre Cousine ermordet wurde?"

„Ich dachte ja, das hätte er", gab John zurück. „Er schrieb ihr einige Male. Ich weiß das, weil ich selbst die Briefe an den Kurier übergab. Darum war ich auch so verblüfft, als ich hörte, sie kommt her. Aber er ist der Marquis, und ich bin nur ein Kutscher. Ich gehöre nicht zu den Leuten, die ihre Vorgesetzten infrage stellen." Er sah Kit an, als versuche er herauszufinden, ob er auch in diese Kategorie fiel.

„Sir“, fuhr er fort, „es war kein Geheimnis, dass sie umgebracht wurden. Ich vermute, der Kurier hat sich unterwegs irgendwo betrunken und dann den Brief des Marquis verloren.“ Möglicherweise hatte der junge Kutscher recht. „Das würde doch erklären, warum sich Mrs. Blackburn die Mühe macht, nach Clyth zu kommen, nicht wahr? Wäre ihr das mit dem Mord bekannt gewesen, hätte sie es sich vielleicht noch einmal überlegt, eine so weite Reise zu unternehmen.“

„Ja, das hätte sie vermutlich“, stimmte Kit ihm vorsichtig zu. „Mich überrascht, dass der Marquis ihr eine Kutsche schickte. *Er* kann eine solche Reise für nicht empfehlenswert gehalten haben.“

John zuckte mit den Schultern. „Wer versteht schon die Frauen? Vielleicht kam der Vorschlag von ihr, und er wollte nicht mit einer Ablehnung ihre Gefühle verletzen.“

So könnte es sich abgespielt haben.

„Nun, Ende gut, alles gut, wie man so sagt. Mrs. Blackburn ist sicher hier eingetroffen, und seine Lordschaft hat den Schurken die Miliz auf den Hals gehetzt.“

Aus Kits Sicht war das genau das, was ein ehrbarer Mann machen würde, und es bewies auch, wie weit er selbst von einem solchen Verhalten entfernt war. Hätte man seine nächsten Angehörigen umgebracht, wäre es ihm viel zu umständlich vorgekommen, erst einmal Unterstützung anzufordern. Er hätte sich selbst daran gemacht, die Bastarde zu verfolgen, und dabei zweifellos das Leben zahlloser Unschuldiger ruiniert.

Der Marquis war nicht so wie er. Das konnte für Kate nur von Nutzen sein. Es würde nicht mehr lange dauern, bis Parnell ihr seine Hilfe anbot, auch wenn sie das vielleicht nicht glaubte. Kate mochte dafür blind sein, aber er musste nur wenige Minuten in der Gesellschaft des Marquis verbringen, um das zu erkennen. Vermutlich war der Mann schon immer ein wenig in sie verliebt gewesen, und je mehr Zeit er in ihrer Gegenwart verbrachte, umso stärker und leidenschaftlicher würden seine Gefühle für sie werden.

Kit hätte den Mann am liebsten grün und blau geschlagen.

Sein Instinkt trieb ihn dazu an, Kate für sich zu beanspruchen, doch er würde das nicht tun. Er würde für sich etwas Besseres finden. Was sie benötigte, waren Dinge wie stabile Verhältnisse, Sicherheit und Reichtum. Davon konnte er ihr nichts bieten.

Doch wie, um alles in der Welt, hatte er das zulassen können, was letzte Nacht geschehen war? Weil er sie für eine kurze Nacht für sich hatte haben wollen. Und eine kurze Nacht würde alles sein, was er jemals bekommen sollte. Sie war eine Reisende in seiner Welt, die ihn nur ein Stück des Weges begleitete. Sie gehörte nicht auf Dauer an seine Seite. Kit konnte zudem nicht leugnen, was er mit eigenen Augen sah: Der Marquis war wohlhabend, angesehen, und er kannte seine Verantwortung. Außerdem war ihm Kate wichtig.

Hier würde es ihr gut gehen. Hier gab es alles, was sie wollte, und er musste von hier fort.

„Ich werde in ein paar Stunden zurückkommen und dann abreisen“, sagte er zu John.

Der Kutscher sah ihn betrübt an. „Das können Sie gern machen, aber wenn Ihnen Ihr Tier wichtig ist, dann werden Sie heute und morgen nicht auf ihm reiten.“

Kit stutzte. „Wie meinen Sie das?“

„Ein Stein hatte sich im Huf verkeilt, Sir. Nur ein kleiner Stein, den ich auch herausholen konnte, aber er hat eine wunde Stelle hinterlassen. Für ein oder zwei Tage würde ich ihn in Ruhe lassen.“

„Zum Teufel!“, fluchte Kit, woraufhin der junge Mann zusammenzuckte. „Na ja, warum nicht? Warum verdammt noch mal nicht?“

„Sir?“

„Einen Tag, sagst du?“

„Mindestens. Zwei Tage wären besser, sonst laufen Sie Gefahr, dass er lahmt."

„Das Risiko möchte ich nicht eingehen."

Er verließ die Stallungen und kehrte zur Burg zurück. Stumm verfluchte er das Schicksal, das dafür sorgte, dass Kate Blackburn zum Greifen nah und doch so fern war.

So wie damals bei Douglas Stewart.

Schloss von LeMons, Juli 1799

Der Wachmann kam in das stinkende Verlies und wartete, bis sich seine Augen an die Dunkelheit gewöhnt hatten. Er sah sich um und entdeckte Dand, der mit dem Rücken zur Wand saß. „Wo sind deine Freunde?"

Kit straffte die Schultern und sah zu Ram, der sich mit einer Schulter so lässig an die gegenüberliegende Wand anlehnte, als befinde er sich in einem Londoner Club. Douglas bahnte sich seinen Weg durch die Menge, um nach vorn zu gelangen.

Im Gegensatz zu ihm bewegte sich Kit langsamer von der Stelle, da er auf die kommenden Minuten nicht besonders erpicht war. Er wusste, sie würden schmerzhaft werden. Auch Ram hielt sich noch im Hintergrund. Ein halbes Dutzend weitere Wachen war ins Verlies gekommen. Die plötzliche Machtdemonstration gefiel Kit gar nicht.

„Gestern funktionierte unsere Guillotine nicht richtig", verkündete der Anführer der Wache. „Aber …", er hob die Hand, als müsse er sich gegen einen Schwall von besorgten Ausrufen behaupten, obwohl niemand einen Laut von sich gab, „… nach vielen Stunden angestrengter Arbeit glauben wir, dass sie jetzt wieder einsatzbereit ist. Wirklich wissen werden wir das natürlich erst, wenn … na ja." Er lächelte geringschätzig. „Ihr versteht schon, würde ich sagen."

Ein aufgeregtes Gemurmel setzte ein.

„Also." Er rieb sich die Hände. „Wir brauchen einen Freiwilligen. Einen ... schottischen Freiwilligen. Wir bestehen darauf, und wenn sich keiner freiwillig meldet, kommt ihr alle mit."

Dand saß wie angewurzelt da, Ram stellte sich gerade hin, und Kit schob sich durch die Menge zu Douglas, der immer noch in Richtung Tür ging.

„Wer möchte uns denn freiwillig bei unserem kleinen Problem helfen?"

„Ich." Douglas Stimme ging Kit durch Mark und Bein.

„Sehr gut."

„Nein!" Dand machte einen Satz nach vorn, doch einige Wachen schlugen ihn sofort zu Boden, während zwei andere Männer Douglas packten und aus der Zelle brachten. Kit kam im gleichen Moment wie Ram an der Tür an, die soeben ins Schloss fiel.

Kit lief zum winzigen Zellenfenster hoch oben in der Mauer und sprang hoch, dann zog er sich an den Gitterstäben nach oben, um nach draußen zu blicken. Dort tummelten sich so viele nach Blut lechzende Schaulustige, dass er nichts sehen konnte.

„Douglas!"

Dann machte er ihn auf der anderen Seite des Hofs aus. Der Henker führte Douglas auf das Gerüst, auf dem die Guillotine stand, während die Menge johlte und schrie. Mit einem schwarzen Tuch wurden ihm die Augen verbunden, dann drückte man ihn nieder, bis er kniete. Die Sonne wurde von etwas Metallischem reflektiert, und im nächsten Moment ...

„Nein!"

20. KAPITEL

Es war der nächste Morgen, als Kate feststellen musste, dass ihr vorgetäuschter Kopfschmerz inzwischen Wirklichkeit geworden war. Sie streifte ihr Kleid über, ohne allzu viel auf ihr Erscheinungsbild zu achten. In Gedanken war sie bei Kit MacNeill, der bald abreisen würde, vielleicht sogar schon heute.

Plötzlich wurde die Tür zu ihrem Zimmer geöffnet, Merry Benny kam herein. „Ich wollte fragen, ob Sie irgendetwas benötigen."

„Nein, danke", erwiderte Kate. „Es ist alles in Ordnung."

Die junge Frau bemerkte die aufeinandergelegten Kleider, die Peggy ihr gebracht hatte, dann stürmte sie vor. „Das sind Grace' Kleider!", erklärte sie. „Ich sollte sie bekommen."

„Ja, natürlich." Kate musste sich vor Augen halten, dass sie zuletzt Mitgefühl mit Merry gehabt hatte. „Da alle meine Kleider zerstört wurden, bot mir der Marquis an, Grace' Kleider für die Dauer meines Aufenthalts zu tragen. Du wirst sie alle bekommen, sobald ich wieder weg bin."

„Oh. Ja, natürlich, ich ..." Wenigstens war Merry rücksichtsvoll genug, einen verlegenen Eindruck zu machen. „Ich wollte auch nicht so gierig klingen. Es ist nur so, dass mir von Grace so wenig geblieben ist, da bin ich auf jeden eifersüchtig, der etwas von ihr besitzt."

Sie betrachtete das weiß und lila gestreifte Batistkleid, das Kate trug. Es hatte Puffärmel, außerdem ein fein besticktes, tiefrotes Satinband, das unter dem Busen aufgenäht war. „Grace hat die Schärpe selbst bestickt", erklärte Merry. „Sie war so gut mit der Nadel. Sie konnte aus dem gewöhnlichsten Gegenstand innerhalb weniger Stunden etwas ganz Exquisites machen."

„Du hast meiner Cousine sehr nahegestanden."

„Sie war meine beste Freundin."

„Dann wird sie dir wohl sehr fehlen, nicht wahr?"

„Ja", antwortete Merry leise und sah sich um. „Ist das die Truhe, die Grace Ihnen geschickt hatte?"

„Das ist sie."

„Würde es Ihnen etwas ausmachen, wenn ich einen Blick hineinwerfe? Einige Dinge sind aus ihrem Zimmer verschwunden, und ich nehme an, sie hatte sie Ihnen geschickt. Ich hätte sie gern für mich. Es ist nichts von Wert, aber mir würde es viel bedeuten."

„Selbstverständlich."

Kates Antwort war Aufforderung genug für sie, da sie prompt die Truhe aufklappte und sie auszuräumen begann. Jedes Teil wurde genau begutachtet, ehe sie es zu Boden warf. Das Durchsehen der Truhe dauerte eine Weile, und der Berg aus Grace' Habseligkeiten vor Merrys Füßen wuchs beständig.

In der Zwischenzeit hatte sich Kate auf ihren Platz am Fenster zurückgezogen. Sie wollte das Mädchen in seiner Trauer nicht stören, doch ihr behagte auch nicht der Gedanke, Merry allein hier zurückzulassen. Dann endlich war die Truhe leer. Unzufrieden starrte das Mädchen vor sich hin.

„Ist das alles? Es fehlen immer noch Dinge."

Kate nickte bestätigend. „So gut wie alles. Die Diebe, die meine Kleider zerstörten, gingen auch Grace' Sachen durch. Einige Bücher wurden zerrissen, ich gab sie dem Marquis, der sehen will, ob man den Schaden beheben kann. Das Nähkästchen ist noch da, aber die Stickrahmen wurden zerbrochen. Mehrere Tabaksdosen, eine Uhr und alle Phiolen mit Medizin hat man zerschlagen."

Merry schüttelte trotzig den Kopf. „Nein, nichts davon ist wichtig. Vielleicht ein Pastellgemälde? Oder Grace' Tagebuch?"

„Ein Tagebuch gab es aber nicht, und dies hier …", Kate deutete nun auf einen Satz Wasserfarben, „… ist das einzig Künstlerische."

„Ein Schmuckkästchen?"

„Nein, tut mir leid."

Ein misstrauischer Blick von Merry war die prompte Reaktion auf die Antwort. „Ich weiß von Grace, dass Sie sehr arm sind."

Kate wollte gerade aufstehen, erstarrte aber mitten in der Bewegung.

„Ich würde es Ihnen nicht übel nehmen, wenn Sie etwas für sich behalten haben. Als einzige Blutsverwandte von Grace haben Sie das auch verdient. Doch ich kann Ihnen versichern, dass es mir weitaus mehr bedeutet als Ihnen. Ich bin auch bereit, Sie dafür angemessen entschädigen zu lassen."

„Da ist sonst nichts."

Als Merry den eisigen Ton in Kates Stimme hörte, streckte sie beschwörend eine Hand aus. „Ich habe Sie beleidigt."

„Du klingst überrascht. Vielleicht bist du ja im Gegensatz zu mir daran gewöhnt, des Diebstahls bezichtigt zu werden."

Merry lief rot an. „Nein, natürlich nicht. Bitte verzeihen Sie." Ihre Lippen bebten. „Sie fehlt mir doch so sehr."

Mit diesem Geständnis war Kates Ärger verflogen, und sie hatte sofort wieder Mitleid mit dem Mädchen. Aus eigener Erfahrung wusste sie nur zu gut, was es hieß, sich verlassen vorzukommen und wütend zu sein.

„Das kann ich verstehen", sagte Kate und streckte Merry die Hand entgegen.

„Nein!", rief die aus und wich vor ihr zurück. „Das können Sie nicht verstehen, also sagen Sie auch nicht, es sei so!"

Kate nahm sich den Vorwurf nicht zu Herzen. Seit ihrer Ankunft war die Stimmung der jungen Frau immer wieder umgeschlagen – mal verloren und verwundbar, dann wieder verbittert und streitsüchtig. Es war ganz so wie bei Kate in dem Jahr, in dem ihr Ehemann und ihr Vater starben.

„Wenn ich doch nur ihre letzten Worte lesen könnte", beklagte sich Merry unter Tränen. „Ich möchte doch nur wissen, ob sie überhaupt an mich gedacht hat."

„Bist du dir sicher, dass es dich trösten könnte?", fragte Kate behutsam.

„Ich vermute, es würde alles nur noch schlimmer machen", flüsterte sie. „Aber ich möchte Gewissheit haben, dass sie vor ihrem Tod glücklich war. *Das* würde mich trösten."

Zwischen ihnen bestand unübersehbar eine Verbindung. Beide hatten sie durch Gewaltakte Menschen verloren, die ihnen lieb und wichtig waren. Aber während Grace einem Verbrechen zum Opfer gefallen war, hatte Kates Vater aus freien Stücken seinen Tod in Kauf genommen. Es hätte nichts ausmachen sollen, aber genau das tat es. Dennoch wäre ihr gern klar gewesen, welche Gedanken ihrem Vater durch den Kopf gegangen waren, kurz bevor er starb. Hatte er sich selbst auf die Probe stellen wollen? Oder war sein Tod tatsächlich eine Folge widriger Umstände gewesen, wie Kit es zu glauben schien?

Sie wünschte, ihr Vater hätte seiner Familie etwas Schriftliches hinterlassen, das belegte, dass er in den letzten Tagen vor seinem Tod an sie gedacht hatte. Doch ihr Vater war nie ein eifriger Briefeschreiber gewesen, also würde sie es niemals erfahren.

Und Merry erging es nicht anders.

„Es tut mir wirklich sehr leid, Merry. Aber Grace hat mir keinen anderen Brief geschickt als den, in dem sie mir mitteilte, sie und Charles würden bald nach London umziehen, und mich bat, einige Dinge im Voraus für sie in Empfang zu nehmen und aufzubewahren."

„Haben Sie den Brief noch?", wollte Merry wissen.

Kate schüttelte den Kopf. „Nein. Es war aber auch nur ein kurzer Brief. Lediglich ein paar Zeilen."

Die junge Frau schlang die Arme um ihre Taille und starrte aus dem Fenster. Auf der anderen Seite des Hofs trat Captain Watters ins Freie, seine goldenen Schulterstücke blitzten im

Morgenlicht. Er sah sich um, entdeckte Kate und Merry am Fenster, lächelte ihnen zu und verbeugte sich tief.

„Wenn es dich tröstet – der Marquis hat vollstes Vertrauen in Captain Watters“, sagte Kate. „Und ich auch, nachdem ich ihn kennengelernt habe. Mein Gefühl sagt mir, dass er ein Mann ist, der nicht aufgibt, solange er sein Ziel nicht erreicht hat.“

Merrys Gesicht nahm ein wenig Farbe an. „Er ist ein außergewöhnlicher Mann.“

Ganz offensichtlich war der Offizier nach dem Geschmack der jungen Frau.

„Und ich dachte, du würdest dich nur für Schmuggler interessieren“, meinte Kate als Versuch, sie von ihrer Traurigkeit abzulenken. Es funktionierte.

Mit einem verächtlichen Laut entgegnete sie: „Mr. Murdoch irrt sich. Ich bewundere keine Schmuggler. Sie sind so schrecklich primitiv.“ Sie machte eine fahrige Geste. „Zugegeben, da war mal eine Zeit, als ich mir eine romantische Verbindung mit einem von ihnen hätte vorstellen können.“

„Callum Lamont?“

Merry wandte abrupt den Kopf zu Kate herum. „Er besitzt einen gewissen rauen Charme“, räumte sie schließlich ein. „Und eine gewisse Ausstrahlung.“

„Wie soll ich das verstehen?“

„Es gibt Männer, die sind zum Anführer geboren, während andere nur zu den Gefolgsleuten zählen. Von der ersten Sorte gibt es ein paar, von der zweiten Sorte sehr viele.“ Ihr Blick kehrte zu Captain Watters zurück, der von vier Soldaten gefolgt den Hof überquerte. „So wie der Captain dort.“

„Ein guter Mann“, erwiderte Kate, wurde aber mit einem bemitleidenden Blick bedacht.

„Seien Sie nicht naiv. Ob ein Mann gut ist, hat damit nichts zu tun, Mrs. Blackburn. Es ist der Wille des Anführers, der die Richtung seiner Gefolgsleute bestimmt. Die meisten Männer folgen immer dem stärksten Anführer und befolgen die Regeln, die er aufstellt.“ Sie seufzte leise. „Güte siegt selten einmal über Stärke.“

„Du bist besorgt, dass Callum Lamont Captain Watters überlegen ist.“

Sie zuckte mit den Schultern.

„Ich habe beide Männer kennengelernt, und ich spreche voller Überzeugung, wenn ich sage, dass Captain Watters mehr Männer für seine Sache inspirieren kann als Mr. Lamont für seine Zwecke“, erklärte Kate. „Nach deiner eigenen Philosophie müsste also diesmal das Gute und das Starke gewinnen.“

Merrys Blick blieb voller Bewunderung weiter auf Captain Watters männlicher Statur haften. Dass dem so war, löste bei Kate Erleichterung aus, weil sich die Familie Murdoch nicht länger um sie sorgen musste. Offenbar hatte Callum Lamont einem akzeptableren Idol weichen müssen.

„Es stimmt“, murmelte Merry. „Man muss einfach glauben, dass Captain Watters alles erreichen kann, was er sich in den Kopf setzt.“ Sie sah zu Kate und hatte eine listige Miene aufgesetzt. „Ihr Captain MacNeill sieht so aus, als sei auch er ein solcher Mann gewesen.“

„Das ist mir nicht aufgefallen“, gab Kate zurück.

„Nicht?“ War das Unglauben in Merrys Stimme? Oder einfach nur Verachtung? „Nun, ich glaube, ich habe Sie lange genug von Ihrer Morgentoilette abgehalten“, sagte sie dann und eilte ohne ein weiteres Wort aus dem Zimmer, während Kate nachdenklich Grace’ Habseligkeiten betrachtete, die sich auf dem Fußboden türmten.

Kate ging erst hinunter zum Frühstück, nachdem sie das von Merry angerichtete Durcheinander aufgeräumt hatte. Der Marquis saß bereits da, stand aber auf, als er sie eintreten sah, erkundigte sich nach ihrem Wohlbefinden und erklärte dann, seine Familie frühstücke erst zu späterer Stunde.

Er gab einem Lakaien ein Zeichen, und kurz darauf wurde Kate ein großer Teller mit Kippern und Salzheringen, Eiern, Porridge und Kuchen serviert.

Gedankenverloren stocherte sie im Essen, während der Marquis ihr Gesellschaft leistete und köstliche Anekdoten aus seiner Familiengeschichte zum Besten gab. Sie bemühte sich, ihm zuzuhören, doch ihr Blick wanderte immer wieder zur Tür, da sie hoffte, Kit würde eintreten.

„Ihre Schwestern fehlen Ihnen sicher, Mrs. Blackburn."

Kate schreckte hoch. „Oh, meine Schwestern. Ja. Sehr sogar." Die Wahrheit war jedoch, dass sie schon seit Tagen kaum noch an Helena und Charlotte gedacht hatte, zu sehr war sie mit ihren eigenen Angelegenheiten beschäftigt gewesen. Nun aber wanderten ihre Gedanken tatsächlich zu ihnen.

Helena würde diese Burg lieben. Sie würde die Schönheit und die Eleganz mögen, und in der Bibliothek würde sie genügend Lesestoff für lange Wintermonate finden. Charlotte dagegen hätte sich nicht so sehr für die Burg begeistern können. Ihr würde die Abgeschiedenheit missfallen, es sei denn, sie fand einen würdigen Widersacher, bei dem sie ihrer spitzen Zunge und ihrem scharfen Verstand freien Lauf lassen konnte.

„Ich hoffe, sie werden eines Tages auch in der Lage sein, mein Zuhause zu besuchen. Wie wichtig die Familie ist, weiß ich nur zu gut. Meine eigenen Angehörigen sind mir das Wichtigste." Für einen Moment nahm sein Gesicht einen melancholischen Ausdruck an, der aber schnell wieder verschwand. „Ich habe so viele Jahre darauf verwendet, mein Erbe zu ordnen, dass ich mein Privatleben völlig vernachlässigte. Es ist Zeit, das zu ändern."

Kate erwiderte nichts darauf, sondern fragte sich, wieso ihre eigenen Schwestern so sehr in Vergessenheit hatten geraten können.

Als der Marquis sich räusperte, zuckte sie leicht zusammen, achtete aber nun wieder auf ihn. „Ich glaube“, sagte er, „die Zeit ist gekommen, dass meine Familie die Trauerphase beendet.“ Er legte seine Serviette mit der Entschlossenheit eines Mannes zur Seite, der soeben eine einschneidende Entscheidung gefällt hatte.

„Mylord?“

„Wir können uns nicht für alle Zeit von der Außenwelt abschotten. Vor allem nicht hier im Norden, wo die Gebräuche nicht so streng sind, wenn es um das Trauern geht, und wo das Fehlen eines jeden in unserer kleinen Gemeinde von Freunden und Nachbarn als Ungemach gewertet wird. Es sei denn …“, er sah sie besorgt an, „… Sie sind der Ansicht, wir hätten der Verstorbenen noch nicht angemessen gedacht.“

„Ich bin davon überzeugt, das haben Sie getan“, versicherte Kate ihm hastig.

Der Marquis lächelte sichtlich erleichtert. „Gut, denn es ist so, dass wir zu einer kleinen Feier bei den MacPhersons eingeladen sind, die in zwei Tagen stattfinden soll. Ich hatte ihnen geschrieben und abgesagt, doch jetzt denke ich, sollten wir trotzdem hingehen. Ihr sollt schließlich nicht glauben, wir seien langweilig.“

„Bitte, Mylord, ich muss nicht unterhalten werden.“

„Natürlich nicht, aber …“, er beugte sich vor und war in seiner Offenheit einfach reizend, „… ich möchte, dass Sie uns leiden mögen.“

„Ich müsste mich schon in einer besonders unangenehmen Gemütslage befinden, um das nicht zu tun, Sir“, beteuerte sie.

„Wenn dem so ist“, fuhr er fort, „möchte ich, dass Sie uns sogar sehr leiden mögen. Ich hoffe nämlich, Sie bleiben bei uns.“

Kate musste innehalten. Er konnte doch unmöglich das meinen, was sie in seine Worte hineininterpretierte.

Als er sah, wie verlegen sie reagierte, fügte er schnell an: „Mindestens bis zum Frühling. Die Rückreise wäre jetzt für Sie viel zu unbequem. Sie bleiben doch, oder?"

Sein Blick war offen und ehrlich, und es war kein Zweifel möglich: Der Marquis warb um sie. Kate brachte kein Wort heraus.

„Ich kann auch Ihre Schwestern herholen lassen."

Bei Gott! Er warb *tatsächlich* um sie! Kate wartete, dass ihr Herz vor Freude einen Satz machte, doch das geschah nicht.

„Ich hoffe, Sie halten mich nicht für voreilig. Wegen der Feier, meine ich." Dass er in Wahrheit gar nicht die Feier meinte, war ihr durchaus klar. „Sagen Sie, Mrs. Blackburn", fragte er mit abermals besorgter Miene. „Glauben Sie, es sei zu früh? Ich musste oft an Ihre wundervolle Gesellschaft in Brighton denken, und ich bin sehr froh, Sie wiederzusehen."

Sie wusste nicht, was sie sagen oder denken sollte. Sicher, ihr war bewusst gewesen, dass er sich damals zu ihr hingezogen gefühlt hatte – nur deswegen war sie überhaupt mutig genug gewesen, herzukommen und ihn um finanzielle Hilfe zu bitten. Dass seine Gefühle für sie tiefer gehen könnten, hätte sie sich niemals träumen lassen. Und nun wartete er auf ihre Antwort.

Es wäre dumm von ihr, ihn nicht zu ermutigen, doch die Worte, die sie hätte sagen sollen, blieben ihr im Hals stecken. Sie würde sich zwingen müssen, sie auszusprechen. „Ich werde mich dem anschließen, was Sie machen, Mylord."

„Tatsächlich? Ja, aber natürlich." Er lächelte zufrieden und lehnte sich zurück. „Wir werden die MacPhersons besuchen. Es wird nur eine kleine Zusammenkunft sein, die für unseren ersten öffentlichen Auftritt am besten geeignet ist. Nur vier oder fünf Familien für das Wochenende. Wir leben weit genug voneinander entfernt, um für gewöhnlich etwas länger zu bleiben, wenn wir uns treffen. Aber nicht zu lange", fügte er schnell an, als könnte sie eine Zukunft als Hausgast auf Dauer sehen. „Vier oder fünf Tage."

„Ja, Mylord."

Er stand auf. „Ich werde die MacPhersons sofort wissen lassen, dass sich unsere Umstände geändert haben und dass wir uns geehrt fühlen würden, ihre Einladung doch noch anzunehmen. Onkel Kerwin bewundert Mrs. MacPherson. Ihrer Familie wurde '45 der Titel aberkannt, und er kann nicht genug davon bekommen, sie weiterhin mit Countess anzureden. Und Mrs. MacPherson gefällt es, das zu hören. Außerdem wird sich Lady Mathilde freuen, wieder mit den Nachbarn Kontakt zu haben."

Zwar lächelte Kate, doch sie kam sich vor wie eine Betrügerin. Sie hasste sich dafür, dass sie so empfand, und sie hasste Kit dafür, dass er diese Gefühle bei ihr auslöste.

Sie sollte nicht so empfinden, es war lächerlich. Schließlich war sie keine alberne Heldin aus einem Lied eines mittelalterlichen Troubadours, die ewig nur einem Mann gehörte, bloß, weil sie eine Nacht in seinem Bett verbracht hatte. Andere Damen hatten sich Liebhaber genommen, obwohl sie verheiratet waren, und sie hatten auch ein glückliches Leben geführt. Sie würde eine solche Dame sein. Sie würde an Kit MacNeill denken und glücklich lächeln, und wenn ihr im Moment eher nach Heulen zumute war, dann musste sie sich damit abfinden, weil alles andere dumm gewesen wäre!

„Selbstverständlich."

„Und kann ich Sie am Nachmittag dafür begeistern, mit mir auszureiten? Im Stall gibt es eine wohlerzogene Stute. Oder wir fahren mit der Kutsche an den Klippen entlang. Die Aussicht ist atemberaubend. Die Entscheidung liegt bei Ihnen." Er lächelte sie mit jungenhaftem Charme an. „Was möchten Sie?"

„Eine Kutschfahrt wäre schön." *Was möchten Sie?*

„Ich werde sofort alles Notwendige veranlassen. Sollen

wir ein Uhr heute Mittag sagen?"

„Ja, gern."

Der Marquis ging, um einige Korrespondenz zu erledigen und um dafür zu sorgen, dass ihn am Nachmittag niemand stören konnte. Unterdessen blieb Kate im Frühstückszimmer sitzen und sah mit finsterer Miene vor sich auf den Tisch. Der Porzellanteller wies einen feinen Goldrand auf, links und rechts lagen massive Silbergabeln und -messer, ein Kristallkelch stand in Griffweite. Unter ihren Füßen fühlte sie den dicken Teppich, an der Tür wartete ein Lakai allein zu dem Zweck, ihr jeden Wunsch zu erfüllen. Im Kamin brannte ein Feuer, das wohlige Wärme verbreitete – Wärme, die Mitte November hier in den nördlichsten Regionen Schottlands ein wahrer Segen war.

Was willst du, Kate?

Sie schloss die Augen und sah das Gesicht ihrer Mutter, erfüllt von Traurigkeit, Helenas knochige Hände, die Nägel blau vor Kälte, und schließlich Charlotte, deren hübsches Gesicht größte Erleichterung verriet, als sie aus den kargen, gemieteten Räumen lief und flüsterte: „Die gesamte Saison, Katherine! Kannst du dir vorstellen, dass die Weltons' so großzügig sind? Ich werde die *ganze Saison* über in London sein!"

Charlotte würde diese Saison aber nicht bekommen, wenn der Marquis nicht dafür sorgte. Kate verzog voller Selbstverachtung den Mund. Sie würde nicht ihre Schwestern als Vorwand für ihre eigenen Absichten vorschieben. Helena und Charlotte waren nur einer von vielen Gründen, weshalb sie zustimmen würde, sollte der Marquis um ihre Hand anhalten. *Wollte* sie überhaupt zustimmen?

Was willst du, Kate?

Langsam erhob sie sich von ihrem Platz, und sofort war der Lakai zur Stelle, um ihr die Tür zu öffnen. Sie ging hinaus in den weiten, hellen Flur, vorbei an den Gemälden, die die vorangegangenen Generationen der Murdochs zeigten. Der Weg zur Bibliothek führte über einen so dicken Teppich, dass er jedes Geräusch verschluckte und sie sich praktisch lautlos fortbewegte. Sie musste nachdenken.

Was willst du, Kate?

Die Frage sollte wohl besser lauten, was sie *nicht* wollte. Sie wollte nicht hungern, nicht frieren. Sie wollte sich keine Sorgen machen müssen über ihre Zukunft und die ihrer Schwestern. Sie wollte keine Angst mehr haben müssen, nicht mehr verzweifelt sein. Und sie wollte nicht arm sein.

Na bitte, damit war die Antwort doch klar.

Ihre Hand ruhte auf dem Türknauf zur Bibliothek, als sie frustriert innehielt. Sie wusste zwar ganz genau, was sie *nicht* wollte, doch gleichzeitig war ihr genauso klar, was sie *wollte.*

In diesem Moment ging die Tür auf, und dann stand Kit MacNeill vor ihr und sah ihr in die Augen.

21. KAPITEL

Er hatte kein Recht, so gut auszusehen, wenn er zugleich so unehrenhaft wirkte. Der Stehkragen war billig, sein Leinenhemd fadenscheinig, der Hut war alt und seine Stiefel waren abgewetzt. Doch seine Hände … Kit hatte wunderschöne Hände. Sie waren nicht zart und von sanftrosa Farbe, sondern schwielig und rau, und seine Finger waren schmal, stark und maskulin.

Ihr fiel auf, dass er seine Hände gründlich gesäubert hatte. Aber wo war seine Regimentsjacke geblieben?

„Warum hast du mir nicht gesagt, dass du ein Captain warst?" *Wieso fiel ihr ausgerechnet diese Frage als Erstes ein?*

„Das Thema kam in unseren Unterhaltungen nie zur Sprache, außerdem ist es nicht wert, darüber zu reden."

„Ich hatte gedacht, du wärst ein einfacher Soldat gewesen."

„Das war ich auch, und als solcher befand ich mich wiederholt zur rechten Zeit am rechten Ort. Oder vielleicht sollte ich besser sagen: zur falschen Zeit am falschen Ort. Auf jeden Fall überlebte ich jedes Mal und wurde für mein Glück mit Beförderungen noch auf dem Schlachtfeld belohnt."

Er legte den Kopf schräg und sah Kate spöttisch an. „Angenommen, ich wäre ein einfacher Soldat, warum sollte ich dann hier sein anstatt bei meinem Regiment? Als Tochter eines Colonels sollte dich das doch eigentlich gewundert haben."

Verlegen sah sie nun weg. „Ich dachte doch, du seist vielleicht desertiert."

„Welch freundliche Einschätzung meines Charakters."

„Du hast viel Zeit darauf verwendet, mir deinen Charakter als von Schwächen geprägt zu schildern. Da kannst du nicht auf einmal sagen, ich sei unfair, wenn ich dich beim Wort nehme."

„Touché." Er grinste sie an, doch sie wünschte, er würde damit aufhören. Wenn er sie so anblickte, war er einfach zu gut aussehend, zu verführerisch.

„Außerdem", fuhr sie schroff fort und mied es, ihn anzusehen, weil sein Anblick genügte, um in ihr Verlangen zu wecken, „konnte ich mir nicht vorstellen, dass du freiwillig zum Militär gegangen sein könntest, nach allem, was dir widerfahren ist."

„Da war ich betrunken."

Niemand sollte MacNeill jemals vorwerfen können, er würde seine Vergangenheit in rosigen Farben schildern. Ein Lächeln umspielte seine Lippen, als hätte er ihre Gedanken gelesen. „In Heldengeschichten spiele ich nie die Hauptrolle, Kate, nur in bürgerlichen und gewöhnlichen Geschichten. Du musst nicht nach Dingen suchen, die nicht da sind. Aber ich bin nicht hier, um meine Schwächen zu gestehen. Die kennst du bereits bestens."

„Wirklich?"

„Unstillbares Verlangen." Er hob die Hand, als wollte er ihr Gesicht berühren, hielt dann jedoch inne. „Zorn. Stolz." Mit den Fingerspitzen strich er ihr langsam eine Strähne aus der Stirn. „Blinder Eifer gegenüber meinen Vorgesetzten." Sie verharrte reglos vor ihm und fürchtete, er könnte sich eine größere Freiheit herausnehmen. Zugleich fürchtete sie aber noch mehr, er könnte genau das nicht machen.

„Oh ja, du weißt, wie oft ich versagt habe."

„Du hast nie versagt, wenn es um mich ging", hauchte sie.

Mit seinem Daumen strich er an ihrem Augenwinkel vorbei, sodass er ihre Wimpern streifte. Kate drehte den Kopf ein wenig, um die Berührung deutlicher zu spüren. Sie hörte, wie sein Atem stockte, dann ließ er seinen Daumen über ihre Wange gleiten, bis er an der Kinnspitze angelangt war. „Ich bin gekommen, um dir zu sagen, dass ich bald abreisen werde", erklärte er, während er ihr tief in die Augen sah.

Nein! Ihr Herz begann schneller zu schlagen, ihr Magen verkrampfte sich aus Angst, Kit zu verlieren. „Wann?" *Das durfte nicht sein!* „Aber nicht heute, oder?"

„Es gibt keinen Grund, länger zu bleiben, wenn alles für meine Abreise spricht", erwiderte er ernst.

Sie schüttelte den Kopf. „Nein, nicht heute schon."

Für einen Moment schloss er die Augen, ein klares Zeichen dafür, dass er mit sich kämpfte. „Wann wirst du bereit sein, mich abreisen zu lassen?"

Kate wusste es nicht. Nächsten Monat? Nächste Woche? Oder vielleicht niemals? Der Gedanke, sie könnte ihn nie wiedersehen, war unerträglich. Ihr stockte der Atem, wenn sie nur daran dachte, dass er die Burg mit dem Ziel verlassen würde, einen Verräter und Mörder zu suchen. Heute durfte er auf keinen Fall bereits abreisen! „Vielleicht … in ein paar Tagen."

„Morgen, Kate", entgegnete er ruhig. „Um mehr darfst du mich nicht bitten, ich flehe dich an."

Er würde alles tun, was sie von ihm verlangte. Das hatte er geschworen. Er würde auch bleiben, wenn sie ihn darum bat, ganz gleich, für wie lange es sein sollte. Aber sie konnte ihn nicht mit einem Schwur an sich binden. Und sie konnte ihn nicht bitten, bei ihr zu bleiben, um mit ansehen zu müssen, wie sie alle Register zog, um den Marquis zu umgarnen. Sie war schlecht, das gab sie zu, aber sie war nicht verrucht.

„Morgen." Ihre Stimme versagte, und Kate kniff die Augen zusammen, damit er nicht ihre Tränen sehen konnte.

„Weißt du, was mir an dir sofort auffiel, als wir uns vor drei Jahren zum ersten Mal begegneten?", fragte er leise. „Es war dein Mut, Kate. Ich respektiere Mut vor allem anderen, ausgenommen nur Loyalität. Als ich dich das erste Mal sah, warst du so stürmisch und tapfer."

Obwohl sie traurig war, musste sie lächeln. „Das war kein Mut, Kit, das war Angst."

„Ich kannte deinen Vater ja nicht, Kate, aber in der Armee erfuhr ich von dem Ruf, den er genossen hatte. Colonel Roderick Nash war ein guter Offizier und ein kluger Taktiker. Vor allem aber tat er immer, was getan werden musste. Niemals zögerte er. So bist du auch, Kate. Du hast seinen Mut."

„Unsinn!" Sie war überhaupt nicht wie ihr Vater.

Kit legte seine Finger um ihr Kinn und kam näher. „Deine Mutter war im Begriff zu sterben, deine ältere Schwester hatte noch nicht begriffen, welches Schicksal euch erwartete. Deine jüngere Schwester versuchte immer noch, das alles überhaupt zu verstehen. Innerhalb eines Jahres wurde euch alles genommen, was ihr hattet und was ihr wart. Aller Komfort, alle Sicherheit war verschwunden. Ein Ehemann, ein Vater, alle fort. Trotzdem wusstest du genau, was zu tun war, und du hast es getan."

Er hob ihren Kopf ein wenig an, sodass das Licht, das durch die hohen Fenster fiel, auf ihr Gesicht schien. „Wie anders soll man das bezeichnen? Es ist Mut. Dein Vater wäre stolz auf dich."

Er irrte sich. Ihr Vater würde keineswegs stolz auf sie sein. In Wahrheit war sie ein Feigling, weil sie Reichtum, Komfort und Sicherheit für nichts auf der Welt aufgeben würde. Nicht für Stolz, nicht für Liebe. Sie konnte es einfach nicht.

Aber sie konnte noch einen Moment mit Kit verbringen, ihn noch einmal küssen. Mutig legte sie eine Hand auf seine Brust und fühlte seinen kräftigen Herzschlag. Sie kam näher, bis der Saum ihres Kleids über seine Stiefelspitzen wischte.

„Kit", sagte sie leise.

„Jemand könnte hereinkommen", flüsterte er. Hoffnungslosigkeit und Zärtlichkeit schwangen in seiner Stimme mit.

„Das ist mir gleich."

„Ja", erwiderte er. „Das glaube ich. Du bist hier sicher, Kate, hier wird für dich gesorgt. Du kannst wieder das Leben führen, das du einmal hattest."

„Ja."

„Du bist hier sicher", wiederholte er. Er war nach wie vor um ihre Sicherheit besorgt. „Ich sah am Morgen Captain Watters mit seinen Leuten nach Clyth reiten. Er wird diejenigen finden, die für den Tod deiner Cousine verantwortlich sind."

Dass Charles sich mit Schmugglern eingelassen und deshalb sein Leben verloren hatte, wusste Kit nicht. Er musste sich keine Gedanken um ihre Sicherheit machen. Sie war keine Schmugglerin, und sie hatte niemanden verraten.

Nur sich selbst.

„Ich bin nicht reich", entgegnete sie. Sie wollte ihm versichern, dass ihr nichts passieren konnte, ohne dabei das zu verraten, was der Marquis ihr anvertraut hatte. „Ich werde nicht ohne Begleitung unterwegs sein. Der Marquis weiß um die Situation in dieser Region, und ich bin überzeugt, er wird alle notwendigen Vorsichtsmaßnahmen treffen."

„Und wer immer in dieser Burg im Moor war, hat es auf mich abgesehen, nicht auf dich", fügte er an und betrachtete aufmerksam ihr Gesicht. „Wenn ich gegangen bin, droht dir auch aus dieser Richtung keine Gefahr mehr."

Nach einer kurzen Pause fuhr er fort: „Ich kann nicht bleiben, Kate." Sein Tonfall sollte ihr deutlich machen, dass Kit nur das Beste für sie wollte und dass er sie nicht im Stich ließ.

Alles, was du haben willst, ist zum Greifen nah, Kate Blackburn. Du musst nur zusehen, wie Kit MacNeill aus deinem Leben verschwindet. „Ich weiß, dass du gehen musst."

Auf einmal zog er sie an sich und legte eine Hand an ihren Hinterkopf. Sein Atem ging angestrengt, Kate drückte sich bereitwillig gegen seinen Körper.

„Gott steh mir bei", murmelte er heiser. „Nicht ohne einen letzten Kuss."

Es war nur ein Kuss, aber in ihm lag alle Verzweiflung, alle Sehnsucht, alles Verlangen. Kate reagierte heftig auf ihn, schlang die Arme um Kit und drückte ihn an sich, als könnte sie so eins mit ihm werden. Für einen flüchtigen Moment hielt er sie fest, als würde er sie niemals wieder loslassen.

Doch dann löste er sich aus der Umarmung.

„Ich muss gehen."

Sie konnte ihn nicht weggehen lassen, ohne zu wissen … ohne ihn wissen zu lassen … ohne hoffen zu können …

„Der Marquis hat für morgen eine Einladung bei Nachbarn angenommen", flüsterte sie. „Er hat mich gebeten, ihn zu begleiten und bei ihm zu bleiben … auch wenn wir von dort zurückkommen."

Kits Körper versteifte sich, nur seine Augen verrieten nichts von dem, was in ihm vor sich ging.

„Ich …" Sie schluckte. „Wüsstest du einen Grund, warum ich nicht bei ihm bleiben sollte?"

Fünf Schläge. Solange dauerte es, um ein Herz zu brechen. Fünf Herzschläge lang hoffte sie und dann …

„Nein", antwortete er. „Ich wüsste keinen Grund."

… starb diese Hoffnung.

22. KAPITEL

Ein Lakai straffte sofort die Schultern, als Kit an ihm vorüberging, und ein Dienstmädchen lächelte ihm schüchtern zu. Von beiden nahm er keine Notiz.

So klar und deutlich, wie es ihr Stand und ihr Stolz zuließen, hatte Kate ihn gebeten, seinen Anspruch an ihr kundzutun. Mit bebender Hand hob er den Riegel der Tür an. Sie durfte niemals erfahren, wie sehr sie ihn aufgewühlt hatte und wie gern er ihrem Wunsch entsprochen hätte. Er war ein egoistischer Rohling, doch *so* egoistisch war er nun doch nicht. Sie sollte hier beim Marquis bleiben, der ihr und ihren Schwestern eine sichere Zukunft bieten konnte. Wenn er dann in vielen Jahren an sie dachte, konnte er sich an der Tatsache erfreuen, dass eine Dame es – wenn auch für kurze Zeit – in Erwägung gezogen hatte, für ihn alles aufzugeben, was ihr wichtig war. Mit diesem Wissen würde er leben können.

Er ging nach draußen, wo sich der Winter ein wenig zurückgezogen hatte. Die Luft war mild, der Himmel bleich. An den Stallungen angekommen, nahm Kit erleichtert zur Kenntnis, dass außer den Pferden niemand dort war. Er fand Doran und strich über das Hinterbein des Wallachs, dann hob er den Huf an. Von einer Druckstelle war nichts mehr zu sehen, und Doran ließ beim Abtasten auch nicht erkennen, dass ihm etwas Unbehagen bereitete. Morgen würde Kit abreisen.

Ein leises Geräusch ließ ihn aufhorchen, und im nächsten Moment sah er eine Frau durch den Stall eilen, in einer Hand eine vollgepackte Reisetasche. Es war Mertice Benny, das Mündel des Marquis. Am Ende des Gangs angekommen, stellte sie die Tasche ab und versuchte, eine Standtür zu öffnen. Der Riegel klemmte offenbar, da sie keinen Erfolg mit ihren Bemühungen hatte.

„Darf ich?“, fragte Kit, woraufhin sie herumwirbelte und eine Hand an ihre Kehle drückte.

„Sie haben mich erschreckt!"

„Das war nicht meine Absicht, ich versichere es Ihnen. Kann ich Ihnen behilflich sein?"

Ihr argwöhnischer Blick ließ Kit gereizt reagieren. Ihre Tugendhaftigkeit war bei keinem anderen Mann so sehr in sicheren Händen wie bei ihm.

„Also?" Verärgert zeigte sie auf die Tür. Offenbar wollte sie ihm so bedeuten, dass er versuchen sollte, sie zu öffnen.

Warum nicht? Er begutachtete die Standtür und stellte schließlich fest, dass sie durch ein Stück Holz am Scharnier blockiert wurde. Mit dem Dolch zog er das Hindernis heraus, die Tür ging auf und gab den Blick frei in einen leeren Stand – leer, wenn man von den Gepäckstücken absah, die dort aufeinandergestapelt lagen. Neue Taschen und Koffer, deren Leder noch glänzte und deren Messingschlösser blitzten. Ein sonderbarer Platz, um derartige Dinge aufzubewahren.

Merry bemerkte seinen verwunderten Blick und hob überheblich den Kopf an, als wolle sie ihn herausfordern, sie zu befragen. Tatsächlich jedoch war er weder an ihr noch an ihren Koffern interessiert. Er machte einen Schritt zur Seite, damit sie die Tasche in den Stand ziehen konnte.

„Es ist so ... dass ich ... eine längere Reise ... plane", keuchte sie, während sie das schwere Gepäckstück unterbrachte. „Und ich wüsste keinen Grund, warum ich mein Zimmer mit Koffern vollstellen sollte, wenn es diesen absolut idealen Platz gibt, um sie zu lagern."

„Ich wüsste einen Grund: Diebe, die sich über eine solch leichte Beute freuen würden", gab er ungerührt zurück.

Die junge Frau machte eine mürrische Miene und biss sich auf die Unterlippe. Offenbar überlegte sie, ihn zurechtzuweisen, was sie wohl am liebsten getan hätte, oder ihn zu bezirzen, damit er ihre Sache billigte – was immer diese Sache denn sein würde. Zumindest war sie eine vorübergehende Ablenkung von Kate.

Sie versuchte es mit einem koketten Lächeln, das vielleicht sogar recht nett gewirkt hätte – wenn es ihn interessiert hätte. „Sagen Sie davon bitte nichts dem Marquis."

„Wovon soll ich ihm nichts sagen?"

„Vom Gepäck. Und davon, dass ich … abreise."

Davon, dass sie weglief. Alles passte genau zusammen. Sie brannte mit jemandem durch, und Kit hatte eine Ahnung, wer dieser Jemand war. Merry war an sich nicht so leicht zu durchschauen, doch er hatte oft nur deswegen überlebt, weil er anderen Menschen erst einmal nicht über den Weg traute. Deshalb war ihm auch sofort klar, dass dieses Mädchen ihn anlog.

„Die Murdochs würden das nicht verstehen. Er ist nicht so wie sie", erklärte Merry mit kaum gezügelter Begeisterung.

Dann war ihre Bewunderung für den edlen Captain Watters eine falsche Fährte, sonst hätte sie nicht „wie sie" gesagt. Niemand würde etwas gegen eine Liaison mit dem Captain haben. Aber sie wollte mit Callum Lamont durchbrennen.

„Sie müssen mich nicht so ansehen. Ich dachte, wenigstens Sie würden mich verstehen."

Verwundert zog er eine Braue hoch. Ihr Stich saß, auch wenn er tatsächlich mehr mit Callum Lamont gemeinsam hatte als mit Captain Watters. Dennoch entgegnete er nur: „Ich soll verstehen, dass Sie mit einem Dieb und Schmuggler durchbrennen? Das ist doch genau das, was Sie vorhaben."

Einen Moment lang schien sie überrascht, dann erwiderte sie aufgebracht: „Das geht Sie nichts an. Außerdem sind wir verheiratet."

„Verheiratet?" Damit hatte er nun wirklich nicht gerechnet.

„Aye. Wir sind hier in Schottland, da ist das nicht so schwierig."

„Ich glaube Ihnen kein Wort."

Sie zuckte mit den Schultern. „Ist mir auch egal. Sie müssen nur den Schmied in Selwick fragen."

„Sie begehen eine Dummheit."

„Ach, kommen Sie schon, Captain. Die Engländer brennen schon seit Jahren zu uns Schotten durch. Da gibt es doch wohl keinen Grund, warum ich als Schottin nicht auch einen unserer wichtigsten Bräuche in Anspruch nehmen sollte."

„Sie glauben, Sie machen da etwas sehr Romantisches und Abenteuerliches", entgegnete Kit. „Aber das ist nicht der Fall. Es ist nur elend und gewöhnlich. Und es ist ein Weg, der in die Einsamkeit führt."

Trotzig hob sie das Kinn. „Aber ich werde nicht allein sein."

„Noch nicht." In seinen Blick schlich sich ein mitleidsvoller Ausdruck ein. „Aber was glauben Sie, wie lange er bei Ihnen bleiben wird? Einen Monat? Ein Jahr? Früher oder später wird er bei einer Wirtshausschlägerei sein Leben verlieren oder am Strick enden."

„Niemand wird ihn zu fassen bekommen, dafür ist er viel zu schlau", gab sie überzeugt zurück.

Bei Gott, sie glaubte tatsächlich daran. Erstaunt versuchte er eine andere Taktik. „Vielleicht nicht, aber die Romanze wird nur so lange währen, wie Sie Ihre Schönheit besitzen. Wie lange aber wird das der Fall sein? Ein raues Leben ohne den gewohnten Luxus nimmt einer Frau stets schnell das gute Aussehen."

„Mrs. Blackburn scheint darunter aber nicht zu sehr gelitten zu haben."

Diese Antwort kam so unverhofft, dass Kit Merry mit einem gewissen Respekt betrachtete. Sie war nicht unschuldig, wie man es auf den ersten Blick meinen konnte, und sie wusste zumindest, sich mit Worten zur Wehr zu setzen.

„Mrs. Blackburn ist auch die Ausnahme. Hinzu kommt, dass sie klug genug ist, sich ihr Leben nicht von absurden Wunschträumen diktieren zu lassen. Es wäre gut für Sie, sich an ihr ein Beispiel zu nehmen.“

„Nanu, so förmlich, Captain MacNeill? Sie sagen zwar, Mrs. Blackburn sei klug genug, aber ...“, sie kam ein Stück näher, „... ich glaube eigentlich, dass *Sie* die Entscheidung für sie getroffen haben.“

Er hatte sie gewarnt, mehr konnte er nicht tun. Also wandte er sich ab, doch Merry packte ihn am Ärmel.

„Ich habe doch recht, nicht wahr? *Sie* verlassen *Kate,* aber nicht umgekehrt.“

„Sie gehört nicht zu mir, daher kann ich sie auch nicht verlassen“, sagte er mit trügerisch ruhiger Stimme.

Merry lachte auf. „Sie gehört also nicht zu Ihnen. So wie die Sonne nicht zum Mond und der Tag nicht zur Nacht gehört. Glauben Sie wirklich, es sei nicht offensichtlich? Wie Sie sie ansehen? Wie sie es meidet, Sie anzusehen?“

„Sie bilden sich das nur ein.“

„Sie sind ein verdammter Narr“, spottete sie. „Sie lassen sie hier zurück? Seinetwegen? Wissen Sie, was mit einem Menschen passiert, den man auf diese Weise verlässt? Aus Liebe wird Hass, Captain MacNeill. Und Hass ist ein guter Nährboden für alle möglichen unerfreulichen Dinge.“

„Halten Sie den Mund“, fuhr er sie an, doch sie kam noch näher.

„Wollen Sie, dass sie Sie hasst? Denn das wird sie tun! Was denn? Das ist Ihnen nie in den Sinn gekommen? Sie dachten, sie sei Ihnen dankbar dafür, dass Sie sie hier zurücklassen?“ Sie schüttelte langsam den Kopf. „Niemals. Sie wird Sie hassen, sich selbst, den Marquis – weil sie immer daran denken wird, dass Sie die Entscheidung für sie gefällt haben. Sie wird nicht an die Armut denken, vor der Sie sie zu verschonen glauben. Sie wird an die Lust und die Leidenschaft denken, und jeder Gedanke wird von Hass geprägt sein, weil Sie sie verlassen haben. Mich dagegen wird man nicht verlassen. Nicht noch einmal!“

Dann drehte sie sich abrupt um, sodass sie mit dem Rücken zu ihm stand. Nach zwei tiefen Atemzügen war sie wieder ruhig, und als sie sich ihm zuwandte, wirkte sie erschöpft und mit den Nerven am Ende. Sie führte ein Leben auf Messers Schneide, da sie sich einerseits vor ihrem Geliebten fürchtete, zugleich aber noch mehr Angst hatte, nicht mit ihm fortzulaufen. „Werden Sie es dem Marquis sagen?“, flüsterte sie.

Erstaunt schaute er sie an. „Ich habe keine andere Wahl. Wie könnte ich dem Marquis verschweigen, dass sein Mündel wegläuft, zudem noch mit einem möglichen Mörder?“

„Er hat niemanden ermordet“, widersprach sie prompt. „Ich schwöre Ihnen, er hat weder Charles noch Grace ermordet. Ich weiß, er ist unschuldig, weil ich den wahren Schuldigen kenne.“

„Wer ist es?“

„Das werde ich nicht verraten, solange ich nicht weit genug von hier fort bin. Dann – und das schwöre ich – werde ich einen Brief schreiben und die Wahrheit enthüllen. Falls Sie mich gehen lassen. Wenn die anderen morgen die MacPhersons besuchen, werde ich hierbleiben. Dann reisen wir ab, und niemand wird uns jemals wiedersehen.“

„Es tut mir leid.“

Ärgerlich presste sie die Kiefer zusammen. „Ich sage Ihnen doch, er hat Grace und Charles nicht getötet. Würde ich mit dem Mann durchbrennen, der meine beste Freundin auf dem Gewissen hat? Meine *einzige* Freundin?“ Ihren Augen sah er an, dass sie von Lamonts Unschuld überzeugt war. „Außerdem sind wir verheiratet, und es geht Sie ohnehin nichts an.“

Merry befand sich in der besseren Position, um sagen zu können, dass Lamont mit dem Mord an Grace nichts zu tun hatte. Vielleicht sprach sie ja die Wahrheit. Aber was, wenn nicht …? Nun, in diesem Fall war sie fort von hier und konnte der Familie Murdoch so schnell keinen Skandal bescheren. Und damit würde auch Kate vor den Folgen eines Skandals verschont bleiben. Sollte Merry wirklich mit Lamont verheiratet sein, konnte der Marquis ohnehin nichts unternehmen, um sie aufzuhalten.

„Also gut", willigte er ein, auch wenn er wusste, dass er wider besseres Wissen handelte. Andererseits war er sich gar nicht mehr so sicher, ob er sich auf dieses bessere Wissen überhaupt noch verlassen konnte.

„Noch eins!", rief Callum Lamont mit heiserer Stimme und hob seinen Krug, während er sich vorsichtig den Hals rieb. Er fürchtete, dass sein Kehlkopf für immer ruiniert worden war und er den Rest seines Lebens wie ein Ochsenfrosch würde krächzen müssen. Das war nicht gerecht, zumal er diesem Bastard früher einmal das Leben gerettet hatte.

Finster starrte er in den leeren Krug. Der Kerl war undankbar, sonst nichts. Er würde ihm schon noch Manieren beibringen, zumal jetzt niemand mehr da war, der dem Kerl Rückendeckung gab. Dieses schottische Wolfsrudel war offenbar nicht mehr gemeinsam unterwegs, aber das war auch nicht weiter überraschend. Es war ja schon bezeichnend gewesen, dass diese „Bruderschaft" nicht mal einen kleinen Verrat hatte überleben können.

Unwillkürlich musste er lächeln. „Ich sagte, ‚noch eins'!"

Meg schlich zu ihm, füllte den Krug auf, und als niemand sie beobachtete, ließ sie einen versiegelten Brief auf seinen Schoß fallen. Callum drückte ihr eine Münze in die Hand, womit er sie als Kurier zwischen ihm und der Burg bezahlte. Dann eilte sie fort von seinem Tisch, als fürchte sie um ihre Tugendhaftigkeit, was Callum mit einem Anflug von Verärgerung quittierte.

Er hatte noch nie einer Frau Gewalt angetan, und dazu würde es auch nie kommen. Er musste keine Frau zwingen, zu ihm ins Bett zu kommen, sie umschwärmten ihn vielmehr wie die Bienen den Honig. Ein Blick in den Spiegel genügte, um den Grund zu verstehen. Aber es war nicht nur sein Erfolg beim anderen Geschlecht, dass er auf Frauen wie Meg gern verzichtete.

Sein Herz spielte dabei auch eine Rolle, denn das hatte er an eine Dame verschenkt, eine wahre Dame. Eine, die so schön war wie eine Rose, die aber auch genauso stechen konnte. Aber ein paar Dornen nahm er gern in Kauf, wenn er an die Nächte dachte, die sie in seinem Bett verbracht hatte. Schon bald würden sie wieder zusammen sein.

Callum Lamont war ein Bastard, ein übellauniger, mordender Teufel, und seine Liebe war gemein, aber sie war ehrlich. Er war so zuverlässig wie Ebbe und Flut, und er war Merry treu. Doch er konnte so lange über ihren Charme nachdenken, wie er wollte, es würde sie beide dem Schatz keinen Schritt näher bringen. Seufzend brach er das Siegel des Briefs.

Aufmerksam las er den Inhalt, der zwar nur aus wenigen Worten bestand, der ihn aber zum Grinsen brachte. Er zerknüllte den Brief und warf ihn ins Feuer. Als die Flammen ihn verbrannten, begann er zu lachen.

Und da hieß es immer, Arbeit und Vergnügen würden sich nicht vertragen.

23. KAPITEL

Kerwin Murdoch stand neben dem Gepäck, das im Flur aufgetürmt war, während Lady Mathilde unablässig auf Kate einredete und der Marquis dem Butler noch letzte Instruktionen gab. Miss Merry würde sie nicht begleiten, da sie nicht bereit war, die Trauerzeit für ihre „liebste Grace“ auch nur um eine Stunde zu verkürzen. Es wäre unverzeihlich, sie dazu zwingen zu wollen.

Der Marquis, der auf diese Entscheidung nicht vorbereitet war, wurde dadurch in eine höchst missliche Situation gebracht. Die erste Einladung der MacPhersons hatte er ausgeschlagen, dann darum gebeten, die Einladung noch einmal auszusprechen, sodass er sie annehmen konnte – und nun sollte er ihnen schon wieder eine Absage erteilen.

Lady Mathilde war sichtlich in Sorge, ihre Rückkehr in die Gesellschaft könnte weiter verzögert werden, und erklärte, das Mädchen könne auch allein auf der Burg bleiben. Immerhin passten Captain Watters' Leute und gut fünfzig Bedienstete darauf auf, dass es ihr an nichts fehlte. Doch es war ein Brief nötig, der von einem Kurier der Miliz gebracht wurde, damit der Marquis überzeugt war, er könne sein Mündel zurücklassen.

Nachdem das Hindernis mit Namen Merry überwunden war, zeigte sich Lady Mathilde beruhigt und ging ihre Garderobe durch. „Ein halbes Dutzend Kleider für den Tag sollte genügen. Aber ob vier für den Abend wirklich genug sind? Der Himmel weiß, wie es bei den MacPhersons im Winter aussieht. Es kann warm und gemütlich sein, aber vielleicht auch so zugig wie in einer Kathedrale. Man muss auf alles vorbereitet sein“, sagte sie zu Kate. „Sie sollten sich gute Reitkleidung zulegen, Mrs. Blackburn. Reiten Sie? Nicht? Oh, wie schade. James ist ein begeisterter Reiter.“ Nach einer kurzen Pause verzog sie mitfühlend den Mund. „Sie sehen aus, als sei Ihnen unwohl, Kind. Fühlen Sie sich für den Ausflug wirklich bereit?"

Kate lächelte die alte Frau dankbar für diese Frage an. Nein, sie fühlte sich gar nicht bereit. Seit gestern hatte sie Kit nicht mehr gesehen, und mit jedem Moment wurde ihr deutlicher, wie sehr er ihr fehlte.

Er war immer noch irgendwo auf der Burg, aber er hatte am Tag zuvor nicht mit den anderen zu Abend gegessen. Das hatte das Dinner für sie zu einer langweiligen, mühseligen Angelegenheit werden lassen. Erschwerend kam hinzu, dass jede freundliche Geste und Bemerkung ihr nur umso deutlicher vor Augen führte, wie undankbar sie doch war. Zwar kannte der Marquis nicht die Ursache für ihre Stimmung, doch entging sie ihm keineswegs. Er war auf eine einzigartige Weise um ihr Wohl besorgt gewesen. Und Merry, deren Absicht, weiterhin trauern zu können, von Erfolg gekrönt worden war, fesselte alle Anwesenden, indem sie sich unerwartet von ihrer charmanten Seite zeigte.

Die ganze Zeit über fragte Kate sich, wo Kit war, wann er aufbrechen würde, ob er an sie dachte und wie lange er sie wohl in seinem Herzen mit sich tragen würde. Sie musste erkennen, dass sie dabei einen Teil ihres eigenen Herzens verloren hatte, den sie nie zurückerlangen würde. Aber … er hatte sich nicht zu seiner Zuneigung bekannt, sondern sie mehr oder weniger dem Marquis zugeschoben.

Zum Glück hörte wenigstens einer von ihnen beiden auf seinen Verstand.

„Mrs. Blackburn?", fragte plötzlich Lady Mathilde besorgt. Kate wurde bewusst, dass die Frau schon länger mit ihr geredet hatte, ohne dass es ihr aufgefallen war.

„Es tut mir leid, was haben Sie gesagt? Ich muss gestehen, ich bin sehr müde."

„Ah!" Lady Mathilde hob warnend einen Finger. „Ermüdung führt oft zu Erkrankung. Ich hätte das eigentlich erwarten sollen, immerhin sind Sie in einer offenen Kutsche hier eingetroffen. Das muss man sich vor Augen halten! Ich hätte James warnen sollen, das nicht zu machen, aber … na ja, ich bin eine egoistische alte Frau", meinte sie reumütig. „Und er war so versessen darauf, Sie vorzustellen." Sie verstummte, ihre Wangen erröteten ein wenig.

Kate bekam Schuldgefühle, dass Lady Mathilde so offensichtlich an ihr Gefallen fand, obwohl sie doch viel lieber … Nein! Sie durfte nicht so denken! Aber wie sollte sie denken? Und wie sollte sie es anstellen, wenn sie erst einmal den interessierten Blicken der MacPhersons ausgesetzt war?

Nein! Sie brauchte einfach nur Zeit. Alles war so schnell geschehen, schließlich hatte sie weder damit gerechnet, mit Kit eine Liebesnacht zu verbringen, noch war damit zu rechnen gewesen, dass der Marquis so rasch sein Interesse an ihr bekunden würde. Zwischen beiden Ereignissen lagen nur ein paar Stunden. Da war es doch kein Wunder, dass sie verwirrt war, dass sich in ihrem Kopf alles drehte und sich ihre Gedanken überschlugen – und dass ihr Herz gebroch… durcheinander war.

Sie war die Tochter eines Soldaten. Wenn man in eine ausweglose Situation geraten war, trat man den Rückzug an und formierte sich neu.

„Ich fürchte, Sie haben recht, Lady Mathilde", erklärte sie schließlich. „Meine Reise hat mich mehr Kräfte gekostet, als mir bewusst war. Es wäre wohl besser, wenn ich hier bliebe und erst einmal zu Kräften komme."

Lady Mathilde nickte betrübt und konnte ihre Enttäuschung nicht verbergen. „Ich werde den Marquis davon in Kenntnis setzen, dass wir doch nicht aufbrechen werden."

„Aber nicht doch!", protestierte Kate rasch. „Es wäre unzumutbar für Sie, so kurzfristig noch abzusagen." Kate konnte kaum ein Lächeln verbergen, als sie den wieder aufflackernden Hoffnungsschimmer in den Augen der alten Frau bemerkte. „Ich werde mit dem Marquis sprechen."

Zwanzig Minuten später hatten sich der Marquis und die anderen draußen versammelt, waren zur Abfahrt bereit und verabschiedeten sich von Kate. Sie hatte ihm klargemacht, es sei nicht nur mit Rücksicht auf ihre Erschöpfung besser, wenn sie auf der Burg blieb. Auf diese Weise konnte sie sich auch um Merry kümmern, die sich auf ihr Zimmer zurückgezogen hatte.

Natürlich war der Marquis einverstanden und schon im Begriff gewesen, das Gepäck wieder abladen zu lassen. Doch Kate bat ihn inständig, nicht ihretwegen seine Pläne zu ändern. Sie redete so überzeugend, dass er einfach glauben musste, sie wolle das Wochenende nutzen, um sich über ihre Gedanken klar zu werden. Als Gentleman protestierte er nicht weiter, sondern nahm nur ihre Hand und hauchte einen Kuss auf die Finger.

„Ich bezweifle, dass irgendjemand mehr als ich darauf hofft, die nächsten Stunden so schnell wie möglich hinter mich zu bringen, um wieder Ihre Gesellschaft genießen zu können, Mrs. Blackburn." Es war ein ehrliches Kompliment. „Ich würde Sie auch nicht allein hier zurücklassen – der Miliz und meiner Dienerschaft zum Trotz –, hätte ich nicht von Captain Watters die Mitteilung erhalten, dass es nur noch eine Frage von Stunden ist, ehe er die Verantwortlichen zur Rechenschaft zieht, die Ihnen und mir so viel Leid zugefügt haben. Er ist nicht weit weg von hier."

„Ich hatte zu keiner Zeit Angst", versicherte sie ihm.

„Ich weiß, Ihnen wird nichts zustoßen." Dennoch wirkte er nicht glücklich.

„Sie machen sich meinetwegen unnötig Sorgen, Mylord."

Er sammelte sich und erwiderte: „Ich freue mich auf die erste Gelegenheit, um Sie meinen Freunden vorzustellen, Mrs. Blackburn."

„Sie sind sehr nett, Sir."

Einen Moment lang zögerte er, als wolle er noch etwas

anfügen, während sie unbehaglich von einem Fuß auf den anderen trat, da sie noch nicht bereit war dafür. Ein flüchtiges, verständnisvolles Lächeln, dann wandte er sich seiner Tante und seinem Onkel zu. „Meine Lieben, seid ihr so weit?"

Während sie in die Kutsche stiegen, tauchte in der Auffahrt ein Reiter auf, ein hochgewachsener, schlanker Mann auf einem prachtvollen Wallach. Der Wind fing sich in seinem Mantel, die Sonne ließ sein Haar leuchten. Unwillkürlich musste Kate vor Freude lächeln. Kit war zurückgekehrt.

Ihr Herz schlug vor Schrecken und freudiger Erwartung schneller. Sie stand wie erstarrt da. Trotz der großen Entfernung spürte sie, wie sein Blick auf ihr ruhte, der sie wärmte wie der Sonnenschein auf ihren Wangen. Sie ging die Treppe hinunter und fragte sich, warum er wohl dort hinten wartete. Auf einmal wurde ihr klar, dass er nicht näher kommen würde.

Nein! Sie lief die Stufen hinunter, als würde sie jemand an einer unsichtbaren Schnur hinter sich herziehen. John klappte die Stufen der Kutsche ein, während hundert Schritt von Kate entfernt Kit die Hand hob, um sich zu verabschieden.

Er hatte sie hier zurückgelassen. Das Sonderbare daran war nur, dass es ihr beim Anblick der einsamen Gestalt so vorkam, als sei sie diejenige, die ihn zurückließ. Aber warum war er noch immer dort, den Arm erhoben, als warte er auf ihre Erlaubnis, davonreiten zu dürfen?

Was konnte sie denn schon anderes machen, als ihm diese Erlaubnis zu geben?

Langsam hob sie ihre Hand, woraufhin er sein Pferd kehrtmachen ließ. Sekunden später war er hinter den Bäumen verschwunden. Zehn Minuten darauf war auch die Kutsche abgefahren.

Sie hatte ihn gehen lassen. Er war wieder Herr über sich selbst. War es so nicht auch besser? Hatte er das nicht von

Anfang so gewollt? Wollte er nicht von seiner Verpflichtung erlöst werden? Jetzt war es ihm doch endlich gelungen.

Aye. Für Kate war es so ebenfalls besser. Sie würde fortan von goldenen Tellern essen und aus Kristallkelchen trinken. Heute Abend würde sie Seide tragen, ihre Augen würden funkeln wie schwarze Diamanten, und ihre Haut würde im Schein von tausend Kerzen leuchten.

Sie würde lächeln und nach dem Tanzen eine wohlige Erschöpfung verspüren, und der Marquis, der ihr nicht widerstehen konnte, würde ihr sagen, wie schön sie war. Doch er würde niemals wissen, wie schön sie wirklich war, weil er niemals erleben würde, wie ihre Augen vor Leidenschaft strahlten, wie ihre Haut verschwitzt war und ihr Haar zerzaust um ihre Schultern lag … aber vielleicht würde der Marquis das auch erleben.

Kit trieb Doran zur Eile an, als könnte er so seinen Gedanken davonreiten, auch wenn der Wallach keine Mühe hatte, Meile um Meile zurückzulegen. Hier gab es nichts, was ihn noch zurückhielt. Er hatte sich beim Marquis für dessen Gastfreundschaft bedankt, der sich einmal mehr begeistert darüber geäußert hatte, dass er Kate sicher zu ihm gebracht hatte. Kit hatte dagestanden und sich anhören müssen, wie der Marquis plante, sie auf irgendeiner Feier seinen Bekannten vorzustellen. Und er hatte sich die Bedenken angehört, dass Merry allein auf der Burg zurückblieb. Auch wenn Kit wusste, was Merry in Wahrheit plante, hielt er den Mund. Es ging ihn nichts an. Weder Merry noch der Marquis noch Kate gingen ihn irgendetwas an.

Der Wind trug inzwischen das Rauschen des Meeres in seine Richtung, aber auch das war nicht laut genug, um den Klang ihrer Stimme zu übertönen: „Wüsstest du einen Grund, warum ich nicht bei ihm bleiben sollte?“

Er wusste tausend Gründe, doch nicht einer davon wäre wirklich wichtig genug gewesen.

Seine Schuld gegenüber der Tochter von Colonel Nash

war getilgt, er konnte wieder das tun, was er wollte. Und das war zugleich die letzte Schuld, die er begleichen musste. Er musste den finden, der sie verraten und der damit Douglas auf dem Gewissen hatte. Wenn das erledigt war, konnte er … was denn eigentlich?

Er könnte zu seinem Regiment zurückkehren. Er war Soldat, ein guter Taktiker, und er konnte ein Schlachtfeld bestens beurteilen. Mit etwas Glück würde er es in ein paar Jahren bis zum Major schaffen.

Aber wofür? Was hatte er davon? Damit er unabhängig leben konnte, mit Herz und Seele von allen anderen abgesondert? Immerhin war dies das Versprechen, das er sich selbst nach dem Verrat in LeMons gegeben hatte.

Es würde ihm niemals gelingen, denn auch wenn er ihr gegenüber seine Pflicht getan und seinen Schwur erfüllt hatte, würde er Kate Nash Blackburn verbunden bleiben und das auf eine viel stärkere Weise als durch jeden Schwur. Er liebte sie. Und er würde sie immer …

„Halt!"

Vier Männer kamen auf einmal hinter Findlingen zu beiden Seiten des Weges hervor, zwei vor und zwei hinter ihm. Sie trugen Piken, und einer hielt eine gespannte Pistole in der Hand. Kit griff hinter sich und zog das Claymore aus der Scheide, bereit sich zur Wehr zu setzen, da ertönte hinter ihm eine bekannte Stimme. „Du lernst es wohl nie, Freund."

Kit wandte sich in dem Moment um, als Callum Lamont auf ihn zukam und eine Muskete auf seinen Bauch richtete. Sein Gesicht verriet, dass er zum Mord bereit war, und die Begeisterung der anderen Männer versprach nichts Gutes.

„Man sollte meinen, du müsstest etwas vorsichtiger sein, wem du vertraust, nachdem man dich in Frankreich in die Falle hatte laufen lassen."

Es gab keinen Fluchtweg, doch für Kit hieß das nicht, dass er klein beigab.

„Meine Güte, Callum“, meinte er lässig, während er die Klinge zurück in die Scheide schob. „Sprich lauter, Freund. Du klingst, als hättest du was im Halse stecken.“

Callum machte eine Geste, und im gleichen Moment verspürte Kit einen entsetzlichen Schmerz an seinem Kopf.

Dann nahm er nichts mehr wahr.

24. KAPITEL

Die dritte Ladung Schnee, die ihm ins Gesicht geworfen wurde, ließ Kit das Bewusstsein wiedererlangen. Er schnappte nach Luft, er zitterte und würgte, und das Brennen in seinen Armen und Schultern ließ ihn den Schmerz vergessen, der von seinen gebrochenen Rippen ausstrahlte. Sie hatten ein Seil über einen Haken an der niedrigen Decke der Hütte geworfen, damit seine Hände gefesselt, und dann ... dann hatte sich Callum eine Weile vergnügt. Und trotzdem hatte er noch immer nicht die Informationen, die er brauchte.

Callum war gut darin, einen Mann zu schlagen. Er war besser, als Kit es von einem schottischen Hurensohn dieses Kalibers erwartet hätte. Durch die Schmerzen, die wie ein Schleier auf ihm lagen und ihm das Bewusstsein zu nehmen drohten, ging er den Schaden durch, den Callum ihm zugefügt hatte. Mehrere Rippen waren gebrochen, ein Auge war so geschwollen, dass er es nicht öffnen konnte, einen Zahn hatte man ihm ausgeschlagen, und zwei Finger an seiner rechten Hand standen in einem höchst unnatürlichen Winkel ab.

„Ich weiß, du bist hergekommen, weil du den Schatz willst", schnaubte Callum und lief vor Kit auf und ab. „Aber du wirst ihn nicht bekommen. Ich habe schon einmal für den Schatz getötet, und dich werde ich auch töten. Du hast nur die Wahl, ob du schnell oder langsam sterben willst. In jedem Fall aber wirst du mir vorher das Versteck nennen."

„Ich weiß es nicht." Er hatte das schon ein Dutzend Mal gesagt, und jedes Mal war er aufs Neue geprügelt worden. Nicht mehr lange, dann würde er gar nicht mehr antworten können.

„Doch, du weißt es." Mit einem wütenden Knurren packte Callum Kits Hemdkragen und riss ihm den zerfetzten Stoff vom Leib. Einer seiner Männer stieß einen Pfiff aus.

„Jesus! Der Bastard ist gebrandmarkt“, flüsterte der Kerl, der Ben hieß.

„Beeindruckt?“ Kit grinste höhnisch. „Vielleicht möchtest du ja auch ein Brandzeichen haben. Oder wäre dir die Peitsche lieber? Callum hat die Peitsche immer geliebt.“

„Was soll denn das heißen?“

„Callum und ich sind alte Freunde, nicht wahr, Callum? Im Gefängnis hat er mir das Leben gerettet.“

„Wirklich?“, fragte ein anderer Mann.

Kit redete weiter, denn solange Callums Leute ihm zuhörten, schlugen sie nicht auf ihn ein. „Ich wollte dich übrigens auch noch etwas fragen, Callum.“

„Du sollst Fragen beantworten, aber nicht stellen.“

Er ging darüber hinweg. „Wer hat uns eigentlich verraten? Du weißt schon, mich, Ram, Dand und Douglas? Kannst du mir das sagen?“

„Ich wusste es doch!“ Callum grinste amüsiert. „Ich wusste, das würde dich niemals ruhen lassen. Ha! Großartig. Richtig reizend ist das.“

„Wer war es?“

Callum beugte sich vor, bis sein Gesicht nur ein paar Fingerbreit von Kits entfernt war. „Sag mir, was ich wissen will, und sobald ich den Schatz habe, werde ich dir sagen, was du wissen willst.“

Kit presste die Kiefer aufeinander. „Ich weiß es nicht.“

Callum richtete sich auf. „Die Franzmänner haben bei ihm gute Arbeit geleistet, was? Aber ich wette, ich kann es mindestens so gut.“

Trotz der Schmerzen hielt Kit seinem Blick stand. Er würde verdammt sein, wenn er Lamont gegenüber Angst zeigte. „Bist du dir sicher, dass du das schaffst, Callum? Du klingst etwas heiser, vielleicht hast du dich erkä… Ah!“

Die Faust traf Kit mit voller Wucht am Kinn und schleuderte seinen Kopf nach hinten.

„Wir werden ja sehen, ob du heute Abend immer noch so ein loses Mundwerk hast. Bring mir die Zügel von deinem Pferd, Ben."

„Ich glaube, das solltest du besser lassen, Callum", meinte der Angesprochene.

„Was?"

„Es war eben schon verdammt schwer, ihn wieder wachzukriegen. Wenn du ihn zu hart rannimmst, wird er uns vielleicht nicht mehr sagen können, wo Murdoch und seine Frau das Gold versteckt haben."

„Der Knabe hat recht", mischte sich Kit ein.

„Halt die Klappe!"

„Bist du dir sicher, dass er es überhaupt weiß, Callum?", wollte ein anderer wissen. „Wir bearbeiten ihn jetzt schon ziemlich lange, und er schwört, er weiß es nicht. Ich denke, er weiß es wirklich nicht."

„Du *denkst?*", rief Callum und ließ seinen stechenden Blick von einem zum anderen wandern. „Sieh an, es gibt tatsächlich für alles ein erstes Mal."

Kit wartete und versuchte, seine noch verbliebenen Kräfte zu sammeln. Er kannte solche Männer, er hatte Männer dieser Art ausgebildet, angeführt und Seite an Seite mit ihnen gekämpft. Wenn sie eines respektierten, dann war es Stärke. Bis jetzt hatte Callum versucht, Kit seinen Willen aufzuzwingen. Der Schmuggler wusste, dass er seine Machtposition unterhöhlte, wenn er nicht die geforderte Information aus ihm herausholte.

Am liebsten hätte Kit gelächelt, doch sein Gesicht schmerzte zu sehr. Callum konnte ihn prügeln, solange er wollte, Kit wusste trotzdem nicht, wo dieser Schatz sein sollte.

„Wieso glaubst du, dass er was weiß, Callum? Hat sie dir das gesagt?"

Sie? Merry!

„Nein, ich weiß es direkt von unserem Partner. Er hat

mehr als einmal bewiesen, dass er weiß, was Sache ist. Und vor allem auch, wo was zu finden ist, stimmt's?"

„Aye", stimmten einige zu.

„Ich dachte, er ist in Frankreich", wandte Ben ein.

„Nicht mehr. Er wollte sich nicht seinen Anteil am letzten Wrack entgehen lassen. Wir haben gemeinsam daran gearbeitet, er auf der Burg, ich hier in Clyth."

Auf der Burg?

Callum prahlte jetzt, weil er versuchte, seine Männer mit seiner Klugheit und der Nützlichkeit seines Partners zu beeindrucken. „Er fand heraus, dass Murdochs Frau ihrer Cousine einen Brief geschrieben hatte, in dem stand, wo die Beute versteckt ist. Und er konnte auch in Erfahrung bringen, dass die Witwe und ihr Liebhaber herkommen würden, um den Schatz persönlich an sich zu nehmen."

Jemand griff in Kits Haar und zog seinen Kopf hoch. „Stimmt das, Captain? Bist du hier, um unsere Beute zu stehlen?"

„*Eure* Beute? Ihr seid Wracker." Er machte sich keine Mühe, seinen verächtlichen Tonfall zu überspielen. Wracker waren noch schlimmer als Piraten, die ihren Opfern wenigstens von Angesicht zu Angesicht gegenübertraten. Wracker warteten auf einen Sturm, um Schiffe, die einen sicheren Hafen suchten, mithilfe von Laternen und Feuern an Land in die Irre zu führen. Die Schiffe liefen auf Riffe und wurden zerstört. Die Fracht sammelten sie dann am Ufer auf und töteten alle Überlebenden, damit niemand an Land gelangte und erzählen konnte, was geschehen war. „Ihr seid Mörder."

Ein Schlag mit dem Handrücken traf Kit an der Schläfe. „*Wo ist mein Gold?*"

„Wenn du den Brief haben wolltest, den Grace Murdoch an Mrs. Blackburn geschrieben hat, warum hast du nicht deiner Braut gesagt, dass sie ihn mitbringen soll? Sie hat doch schließlich die Truhe in der Schenke geplündert", sagte Kit zornig. „Warum hat sie keinen Brief mitgebracht? Weil es gar keinen Brief gibt. Wo ist eigentlich die reizende Mrs. Lamont? Wartet sie draußen in der Kutsche? Ich hätte nicht gedacht, dass sie kein Blut sehen kann."

„Mrs. Lamont?" Callum starrte ihn sekundenlang an.

„Überrascht es dich, dass ich das weiß?", fragte Kit und hoffte, lange genug nicht geschlagen zu werden, um sich wieder in den Griff zu bekommen. „Ich entdeckte sie im Stall, wo sie ihr Gepäck versteckt hat, um dann mit dir durchzubrennen. Deshalb ist sie heute ja auch auf der Burg geblieben, nicht wahr?"

Irgendetwas stimmte nicht mit Callum. Er stand da und blickte verständnislos, fast schon schockiert drein. Dann auf einmal verstand Kit. *„Sie hat dich reingelegt"*, rief er und lachte, so laut er konnte. „Sie hat *uns beide* reingelegt!"

„Was redet er da?"

„Halt die Klappe!"

Ben kam ein Stück vor, da nicht zu übersehen war, dass Callum mit einem Mal von wachsender Furcht erfasst wurde. „Was meint er damit?"

„Werft einen Blick nach draußen", wies Kit die Männer an. „Ist die Miliz schon hier? Oh nein, das wäre zu früh. Er würde warten, bis er sicher ist, dass ihr mich umgebracht habt. Du kannst noch fliehen, Callum. Nutz die Gelegenheit."

„Die Miliz!"

„Halt die Klappe!", brüllte Callum.

„Ich dachte, sie meint dich, als sie vom Durchbrennen sprach. Aber sie meinte Captain Watters. Deinen Partner!", fuhr Kit fort. „Ich hätte es wissen müssen. Bei der Armee läuft nichts schnell ab, und der Ersatz für den toten Captain traf sehr schnell ein. Watters brachte Captain Greene um, richtig? Dann hat er sich für ein paar Tage versteckt, vermutlich sogar hier in dieser Hütte. Darum hat er dir gesagt, mich herzubringen, weil er genau weiß, wohin er die Miliz schicken muss."

„*Welche* Miliz?“ Bens Stimme hatte einen panischen Tonfall angenommen.

Kit ignorierte ihn und führte dann seine Spekulationen weiter. „Er bringt Greene um, nimmt dessen Uniform an sich, reitet zur Burg und übernimmt das Kommando über die Miliz. Er heiratet das Mädchen, kassiert den Schatz, bringt alle Zeugen und Partner um und verschwindet. Verdammter Bastard. Aber gerissen, das muss ich ihm lassen.“ Er machte keinen Hehl aus seiner Bewunderung für diesen Plan.

Callum stürmte auf Kit los und rammte ihm die Faust in die Magengegend. „Du sollst verdammt noch mal ruhig sein!“

„Sie brennt mit ihm durch, Callum“, presste er hervor, obwohl er das Gefühl hatte, jeden Moment bewusstlos zu werden. „Vielleicht ist sie sogar schon weg. Denk doch mal nach! Sie war beim Marquis, als er erfuhr, dass Kate Blackburn in Clyth eingetroffen war. Am Nachmittag ritt sie zum Gasthaus, durchsuchte das Zimmer und fand den Hinweis, der ihr sagte, wo der Schatz verborgen ist. Verstehst du denn nicht? Die beiden haben den Schatz längst. Das hier haben sie nur inszeniert, um jeden loszuwerden, der weiß, dass sie mit dem Mord an Grace zu tun hat. Jeden, der weiß, dass Watters gar kein Captain ist. Jeden, der einen Anteil an dem Schatz haben will. Und dazu zählst du, Callum!“

Callum stand da und versuchte, einen klaren Gedanken zu fassen.

„Du Narr, sie hat uns beide reingelegt. Sie ist mit Watters längst auf und davon, und natürlich mit dem Schatz. Du und ich und alle deine Leute werden in der Zwischenzeit von Greenes Miliz getötet …“

Die Tür wurde aufgerissen, und Ben stürmte aus der Hütte. „Ben!“, schrie Callum. „Komm sofort zurück! Er will doch nur seinen Kopf retten! Das sind alles Lügen!“

„Lässt sich leicht herausfinden“, rief Ben zurück. „Du hast gesagt, Merry Benny ist mit zu den MacPhersons unterwegs. Ich reite zur Burg und sehe nach, ob sie weg ist."

Ehe Callum ihn aufhalten konnte, war er bereits davongeritten.

„Elender Bastard!", brüllte Callum und verpasste Kit einen weiteren Treffer in die Magengegend. Der sackte in sich zusammen, wobei er sich um ein Haar beide Arme ausgekugelt hätte. Doch er unternahm nichts, um sich wieder aufzurichten, sondern täuschte Bewusstlosigkeit vor.

Lange Zeit hing er einfach nur da, die anderen Männer saßen herum und schwiegen. Das unversehrte Auge öffnete er zu einem schmalen Schlitz und beobachtete Callum, der fluchend auf und ab ging, einen halben Weinschlauch herunterkippte und weiter hin und her ging. Die Minuten verstrichen unerträglich langsam, während Callum leise mit sich selbst redete. „Das würde sie nicht wagen." „Sie weiß, ich würde sie umbringen." „Sie liebt mich." Einmal flüsterte er in einer Mischung aus Wut und Panik: „Sie weiß, wie sehr ich sie liebe!"

Kit wurde mit jeder Minute schwächer. Wenn Ben nicht bald zurückkehrte, würde er das Bewusstsein verlieren und nicht die vermutlich einsetzende Verwirrung nutzen können. Der Schmerz war fast unerträglich geworden, da hörte Kit auf einmal Hufgetrappel. Callum riss die Tür auf und rief: „Ich habe doch gesagt, dass es alles nur gelogen war!"

„Sie ist auf der Burg!" Atemlos kam Ben in das Zimmer geeilt. „Sie ist da, und sie lädt gerade das Gepäck ein, von dem er gesprochen hat. Sie will verschwinden, Callum, und wenn du davon nichts gewusst hast, dann will ich wissen, warum …"

„Aus dem Weg", schrie Callum wutentbrannt und stürmte aus der Hütte. Augenblicke später entfernte sich Hufgetrappel.

„Glaubt ihr, das stimmt auch, was der Captain über die Miliz gesagt hat?", fragte schließlich einer aus der Gruppe.

„Willst du hier bleiben und sehen, ob es stimmt?“, spottete Ben.

„Was ist mit Callum?“

„Was soll mit ihm sein?“, gab Ben zurück. „Er kümmert sich um seine Frau. Ich möchte ja nicht in ihrer Haut stecken. Schon erschreckend, zu welchen Taten die Liebe einen Mann treiben kann. Er wird sie ganz sicher umbringen, und wenn die Witwe ihn aufhalten will, wird er sie auch töten.“

Kit stockte der Atem. Kate war doch mit zu den MacPhersons gefahren! Er hatte sie an der Kutsche stehen sehen.

„Die Witwe? Sollte die nicht mit dem Marquis weggefahren sein? Bist du sicher, dass sie da ist?“, fragte jemand.

„Aye, sie stand am Fenster und sah aufs Meer.“

Großer Gott! Watters hatte schon einmal getötet, um seine Beteiligung zu verheimlichen. Wenn Kate ihn zusammen mit Merry antraf …

„Mir gefällt das gar nicht. Ich schlage vor, wir verschwinden von hier und kehren nach Clyth zurück“, sagte Ben.

„Und was ist mit ihm?“

„Ihn töten wir. Schlitz ihm die Kehle auf.“

Er durfte nicht hier sterben, er musste Kate beschützen. Davon würde ihn nichts abhalten können. Jeder Muskel in seinem Körper spannte sich an. Er wartete und ließ weiter den Kopf baumeln, bis er ein Stiefelpaar vor sich auftauchen sah.

Der Mann seufzte und griff Kit ins Haar, um dessen Kopf nach hinten zu ziehen, doch Kit machte das nicht mit. Stattdessen zog er mit aller Kraft sein Knie hoch und rammte es dem Mann in die Lenden. Der ließ vor Schreck seinen Dolch fallen und sank stöhnend zu Boden. Kit sprang auf den Rücken des Mannes und wirbelte das Seil hoch, damit es vom Haken rutschte.

Ehe einer der anderen überhaupt reagieren konnte, kauerte Kit bereits am Boden und hob den Dolch auf. Ben wollte nach seiner Pistole greifen, aber Kit schleuderte ihm den Dolch entgegen. Die Klinge bohrte sich in seine Kehle.

Die zwei anderen Männer griffen nach ihren Schwertern, während Kit sich auf das Claymore in einer Ecke der Hütte stürzte.

„Seine Schwerthand kann er nicht gebrauchen!“, rief jemand. „Los, tötet ihn!“

Kit hatte jedoch gelernt, sowohl mit rechts als auch mit links exzellent zu kämpfen. Und so stieß er einen Kampfschrei aus, drehte sich um die eigene Achse und beschrieb mit der Klinge einen tödlichen Bogen. Dieser Bogen war nicht so hoch angesetzt, wie die Männer erwartet hatten, sodass der Stahl sich ungehindert durch Beinmuskeln, Sehnen und Knochen fressen konnte. Die Männer schrien vor Schmerzen auf und pressten die Hände auf die Wunden, aus denen das Blut schoss.

Für Kit stellten sie keine Gefahr mehr dar, allerdings hatte sich sein erstes Opfer so sehr erholt, dass der Mann versuchte, zur Tür zu kriechen. Er drehte das wuchtige Schwert um und rammte dessen Heft in den Hinterkopf des Mannes, der mit dem Gesicht im Schmutz liegen blieb.

Taumelnd trat Kit die Waffen aus dem Weg, hob die Scheide seines Claymore auf und trennte einen Streifen Stoff von den Fetzen ab, die einmal sein Hemd dargestellt hatten. Er band sich die beiden gebrochenen Finger zusammen. Um seine Rippen würde er sich erst später kümmern können. Der Schmerz ließ ihm ein angestrengtes Knurren über die Lippen kommen, als er sich sein Schwert wieder auf den Rücken band. Doran stand vor der Hütte an einem Pfahl angebunden, der Sattel fehlte, aber das Zaumzeug war noch angelegt.

Kit biss die Zähne zusammen, hielt sich an der Mähne fest und zog sich dann auf den Rücken des Wallachs. Er warf einen Blick hinter sich. Ein oder zwei Männer waren tot, zwei andere schwer verwundet. Ben hatte recht gehabt. Es war schon erschreckend, zu welchen Taten die Liebe einen Mann treiben kann.

Er drückte die Fersen in Dorans Flanken und ritt los.

Weitere Taten warteten auf ihn, zu denen ihn die Liebe trieb.

25. KAPITEL

Gegen Nachmittag nahm das freundliche Wetter ein Ende. Der Wind brachte vom Meer her Schnee mit sich, der mit der Wucht von kleinen Glasperlen gegen die Fenster schlug und auf die Dächer niederprasselte. Der rasch dunkler werdende Himmel und der Temperatursturz veranlassten die Dienerschaft dazu, in aller Eile ihre Arbeiten zu erledigen und sich dann in die Gesindestube zurückzuziehen.

Kate stand in der Bibliothek am Fenster und betrachtete die aufgewühlte See und die Brandung. Ein knisterndes Feuer im Kamin sorgte für angenehme Wärme im Zimmer, während die zahlreichen Kerzen die Schatten auch aus der finstersten Ecke vertrieben. Alles in Castle Parnell ermutigte sie zu akzeptieren, dass das Schicksal es gut mit ihr meinte, und Kit MacNeill zu vergessen. Dass ihr gerade das nicht gelingen wollte, beunruhigte sie, sah sie sich selbst doch sonst als eine praktisch denkende, vernünftige Frau.

Was hätte sie tun sollen? Was half ihr ein verklärtes, romantisches Bild, wenn die Familie über keinerlei finanzielle Reserven verfügte, um zu überleben? Es war völlig unnütz, einem schottischen Soldaten nachzuweinen. Wollte sie etwa ignorieren, was sie in den vierundzwanzig Jahren ihres Lebens gelernt hatte? Ihren Vater und ihren ersten Ehemann hatte sie bereits verloren, weil beide Soldaten waren.

Es wäre vernünftiger, den Marquis zu heiraten und sich damit vor Trauer und Tragödien abzuschirmen. Es sei denn … es sei denn … Konnte es eine größere Tragödie geben, als jemanden zu verlieren, den man liebte? Und welchen Unterschied machte es schon, ob der Verlust durch Tod oder durch Besonnenheit herbeigeführt wurde?

Sie verließ ihren Platz am Fenster und setzte sich an den Kamin. Das Buch, mit dessen Lektüre sie sich ablenken wollte, konnte sie nicht genügend fesseln, sodass sie es nach einer Viertelstunde zur Seite legte. Nun gut. Wenn sie keine Ruhe finden würde, solange sie nicht bis zur Erschöpfung über das Unmögliche nachdachte, dann sollte es wohl so sein: Sie konnte den Marquis nicht heiraten.

Es war nicht richtig, aber nicht nur, weil Kit ihr Liebhaber gewesen war. Nichts von dem, was sie und Kit getan hatten, war falsch. Aber es *würde* falsch sein, sich von einem anderen Mann in die Arme nehmen zu lassen.

Sie verstand nun die Frauen von Soldaten, die nie wieder heirateten, wenn sie erfuhren, dass ihr Mann als verschollen galt und für tot erklärt wurde. Als Michael gestorben war, konnte sie seinen Leichnam beisetzen. Bei der Vorbereitung des Toten war ihr auf eine nur schwer zu beschreibende Weise bewusst gewesen, dass er niemals wieder mit ihr reden würde, dass seine Augen nie wieder aufleuchten würden, wenn er sie sah. Hätte sie diese Gewissheit nicht gehabt und stattdessen ein Leben lang hoffen müssen, er könnte eines Tages doch wieder zu ihr zurückkehren – es wäre für sie unerträglich gewesen.

Genau das fühlte sie aber auch jetzt. Kit hatte nichts von ihr verlangt, er hatte nicht den mindesten Anspruch angemeldet, und doch gehörte ihm ihr Herz. Bis einer von ihnen beiden starb, würde sie wohl immer hoffen, er könnte doch noch zu ihr zurückkehren und ihr alle die Dinge sagen, die er mit seinen Händen und Augen so wunderbar auszudrücken verstand.

Sie schloss die Augen und versuchte, dieses Durcheinander zu entwirren. Über drei Jahre hatte sie mit dem Wunsch gelebt, sich wieder wie sie selbst zu fühlen. Wie oft hatte sie diesen Wunsch geäußert! Und nun hatte sie es an einen Ort geschafft, der so war wie der, an dem sie großgezogen worden war, umgeben von Leuten, wie sie sie ein Leben lang gekannt hatte – und trotzdem fühlte sie sich nicht wie Katherine Nash oder Katherine Blackburn.

Das machte eine Frage zwangsläufig: Wer war sie mit einem Mal? Nur in Kit MacNeills Gesellschaft und in seinen Armen hatte sie Gewissheit gehabt, wer sie war. Existierte die Person eigentlich noch, zu der sie so unbedingt wieder werden wollte? Wollte sie diese Person überhaupt wieder werden?

Nein.

Nein. Ihr gefiel die Frau, die aus ihr geworden war. Sie wollte nicht wieder das fröhliche, charmante Kind sein, dem es nur wichtig war, dass es Kuchen bekam, dass ihm Feste versprochen wurden und dass es von anderen akzeptiert wurde. Sie akzeptierte sich selbst, nur das zählte, sie wollte niemand anders sein.

Und sie wollte mit keinem anderen als mit Kit MacNeill zusammen sein.

So einfach und endgültig war das. So dumm und wunderbar zugleich.

Sobald der Marquis zurückgekehrt war, würde sie ihm sagen, sie wisse seine Gastfreundschaft zu schätzen, sie müsse aber sofort aufbrechen. Und sie würde ihn nebenbei bitten, sie und ihrer Familie mit einer Summe von vielleicht zweihundert Pfund im Jahr zu unterstützen. Kate war erstaunt, dass sie über sich lachen konnte. Sie war erstaunt und erfreut.

Die Entscheidung war gefallen, sie konnte nicht länger warten. Sie musste ihre Sachen packen und Kit suchen, damit sie ihm sagen konnte, was sie fühlte und wollte, dass sie nicht länger bereit war, sich ihr Schicksal von seinem überzogenen Ehrgefühl bestimmen zu lassen. Es bedeutete, sie musste ihm eine gelbe Rose schicken. Sie legte ihren Schal um und eilte aus der Bibliothek zum hinteren Treppenhaus.

In den Fluren herrschte Ruhe, da die Bediensteten ihre Arbeiten erledigt und sich zurückgezogen hatten. Ein Schauer lief ihr über den Rücken, da sie das Gefühl nicht abschütteln konnte, von einem boshaften Augenpaar beobachtet zu werden. Umso schneller hetzte sie durch die Korridore, als sie auf einmal eine Stimme hörte.

Es klang nach Merry. Sie folgte der Stimme und empfand Bedauern, dass sie sich nicht schon früher um das Mädchen gekümmert hatte, um es zu trösten – vorausgesetzt, dass Merry das überhaupt wollte. So sehr Kate auch mit ihr mitfühlte, hatte sie doch eine sonderbare Art an sich. Sie tat so, als sei Grace' Tod ein persönlicher Affront, einzig dazu bestimmt, Merry wehzutun. Kate empfand das als unmöglich.

Gerade hatte sie ihre Hand auf den Türgriff gelegt, als sie eine wütende Männerstimme hörte.

„... wohl gedacht, ich bin zu dumm, um dich zu durchschauen, nicht wahr? Wie konntest du nur? Ich habe dich geliebt!"

Kate ließ die Hand sinken. Das war Callum Lamont, über den Meg erzählt hatte, er habe einen jungen Mann aufgeschlitzt.

„Ich schwöre dir, Callum, es war Watters", drang Merrys Stimme dünn und kläglich durch die Tür. „Er zwang mich ... autsch!"

Ein lautes Klatschen war zu hören, und Kate wich erschrocken zurück. „Gar nichts hat er gemacht! Er ist nur auf dich reingefallen, der arme Teufel! Das schaffst du bei allen Männern, Merry", keuchte Callum heiser. „Du hast ihm den Kopf verdreht, bis er nicht mehr wusste, was er tat. Vor Grace Murdoch habe ich niemals eine Frau umgebracht. Ich dachte, ich könnte das nicht. Aber du hast mich dazu überredet."

„Sie hatte den Tod verdient", gab Merry zornig zurück. Kate bekam weiche Knie. *Merry hatte Grace' Tod arrangiert!* „Sie hat mich belogen. Sie sagte, wir würden immer zusammen sein, wir würden nach London ziehen und wie Prinzessinnen leben. Aber sie ..." Sie begann zu schluchzen.

Merry hatte ihre beste Freundin töten lassen, weil die sie hatte verlassen wollen. Diese Erkenntnis traf Kate in ihrem Innersten.

„Sie hat dich verraten, Callum. Sie hat *uns* verraten!“ Sie hatte ihre Stimme wieder unter Kontrolle bekommen. „Ich sagte dir doch, ich bin ihr und Charles in der Nacht gefolgt. Charles hat deine Männer erschossen, Callum. Er hat sie abgeknallt wie Hunde. Als sie zurückkamen, habe ich Grace zur Rede gestellt. Ich zwang sie, mich einzuweihen und mir alles über die französische Jolle zu sagen, die sie versenkt hatten. Ich habe dir alles gesagt, ich war ehrlich zu dir.“

„Ich bezweifle, dass du in deinem ganzen Leben auch nur ein einziges Mal ehrlich gewesen bist, Merry Benny.“

„Zu dir war ich es.“ Sie lachte nervös auf. Offenbar glaubte sie, sein Vertrauen zurückgewonnen zu haben.

Kate sah sich um, aber sie war immer noch ganz allein.

„Ohne mich hättest du niemals von dem Schatz erfahren, Callum.“

„Für wie dumm hältst du mich, Merry?“ Callum klang erbärmlich, aber sogar Kate konnte aus seinen Worten heraushören, dass er ihr zu gern geglaubt hätte. „Ich sehe keinen Schatz, du etwa? Oder hast du ihn zusammen mit Watters bereits weggeschafft?“

„Nein! Das schwöre ich dir. Wir haben nicht …“

Sie hielt inne, weil ihr der Fehler bewusst wurde, den sie soeben begangen hatte. Aber es war zu spät, noch etwas rückgängig zu machen.

„Wir?“, zischte Callum. „Wen meinst du denn mit ‚wir‘, Merry?“

„Callum, ich flehe dich an …“ Schritte waren zu hören, ein wütendes Brüllen, ein Keuchen, ein erstickter Schrei. Kate wandte sich ab, um jemanden zu holen, der helfen konnte, doch sie wusste, sie würde dafür nicht schnell genug sein. Und sie wusste auch, dass es Merrys Todesurteil sein würde, wenn sie jetzt weglief.

„Du kannst flehen, so viel du willst. Es wird dir nichts nützen. Du hast mich so verraten, wie Grace dich verraten hat.

Sie hat ihrer Cousine in dieser Truhe irgendeinen Hinweis geschickt, wo der Schatz zu finden ist. Das hast du von Anfang an gewusst, aber du hast mir kein Wort davon gesagt." Er schnaubte aufgebracht. „Stattdessen lässt du mich die Küste absuchen. Wäre ich auf den Schatz gestoßen – schön und gut. Das Risiko musstest du eingehen. Aber die ganze Zeit über wusstest du, dass sie ihrer Cousine irgendwie mitgeteilt hatte, wo der Schatz liegt. Nicht der Marquis, sondern du hast Mrs. Blackburn geschrieben, sie solle so schnell wie möglich herkommen und alles mitbringen, was Grace Murdoch ihr geschickt hatte. Und du hast auch alle Briefe an die Witwe vernichtet, in denen geschrieben stand, dass Charles und seine Frau ermordet worden waren. Du wolltest vermeiden, dass sie aus Angst die Reise absagt. Und dann hast du einfach nur gewartet."

Einen Moment lang war nichts zu hören, dann redete Callum weiter. „Jetzt hast du, was du wolltest, und ich will, was mir dafür zusteht, dass ich deine Drecksarbeit erledigt habe. Es wird an ein Wunder grenzen, wenn du den heutigen Tag lebend überstehst. Also strapazier meine Geduld nicht noch mehr."

„Aber ich habe den Schatz nicht", rief sie in Panik. Es gab einen dumpfen Knall, und Kate wurde klar, dass Callum sie gegen die Wand gestoßen haben musste. Kate kniff die Augen zusammen und wünschte sich, sie konnte diesem dummen, dummen Mädchen befehlen, ihm endlich zu sagen, was er wissen wollte.

„Natürlich weißt du das. Und wenn du weiterleben willst, dann wirst du es mir auch sagen."

„Ich weiß es nicht! Grace hat gelogen! Sie sagte, sie hätte ihrer Cousine eine Landkarte geschickt, weil der Schatz an einer so entlegenen Stelle vergraben ist, dass man ihn ohne Karte nicht finden kann. Vor allem auch, weil sie dann gut ein Jahr von hier weg gewesen wären ..."

„Wieso denn ein Jahr?"

„Weil wir alle nach London ziehen sollten, bis die Schmuggler …"

„Bis die Schmuggler allesamt aus dem Weg geräumt worden waren?", fiel Callum ihr ins Wort.

„Ja! *Sie* wollten dich umbringen und später wiederkommen, wenn niemand mehr hier ist, der davon weiß, dass Charles etwas mit dir zu tun hatte. Aber ich wollte das nicht." Sie überschlug sich fast, so schnell redete sie auf Callum ein. „Grace lachte, als sie es mir erzählte. Sie sagte, ihre Cousine würde gar nicht merken, dass sie den Plan vor sich hat. Aber es gab keine Landkarte, ich habe alles durchsucht und auseinandergenommen. Ich habe jeden Saum aufgemacht, einfach *alles!* Sowohl im Gasthaus als auch hier. Grace hat mich belogen!"

Auch ihre Stimme klang jetzt rau, und Kate erkannte auf einmal, dass die pure Wut aus ihr sprach. Wenn diese Wut erst einmal verraucht war, würde Merry sich mit der Tatsache auseinandersetzen müssen, dass sie ihre beste Freundin getötet hatte.

„Wenn du das Gold angeblich nicht gefunden hast, warum willst du dann mit Watters verschwinden, während ich mit meinen Leuten in der Hütte sitze? Aye, ich weiß, was du vorhast, Merry. Ich weiß alles."

„Aber ich will ja gar nicht mit ihm verschwinden. Er hat mich gezwungen. Er sagte, dass es keinen Sinn macht, noch länger zu bleiben. Wir sollten alles zusammenpacken und uns absetzen. Er hat mich von Anfang an zu allem gezwungen!" Merrys Stimme wurde immer schriller. „Er sagte, er würde dir von uns erzählen, und dann hättest du mich nicht mehr, und sonst auch niemand. Ich wusste nicht, dass er dir eine Falle stellen wollte …"

„Ich habe niemals von einer Falle gesprochen", unterbrach Callum sie ruhig. „Ich habe nur gesagt, dass wir in der Hütte waren."

Merry stieß einen Schrei aus, der von ihrer ohnmächtigen Wut zeugte. Sein Lachen war grausam und so verletzt, dass Kate sogar ein wenig Mitleid mit ihm hatte.

„Wenn du den Mund aufmachst, kommt nur eine Lüge nach der anderen heraus. Ich habe genug von dir. Die Welt ist ohne dich besser dran."

„Ich habe das nicht gewollt!", heulte Merry wie ein wütendes Kind. Kate war sich nicht sicher, was sie damit meinte – ihre Lügen, die Täuschungsmanöver oder die Menschenleben, die sie auf dem Gewissen hatte.

„Du brichst mir das Herz, Merry. Aber ich werde *dir* nicht nur das Herz brechen, wenn du mir nicht endlich sagst, wo das Gold ist!"

Ihre Stimme klang erstickt, als würde sie sich die Hände vors Gesicht halten. „Ich weiß es doch nicht!"

„Dann bringe ich dich eben auf der Stelle um, du Schlampe!"

Lieber Gott!

„Bitte nicht!"

„Spar dir dein Flennen, Merry. Du glaubst wohl, ich mache das nicht, wie?" Er steigerte sich in seine Wut hinein, und Kate konnte hören, wie er rasch im Zimmer auf und ab ging. „Du hast mich benutzt und betrogen. Bist du von meinem Bett sofort in seines gestiegen? Ja?"

„Nein", wimmerte sie kläglich.

Kate hielt gebannt den Atem an. Merry war bis tief in ihr Innerstes moralisch verdorben, und nichts würde daran jemals etwas ändern können. Einzugreifen wäre dumm und leichtsinnig. Kate hatte zwei Schwestern, beiden war sie es schuldig, auf sich aufzupassen, damit sie eine sichere Zukunft hatten. Außerdem … außerdem musste sie weiterleben, weil sie Kit wiedersehen wollte.

Callum blieb stehen. „Du blutdürstige, verlogene Hure!"

Für Merry gab es keine Rettung, sie war es nicht wert, ein

Leben aufs Spiel ... „Callum, neiiiin!"

„Halt!"

Kaum hatte Kate die Tür geöffnet, bot sich ihr ein so schreckliches Bild, wie sie es bereits befürchtet hatte. Callum stand über Merry gebeugt, die vor seinen Füßen zusammengekauert war. Ihre Arme hielt sie über sich, um seine Schläge abzuwehren. Die Lippen waren blutig und geschwollen, von einer Platzwunde an der Augenbraue lief Blut über das blasse Gesicht und tropfte auf ihr Kleid. Kaum sah sie, dass die Tür offen war und sich ihr ein Fluchtweg bot, sprang sie auch schon auf. Bevor sie jedoch losstürmen konnte, packte Callum sie und riss sie brutal zurück. Hinter Kate fiel die Tür ins Schloss.

„Na, wenn das nicht die attraktive Witwe ist. Treten Sie ein, Mrs. Blackburn."

„Lassen Sie sie los."

„Sie?" Callum betrachtete die zitternde Merry, als sei er überrascht, sie im Arm zu halten. „Ich fürchte, der Bitte kann ich nicht nachkommen. Sie hat etwas, das mir gehört, und ich werde erst gehen, wenn ich es habe." Seine Stimme nahm einen bedrohlichen Tonfall an. „Allerdings stellen Sie ein viel größeres Problem dar, Mrs. Blackburn."

„Lassen Sie sie los und reiten Sie davon, Mr. Lamont, solange Sie noch die Gelegenheit dazu haben", gab sie kühl zurück. Nach außen hin war sie völlig gelassen, doch innerlich bebte sie vor Panik. „Captain Watters wird jeden Moment zurückkehren."

„Oh, daran habe ich gar keinen Zweifel. Um ehrlich zu sein, ich würde sogar gern ein paar Worte mit ihm wechseln."

Merry versuchte, sich loszumachen. Wie beiläufig versetzte Callum ihr eine kräftige Ohrfeige, die sie zusammensacken ließ.

„Hören Sie auf!", rief Kate aus. „Sie bringen sie ja um!"

„Vermutlich ja. Glauben Sir mir, Mrs. Blackburn, ohne sie wird es auf der Welt viel ehrlicher zugehen."

„Sie können sie nicht töten."

„Oh doch, das kann ich."

Er griff in Merrys volles Haar und riss ihren Kopf hoch. Sie schrie vor Schmerz auf und versuchte, nach seiner Hand zu schlagen, während er sie hochzog, bis sie aufrecht stand. „Sie hat Ihre Cousine getötet, wenn auch nicht gerade persönlich."

„Das ist nicht wichtig. Lassen Sie sie gehen, *bitte.*"

Callum legte den Kopf schräg. „Warum sollte Sie interessieren, was mit ihr geschieht?"

„Es interessiert mich nicht. Aber das hier hat mit ihr nichts zu tun, sondern mit mir."

Neugierig musterte er sie.

„Wenn ich zulasse, dass Sie sie umbringen, dann bin ich nicht der Mensch, für den ich mich halte. Ich kann nicht jemanden sterben lassen, ohne wenigstens den Versuch zu unternehmen, es zu verhindern." So wie ihr Vater, der sich nicht aus freien Stücken für andere geopfert hatte, sondern der das getan hatte, was er tun musste. „Können Sie das verstehen?"

„Kein Wort."

„Ich kann nicht zulassen, dass Sie sie umbringen."

„Und wie wollen Sie mich davon abhalten?"

„Indem ich Ihnen etwas biete, was Sie mehr wollen als ihren Tod."

„Und das wäre?" Sein Blick wanderte über ihren schlanken Körper, was bei Kate den bizarren Wunsch weckte, lauthals zu lachen.

„Nein, Sie bekommen nicht mich", stellte sie klar, „sondern den Schatz."

Sofort wurde er hellhörig, und Merry hielt überrascht inne.

„Sie wissen gar nicht, wo er ist!", flüsterte Merry ungläubig. „Sie können es nicht wissen, weil sie es Ihnen nicht erzählt hat. Sie hielt Sie für bemitleidenswert."

„Erzählt hat sie es mir nicht, aber ich bin von selbst dahintergekommen."

„Das ist eine Lüge", warf Callum ein.

„Wollen Sie sich auf Ihre Meinung verlassen? Können Sie das überhaupt?", fragte Kate ihn.

„Also gut, wo ist der Schatz?"

„Erst verlässt Merry das Zimmer."

Er schnaubte verächtlich.

„Hören Sie mir zu, Mr. Lamont. Was hätte ich davon, Sie zu belügen? Ich weiß, Sie werden darauf bestehen, dass ich Sie begleite. Es wäre dumm von Ihnen, das nicht zu tun. Ich weiß, Sie werden mich töten, sollte ich Sie belogen haben. Und nun frage ich Sie: Würde ich mein Leben für eine Mörderin und Lügnerin geben, wenn ich nicht mit absoluter Sicherheit wüsste, wo sich der Schatz befindet?"

Callum schwieg und sah sie aufmerksam an.

„Vielleicht weiß sie es ja wirklich", brachte Merry heraus und lachte auf einmal hysterisch. „Sie hat es die ganze Zeit über gewusst! Ist das nicht großartig, Callum? Ist das nicht ein Witz?"

„Halt die Klappe und lass mich nachdenken."

„Lassen Sie sie gehen, Mr. Lamont. Wir können eine Minute später ebenfalls gehen, und dann zeige ich Ihnen, wo der Schatz liegt. Ich hole Ihnen auch die Karte, wenn Sie das wollen. Sie können mit mir mitkommen. Aber lassen Sie sie zuerst gehen."

Ob ihm sein gebrochenes Herz mit einem Mal egal war, oder ob er sich später noch einmal mit Merry befassen wollte, wusste Kate nicht. Auf jeden Fall ließ er sie los und stieß sie brutal von sich. „Verschwinde, bevor ich's mir anders überlege!"

Merry ließ sich das nicht zweimal sagen. Sie eilte an Kate

vorbei, ohne sie auch nur anzusehen, riss die Tür auf, rannte hinaus und warf sie hinter sich ins Schloss.

Sie wird Hilfe rufen, dachte Kate. Sie wird den Butler suchen, und in ein paar Minuten kommt Hilfe.

„Sie wissen ja sicher, dass sie keine Hilfe holen wird", erklärte Callum, der ihre Gedanken richtig erraten hatte. Mit einem mitleidigen Ausdruck im Gesicht kam er näher. „Sie ließ Grace Murdoch umbringen, und das wissen Sie. Sie wird nicht wollen, dass noch irgendjemand davon erfährt. Darum versteckt sie sich jetzt in ihrem Zimmer und hofft, dass ich den Schatz an mich nehme, Sie umbringe und dann verschwinde. Sie hofft, dass niemand herausfindet, was sie getan hat."

Kate wurde übel, als sie begriff, dass er die Wahrheit sprach. Merry Benny würde auf keinen Fall versuchen, ihr zu helfen. „Und? Werden Sie mich umbringen?"

„Nicht, wenn ich das Gold bekomme."

Sie musste schlucken. Callum stand zwischen ihr und der Tür, und sie hatte nichts, was sie als Waffe hätte benutzen können. Die Tür war der einzige Fluchtweg, und selbst wenn jemand ihre Hilferufe hören sollte, würde Lamont noch immer genug Zeit haben, um sie zu töten.

Die Situation war hoffnungslos.

Kate wandte sich von ihm ab und schloss die Augen. Wie lange würde sie noch leben? Einige Minuten? Sie dachte an Kit, daran, wie sie ihn das letzte Mal gesehen hatte. Er saß auf Doran, der Wind ließ den Tartan um seine breiten Schultern wehen, sein Haar glänzte rotgolden in der Morgensonne. Sie musste an seine letzten Worte denken, an ihren Stolz, als sie von ihm einen Grund hören wollte, warum sie nicht beim Marquis bleiben konnte.

In diesem Moment wurde die Tür aufgetreten, und Kate wirbelte erschrocken herum.

Kit MacNeill stand dort, auf brutalste Weise zusammengeschlagen und dennoch am Leben. Die linke Gesichtshälfte war blutverschmiert, Blut war auch auf die zerfetzte Jacke getropft, die er über seinem nackten Oberkörper trug. Ein schmutziger Verband hielt die Finger seiner rechten Hand zusammen, in der linken trug er sein Claymore.

„Mir ist ein Grund eingefallen“, sagte er zu ihr.

26. KAPITEL

Kit war unendlich erleichtert, als er Kate sah. Sie war unverletzt, und so würde es auch bleiben.

„MacNeill!", stieß Callum ungläubig aus. „Bei Gott, ich weiß nicht, ob du eher tot oder lebendig bist!"

„Das lässt sich leicht herausfinden", gab Kit zurück. Die verdammte Klinge erwies sich als zu schwer, immer wieder sank die Spitze nach unten. In seinem Kopf drehte sich alles, der Boden schien in alle Richtungen abzufallen, und ihm wurde bewusst, dass er womöglich dem Tode nah war. Aber noch ehe der Gedanke zu Ende gedacht war, musste er lächeln, denn in seinem noch jungen Leben hatte er schon mindestens hundert Mal gedacht, er müsse sterben. Der Tod machte ihm keine Angst. „Raus hier, Kate."

Er sah sie nicht an, sondern ging an ihr vorbei bis zur Mitte des Raums, wobei er Lamont nicht aus den Augen ließ. Er unterschätzte niemals einen Gegner, zudem war Lamont von einem Meister unterrichtet worden, Ramsey Munro.

Kit war kein besonders guter Fechter, seine Waffe war stets das schwere Claymore gewesen. Bei seinem Kampfstil ging es nicht um Eleganz, sondern darum, den Gegner mit Stärke in die Knie zu zwingen.

Er musste an Ramsey Munro denken, jenen eleganten und drahtigen Mann, der sich mit der Geschmeidigkeit eines Stücks Seide bewegte. Aye, Ram kannte sich im Umgang mit dem Degen aus. Aber dies war nicht der Augenblick, um in Erinnerungen zu schwelgen. Er schüttelte den Kopf, um sich auf das zu konzentrieren, was zu tun war.

„Kate ist der Vorname, richtig?" Callum zog den Degen aus dem Gürtel. „Ich fürchte, Kate muss bleiben. Sie weiß, wo der Schatz ist. Jedenfalls behauptet sie das. Also werden Sie bleiben, *Kate.* Vielleicht lasse ich Ihren Geliebten so weit am Leben, dass Sie seine Wunden versorgen und ihn retten können. Doch wenn Sie gehen, dann verspreche ich Ihnen, werde ich ihn an so vielen Stellen seines Körpers aufschlitzen, dass er innerhalb von zehn Minuten verblutet."

Kit bemerkte ihr Zögern. „Er weiß, ich werde abgelenkt sein, wenn du bleibst."

„Und wenn Sie gehen, ist das sein sicherer Tod."

„Kate, er würde gar nicht zulassen, dass du dich um mich kümmern kannst", drängte er. „Er würde dich so lange zusehen lassen, bis du ihm sagst, wo der verdammte Schatz liegt. Ich werde so oder so sterben, und dich wird er danach auch umbringen."

„Ich weiß doch gar nicht, wo der Schatz ist."

„Was?", brüllte Callum aufgebracht und drehte sich zu ihr um. Kit erkannte mit Entsetzen und Bewunderung zugleich, dass sie Callum nur provoziert hatte, um ihm einen Vorteil zu verschaffen, den Schurken auszuschalten.

Kit zögerte keine Sekunde, sondern nahm all seine Kraft zusammen, machte einen Satz nach vorn und wirbelte das Claymore wie eine Axt umher. Der Blutverlust und die Schmerzen arbeiteten gegen ihn. Das Claymore war so schwer wie ein Amboss, und Callum hatte noch Zeit genug, um der Klinge auszuweichen und seinerseits einen Satz nach vorn zu machen. Kit sah die Spitze des Degens auf sich zukommen, sah, wie sie auf seine Augen zielte.

Reflexartig wich Kit zurück, Callum stürmte prompt vor. Zwei, drei rasche Schritte und schon befanden sie sich hinter Kate. Kit stieß mit dem Rücken gegen die Tür, riss sein Schwert hoch, um es wie einen Schild zu benutzen, und wehrte verzweifelt die kleine Klinge ab, die ihm immer wieder mühelos gefährlich nahe kam.

Callum war zwar kein Ramsey Munro, aber er wusste um die Stärke seiner Waffe, und er verstand es, sie zu benutzen. Kit betete, dass Callum von ihm nicht auch gelernt hatte, auf welche Schwächen er bei dieser Klinge zu achten hatte. Sein

Gegner stach zu und wich schnell nach hinten zurück, zufrieden darüber, dass sich auf Kits Bauch eine dünne rote Linie bildete, die ihm seine Klinge zugefügt hatte. Wieder eine Finte, diesmal klaffte eine Wunde auf Kits Unterarm.

Sein Gesichtsfeld verengte sich allmählich, und die Rippen schmerzten jedes Mal schlimmer, wenn er einem weiteren von Callums Hieben ausweichen musste. Er fühlte sich, als seien seine Arme ausgekugelt, und alle Gelenke kamen ihm weich wie Kautschuk vor. Wieder und wieder hob er das Claymore, um halbwegs gezielt die Attacken zu parieren.

Er begann zu taumeln und nahm kaum noch etwas davon wahr, wenn der Stahl abermals in sein Fleisch schnitt. Es war nur noch eine Frage der Zeit, das wusste er zu gut. Im Augenblick wollte er sich nur von der Tür entfernen, damit Kate entkommen konnte. Doch er war nur mit Mühe in der Lage, seine Verteidigung aufrechtzuerhalten – wie sollte er da zum Angriff übergehen?

Seit wie vielen Minuten tobte der Kampf? Drei? Vielleicht vier? „Lauf, Kate", rief er. „Lauf weg, tu es für mich!"

Plötzlich flog eine Vase durch den Raum und traf Callum an Hals und Schulter. Er taumelte zur Seite, ging aber nicht zu Boden. Kit machte einen Satz nach vorn, doch Callum hatte bereits Kates Arm zu fassen bekommen, ehe sie nach der zweiten Vase greifen konnte. Dann wirbelte er herum und zog Kate so an sich, dass er sie als Schutzschild benutzen konnte.

Es gab nichts, was Kit tun konnte, wenn er Kate nicht gefährden wollte. Er konnte nur warten und …

„Worauf zum Teufel wartest du denn, Kit?", rief Ramsey spöttisch, der mit seinem Degen Achten in die Luft schrieb. Das Bild tauchte wie aus dem Nichts auf, entstand aber kristallklar vor seinem geistigen Auge. Der Blutverlust ließ ihn offenbar schon halluzinieren. *Ram zog zynisch eine Augenbraue hoch und flüsterte: „Willst du einfach nur dastehen und*

abwarten, bis ich dich aufspieße?“

In diesem Moment wusste Kit, was zu tun war. Langsam ließ er die Spitze der Klinge zu Boden sinken und hielt die andere Hand geöffnet vom Körper weg – es war die allgemein gültige Geste der Kapitulation.

„Nein!“, rief Kate entsetzt.

Callum zog sie an sich und flüsterte ihr ins Ohr: „So viele Tränen für einen dreckigen, schottischen Soldaten. Ich bezweifele, dass er das wert ist, meine Liebe.“

„Wenigstens wird um mich jemand weinen“, gab Kit zurück und wartete, bis seine Worte den Schleier des bevorstehenden Sieges durchdrangen, der Callum umgab. „Das ist auf jeden Fall mehr, als du von Merry erwarten kannst. War sie das vorhin, die mit Watters davonritt, als ich …“

Mit einem wütenden Aufschrei stieß Callum Kate zur Seite und stürmte geradewegs auf Kit zu, der genau in die Bahn des Degens trat. Die Spitze bohrte sich in seine Schulter, und im gleichen Moment rückte auch Kit vor.

Callum begriff, doch es war zu spät. Verzweifelt umklammerte er das Heft seiner Waffe und versuchte, sie aus Kits Leib zu ziehen. Aber es gelang ihm nicht, und im nächsten Augenblick packte Kit ihn am Halstuch und zog seinen Kopf nach vorn, um die Kehle gegen die scharfe Klinge des Claymore zu drücken.

„Warte!“, rief Lamont entsetzt. „Ich habe dir das Leben gerettet!“

„Und ich habe dein Leben einmal verschont“, gab Kit zurück. „Damit sind wir quitt.“

„Wenn du mich tötest, erfährst du nie, wer euch verrat…“

Ein Schuss löste sich dicht neben Kits Ohr, dann klaffte in Callums Brust ein großes, blutiges Loch. Der Mann sank zu Boden und riss dabei den Degen aus Kits Schulter. In der Türöffnung stand Merry Benny, ließ die noch rauchende Pistole fallen und rannte davon, als sie sich sicher sein konnte, dass Callum Lamont an ihr keine Rache mehr üben würde.

Kit taumelte noch einen Moment lang, dann sank er ebenfalls zu Boden. Kate kniete neben ihm nieder und legte die Hände um sein Gesicht. Vor seinen Augen wurde es schwarz, und er fühlte kaum noch etwas.

„Kit, bleib wach! Du hast mir versprochen, alles zu tun, worum ich dich bitte. Alles!" Sie schluchzte, und er merkte, wie sie am ganzen Leib zitterte. Er fühlte auch seine Schmerzen, aber sie erschienen ihm jetzt nicht mehr unerträglich, sondern wunderbar. Denn es hieß, dass er lebte.

„Oh Gott ... bitte ..." Ihre Stimme versagte, und sie musste durchatmen, ehe sie weiterreden konnte. „Du musst bei mir bleiben, Christian MacNeill! Hörst du? *Versprich es mir!*"

Sie brauchte sein Wort, und das würde er ihr geben. „Aye, Madam. Wie Sie wollen."

Kate sprang auf und lief los, um Hilfe zu holen.

Einige Stunden später an dem Tag, an dem Christian MacNeill um sein Leben kämpfte, wehte zwanzig Meilen nördlich von Clyth ein heftiger Wind über die Küste hinweg und um einen einzelnen, großen Steinblock herum, der einen winzigen Strandabschnitt vor dem Wetter abschirmte. Die Böen ließen den Ärmel eines durchnässten Kleides leicht flattern, doch die Frau, die dieses Kleid trug, nahm davon nichts wahr. Ihr hübsches Gesicht wies einen überraschten Ausdruck auf, der für immer dort bleiben würde. Blonde Locken trieben auf den sanften Wellen. Es war nur noch eine Frage von Minuten, bis die junge Frau versank.

Auf einem Felsvorsprung oberhalb des Strandabschnitts beruhigte Captain Watters sein nervöses Pferd, während er die unerfreuliche Szene tief unter ihm betrachtete. Ein leiser, verärgerter Seufzer kam über seine Lippen, als er die weiße Perücke abnahm und Captain Watters aufhörte zu existieren.

Er hatte versagt. MacNeill lebte, und auch Kate Blackburn lebte, deren Vater alle aus dieser Hölle gerettet hatte. Das Szenario, das er so sorgfältig und kunstvoll arrangiert hatte, um sie beide zu vernichten, war in sich zusammengebrochen.

Es wäre viel einfacher gewesen, wenn er sich dazu hätte durchringen können, selbst einen nach dem anderen umzubringen. Eine zufällige Begegnung in einer dunklen Gasse, etwas Gift im Ale. Doch die Kluft, die sie teilte, war zugleich ihre Rettung. Sie waren in alle Winde verstreut.

Er holte sein Taschenmesser heraus und spielte mit dem Mechanismus, bis die Klinge hervorsprang. Nachdenklich betrachtete er den Stahl.

Wenn einer starb, wie lange würde es dauern, bis er den Nächsten gefunden hatte? Würde die Zeit reichen, bevor das nächste Opfer vom Todesfall erfuhr und misstrauisch wurde?

Der Mann auf dem Pferd wusste, dass es immer noch eine Verbindung zwischen ihnen gab. Wenn der eine starb, würden die anderen es erfahren. Er konnte nicht unbehelligt in London leben, solange sie nicht alle tot waren. Sie waren die Einzigen, die seinen Verrat enthüllen und damit alles zunichte machen konnten, was er über viele Jahre hinweg geplant hatte.

Langsam drehte er den Kopf und betrachtete seine Handfläche, die mit unzähligen kleinen Narben überzogen war. Vor langer Zeit hatte er gelernt, dass Schmerz einem Menschen hilft, sich zu konzentrieren. Er drückte die Klinge in die Daumenspitze und fühlte sofort den Schmerz, als der Stahl die Nervenstränge durchtrennte. Augenblicklich merkte er, wie er ruhiger wurde.

Es würde andere Gelegenheiten geben, allerdings musste er von nun an noch vorsichtiger sein. Reine Überheblichkeit hatte ihn zu der melodramatischen Episode mit der Ratte in der alten Burgruine verleitet. Dennoch war MacNeills wütender Gesichtsausdruck es wert gewesen, und es war amüsant anzusehen, wie er zusammen mit der Frau sofort die Flucht nach St. Bride's angetreten hatte.

Er sollte nicht unnötig beunruhigt sein, und das war auch nicht der Fall. Sie würden wohl nie dahinterkommen, dass er Katherine Blackburns Dienstmädchen bestochen hatte, damit es sie Hals über Kopf verließ. Und was würden sie glauben, wer die Rose zu MacNeill geschickt hatte, die ihn auf der Stelle nach Schottland reisen ließ, wenn sie herausfanden, dass keine der beiden Blackburn-Schwestern die Absenderin war?

MacNeill so schnell wieder zur Zielscheibe zu machen, wäre ein Fehler, weil er jetzt wachsamer war als je zuvor. Nein, er würde sich die anderen vornehmen müssen. Jeder, der seine wahre Identität kannte oder auch nur erahnte, musste ausgelöscht werden. Er zweifelte nicht daran, das zu schaffen. Ein paar Blutstropfen fielen von seiner Daumenspitze auf den Fels. Erschrocken wurde ihm bewusst, dass die Messerspitze noch immer im Fleisch steckte. Er zog die Klinge heraus, wischte sie ab und konzentrierte sich wieder auf die tote junge Frau am Strand.

Die Brandung hatte bereits ihre Knie erreicht und einen schlaffen Arm angehoben, der sich mit der Strömung bewegte und es so aussehen ließ, als würde die Frau jemandem zuwinken. Kleinere Wellen umspielten ihre Ohren, Wasser lief ihr übers Gesicht und schließlich auch über den Oberkörper. Bald würde Merry Benny von der Strömung erfasst und hinaus auf See getragen werden.

Der Mann bekreuzigte sich gottesfürchtig, dann ritt er nach Süden davon.

27. KAPITEL

Kit lebte. Allen Vorbehalten und allen düsteren Voraussagen zum Trotz erholte er sich. Zwei Tage und zwei Nächte lang ertrank er fast in seinem eigenen Schweiß, während er gegen unsichtbare Gegner kämpfte. Als aber am dritten Tag seine Verbände nicht länger mit Blut getränkt waren, wussten sie, er würde überleben.

Sehr zum Missfallen der Murdochs bestand Kate darauf, dass Kit in den kleinen Ankleideraum gleich neben ihrem Schlafzimmer gebracht wurde, damit sie ihn hören könnte, wenn er in der Nacht etwas brauchte. Sie war entschlossen, nicht von seiner Seite zu weichen.

Der Marquis kam zweimal zu ihr. Beim ersten Mal erkundigte er sich, ob Kate Hilfe irgendwelcher Art benötigte. Beim zweiten Mal sah er, wie sie MacNeill versorgte, was ihn zu der Einsicht brachte, dass sie niemals die Frau an seiner Seite sein würde. Für diese Erkenntnis benötigte er einige Minuten, ein weiteres Mal besuchte er sie danach nicht.

Die Bewohner der Burg vergaßen aber schon bald ihre Vorbehalte darüber, dass die Witwe und der verwundete Highlander die Nächte in einer solchen Nähe zueinander verbrachten. Sie hatten mit ihren eigenen Sorgen genug zu tun.

Wie Kit vorausgesagt hatte, war die Miliz unter dem Kommando von Lieutenant MacPheil von Watters zur Hütte geschickt worden, um Lamonts Bande auszulöschen und anschließend das Gasthaus in Clyth zu durchsuchen. Unter dem Heu im Stall des Gasthauses fand man kistenweise Beute von den versenkten Schiffen.

In den Tagen danach stellte sich heraus, dass Captain Greene von Lamonts rätselhaftem Partner ermordet worden war, der sich dann als angeblicher Captain Watters ausgab und die Befehlsgewalt über die Miliz übernahm. Von Watters fehlte seitdem ebenso jede Spur wie von seiner Frau Merry.

Die Familienehre war damit in Gefahr, und es drohte ein ruinöser Skandal. Doch die Murdochs erwiesen sich als kluge Leute und machten klar, dass Merry zwar das Mündel des Marquis war, aber keine Blutsverwandtschaft zu ihr bestand. Sie hatten sich alle Mühe gegeben, das in den Griff zu bekommen, was man im Angesicht der Situation nur als „verdächtige Herkunft" bezeichnen konnte. Es war den Murdochs nicht als Fehler anzurechnen, wenn sie in ihrem Bemühen gescheitert waren.

„Zum Teufel mit deiner Näherin!", beklagte sich Kit. „Diese Nähte kratzen höllisch!"

Kate sah fort, als Kit gereizt am Kragen seines Nachthemds zog und die muskulöse, breite Brust unter dem Leinenstoff entblößte. Er kratzte an den Stichen, mit denen Peggy seine tiefsten Schnittwunden genäht hatte.

„Ich nehme an, eine große Narbe wäre dir lieber", erwiderte sie.

Es war Nachmittag, und Kit war soeben aus dem Schlaf erwacht, als er Kate neben dem Bett sitzen sah. In der Hand hielt sie den einzigen noch heilen Stickrahmen, Grace' Truhe stand geöffnet am Fuß des Betts.

Während er sich von seinen Verletzungen erholte, hatte sie mit dem Sticken begonnen und ihm erklärt, es sei eine der wenigen Fertigkeiten aus einer guten Erziehung, die man auch trotz Armut nicht aufgeben musste. Sie spielte bereits mit dem Gedanken, dem Thema ein eigenes Kapitel in ihrem Buch zu widmen. Momentan jedoch war sie damit beschäftigt, jeden einzelnen Stich genau zu betrachten, um nicht auf Kits muskulöse Brust sehen zu müssen. „Du scheinst beklagenswert stolz darauf zu sein, Narben zu sammeln."

Er legte den Kopf schräg und sah sie unter halb geschlossenen Lidern an. „Nur, wenn du sie interessant findest."

Der Ausdruck in seinen Augen ließ sie erröten. Da sie es

nicht für ratsam hielt, dass er übermäßig erregt wurde – von ihr selbst ganz zu schweigen –, wechselte sie das Thema.

„Am meisten tut mir bei der ganzen Angelegenheit Merry Benny leid“, bemerkte sie und suchte in Grace' Truhe nach der kleinen Schere.

„Wieso?“, wunderte er sich. „Weil sie nicht im erhofften Luxus leben wird? Sie ist eine Mörderin, die mit ihrem Geliebten entkommen konnte und von dem Vermögen leben wird, das der sich unrechtmäßig angeeignet hat.“

„Sie tut mir trotzdem leid“, erklärte Kate ruhig und schnitt den Seidenfaden durch. „Sie ist für Grace' Tod verantwortlich, und sie hat Grace über alles geliebt. Nein, sieh mich nicht so an. Sie hat sie geliebt. Du hast nicht den Schmerz auf ihrem Gesicht gesehen, als sie davon sprach, wie sehr Grace ihr fehlt. Nicht jede Liebe ist ehrbar und selbstlos. Sie kann quälen und verdammen, aber auch erhebend sein.“

„Das ist wohl wahr.“ Er zog die Augenbrauen zusammen, und Kate wusste, er dachte an seine Kameraden und den Verrat, den man an ihnen begangen hatte.

Die Zeit war gekommen, sie konnte nicht länger das vor sich herschieben, was sie sagen musste. Sie legte den Stickrahmen zur Seite. „Ich nehme an, du wirst aufbrechen, sobald du gesund genug bist.“

„Nun, ich kann wohl kaum hier auf der Burg bleiben, nicht wahr?“

„Das meine ich nicht, und das weißt du genau.“

„Und *was* meinst du?“

„Wohin wirst du dann gehen?“

„Zurück zur Armee. Ich habe darüber nachgedacht, dass ich viel zu lange Zeit einen Bogen um meine Verantwortung gemacht habe. Ich bin ein guter Soldat, Kate, und ein guter Anführer. Ich kann … etwas bewirken.“ Erstaunt bemerkte sie, dass er plötzlich errötete. Ihr fiel auch auf, dass er noch nichts davon gesagt hatte, weiter nach dem Mann zu suchen, der der Verräter sein musste. Sie sah ihn eindringlich an.

„Außerdem“, fuhr er schroff fort, „kann ich mit ein wenig Glück etwas aus mir machen.“

„Ich verstehe.“

„Kate …“ Er holte tief Luft.

„Ja?“

„Nichts.“ Einen Moment lang presste er die Lippen zusammen. „Und du?“, fragte er schließlich. „Was ist mit dir?“

„Ich weiß nicht.“ Sie versuchte, einen unbekümmerten Tonfall zu wahren, bezweifelte aber, dass es ihr gelungen war. „Vermutlich kehre ich nach York zurück. Oder ich gehe nach London.“

„Was? Wieso denn?“ Er hörte sich bestürzt an.

„Nun, ich habe nicht viel Geld, auch wenn ich große Hoffnung in mein Handbuch setze, wie man selbst ohne Vermögen achtbar lebt. Ich glaube, es gibt eine Käuferschaft für das Buch …“

„Ja, ja“, unterbrach Kit sie. „Aber was sollte das heißen, du kehrst nach York zurück?“

„Wie ich ja bereits sagte …“ Sie hielt kurz inne und warf ihm einen warnenden Blick zu, sie nicht wieder zu unterbrechen. „Ich habe nicht viel Geld. Zwar könnte ich den Marquis bitten, mir auszuhelfen, doch es würde mir gar nicht behagen, da ich …“, sie zögerte, da sie nach den rechten Worten suchte, „… da ich glaube, dass er gewisse Hoffnungen auf eine Beziehung zu mir hegte. Die kann ich aber nun nicht mehr anstreben, und das habe ich ihn deshalb auch wissen lassen.“

„Du hast ihn abgewiesen?“, rief Kit aufgebracht, wollte sich aufrichten, zuckte aber vor Schmerz zusammen. Sie erhob sich halb, um ihm zu helfen, doch er bedeutete ihr verärgert, ihn in Ruhe zu lassen. „Mein Gott, Frau! Du hast mir tagelang deine Vorstellungen von einer perfekten Zukunft erzählt, und wenn ich das richtig beurteilen kann, bietet dir der Marquis alles, was du willst: Sicherheit, ein Zuhause, Frieden, Wohlstand. *Bist du verrückt?*"

„Ich hatte keine Wahl", gab sie entschieden zurück. „Ich kann nicht einen Mann heiraten und den Rest meines Lebens mit ihm verbringen, wenn ich jedes Mal, wenn er sich mir nähert, die Augen schließen und mir vorstellen muss, als …" Nein, so unziemlich konnte sie nicht reden.

„Was müsstest du dir vorstellen?", fragte Kit, obwohl sich das für einen Gentleman nicht geziemte.

„Nichts."

„Nein, sag es bitte. Es interessiert mich." Er sah sie an wie ein großer, lohfarbener Löwe. „Was müsstest du dir vorstellen?"

Sie zog die Augenbrauen hoch, als erstaune es sie, den Satz zu Ende führen zu müssen, um verstanden zu werden. „Wenn ich mir vorstellen muss, als … als sei ich nicht dort. Was sollte ich mir sonst vorstellen?"

„Dass du nicht den Marquis, sondern mich vor dir hast", antwortete er prompt.

„Du hältst eindeutig zu große Stücke auf dich", erwiderte sie, nachdem sie sich gefangen hatte.

Er setzte sich etwas weiter auf. „Das muss ich auch. Ich muss daran glauben, dass du in mir mehr siehst als einen Mann, der bereit ist, auf alles zu verzichten, nur um seinen Rachedurst stillen zu können. Drei Jahre lang dachte ich, es gibt in meinem Leben nichts Wichtigeres, als herauszufinden, wer uns an die Franzosen verriet. Doch durch dich habe ich gelernt, dass es auch andere Dinge gibt, die wichtig sind."

Sie hielt erwartungsvoll den Atem an und spürte, wie ihr Herz schneller zu schlagen begann. „Und was ist das?"

„Eine Zukunft. Ich dachte stets, irgendetwas Grundlegendes stimme mit mir nicht, dass ich denjenigen nicht durchschaut habe, der uns verriet. Dadurch, dass ich den wahren

Charakter dieses Bastards nicht erkannt habe, hielt ich mich für unsere Gefangennahme mitverantwortlich. Doch inzwischen ist mir klar, dass die Saat dieses Verrats nicht von mir gesät wurde. Ich habe nicht versagt. Ob die Person, die ich geliebt habe, real war oder nicht, und ob sie es wert war – das ist nicht die Frage. Das Herz liebt, wen es will. Es fragt niemanden um Erlaubnis."

Er sah sie auf eine Weise an, die ihr den Atem stocken ließ.

„Du willst nicht länger nach ihm suchen?"

Sein Ausdruck wurde wieder kühl und undurchschaubar. „Das kann ich nicht versprechen. Er hat dich bedroht. Eines Tages wird er dafür bezahlen müssen, aber nicht heute. Es herrscht Krieg, und ich werde gebraucht. Ich habe keine Zeit für Rache. Ich muss glauben können, dass es wichtigere Dinge gibt, für die zu kämpfen es sich lohnt." Wieder sah er ihr tief in die Augen. „Verstehst du das? Stimmst du mir zu?"

„Ja", hauchte sie. „Ja, das tue ich."

„Wirklich?" Er schien unzufrieden, wie er da mit all seinen Narben und Wunden im Bett lag.

„Als du in das Zimmer kamst", sagte sie, „bevor du mit Callum gekämpft hast, da erklärtest du, dir sei ein Grund eingefallen, weshalb ich den Marquis nicht heiraten könne. Ich frage mich die ganze Zeit, was du damit meintest."

„Nichts", erwiderte er verlegen. „Das war Unsinn. Ich wollte nur heldenhaft wirken."

„Das ist mir aufgefallen."

Er verstummte, grinste sie aber auf eine Weise an, die fast schon unwiderstehlich war.

„Weshalb ich das frage ...", fuhr sie fort, stand auf und kam langsam zu ihm ans Bett. „Unmittelbar bevor du die Türe eintratst, musste ich an dich denken. Ich dachte an dein Gesicht und versuchte mich zu erinnern, was du mir als Letztes gesagt hattest."

„Warum solltest du in einem solchen Augenblick an mich denken?“

„Weil ich dich liebe.“

Als Reaktion darauf griff er nach ihrer Hand und zog Kate zu sich aufs Bett. „Heirate mich“, bat er sie mit heiserer Stimme, während er sie trotz seiner Verbände fest an sich drückte und küsste. „Eines Tages werde ich jemand sein, Kate. Mit dir an meiner Seite kann ich alles erreichen. Wir können alles erreichen. Ich weiß, das Leben, das du an meiner Seite führen würdest, wäre nicht leicht für dich. Doch ich schwöre dir, ich werde alles tun, damit du niemals bedauerst, mich geheiratet zu haben.“

Er strich ihr einige Strähnen aus dem Gesicht, dann sprach er mit leidenschaftlicher Stimme weiter: „Und falls du Nein sagst, werde ich dich einfach rauben müssen. Du liebst mich, Kate, du hast es selbst gesagt.“

Begeistert wurde ihr klar, dass er es so meinte, wie er es sagte. „Ja“, sagte sie rasch. „Ja.“

„Wann?“

„Heute. Oder morgen. Aber wo? Ich kann nicht den Marquis ...“

„Das würde ich auch nicht zulassen. Wir sind zwei Tagesritte von St. Bride’s entfernt. Dort gibt es eine Gruppe Mönche, denen der Gedanke gefällt, dass du aus mir einen anständigen Mann machen könntest.“

Sie lachte, während er grinsend seine Arme fester um sie schlang. Auf einmal fiel ihr auf, dass eine der Wunden wieder zu bluten begonnen und den Verband durchtränkt hatte. Kit war so voller Leben, dass sie allzu leicht seine Sterblichkeit vergessen konnte. Sie löste sich von ihm und sah ihn betrübt an. „Ich habe dir wehgetan.“

Kit sah an sich herab, entdeckte den roten Fleck auf dem Verband und schüttelte amüsiert den Kopf. „Das da? Sei nicht albern und komm wieder her.“ Er hielt ihr seine Hand hin.

„Nein, es ist erst drei Tage her. Ich werde dir keine Schmerzen zufügen."

„Ich liebe dich", flüsterte er ihr mit so benommener Stimme zu, dass sie erst lächeln musste, dann aber den Kopf schüttelte.

„Nein", gab sie entschieden zurück. „Nein, leg dich wieder hin und ruhe dich aus."

Sie griff nach dem Stickrahmen, den sie in die Truhe gelegt hatte, als ihre Hand sich an dem in aller Eile reparierten Futter der Truhe verfing und eine Ecke ablöste. Als sie sich vorbeugte, um die Ecke wieder festzumachen, fiel ihr zum ersten Mal auf, dass die gestickten goldenen Sterne alle eine geringfügig andere Größe aufwiesen. Wenn man den Stoff so faltete wie jetzt, dann ergaben sie …

Kate richtete sich auf, während sie zu verstehen begann. Grace hatte das Futter selbst bestickt. Grace, die zusammen mit Kate und ihrem Vater nachts mit dem Teleskop die Sterne beobachtet hatte und die ihr Leben lang an Astronomie interessiert gewesen war. Grace, zu deren Habseligkeiten unter anderem ein Teleskop gehörte. Sie hatte ihr tatsächlich eine Karte mit der Position des Schatzes geschickt, nur eben keine Landkarte, sondern eine Sternenkarte.

Unwillkürlich musste sie lächeln. Kit würde sein Offizierspatent bekommen, und wenn er wollte, konnte er sich sogar zehn Offizierspatente leisten. Charlotte würde ihre Saison in London verbringen können, und Helena konnte ihre Stelle bei dieser schrecklichen Person aufgeben.

Es war immer noch ein Krieg auszutragen. Es gab immer noch Männer, die Kates Ehemann als ihren Anführer brauchten. Sie würden unverändert dorthin gehen, wohin Seine Majestät sie schickte, weil Kit MacNeill ein Soldat war. Und sie, die Soldatentochter und Soldatenwitwe, die noch vor einem Jahr nicht geglaubt hätte, Herz und Seele an einen solchen Mann zu verlieren, hatte genau das längst getan. Sie würde es auch gar nicht anders wollen.

„Kate, was ist los?“, fragte Kit. „Du siehst so zufrieden mit dir aus. Komm her zu mir.“

Die Beute, die in irgendeiner Höhle auf sie wartete, würde nichts gegen den Schatz hier vor ihr sein.

Sie ging zu ihm.

28. KAPITEL

Abtei St. Bride's, 1803

Die Braut war wunderschön, und der Bräutigam entspannte seine Kriegermiene nur, wenn der Blick auf seine Frau fiel. Sie verließen die kleine Kapelle von St. Bride's, die Stufen davor waren mit einem Teppich aus getrockneten Rosenblättern bedeckt. Bruder Fidelis strahlte vor Freude. Kate war von diesem Sympathiebeweis so begeistert, dass sie von der Seite ihres Mannes wich und sich auf die Zehenspitzen stellte, damit sie dem hochgewachsenen Mönch einen Kuss auf seine rundliche, glatte Wange geben konnte.

„Die Rosen sind so schön!", sagte sie begeistert.

„Es ist auch Lavendel und Minze dazwischen", mischte sich Bruder Martin ein, der sich durch die Gruppe seiner Mitbrüder nach vorn geschoben hatte, um dem Paar zu gratulieren.

„Aha! Ich dachte mir doch, dass ich noch einen anderen wundervollen Duft wahrgenommen habe", erwiderte Kate.

„Ich vermute, Sie werden wohl nicht glücklich sein, bevor Sie mir nicht auch einen Kuss gegeben haben", meinte er mit gespielt abweisendem Tonfall.

„Nein, da haben Sie völlig recht." Ihre Augen funkelten.

Er widersetzte sich nicht wirklich. „Ach, ihr jungen Frauen seid doch heutzutage so albern und gefühlsbetont", brachte er heraus, kam gleichzeitig aber näher.

„Bitte", sagte sie und gab ihm einen Kuss auf die Wange.

„Oh." Er bekam einen roten Kopf und zog sich schnell zurück, während sich auf seinem Gesicht eine Mischung aus Erstaunen, Ablehnung und Vergnügen abzeichnete. Schließlich wandte er sich den anderen Mönchen zu. „Es gibt keinen Grund, dass ihr alle der weltlichen Laune dieser jungen Dame nachkommt. Und wenn der Vater Abt in der Garderobe fertig ist ..."

„Der Vater Abt ist fertig." Er kam die kurze Treppe herunter und machte eine überraschte Miene, als er den Blütenteppich sah. „Wie ... festlich. Dein Werk, Bruder Fidelis?"

„Aye, Vater Abt."

„Und meines auch", rief Bruder Martin.

„Ich hielt es für angemessen, immerhin ist der junge Wolf von der hübschen Witwe gezähmt worden."

„Der junge Wolf?", flüsterte Kate Kit zu.

„Gezähmt?", gab der nur zurück, dann lachten sie beide.

„Du wolltest etwas sagen, Bruder Martin?", fragte der Abt freundlich.

„Nur, dass es nicht nötig ist, den Bräutigam der Tradition auszusetzen", warf Bruder Fidelis unterwürfig ein, der auf den schottischen Brauch anspielte, dem Bräutigam einen Sack Steine aufzuladen und ihn ins Dorf zu schicken, wo seine Freunde ihm einen Sack nach dem anderen aufluden, bis die Braut ihn von seiner Last befreite. Ebenso würde die Braut nicht mit Brauchtum in Berührung kommen, da es traditionell Frauen waren, die die Braut in ihren Gemächern für die Hochzeit vorbereiteten – und Frauen gab es im Kloster bekanntlich keine.

Kate konnte nicht behaupten, dass sie enttäuscht war. Vielmehr war sie froh, dass das Aufgebot endlich dreimal gelesen worden war und sie beide nun verheiratet waren. Allerdings hatte sie den Abt auch entrüstet gefragt, wer sich denn in einem solchen Haus gegen ihre Eheschließung aussprechen sollte. Die Reaktion des Abtes war ein hartnäckiges, unergründliches Schweigen gewesen.

Die letzten drei Wochen waren ihr unendlich lang vorgekommen. Aber morgen würden sie St. Bride's als Mann und Frau verlassen, und heute Nacht ... Sie warf Kit einen vielsagenden Blick zu, den er mit einem Lächeln beantwortete, als hätte er ihre Gedanken erraten. Kate fand, dass sein Lächeln durchaus etwas von einem Wolf hatte und überhaupt nicht gezähmt aussah. Wohlige Wärme strömte durch ihren Körper, da sie wusste, wie sie sein Mienenspiel auszulegen hatte.

„Kate! Kate!“ Sie drehte sich um, als eine geschlossene Kutsche in den Hof vor der Kirche gefahren kam. Eine junge Frau mit ingwerfarbenem Haar steckte den Kopf aus dem Fenster und winkte aufgeregt mit einem Spitzentaschentuch.

„Charlotte!“, rief Kate aus und lief der Kutsche entgegen.

„Ich bitte dich, steck nicht den Kopf aus der Kutsche!“, hörte sie Helena sagen, die ruhig und vornehm ausstieg, nachdem die Tür geöffnet worden war. Sie lächelte warmherzig, während hinter ihr Charlotte aus dem Gefährt stürmte und mit ausgebreiteten Armen auf Kate loslief, um sie zu begrüßen.

Charlotte umarmte Kate und kreischte vor Freude. Die stets umsichtige Helena blieb dagegen stehen und wartete, bis sie an der Reihe war. Ihr Blick wanderte über die vielen Männer in braunen Gewändern, sie versuchte aber, ihre Neugier zu verbergen.

„Wir sind gerade erst angekommen“, erklärte Charlotte. „Wir sind von London hergekommen. Der Marquis sandte seinen Landauer zu Helena, außerdem einen Brief mit der außergewöhnlichsten Geschichte. Er bat uns, sofort nach Castle Parnell zu kommen. Helena holte mich bei den Weltons ab – wir waren auf halber Strecke nach Brighton, musst du dir vorstellen –, und als wir Castle Parnell erreichen, erfahren wir, dass du hier in der *Abtei* bist, um zu *heiraten!*“, redete Charlotte wie ein Wasserfall. „Den *Schotten!* Und nicht mal den gut aussehenden, sondern den so beängstigend aussehenden Kerl …“

Ein lautes Räuspern ließ Charlotte verstummen und herumfahren, und dann stand sie dem „beängstigend aussehenden Kerl“ gegenüber, der auf sie hinunterblickte, dass ihr der Atem stockte. Dann lächelte er sie an, und Kate fand, es war ein charmantes Lächeln.

„Meine neue kleine Schwester“, sagte Kit amüsiert. „Es freut mich, dass wir uns kennenlernen.“ Er verbeugte sich knapp und sah zu Helena, die sich nicht anmerken ließ, ob die ungewöhnlichen Umstände sie in irgendeiner Weise aus der Fassung gebracht hatten.

„Miss Helena, es ist mir eine Freude.“

„Danke, Sir.“

„Wie Sie sehen können, erfreut sich Ihre Schwester bester Gesundheit, unbeachtlich der Geschichte des Marquis, was immer er auch geschrieben haben mag. Wie Sie ebenfalls sehen, ist es für mich Ehre und Privileg zugleich, dafür zu sorgen, dass sich daran nichts ändert.“ Er hielt Helenas fragendem Blick stand, schließlich fügte er an: „Und das werde ich tun, selbst wenn es mich das Leben kostet.“

„Oh!“, rief Charlotte aus und fächerte sich Luft zu, da ihre Wangen rot geworden waren. „Ich beginne zu verstehen, warum du ihn geheiratet hast.“

„Charlotte!“, ermahnte Helena ihre kleine Schwester. „Zeig dich etwas schicklicher!“

„Warum?“ Nach einem Blick zu den Mönchen erwiderte sie im Flüsterton: „Denkst du, sie wüssten überhaupt, was schickliches Verhalten ist?“

„Ein wenig schon“, kam die leise Antwort.

Hinter ihnen stand Abt Tarkin, der zu Kate schaute: „Wie ich sehe, ist Ihre Familie eingetroffen.“

Woher weiß er das?, fragte sich Kate, doch die Freude über das Auftauchen ihrer Schwestern wog schwerer als ihre Neugier.

„Wir haben für unsere Frischvermählten eine kleine Feier vorbereitet. Wenn Sie uns in den Speisesaal begleiten würden?“

„Das ist zu freundlich von Ihnen“, rief Kate aus.

„Los, lass uns gehen“, drängte Charlotte. „Ich bin halb verhungert.“ Sie hakte sich bei Kate und Helena unter, dann folgten die drei Bruder Fidelis, der sie in den Speisesaal führen sollte.

„Noch mehr Frauen“, murmelte Bruder Martin hinter ihnen. „Warum nehmen wir nicht auch noch Nonnen auf?“

Kate sah sich nach Kit um, der neben dem Abt stand und einen konzentrierten Eindruck machte. Als er ihren Blick bemerkte, rief er ihr zu: „Unterhalte du deine Schwestern, meine Liebe. Ich folge dir gleich.“

Kit wandte sich dem Abt zu, seine fröhliche Miene wurde ernster. „Wo ist er?“

„In der Kapelle“, antwortete der Abt. „Er hat die Heirat beobachtet.“

„Wieso wusste er davon?“

„Ich habe eine Nachricht ausgesandt, eine Rose. Er hat als Einziger darauf reagiert, soweit ich das weiß.“

„Warum haben Sie eine Rose geschickt?“, wunderte sich Kit.

„Du hast gesagt, du willst wissen, wer euch verraten hat. Ich dachte, dies würde dir die Antwort bringen.“

„Aye, ich dachte, ich will es wissen. Aber die Sünden der Vergangenheit erscheinen mir auf einmal nicht mehr wichtig, vor allem wenn es nicht meine eigenen Sünden sind.“

„Dann habe ich womöglich einen Fehler begangen. Aber geh ruhig hinein. Du sagtest ja selbst, wenn er in der Burgruine gewesen wäre und er dich hätte töten wollen, dann wärst du jetzt tot. Du bist aber nicht tot. Sollte er euch verraten haben, dann hat er jetzt nicht die Gelegenheit genutzt, um dich umzubringen.“

„Es gibt nur einen Weg, das herauszufinden.“

„Kit.“

„Keine Sorge, Vater Abt. Ich werde mir nicht dadurch den Zorn meiner Braut zuziehen, indem ich heute das Blut eines anderen vergieße.“ Kit wandte sich ab und betrat die Kapelle.

Dort war es dunkel und kühl, der Geruch von Weihrauch

hing noch in der Luft. Nach einem Moment hatte er sich an die Dunkelheit gewöhnt, da … wurde ihm die Spitze eines Fechtdegens leicht von der Seite gegen den Hals gedrückt.

„Und mir erzählt man, du seist Soldat geworden“, hörte er eine vertraute Stimme. „Gott helfe unserem Land, wenn du das Beste bist, was …“

Kit trat zur Seite, duckte sich und hob gleichzeitig den Ellbogen, womit er das kleine Schwert aus dem Weg stieß, während er näher kam. In der nächsten Sekunde spürte er wieder die Stahlspitze an seinem Hals, doch diesmal war sein eigener Dolch auf den Bauch seines Gegners gerichtet.

„Touché“, sagte Ramsey Munro leise, dessen blaue Augen funkelnd aufleuchteten.

„Du siehst schlecht aus, Ram“, sagte Kit beiläufig. „Erschöpft.“

Er zuckte mit den Schultern. „Ich fürchte, ich muss dir recht geben. Dafür siehst du aus wie das blühende Leben. Muss wohl der Einfluss deiner Braut sein. Ein nettes Mädchen, meinen Segen hast du.“

„Heißt das, du willst mich nicht töten?“

„Das hängt ganz davon ab, ob du versuchen willst, mich zu töten. Es ist ein elendes Leben, das muss ich gestehen, aber es ist immer noch mein Leben.“ Er lächelte mit immer noch der gleichen weltgewandten Freundlichkeit, die er schon als Junge besessen hatte.

Langsam zog Kit seinen Dolch zurück, im gleichen Tempo ließ Ram den Fechtdegen sinken.

„Sag es mir, Ram. Ich werde dich nicht umbringen, selbst wenn du es getan hast. Aber ich muss es wissen: Hast du uns an die Franzosen verraten?“

Ram legte den Kopf schräg. In der Düsternis der Kapelle sah sein Gesicht unnatürlich schön aus, so wie das eines müden Kriegsgottes. „Nein.“

„Gut.“ Kit steckte den Dolch weg.

„Ich nehme an, das heißt, du bist ebenfalls unschuldig."

Kit schnaubte. „Als unschuldig würde ich mich nun wirklich nicht bezeichnen, aber diese spezielle Sünde habe ich nicht begangen."

„Dann also ..."

„Dand."

„Oder Toussaint."

Ram nickte nachdenklich.

„Kate und ich laufen nächste Woche in Portsmouth aus. Am Monatsende werde ich auf dem Kontinent mein neues Kommando übernommen haben, dann wird mir die Zeit fehlen, weiter nach der Antwort zu suchen."

„Ich habe Zeit." Ram lächelte, und einen Moment lang sahen sich die beiden Männer zufrieden an.

„Wenn du mich brauchst ...", begann Kit. „Du weißt, wie du mit mir Kontakt aufnehmen kannst?"

„Aye." Nach einer kurzen Pause fügte er an: „Du hast mir gefehlt, Kit."

„Du hast mir auch gefehlt, Ram."

„Nun, das war genug Gefühlsduselei. Du solltest dich jetzt wieder um deine Braut kümmern, Kit MacNeill", sagte er. „Sonst findet sie noch einen besseren Mann."

Kit grinste ihn breit an. „Zum Glück haben alle Männer in St. Bride's den Zölibatseid abgelegt."

„Nicht alle", gab Ram zurück. „Aber du hast Glück, ich habe eine Vorliebe für blonde Damen."

„Ich würde eher sagen, du hast Glück", berichtigte Kit ihn.

Lachend zog sich Ramsey Munro in die Schatten zurück.

Die Mönche hatten den kleinen Schuppen im Rosengarten in ein Hochzeitszimmer verwandelt. Gazedünne Leinenvorhänge waren vor der Tür befestigt worden und bewegten sich im leichten Luftzug. Das Innere war weitestgehend leer geräumt worden, verblieben war nur eine weiche Daunenmatratze auf dem gekachelten Boden, die mit sonnengebleichten Laken bezogen war und auf der man dicke Kissen ausgebreitet hatte. Daneben stand ein kleiner Tisch, darauf ein silberner Krug, zwei Kelche sowie ein Tablett mit runzligen, braunen Birnen, die man aus dem Vorratskeller geholt hatte.

Die letzten Strahlen der Nachmittagssonne verwandelten das Glasdach über ihnen in ein Prisma, das das Gewächshaus ringsum in Unmengen von Farbschattierungen tauchte. Der Duft des Grüns vermischte sich mit dem Aroma aus Nelken, Zimt und anderen exotischen Gewürzen, das aus dem Krug voll mit warmem Wein aufstieg.

„Keine Braut hat jemals so schön gefeiert", sagte Kate glücklich. Sie war nun allein mit ihrem Ehemann. Endlich! Nach mehr als einem Monat! Sie fühlte sich aufgeregt, jedoch auf eine angenehme Weise.

„Ich könnte mit dir in einer luxuriöseren Umgebung feiern", meinte Kit. „Wir könnten uns sogar ein Schloss leisten."

Die Sternenkarte war tatsächlich der Schlüssel gewesen. Kaum war Kit so weit genesen, dass er wieder reiten konnte, waren sie der Karte gefolgt, bis sie nach vielen Meilen an der Küste einen einsamen Fels erreichten, der ein Stück vom Ufer entfernt in der Brandung stand. Dort waren sie in einer Aushöhlung auf den Schatz aus Frankreich gestoßen. Nachdem sie den Fund dem Marquis übergeben hatten, der auch als Magistrat für die Region tätig war, war selbst der Finderlohn noch ein Vermögen wert. Sie beide waren reich.

Aber Kate sagte sich, dass sie schon reich gewesen waren, bevor sie den Schatz gefunden hatten. Sie merkte, wie Kit sich ihr von hinten näherte. Seine Hand glitt um ihre Taille, und er zog sie an sich, bis sie seinen muskulösen Oberkörper fühlen konnte. Aye, sie war schon zuvor reich gewesen: Welches Glück hatte sie mit Kit gefunden!

„Ich dachte, diese letzte Woche würde mich noch umbringen, so sehr wollte ich mit dir zusammen sein", flüsterte er ihr ins Ohr. Sein Atem fühlte sich warm an, seine Stimme war so weich wie Honig.

Ihr Herz ging noch etwas schneller, als er an ihrem Ohrläppchen zu knabbern begann. „Nicht vor Verlangen, mich zu lieben?", erwiderte sie. Die Antwort kannte sie nur zu gut, doch sie wollte sie unbedingt aus seinem Mund hören.

Behutsam legte er eine Hand um ihren Hals und hob mit dem Daumen ihr Kinn an, bis ihr Kopf seine Schulter berührte. Er sah ihr so tief in die Augen, dass es ihr den Atem verschlug. Sie konnte sich kaum noch konzentrieren, so eindringlich war sein Blick, in dem seine Liebe zu ihr deutlich zu lesen war.

„Willst du Worte hören? Oder darf ich dir die Antwort auf andere Weise geben?", flüsterte er begierig und drehte sie zu sich um, damit seine Lippen ihre berühren konnten.

„Sowohl als auch", antwortete sie atemlos.

„Wie Ihr wünscht, Madam", sagte er und erfüllte ihren Wunsch … wieder und wieder.

– ENDE –

Connie Brockway

Spion meines Herzens

Ramsey Munro, wagemutiger Spion der englischen Krone, hat sich verliebt. Obwohl Helena seine Gefühle zu erwidern scheint, entzieht sie sich ihm. Eines Nachts begegnet er ihr – in Männerkleidung! Doch Helena verblüfft ihn mit der Behauptung, ihn nicht zu kennen …

Band-Nr. 25528

8,95 € (D)

ISBN: 978-3-89941-861-3

Connie Brockway

Spionin der Krone

Dand Ross ist der betörenden Charlotte Nash verfallen. Als Charlotte den zwielichtigen Comte de Lyon verführen will, um ihm einen brisanten Brief zu entwenden, soll ausgerechnet Dand die unschuldige junge Dame in die Geheimnisse raffinierter Liebeskünste einweihen.

Band-Nr. 25537

8,95 € (D)

ISBN: 978-3-89941-877-4

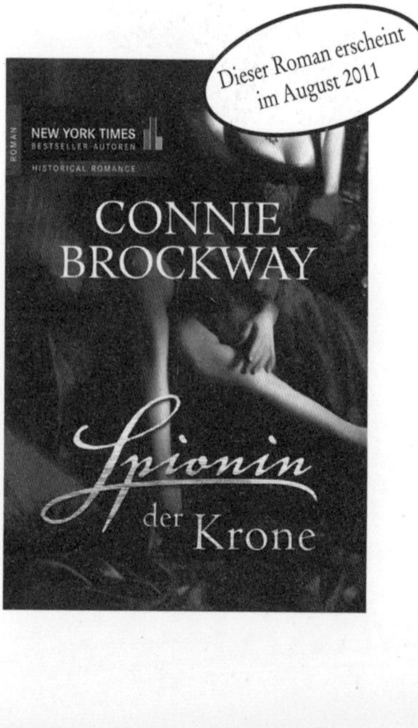

Julia Quinn
In Liebe, Ihre Eloise
Band-Nr. 25440
6,95 € (D)
ISBN: 978-3-89941-723-4
400 Seiten

Julia Quinn
Ein hinreißend
verruchter Gentleman
Band-Nr. 25455
6,95 € (D)
ISBN: 978-3-89941-742-5
416 Seiten

Julia Quinn
Mitternachtsdiamanten
Band-Nr. 25488
7,95 € (D)
ISBN: 978-3-89941-795-1
368 Seiten

Julia Quinn
Hochzeitsglocken
für Lady Lucy
Band-Nr. 25496
7,95 € (D)
ISBN: 978-3-89941-807-1
416 Seiten